Antonia Brauer

Die Töchter des Geistbeckbauern

Jahre des Erntens

Antonia Brauer

DIE TÖCHTER DES GEISTBECKBAUERN

Jahre des Erntens

Roman

dtv

Von der Autorin ist bei dtv außerdem erschienen:
Die Töchter des Geistbeckbauern – Jahre des Säens
Das Mädchen im Zitronenhain

MIX
Papier | Fördert gute Waldnutzung
FSC® C019821

Originalausgabe 2022
2. Auflage 2026

Tumblingerstraße 21, 80337 München
produktsicherheit@dtv.de
Umschlaggestaltung: zero-media.net, München
Umschlagmotive: FinePic®, München;
Quagga Media UG/akg-images; CTK /Alamy Stock Photo
Satz: C.H.Beck.Media.Solutions, Nördlingen
Gesetzt aus der Stempel Garamond
Druck und Bindung: Druckerei C.H.Beck, Nördlingen
Printed in Germany · ISBN 978-3-423-22018-7

I.
Herbstblüten

München 1936

1.

Wie an jedem Tag des Jahres herrschte auf dem Marienplatz hektische Betriebsamkeit. Die Trambahn schob sich durch die Menschenmenge, Automobile hupten und drängten sich aneinander vorbei, und in der Mitte stand die Muttergottes auf ihrer Säule und blickte verwundert auf das Chaos, das sich zu ihren Füßen abspielte, das kleine Jesuskindlein auf dem Arm, einen filigranen Heiligenschein über dem Haupt.

Wally mochte diese Statue. Oft wenn sie auf dem Weg über den Rathausplatz lief, um ihre Besorgungen zu erledigen, hielt sie für einen Moment inne und blickte hinauf zu der Madonna mit dem Heiland und flüsterte ein kleines Gebet. Dann eilte sie weiter, denn die Stadt hatte auch aus ihr einen Menschen gemacht, der niemals Zeit hatte. Da hieß es, rasch die Einkäufe zu erledigen, ehe die Läden schlossen, zügig die Straße zu überqueren, bevor man unter die Räder kam, und hastig nach Hause zu laufen, um nicht von der Herrschaft ausgeschimpft zu werden.

Allerdings gab es diese Herrschaft nicht mehr, seit der gute alte Doktor Boselli vor einigen Wochen heimgegangen war. Der Krebs hatte ihn aufgefressen, buchstäblich. Es waren schreckliche Monate gewesen zuletzt, auch für Wally, die ihr Möglichstes getan hatte, um es ihm so leicht und angenehm zu machen wie eben möglich.

So lange hatte sie seinen Wunsch nach Schonkost für übertrieben gehalten, und am Ende war es dann doch der Magen gewesen … Zuletzt hatte er kaum noch etwas Hühnerbrühe und ab und zu ein wenig Zwieback zu sich genommen. An seinem letzten Tag aber hatte er sie gebeten, doch noch einmal ihre famosen Spitzbuben zu backen. Mit Mühe hatte er einige davon hinuntergebracht, sich auf das Sofa zurücksinken lassen und geseufzt. Und Wally hatte genau gewusst, dass es ein Seufzen war, mit dem er bedauerte, all die schönen und guten Dinge zurücklassen zu müssen, wenn er seine Seele dem Herrn anbefahl.

Und nun war es also vorbei mit der schönen Stelle bei Doktor Boselli, der so ein feiner und vornehmer Mensch gewesen war. Wally machte sich wenig Hoffnung, dass sie wieder einen Haushalt finden würde, der so prominent gelegen war wie der Boselli'sche in der Rosenstraße, nur wenige Schritte vom Marienplatz entfernt, mit Blick auf das elegante Ruffinihaus und den Rindermarkt, der sich in den letzten Jahren so verändert hatte.

Aber es hatte sich ja alles verändert in den Jahren, die sie nun in der Stadt war. Genau genommen war das ganze Reich nicht mehr wiederzuerkennen, seit die Braunen dran waren. Allerdings wusste Walburga Geistbeck das lediglich vom Hörensagen, denn außer ihrer Heimat in der Hallertau, dem Tegernseer Land und der bayerischen Hauptstadt hatte sie von der Welt noch nichts gesehen. Und so würde das vermutlich auch bleiben. Für Hausangestellte war an Urlaub nicht zu denken. Die paar freien Tage, die sie im Jahr hatte, hatte sie bisher allesamt in der Heimat zugebracht, zuletzt allerdings nur noch selten in Deimhausen, wo sie herkam. Der elterliche Hof war schon bald nach dem Tod des Vaters versteigert worden, weshalb auch ihr Bruder Steff in die Stadt gegangen war, um sich als Metzger zu verdingen.

In dem Augenblick, in dem sie das Rathaus erreicht hatte, setzte der Regen ein. Wally konnte gerade noch in die mächtige Einfahrt huschen. Das Münchner Rathaus war ein Bau, der ihr immer gefallen hatte. Es sah wesentlich älter aus, als es war, reich verziert mit Säulen, Figuren und gotischen Spitzbögen. Doktor Boselli, der sonst kein Spötter gewesen war, hatte deshalb gern etwas mokant von »Kitsch« gesprochen. Aber wenn es Kitsch war, dann mochte Wally eben Kitsch.

Hinter ihr rettete sich ein Mann vor dem Platzregen ins Trockene, der seinen Mantel über Kopf und Hut gezogen hatte. Beinahe hätte er sie umgerannt. »Verzeihung, Fräulein«, keuchte er und schüttelte sich. »Vor lauter …«

»Es ist aber auch ein Wetter heut«, sagte Wally und blickte staunend auf den Platz hinaus, wo herunterkam, was nur herunterkommen konnte.

»Da haben offenbar höhere Mächte die Hände im Spiel!«, stellte der Mann grinsend fest. »Gell, Fräulein Geistbeck?«

»Kennen wir uns?« Tatsächlich kam ihr der Herr auch vage bekannt vor, aber Wally konnte sich beim besten Willen nicht … »Ah, doch.« Plötzlich fiel es ihr ein. »Der Metzger vom Petersturm!« Sie lachte. »Sie haben aber ein gutes Gedächtnis, dass Sie sich meinen Namen gemerkt haben.«

»Das war nicht so schwer. Erstens gibt's den nicht so oft, und zweitens …«

»Zweitens?«

»Das müssen Sie sich jetzt schon selber denken«, erklärte ihr Gegenüber.

»Scheint, als könnt das Wetter einige Zeit dauern«, sagte Wally, ohne auf die Bemerkung einzugehen.

»Manchmal muss einer halt Glück haben. Reitz, Michael. Nur für den Fall, dass Sie's vergessen haben.«

Wally lachte auf. »Nie und nimmer hätt ich das vergessen«, schwindelte sie, aber so, dass er merkte, sie meinte es nicht ernst. »Wo Sie mir zuerst auf dem Alten Peter das Leben gerettet und mich dann später vorm Verhungern bewahrt haben.«

Es war an ihrem ersten Tag in München gewesen, dass sie auf den Turm der Peterskirche gestiegen war und beim Hinaustreten auf die Plattform beinahe ohnmächtig geworden wäre. Damals hatten sie sich zum ersten Mal getroffen. Und später dann in der Metzgerei von Alois Zentner, wo der Unbekannte sich ihr namentlich vorgestellt und ihr einige fachmännische Empfehlungen gegeben hatte. »Und was machen Sie jetzt?«, fragte sie.

»Nachdem meine Metzgerei leider aufgegeben hat, muss ich mich nach einer neuen Stellung umschauen«, erklärte Michael Reitz. »Und Sie?«

»Ich mich auch. Leider«, sagte Wally und nickte zu dem Schwarzen Brett, an dem wie allezeit Aushänge auf Interessenten warteten. »Mir ist mein Dienstherr kürzlich verstorben.«

»Das tut mir leid«, murmelte Reitz und nahm seinen Hut ab.

»Und mir erst. So ein guter Mensch, der Doktor Boselli.«

»Haushälterin sind Sie, stimmt's?«

»Die werden immer gesucht«, erklärte Wally tapfer, obwohl ihr ein wenig bang war, dass sie sich jetzt wieder vorstellen musste. Längst nicht alle Erinnerungen an ihre früheren Arbeitgeber waren so gut wie die an den letzten.

»Anders als Metzger.« Reitz seufzte. »Früher hat's in jeder Straße in München drei gegeben. Jetzt kommt ein Metzger auf drei Straßen.«

»Verstehe. Und was suchen Sie sich dann jetzt?«

»Irgendwas. Hauptsach, es hat Zukunft.«

»Sie müssen Ihre Familie ernähren, gell?«

Er lächelte ein wenig wehmütig. »Das Problem hätt ich gern.«

Dann wandte er sich den Aushängen zu, und auch Wally besah sich die Stellenausschreibungen. Immer öfter wurden jetzt Zugehfrauen gesucht, weil es die herrschaftlichen Haushalte kaum mehr gab, wie man sie früher geführt hatte. Die Wohnungen waren kleiner geworden, das Geld knapper, und eine Haushälterin leisteten sich nur noch wenige. Heutzutage sollten die Haushaltshilfen am liebsten außer Haus wohnen und nur zum Putzen und Waschen und für alle anderen schweren Arbeiten zu ihren Dienstherren kommen. Aber wie sollte das gehen: Eine Dienstmagd allein konnte sich von ihrem Einkommen schwerlich eine Wohnung in München leisten. Und Heiraten ging erst recht nicht: Wie hätte sie sich um Mann und Kinder kümmern sollen, wenn sie doch den ganzen Tag lang anderer Leute Haushalt führen sollte? Es war ein Kreuz.

»Und? Sind Sie fündig geworden?«

Wally schüttelte den Kopf. »Eine Zugehfrau wollen sie alle. Aber keine Haushälterin.«

»Verstehe. Ja, das wird nicht ganz einfach sein.«

»Und Sie?«

»Rangierer.«

»Rangierer?«

»Bei der Bahn.«

»Aber Sie sind doch Metzger!«

»Ja. Und?«

»Da können Sie doch die Arbeit von einem Rangierer gar nicht. Oder?«

»Wenn das nicht gesucht wird, was man kann, dann muss man eben das können, was gesucht wird.« Er zwinkerte ihr zu mit diesem spitzbübischen Gesichtsausdruck, den sie früher schon an ihm wahrgenommen hatte, und setzte seinen Hut wieder auf. »Mir scheint, der Regen hat nachgelassen! Also dann …«, sagte er. »Morgen um drei?«

»Was ist morgen um drei?«, fragte Wally irritiert.

»Hofgarten?«

»Soll das eine Einladung sein?«

»Kaffee. Kuchen. Ein Glas Champagner«, schlug Reitz vor.

Wally lachte auf. »Champagner! So was hab ich ja noch nie getrunken. Und das werd ich auch ganz bestimmt nicht trinken«, beeilte sie sich hinterherzuschicken. »Mitten am Tag noch dazu …«

»Also, dann bleibt's bei Kaffee und Kuchen. Seien Sie pünktlich, Fräulein Geistbeck! Das Glück wartet nicht!« Und weg war er.

Kopfschüttelnd blickte Wally ihm hinterher, wie er durch die letzten Tropfen davoneilte und wie das Wasser zu seinen Füßen nur so spritzte. Auf der Hut würde sie sein müssen vor ihm, das stand fest. Denn dieser Michael Reitz war ein Schlawiner, auch das stand fest. Allerdings ein sehr sympathischer.

***

Eine Verabredung! Zum ersten Mal, seit sie in München war. Zum ersten Mal … seit Ludwig. Aufgeregt war sie, und zugleich hatte sie ein schlechtes Gewissen. Es war, als würde sie Ludwig untreu werden. Andererseits: Sie wusste seit Jahren nicht, wohin es den Jugendfreund verschlagen hatte, wo er jetzt lebte, ob er überhaupt noch lebte! Vielleicht hatte er längst eine Familie gegründet, hatte eine Frau, Kinder …

Solchermaßen versuchte sich Wally selbst Mut zuzusprechen, während sie die Residenzstraße hinunterging, vorbei an den eleganten Geschäften bei der Oper, vorbei an den Löwenstatuen, die den Eingang der Residenz bewachten und von denen es hieß, sie brächten Glück, wenn man die Nase der Figuren am Wappen putzte. Verlegen blickte Wally sich um, ob sie beobachtet wurde, ehe sie mit Daumen und Zeigefinger an der Bronze rieb. Wusste ja niemand, was sie sich wünschte.

Fröhlich ging sie weiter, beschwingt von dem Gedanken, dass ihre heimliche Sehnsucht in Erfüllung gehen könnte. Ein sonniger Spätsommertag war es immerhin schon. Alle Welt schien sich verabredet zu haben, die beste Garderobe auszuführen und das strahlendste Lächeln zur Schau zu tragen. Kurz zögerte Wally, als sie an dem sogenannten »Ehrenmal« vorüberkam, das auf der anderen Straßenseite kurz vor der Feldherrnhalle von zwei Uniformierten bewacht wurde. Sie wusste, sie hätte jetzt salutieren sollen, aber sie schaute einfach nicht hin, sondern lief schnell weiter. Und so schnell der Schatten über ihr Gemüt gezogen war, so schnell war er auch wieder verschwunden, als sie unter dem großen Torbogen hindurch abbog und der Hofgarten vor ihr lag wie ein Ort aus einem Märchen mit seinen prächtigen Bäumen und Beeten, den gepflegten Wegen und dem Dianatempel in der Mitte, wo sie den Herrn Reitz vermutete – und wo sie ihn wenige Augenblicke später auch fand.

***

Schon wie er bestellte, beeindruckte Wally. Dieser Michael Reitz mochte zwar ein gelernter Metzger sein und demnächst vielleicht ein Eisenbahner, aber er hatte etwas Weltläufiges an sich, das sie bewundern musste, obwohl sie ihm gerade deswegen auch nicht so recht trauen mochte. Dass ein Mann, ein so gutaussehender noch dazu, in seinem Alter noch ungebunden war, das war ungewöhnlich. Vielleicht war er ja nur ein ganz ein Raffinierter. Ein Schlawiner, der die Frauenzimmer …

»Jetzt möchte ich zu gern wissen, was Sie denken, Fräulein Geistbeck«, sagte er prompt.

Wally räusperte sich. »Dass es ein schöner Tag ist.«

»Das ist es wirklich«, stimmte er zu und hob die Hand. »Ach, Fräulein!«

»Ja?« Die Bedienung drehte sich noch einmal zu ihnen um.

»Und für die Dame einen Schlagrahm, bittschön.«

»Einen Schlagrahm. Gern.«

»Sie haben mich aber gar nicht gefragt«, gab Wally zu bedenken.

»Den Apfelkuchen hier *müssen* Sie mit Schlagrahm essen. Alles andere wäre eine Sünde.«

Wally lachte. »Scheint mir eher, dass der Schlagrahm eine Sünde ist.«

»Na ja«, erwiderte Michael Reitz. »Manchmal muss man eine Sünde begehen, oder?«

»Aber nur eine ganz kleine«, erklärte Wally.

Er seufzte theatralisch. »Das hab ich schon fast befürchtet.«

Und obwohl sie es ganz und gar nicht wollte, schon gar nicht bei solchen Sprüchen, spürte Wally, wie ihr Herz gleich noch schneller galoppierte. Sie hier im Hofgarten bei Kaffee und Kuchen mit einem so feschen Mann … *Vielleicht wach ich gleich auf,* dachte sie, *und hab das alles nur geträumt.*

Doch statt zu erwachen, genoss sie einen der schönsten Nachmittage überhaupt. Als die Turmuhr der nahen Theatinerkirche halb sechs schlug, schrak sie auf und griff nach ihrer Handtasche. »Es ist ja schon so spät!«, rief sie. »Ich muss gehen.«

»Aber …« Er stockte. Obwohl er den ganzen Nachmittag über geplaudert hatte, beredt gewesen war wie kein anderer, schien ihm in dem Augenblick nichts einzufallen, womit er sie hätte aufhalten können. »Darf ich mir Hoffnungen machen, dass wir das wiederholen?«, fragte er schließlich.

»Das?«

»Ja. Dass wir uns treffen. Auf einen Kaffee. Oder zum Spazierengehen vielleicht …«

»Ja«, sagte sie und bemerkte, wie warm ihr geworden war. »Ja, freilich. Gern.«

»Dann …« Er stand auf, wartete, bis auch sie sich erhoben hatte, griff nach ihrer Hand, küsste sie und lächelte Wally an. »Dann vielleicht bis nächsten Sonntag?«

»Da bin ich bei meiner Schwester … auf dem Land, bis zum dreißigsten.«

»Dann in drei Wochen?«

»Wenn Sie so lange warten können.«

»Für Sie würd ich ewig warten, Wally.«

2.

Der frühe Morgen war Resi die liebste Zeit. Auch wenn sie eigentlich gern länger geschlafen hätte, hatte sie doch die Stille und die Unschuld des Tages in seinen ersten Stunden schätzen gelernt. Meist stand sie vor ihrem Mann auf und zog sich leise an, um noch ein wenig vors Haus zu gehen, sich auf die kleine Bank unter der großen Linde zu setzen und die frische Morgenluft zu genießen. Vom nahegelegenen Fluss her lag noch Nebel über dem Boden. Das Moor hatte einen ganz eigenen Geruch – anders als in Deimhausen, wo es vor allem der Wald gewesen war, der seinen würzigen Atem übers Land geschickt hatte.

Freinhausen war weder so stolz wie das nahegelegene Pörnbach mit dem gräflichen Schloss und der großen Brauerei noch so verwunschen wie das kleinere Deimhausen, aber es war in den Jahren, die Resi mit Korbinian Hardt verheiratet war, zu ihrer Heimat geworden, und sie hatte es lieben gelernt. Vor allem aber hatten die Freinhausener sie lieben gelernt. Denn Resi war eine allseits anerkannte Wirtin, die ihre Gäste zu nehmen wusste und das Anwesen so gut im Griff hatte wie eine Alte.

Dabei hatte Resi schnell lernen müssen. Die Schwiegerleut rührten keinen Finger mehr. Nachdem der alte Hardt Haus und Hof an den Erben übergeben hatte, hatte er sich mit seiner Frau aufs Altenteil zurückgezogen und verließ das Austragshäusl, das neben dem Stadel lag, nur noch zu den Mahlzeiten und am Abend, um mit seinen Freunden in der Wirtschaft Karten zu spielen. Dabei hätten die jungen Hardts und hätte vor allem die Resi Hilfe gut gebrauchen können, und die Schwiegereltern waren allemal noch rüstig und hätten mit anpacken können.

Umso froher war sie zunächst gewesen, dass ihre Mutter zu ihr gekommen war, nachdem der elterliche Hof zu Deimhausen versteigert worden war. Doch die beiden Mütter vertrugen sich nicht. Die Geistbeckin passte der Hardtin von Anfang an nicht. Und die Hardtin war der Geistbeckin umgekehrt immer schon unsympathisch gewesen. »Ein böses Weib ist sie«, schimpfte die Mutter manches Mal über die Schwiegermutter. Aber auch wenn sie mit dieser Feststellung zweifellos recht hatte, wäre Resi lieber gewesen, nicht ständig zwischen den beiden Frauen zu stehen und zusehen zu müssen, wie sie den schlimmsten Streit verhinderte.

Noch schliefen sie alle oder waren zumindest noch in ihren Kammern und kümmerten sich nicht um die junge Wirtin, die sich immerhin freute, dass ihr Mann an diesem Tag wieder zurückkommen würde von seiner Fahrt nach Augsburg, und zwar mit einem Motorradl! Denn der alte Horch-Pkw, den der Seniorbauer als einer der Ersten im Ort angeschafft hatte, war dem Junior zu langsam und außerdem zu oft reparaturbedürftig.

Das würde ein großes Hallo geben, wenn der Korbinian mit der Neuanschaffung vorfuhr. Genießen würde er es! Und die Resi ebenso, denn auch wenn sie sich manchmal über ihren geltungssüchtigen Mann lustig machte, bewunderte sie ihn doch nach wie vor. Und sie hatte immer noch Freude an der Ehe, auch wenn sie bisher kinderlos geblieben war. Oder vielleicht auch gerade deshalb.

Die Schwiegermutter freilich, die alte Hardtin, versäumte es keinen Tag, ihr diese Kinderlosigkeit vorzuhalten und sie darauf hinzuweisen, was ihre Pflichten in der Ehe waren. Wenn sie gewusst hätte, wie eifrig Resi diesen Pflichten nachkam … Ja, sie freute sich auf ihren Korbinian und war gespannt auf das Motorradl und wie er damit aussah.

Die erste Kuh muhte im Stall. Karl, der Hofhund, bellte kurz und schlief weiter. Irgendwo schepperte etwas. Langsam kam Leben im Haus auf. Resi seufzte und stand auf. Jetzt hieß es wieder arbeiten bis zum späten Abend. Bis der letzte Gast gegangen war und alles gespült und aufgeräumt war. Und bis auch die Schwiegereltern endlich wieder in ihrem eigenen Häusl verschwunden waren.

Wenigstens würde der Korbinian wieder da sein. Und vielleicht gelang ihnen ja heute Nacht, was das »böse Weib« so sehr herbeisehnte – und Resi in einem Winkel ihres Herzens nicht minder.

***

Das Gasthaus »Zum Schmied«, kurz »Schmiewirt« genannt, war eine von zwei Wirtschaften, die es in Freinhausen gab. Der alte Hardt hatte das Anwesen gekauft, um neben seiner kleinen Landwirtschaft noch ein weiteres Einkommen zu haben. Allerdings hatte er nichts reingesteckt, weshalb der Schmiewirt im Vergleich zur Konkurrenz nicht sonderlich gut dagestanden hatte. Das hatte sich ein wenig geändert, nachdem Korbinian das Gasthaus übernommen hatte. Er hatte zumindest die Einrichtung modernisiert, eine ordentliche Theke mit Zapfanlage und eine zeitgemäße Beleuchtung einbauen lassen. Außerdem hatte er dafür gesorgt, dass es einen großen Stammtisch gab, an dem man gesehen werden wollte, und er hatte den Dachboden ausbauen lassen, weshalb neuerdings endlich auch Hochzeiten beim Schmiewirt ausgerichtet werden konnten.

Eine solche Hochzeit sollte es im September an Notburga noch einmal geben, und die würde ihnen auch guttun. Der Schoberbauer, dessen Ältester eine Auswärtige aus der Gegend von Tölz heiratete, gehörte zu den Geldigen am Ort. Er wollte sich nicht lumpen lassen und hatte einen ganzen Ochsen und mehrere Gänse bestellt; und saufen würden sie, bis sie unter den Tischen lagen. Bei fast zweihundert Gästen ein schönes Geschäft.

Mit frischem Mut und voller Tatendrang machte sich Resi auf ins Haus. Sie war froh, dass sie außer der Trudi keine Kühe hatten; so fiel das morgendliche Melken weg. Und um die Trudi kümmerte sich die alte Bäuerin. Es war das Einzige, was sie noch an Arbeit beitrug, und auch das nur, weil ihr aus unerfindlichen Gründen etwas an dieser Kuh lag.

So konnte sich Resi darum kümmern, dass alle taten, was zu tun war. Die Knechte mussten aufs Feld. Auch Hardts hatten ja einiges an Hopfen und Gerste, eben alles, was man fürs Bier brauchte. Sie selbst würde die Gaststube vorbereiten, auch wenn die Männer – und die ein oder andere Frau – erst am Abend kommen würden, denn tagsüber hatte auf dem Dorf keiner Zeit, sich ins Gasthaus zu setzen. Sie wollte, dass alles perfekt war, wenn Korbinian zurückkam.

»Karl!«, rief sie in Richtung Stadel, wo der Knecht seine Unterkunft hatte. »Karl!«

»Ja?«

»Ein Fassl Bier brauchen wir in der Wirtschaft.«

»Is's schon wieder aus?« Der Knecht streckte seinen Kopf aus der Tür. Sein Bart war inzwischen so mächtig, dass er als russischer Mönch durchgegangen wäre, und das, obwohl er aus dem Schwäbischen stammte – was man ihm aber nur noch anhörte, wenn er über den Durst getrunken hatte.

»Und deinen Bart solltest du einmal stutzen«, sagte die Bäuerin prompt.

»Wenn ich einmal Zeit hab«, erwiderte Karl und erinnerte sie damit daran, dass auf dem Hof sehr vieles an ihm hing, denn keiner verstand sich so gut auf die Arbeit auf den Feldern, aber auch aufs Handwerkliche wie der älteste Knecht der Hardts.

»Ein Fassl. Bittschön.«

»Schon recht.«

Der Keller unter der Gastwirtschaft war weitläufig. Hardts hatten Eis in mehreren Kammern. Und sie hatten das Bier in den Eiskellern gelagert, sodass es kalt war, wenn es heraufgebracht wurde, und lange kühl blieb. Dafür hatte Korbinian sogar ein Eisfach direkt in der Zapfanlage einbauen lassen. Der alte Hardt hatte natürlich geschimpft. »Ein Schmarrn!«, hatte er gezetert. »Einen Haufen Geld ausgeben, damit das Bier kalt is. Wenn's ein bisserl warm wird, dann hat's doch eine ganz andere Wirkung.«

Das stimmte zwar, doch war Korbinians Rechnung aufgegangen. Dass die Gäste langsamer betrunken wurden, hatte nicht dazu geführt, dass sie weniger tranken, sondern eher dazu, dass sie mehr Bier bestellten und auch noch größeren Hunger hatten. So war dem alten Hardt bald das Lamentieren vergangen, und der Sohn musste sich nicht mehr wegen jeder Kleinigkeit rechtfertigen.

Resi putzte die Theke. Das hatte sie sich am Vorabend erspart, denn es war spät geworden. Sie mochte es, wenn es blitzte und funkelte, auch wenn sie keine Freude daran hatte, wie viel Arbeit alles machte. »Und wenn du fertig bist, dann sei so gut und schütt ein paar Eimer Wasser vors Haus«, wies sie den Knecht an, als er nach einiger Zeit mit dem Fass aus dem Keller hochkam, um es unter der Zapfanlage in Stellung zu bringen.

»Hat uns wieder einer hingespiebn?«

»Mei. Das bleibt nicht aus«, stellte die Wirtin schicksalsergeben fest. Es war nun einmal so: Man achtete darauf, dass vor keinem Gast ein leerer Krug stand, und freute sich daran, wenn eine Halbe nach der anderen durch die durstigen Kehlen strömte. Aber dass manches von dem, was im Wirtshaus hinuntergeschluckt wurde, später vor der Tür wieder den umgekehrten Weg suchte, damit musste man leben.

»Schon recht«, murrte Karl, der diese Arbeit lieber den Jüngeren auf dem Hof überließ. Aber die anderen Knechte würden sich gleich auf den Weg Richtung Steinerskirchen machen, wo die Hopfenfelder der Hardts lagen, und mit der Ernte beginnen, während Karl weiter die Stiege zum Stadel reparierte, bei der mehrere morsche Bretter ausgewechselt werden mussten.

Resi liebte ihren Hof – und sie hasste ihn. Manchmal beneidete sie ihre jüngere Schwester Wally, die in die Stadt gegangen war und nur ein paar Zimmer putzen und ein paar Leute bekochen musste. Wally brauchte nie im Mist stehen und musste sich nie Sorgen machen, dass die Sonne alles verbrannte oder der Hagel die Ernte vernichtete. Sie bekam jede Woche ihren Lohn und wohnte und aß umsonst bei ihren Herrschaften. War das nicht ein gemütliches Leben? Bäuerin zu sein und Wirtin obendrein dagegen war eine Schinderei tagein, tagaus, jahrein, jahraus.

Resi seufzte und nickte Emma zu, Marie, Hans und Hubert, die nacheinander in die Gaststube traten und sich an einen der Tische setzten, um ein schnelles Frühstück einzunehmen. »Guten Morgen!«, rief sie. »Heut packen wir's an!« Da war sie wieder, die launige, mitreißende Art, für die Theresia Hardt bekannt war. Sie wusste die Leute zu nehmen, auch die Mitarbeiter auf dem Hof.

»Guten Morgen, Bäuerin!«, rief Evi fröhlich, während die anderen nur eine entsprechende Erwiderung murmelten. Sie war die Jüngste unter den Mägden. Resi mochte sie, betrachtete sie aber immer auch mit etwas Argwohn. Wenn ihr Korbinian so gewesen wäre wie ihr Vater selig, dann wäre Evi eine Gefahr für ihre Ehe gewesen. »Morgen, Evi! Deine erste Ernte bei uns!«

»Ich freu mich schon!«

»Dann lang nur gut zu, damit du nicht hungrig aufs Feld musst.« Resi stellte einen Krug Milch auf den Tisch und nickte zum Schrank, wo das Brot aufbewahrt wurde. Wie auf dem elterlichen Hof auch, sperrten sie die frisch gebackenen Laibe für ein paar Tage weg, ehe davon gegessen werden durfte. Frisches Brot schmeckte einfach zu gut. Altbackenes machte viel schneller satt.

Evi beeilte sich, den angeschnittenen Laib, das große Brett und ein Messer zu holen, während Resi das kleine Butterfass unter der Theke hervorholte, wohin sie es immer stellte, damit es mit dem Bier zusammen gekühlt wurde.

»Langt nur gut zu!«, forderte sie die Knechte und Mägde auf.

Chefin zu sein, das lag ihr. Sie genoss es, das Sagen zu haben und den Frauen und Männern auf dem Hof aufzutragen, was zu tun war, gerade wenn ihr Mann Korbinian weg war. Das war etwas, was Wally so nie erleben würde, denn die kleine Schwester war eine von denen, denen dauernd nur Arbeit aufgebürdet wurde. Und einen Mann wie den Korbinian hatte sie auch nicht – sie hatte gar keinen, und sie würde als Dienstmagd wohl auch nie einen haben. Nein, wenn sie es recht bedachte, beneidete Resi ihre jüngere Schwester doch nicht. Sie selbst hatte es schon gut getroffen, das wusste sie. Auch wenn sie manchmal haderte, war sie dem Herrgott dankbar, dass er ihr einen schneidigen Burschen zum Mann gegeben hatte, der zupacken konnte, kein armer Schlucker war und in den richtigen Augenblicken sogar fast ein bisserl zärtlich zu ihr.

***

Als am Abend der Wagen mit der Hopfenernte von Steinerskirchen her vor den Hof rollte, knatterte praktisch gleichzeitig von Hohenwart her ein schwarzes Motorrad in Richtung Schmiewirt.

»Da kommt der Bauer!«, rief Evi aufgeregt. Sie hatte den Hardt Korbinian als Erste gesehen, was Resi fast ein bisschen ärgerte. Sie drängte die Magd zur Seite und stellte sich vorn an die Straße, die Hände in die Seiten gestemmt. Tatsächlich: Auf einem Motorrad, einen glänzenden Helm auf dem Kopf, brauste ihr Mann auf der Landstraße heran und winkte. Resi winkte zurück und staunte nicht schlecht. Das Motorrad nämlich hatte einen Sozius! »Korbinian!«, rief sie. »Servus!«

Grinsend blieb der Bauer neben seiner Frau stehen. »Habe die Ehre«, sagte er frech. »Eine Rundfahrt gefällig?«

»Was? Ich?«

»Ich kann auch den Bazi mitnehmen«, erwiderte der Hardt. »Oder die Evi.«

»Untersteh dich!«, rief Resi lachend und band ihre Schürze ab. Respektvoll betrachtete sie das Gefährt. »Und da kann sich wirklich jemand neisetzen?«

»Jetzt trau dich schon«, erwiderte der Hardt und nahm seinen Helm ab, um ihn seiner Frau aufzusetzen.

»Ja und du?«

»Mir passiert schon nix.«

Umständlich stieg Resi in den Beifahrerwagen und verstaute ihre Röcke ordentlich, während der Hardt den Motor knurren ließ. »Jessas!«, rief sie.

»Wart ab, bis wir erst einmal auf der Straße sind!«, rief der Bauer zurück. Dann ließ er die Bremse schnalzen und gab Gas.

Resi kreischte, die Umstehenden johlten, der Hardt juchzte, und im nächsten Moment knatterte die Maschine in Richtung Kirche und dann gen Pörnbach davon.

Resi klammerte sich an dem verchromten Griff fest. Sie bekam kaum Luft. Ihre Augen tränten, und ihr Herz schlug so heftig, dass sie sich nicht vorstellen konnte, diese Höllenfahrt lange zu überleben. Immer wieder rief sie ihrem Mann zu, dass er langsamer fahren solle. Doch der Hardt hörte sie nicht oder wollte sie nicht hören, sondern donnerte mit seinem neuen Motorrad über die Landstraße, überholte Traktoren und Fuhrwerke, schlingerte an der Ortseinfahrt von Pörnbach, dass Resi schon ihr letztes Stündlein geschlagen wähnte, und bremste dann kurz hinter der Ortschaft so abrupt, dass Resi beinahe über die Griffleiste hinweg auf die Straße geschleudert worden wäre. »Ja da schau her!«, rief der Bauer und schüttelte den Kopf.

Resi brauchte eine Weile, bis sie sich beruhigt und sich so weit gefasst hatte, dass sie seinem Blick folgen konnte. Vom nächsten Hügel her rollte ein Fahrrad auf sie zu. Erst auf den zweiten Blick erkannte Resi, wer da von Hohenkammer in Richtung Pörnbach unterwegs war. »Wally!«, rief sie.

Endlich hatte auch die Schwester sie bemerkt oder vielmehr: erkannt. »Resi!«, rief sie. »Korbinian!«

Kurz darauf war sie bei ihnen. »Habt's ihr jetzt ein Motorradl?«, fragte sie ungläubig.

»Da schaust du, gell?«, erwiderte Resi, die merkte, wie ihr schlecht war. Hoffentlich musste sie jetzt nicht erbrechen. Das wäre ihr furchtbar peinlich gewesen vor ihrer jüngeren Schwester. »Magst du auch einmal fahren?«

»Ich? Auf dem Motorradl? Geh!«

»Doch, freilich«, sagte der Hardt. »Kannst dich hinter mich setzen. Die Maschine trägt drei Leut.«

»Ehrlich? Mei, das is aber was Großartiges.«

»Ja, aber die Wally kann ja nicht ihr Radl da stehen lassen«, warf Resi ein. »Weißt du was? Ich geb dir den Helm, du setzt dich in den Sozius, und ich fahr mit deinem Radl zu uns.« Und so geschah es.

Nachdem der Bauer mit seiner Frau losgefahren war, kehrte er mit seiner Schwägerin zurück, was für ein großes Hallo und große Belustigung auf dem Hof sorgte. »Hast dein Weib eingetauscht, Bauer?«, rief Karl und trat staunend an das Gefährt heran.

»Kommt ja gar nicht infrage«, erwiderte der Hardt und stieg lachend ab.

»Eine schöne Maschine is das.«

»Allerdings«, bestätigte der Bauer. »Und fährt gerad so schnell wie ein Horch oder ein Benz.«

»Wenn du die vor der Wirtschaft stehen lässt, dann is heut Abend der Laden voll.«

»Recht hast du. Grad so mach ich's«, erklärte der Hardt und schlug seinem Knecht auf die Schulter. »Aber jetzt hab ich einen Durst.«

»Und was is mit der Wirtin?«, wollte Emma wissen.

»Weiß auch nicht, wo sie bleibt«, sagte der Hardt leichthin. »Sie is aufs Radl umgestiegen.« Er hielt seiner Schwägerin die Hand hin. »Kommst nicht allein raus?«

Mit glühenden Wangen kletterte Wally aus dem Sozius. »So schnell bin ich fei noch nie gefahren«, stellte sie atemlos fest.

»Hast eine rechte Angst gehabt?«

»Überhaupt nicht!«, wies Wally die Unterstellung entrüstet von sich. »Schön war's. Jetzt tut's mir bloß ein bisserl leid, dass ich der Resi den Platz im Beiwagen weggenommen hab.«

»Die wird noch oft genug drin fahren.« Mit diesen Worten ging der Hardt in sein Wirtshaus und trat höchstpersönlich an die Theke, um sich eine Halbe Bier zu zapfen. Denn Reisen macht durstig – und Motorradfahren schon grad erst recht.

***

Erst eine halbe Stunde später kam die Bäuerin vor dem Hof an. Wally hatte besorgt vor dem Haus auf sie gewartet und sah sie endlich das Fahrrad die Straße herunterschieben. Sie lief ihr entgegen. »Resi! Hast du einen Platten gehabt? Ich hab dem Korbinian gesagt, dass wir noch einmal losfahren und dich abholen sollen. Aber da hat er schon drei Halbe getrunken gehabt.«

»Is schon recht, Wally«, erwiderte die Schwester. »Jetzt bin ich ja da. Und wegen der Reifen brauchst du dir keine Sorgen zu machen.«

»Ja aber …«

»Es is alles gut«, sagte Resi eindringlich. »Lass uns nicht weiter drüber reden.« Die Wahrheit war, dass sie nach der Spritztour mit dem Motorrad so zittrige Beine gehabt hatte, dass sie nicht mehr hatte Fahrradfahren können. Also hatte sie das Rad von Pörnbach herüber nach Freinhausen geschoben, was eine rechte Schinderei gewesen war, weil Wally auch noch ihren Koffer hintendrauf gehabt hatte.

Wally übernahm ihr Fahrrad und schob es die letzten Meter. Vor dem Haus standen ein paar Männer und fachsimpelten über die Maschine, die Emma auf Geheiß des Bauern noch schnell hatte polieren müssen. Aus den Fenstern fiel helles Licht nach draußen, während das Land in der Dämmerung versank. »Da habt's euch was Sauberes geleistet!«, rief der Schober anerkennend, als er die junge Hardtin entdeckte.

»Mir wär ein neues Automobil lieber gewesen«, entgegnete Resi.

»Das wird nicht lang dauern, dass sich dein Korbinian eines zulegt. Nachdem der Zauner und der Purnauer sich erst neue Autos gekauft haben …« Womit der Bauer zweifellos recht hatte. Denn wenn der Hardt auf eines achtete, dann war es, dass er sich nicht von den anderen im Ort in irgendetwas übertrumpfen ließ. Er mochte nicht der größte Bauer von Freinhausen sein und nicht einmal der größte Wirt, aber er war ehrgeizig wie kein Zweiter.

»Bleibst du bei uns? Oder willst du weiter zur Zenzi?«, fragte Resi ihre Schwester, da sie mit Wallys Besuch nicht gerechnet hatte.

»Ich hab noch ein paar Tag frei, bis ich meine neue Stellung antreten muss«, erklärte die Jüngere. »Wenn ich euch nicht zur Last fall, dann bleib ich gern hier.«

»Zur Last fallen, mei. Is doch genug Platz!« Resi ging voran ins Haus, während Wally das Fahrrad an die Mauer lehnte und ihren Koffer vom Gepäckträger nahm. Sie blickte noch einmal zu dem Motorrad und musste sich heimlich eingestehen, dass sie die Resi beneidete. Seit sie selbst mit ihrem ersten richtigen Dienstherrn, einem Braumeister vom Löwenbräu, mit offenem Verdeck übers Land nach Tegernsee gefahren war, liebte sie solche Fahrten. Die kurze

Strecke im Sozius hatte sie unvermittelt wieder daran erinnert. Bestimmt würden Resi und Korbinian jetzt öfter gemeinsam mit dem Motorrad wegfahren …

In der Gastwirtschaft ging es hoch her. Der Hardt hatte zur Feier des Tages eine Runde Freibier springen lassen. Das hatte sich herumgesprochen, sodass schon bald der halbe Ort in der Gaststube versammelt war. Wally stellte ihren Koffer neben der Speisekammer ab, machte sich nur schnell frisch und nahm sich dann gleich eine Schürze vom Haken neben der Theke. Wenn so viele Gäste da waren, fragte man nicht lange, ob man helfen sollte, da packte man einfach mit an. Und Wally war Wirtstochter genug, um zu wissen, was zu tun war. Mit sicherem Blick hatte sie ausgemacht, dass am hinteren Tisch mehrere Krüge leer waren. »Schon Bestellungen für hinten?«, fragte sie Korbinian, der sich gerade an die Zapfanlage begeben hatte.

»Geh, frag halt schnell«, erwiderte der Schwager und blickte ihr hinterher. Ein fesches Derndl war sie, die Wally, immer noch. Ein paar Jahre jünger als seine Frau. Die Resi war immer die hübschere gewesen von den beiden. Aber die Wally hatte schon auch was … Er sah ihr zu, wie sie die Bestellungen aufnahm, ein wenig mit den Männern am hinteren Tisch scherzte und dann die Arme in die Seiten stemmte, um einem von ihnen die Leviten zu lesen. *Richtig*, erinnerte sich der Hardt. Ein bisserl zu anständig war sie ihm immer gewesen, die Wally. »Und?«, fragte er, als sie wieder zur Theke kam.

»Drei Dunkle, zwei Helle.«

»Kannst gleich warten, ich geb sie dir mit.« Er griff nach einem Krug und hielt ihn unter den Zapfhahn.

Wally beobachtete ihn und wunderte sich einmal mehr, wie einfühlsam so ein großer Bauernbursche wie der Hardt eine Halbe Bier einschenken konnte. Kaum jemals schäumte der Gerstensaft über, immer war eine schöne Schaumkrone auf dem Getränk – und stets war sie einen knappen Zentimeter zu hoch, sodass der Gast mehr Bier bezahlte, als er bekam. Ein gutes Geschäft, wenn man sich darauf verstand. Im Handumdrehen stand schon die nächste Halbe da, Wally schnappte sich ein Tablett, stellte die Gläser darauf, wartete noch die restlichen drei Biere ab und brachte sie dann an den hinteren Tisch.

»Magst uns nicht was singen?«, rief der Huber Anton, der sich an Wallys musikalische Talente erinnerte.

»Ja freilich«, scherzte Wally, »und vielleicht noch ein bisserl für euch tanzen?«

»Pfeilgrad! Das machst!«

Wally lachte und wandte sich kopfschüttelnd dem nächsten Tisch zu. Derb waren sie, die Bauern. Aber sie mochte sie. Wer so hart arbeitete, der brauchte nun einmal auch ein wenig Spaß. So eine Gesellschaft nach einem langen Tag auf den Feldern half, am nächsten Tag wieder von frühmorgens bis in die Abendstunden anpacken zu können, solange man es nicht mit der Sauferei übertrieb. – Der eine oder andere der Anwesenden war schon an einem Punkt, an dem er besser hätte aufhören sollen.

»Habt ihr was Gescheites zum Essen, Wally?«

»Ich bin selber grad erst angekommen. Ich muss erst einmal in der Küche fragen.«

Nachdem sie noch zwei weitere Runden Getränke serviert hatte, lief sie hinüber zur Küche. Sie war noch nicht an der Tür angelangt, da wurde ihr ganz sonderbar zumute. Die Stimme. Sie hätte sie unter Tausenden erkannt. »Mama!«, rief sie und stürzte durch die Tür.

***

Alt war sie geworden, die Geistbeckin, die bei ihrer Tochter Resi ein neues Zuhause gefunden hatte, nachdem der Hof in Deimhausen versteigert worden war. Aber als sie ihre Jüngste in der Tür stehen sah, strahlte sie übers ganze Gesicht. »Mein Winterlamm«, sagte sie, wischte sich die Hände an der Schürze ab, trat auf Wally zu und hielt sie erst einmal an beiden Armen von sich, um sie genau anzuschauen. Dann nickte sie, als wäre sie zufrieden mit dem, was sie sah, und schloss sie in ihre Arme.

Wally drückte die Mutter ganz fest. Nicht nur alt war sie geworden, sondern auch schmal. Und entweder war sie selbst noch einmal ein Stück gewachsen, oder die Geistbeckin war kleiner geworden. »Grüß dich, Mama«, sagte sie leise. »Ich bin so froh, dass ich dich seh …«

»Ich auch, Kind«, erwiderte die Mutter und nahm ihre Hände. »So ein fesches Mädel bist du geworden.«

»Na ja, Mädel …«, murmelte Wally. Wenn sie eines nicht mehr war, dann ein junges Mädchen. Vielmehr hatte sie inzwischen ein Alter erreicht, in dem man, zumindest auf dem Land, als eine Übriggebliebene galt, als eine alte Jungfer.

»Ich weiß schon, was du meinst«, sagte die Geistbeckin mit einem Lächeln. »Aber das findet sich schon noch.«

Wally atmete tief ein. »Ich weiß nicht …«

»Aber ich weiß es, Wally.« Die alte Bäuerin wandte sich um. »Wir müssen arbeiten«, sagte sie. »Die Wirtschaft ist voll.«

»Allerdings«, stimmte Wally zu. »Haben wir was zu essen?«

»Leberkäs kannst du anbieten. Stockwürst wären auch da. Und natürlich ein kaltes Schweinernes und Handkäs mit Brot.« Und dann, als wäre der Mutter gerade ein schrecklicher Verdacht gekommen, fügte sie hinzu: »Bist du entlassen worden?«

Wally seufzte und schüttelte den Kopf. »Nein, Mama. Aber der Doktor Boselli is leider gestorben. Hast du meinen Brief nicht gekriegt?«

»O mei, einen Brief … Ich seh ja nicht mehr so gut, Kind.«

Tatsächlich fiel Wally erst jetzt auf, dass der Blick der Mutter ein wenig verschleiert schien. Grauer Star? Grüner? Sie kannte sich nicht aus, wusste aber, dass viele alte Leute unter diesen Krankheiten litten und langsam ihr Augenlicht verloren. »Dann musst du zum Augenarzt gehen, Mama«, sagte sie.

»Ja, wo soll denn ich zu einem Augenarzt gehen?«, erwiderte die Geistbeckin, als wären Ärzte nur für ganz andere Leute da.

»Was weiß ich, in Schrobenhausen oder in Reichertshofen halt, da gibt's bestimmt einen!«

»Is recht«, sagte die Mutter und war doch offenbar mit den Gedanken schon wieder ganz woanders. »Wenn ich einmal Zeit hab.«

»Wally!«, rief Resi von der Tür her. »Kannst du bitte

wieder beim Bedienen helfen? Die Ersten wollen schon gehn, da muss kassiert werden. Und die andern wollen was essen!«

»Ich komm schon, Resi«, rief Wally zurück, warf der Mutter noch einmal einen zärtlichen Blick zu und ging dann, um Bestellungen aufzunehmen, während ihre Schwester kassierte und ihr Schwager am Stammtisch voll Vergnügen erzählte, wie er die Maschine in Augsburg gekauft und den Händler um fünfzig Mark runtergehandelt hatte. Wie ihn ein Gendarm aufgehalten hatte, um seine Papiere zu prüfen, weil offenbar gerade etliche Motorräder in Augsburg und Umgebung gestohlen worden waren, und wie er dann in Rekordtempo bis nach Freinhausen gedonnert war und buchstäblich jeden überholt hatte, der ihm begegnet war – nicht zuletzt den Grafen Toerring von Pörnbach in seinem hochherrschaftlichen Mercedes.

3.

Wally war froh, dass sie nicht mit aufs Feld musste, als die Knechte und Mägde mit Korbinian am nächsten Tag zur Ernte aufbrachen. Die Hopfenernte war ihr immer zuwider gewesen. Natürlich hätte sie mitgeholfen, wenn sie gefragt worden wäre. Aber Korbinian hatte akzeptiert, dass sie ihre Schwester im nahegelegenen Deimhausen besuchen wollte. Zenzi hatte vor kurzem die zweite Fehlgeburt erlitten, wie sie Wally in einem ihrer seltenen Briefe geschrieben hatte. Ein wenig machte Wally sich Sorgen um die Älteste von ihren Geschwistern.

»Fährst du zur Zenzi, heut?«, fragte die Mutter, in deren Kammer Wally untergekommen war, als hätte sie ihre Gedanken gelesen.

»Ja, Mama. Ich freu mich schon, dass ich sie wiederseh und vor allem die Kleine auch.«

»Die Kathl. So ein liebes Mädel«, erklärte die alte Geistbeckin seufzend. Ja, sie vermisste die Tochter und auch die Enkelkinder. Es mochte seltsam sein, aber obwohl Deimhausen keine fünf Kilometer entfernt lag, sah man sich so gut wie nie – jedenfalls die Frauen nicht. Die Männer, die ihren Geschäften nachgingen oder sich des Abends in den Wirtshäusern der Umgebung trafen, mochten ja Kontakt zueinander haben. Aber die Frauen blieben fast immerzu auf den Höfen und arbeiteten dort, brachten ihre Kinder dort zur Welt und zogen sie groß – und starben dort. Für sie war die Welt meist eine sehr kleine.

»Wenn ich eine Kutsche hätt, würd ich dich mitnehmen«, erklärte Wally. Aber natürlich wussten sie beide, dass es keine Kutsche gab. Was einsatzfähig war, war draußen auf den Feldern, denn die Ernte war eine eilige Angelegenheit. Sie war immer ein Wettlauf mit dem nächsten Sommergewitter.

»Es ist schon recht, Kind«, erwiderte die alte Bäuerin. »Sagst der Zenzi schöne Grüße von mir. Sie soll halt einmal wieder rüberkommen nach Freinhausen. Wenn die Ernte eingefahren ist …«

»Das sag ich ihr, Mama.« Erschrocken entdeckte Wally, wie dick die Beine ihrer Mutter angeschwollen waren. »Bist du einmal beim Doktor gewesen mit deinen Füßen?«

»Geh, das lohnt sich doch für mich nicht mehr.«

Wally kannte ihre Mutter gut genug, um zu wissen, dass eine Diskussion zwecklos war. Wahrscheinlich würde die alte Geistbeckin den Arzt erst holen lassen, wenn's schon zu spät war. »Du solltest dich nicht immer in die Küche stellen«, sagte sie. »Das is nicht gesund.«

»Mei, Kind. Was is schon gesund? Ich bin doch froh, dass ich noch zu was nützlich bin. Dass sie mich überhaupt hierbehalten haben. Das is schließlich nicht unser Hof, sondern der von den Hardts.« Sie blickte aus dem Fenster, wo gegenüber das Austragshäusl der alten Bauern stand.

Wally seufzte. Natürlich war sie Korbinian auch dankbar, dass er ihre Mutter zu sich genommen hatte. Ihr Bruder Steff war ja wie sie in die Stadt gegangen, nachdem der elterliche Hof verloren gewesen war, und sonst hätte die alte Geistbeckin nur zu Zenzi auf den Hackerbauerhof ziehen können. Aber dort gab es weniger Platz als hier, und wenn es Zenzi nach den schweren Geburten wirklich nicht so gut ging …

Weniger Platz, dachte Wally. Viel weniger Platz hätten sie der Mutter nicht geben können. Die Geistbeckin bewohnte ein winziges Zimmer, in dem lediglich zwei sehr schmale Betten standen, zwischen denen man sich kaum bewegen konnte, sowie eine Kommode für die Kleider. Das war alles. Und wenn, so wie jetzt, noch jemand aus der Familie unterzubringen war, dann quartierte man ihn hier mit ein, damit die Gästezimmer jederzeit für zahlende Kundschaft frei waren, auch wenn es kaum jemanden gab, der für eine Übernachtung in Freinhausen geblieben wäre. Da fuhr man schon lieber weiter nach Pörnbach zum Bogenrieder oder gleich nach Hohenkammer oder in der anderen Richtung nach Hohenwart.

»Magst du noch ein paar Schritte mit mir spazieren gehen?«

Die Geistbeckin blickte dankbar auf ihre Tochter. »Wenn du noch so lang Zeit für mich hast?«

Es schnürte Wally den Hals zu, ihre Mutter so reden zu hören. Zum ersten Mal wurde ihr bewusst, dass es wirklich so war: Niemand hatte jemals Zeit für ihre Mutter gehabt. Das Leben der alten Walburga Geistbeck war nichts als ein unablässiges Für-andere-da-Sein, und auch Wally hatte daran ihren Anteil gehabt. Denn ganz selbstverständlich war die Mutter immer für sie da gewesen, aber umgekehrt … Auf den Gedanken war wohl überhaupt noch nie jemand gekommen, dass es auch einmal umgekehrt nötig sein könnte. »Komm«, sagte sie, statt auf die Bemerkung einzugehen. »Grad ist es noch schön kühl. Vielleicht sehen wir sogar ein paar Rehe.«

Sie zogen sich an und liefen die Seitenstraße hinunter in Richtung Paar. Am Fluss gab es schöne Stellen, man konnte Vögel beobachten, die Katzen streiften gierig durch die Wiesen, ganze Scharen von hellgrünen Laubfröschen hüpften durchs Gras. Manchmal ließ sich ein Feldhase sehen oder eben ein paar Rehe oder gar eine Wildsau. Auf die allerdings musste man aufpassen! Das Schwarzwild war gefährlich, wie schon jedes kleine Bauernkind eingeschärft bekam.

Am meisten liebte Wally die Schmetterlinge, die über den Blüten tanzten, und von den Schmetterlingen mochte sie am liebsten die kleinen Bläulinge, die es hier in großer Zahl gab, mit ihrer zarten, leicht violetten Färbung und der eleganten Zeichnung an den Flügelrändern. Sie waren ebenso schön wie unauffällig, Wesen von bescheidener Eleganz.

Schweigend gingen die beiden Frauen über die Wiese und hinunter zum Wasser. Der Fluss schob sich trüb und träge durchs lichte Gehölz, das an seinen Ufern wuchs. Die Brücke verdiente den Namen nicht. Sie bestand nur aus einem mächtigen, langen Balken, an den auf einer Seite ein wackeliges Geländer genagelt war. Nur eine Person konnte jeweils hinübergehen, und weil man auf den Grund der Paar nicht blicken konnte, wirkte dieser Weg ans andere Ufer umso gefährlicher, obwohl sie kaum zwei Meter tief sein mochte.

»Magst du hinübergehen zum Fischerhäusl?«, fragte Wally, die das kleine Häuschen liebte, das Hardts am anderen Ufer errichtet hatten.

»Setzen wir uns ein bisschen auf die Bank«, stimmte die Mutter zu und ging mutig voran. Erst jetzt erinnerte sich Wally wieder an die geschwollenen Füße ihrer Mutter. Doch noch ehe sie etwas sagen konnte, war die Geistbeckin schon mitten auf dem Steg und tat Schritt für Schritt zur anderen Seite.

Mit bangen Gefühlen folgte ihr die Tochter, die diese Brücke noch nie hatte leiden mögen. Als sie drüben angelangt war, atmete sie durch.

Das Häuschen stand auf einer kleinen Landzunge, die in einer Flussschleife lag. Es war vom Wetter in Jahren und Jahrzehnten beinahe schwarz geworden, was ihm eine romantische, verwunschene Ausstrahlung verlieh. Ganz still war es an diesem Ort.

»Sie haben jetzt Fische, die Hardts«, sagte die Mutter und nickte zu einem Graben hinüber, der aus der Landzunge eine Insel machte. Wally war verblüfft. Man hatte offenbar beide Enden des künstlichen Kanals durch engmaschige Drahtgeflechte vom Fluss abgetrennt, sodass ein fließendes Gewässer für Fischzucht entstanden war. »Forellen«, erklärte die alte Bäuerin. »Und Saiblinge. Wenn die Ernte um ist, dann gibt's ein Fest, sagt der Korbinian. Dann machen wir Steckerlfisch.«

Wally lief das Wasser schon beim bloßen Gedanken daran im Munde zusammen. Über offenem Feuer geräucherte Forelle oder Renke war eine Delikatesse, die sie erst in München kennengelernt hatte. Auf dem Oktoberfest, genauer gesagt. Dort war sie einmal mit ihrer Freundin Fränzi beim »Fisch-Winter« eingekehrt, und sie hatten sich gemeinsam einen solchen Fisch geleistet.

»Vielleicht bin ich dann ja sogar noch da«, überlegte Wally laut. »Sind sie schon weit mit der Ernte?«

»Fehlen noch die Kartoffeln«, erwiderte die Geistbeckin. »Aber die haben ja noch Zeit. Die Gerste ist drin. Und morgen oder übermorgen wird der Hopfen unten sein. Ist ja kein großer Bauer, der Hardt.«

»Dann hoff ich, dass das Wetter hält.« Wally lachte. »Damit wir miteinander einen Steckerlfisch essen können.«

»Ja«, sagte ihre Mutter. »Das wär schön, Kind.«

***

Auf der Fahrt mit dem Rad nach Deimhausen kam Wally mehrmals an Erntewagen vorbei. Sie winkte und freute sich, wenn jemand zurückwinkte. Aber die meisten waren zu beschäftigt, und dass sie selbst einen freien Tag hatte, machte ihr zunehmend ein schlechtes Gewissen.

Nach einiger Zeit kam Hohenwart in Sicht. Wally erinnerte sich, wie sie diese Strecke einmal voller Vorfreude auf ihre heimliche Liebe, Ludwig Auffacher, gefahren war. Doch dann hatte sie ihn nicht mehr im Dorf angetroffen, und sie hatten sich aus den Augen verloren. Dass sie jetzt, ja, dass sie eigentlich jedes Mal, wenn sie auf diesem Weg in ihr Heimatdorf kam, wieder an ihn denken musste, zeigte ihr, wie sehr die Wunde in ihrem Herzen noch blutete. Und wie jedes Mal, musste sie auch diesmal denken, was wohl aus ihr geworden wäre, hätte es das Schicksal besser mit

Ludwig gemeint, diesem sanftmütigen, fröhlichen Bauernburschen, und dadurch auch mit ihr.

***

Deimhausen lag im Schatten der stolzen Gemeinde Hohenwart am Rand eines Waldes, gerade so, als wollte es sich vor der Welt verstecken. Die Straße, die dorthin führte, war so schnurgerade, als hätte man sie mit dem Lineal gezogen. Mit bangem Herzen radelte Wally die letzten paar hundert Meter. Als sie an dem einstigen Hof ihrer Eltern vorbeikam, schaute sie lieber gar nicht hin, sondern heftete den Blick fest auf das Pfarrhaus mit seiner lieblichen Fassade. Längst lebten die Pfarrer ihrer Kindheit nicht mehr, und den neuen hatte sie noch gar nicht kennengelernt. Sie lenkte ihr Fahrrad in Richtung Kirchberg, sah das liebe alte Gotteshaus St. Pantaleon und den Hackerbauerhof, der direkt danebenlag, sowie die mächtige Winterlinde, die sie schon in ihrer Kindheit immer bewundert hatte.

»Is das die Wally?«, hörte sie vom Hof her rufen.

»Peter!«

»Ja, Wally! Grüß dich! Komm her, lass dich anschauen!« Peter Horch, der Hackerbauer, strahlte übers ganze Gesicht, als er die Schwägerin sah. »Ja so was! Das is aber eine schöne Überraschung! Die Zenzi wird sich freuen!«

»Seid ihr gar nicht beim Ernten?«

»Ich muss noch ein wenig warten«, erklärte der Schwager. »Wir haben ja leider nur die Felder hinterm Wald auf der Nordseite. Es fehlen noch ein paar Sonnentage für meinen Hopfen.«

»Verstehe«, sagte Wally und stieg ab, um neben dem Hackerbauern her ihr Rad zum Haus zu schieben.

»Ja, sie wird sich freuen, die Zenzi«, wiederholte Peter, um leise hinzuzufügen: »Und sie kann eine kleine Freude grad so gut gebrauchen. Weißt es ja mit dem Kind, das sie verloren hat.«

Wally nickte. »Ja, ich weiß. Aber das is ja schon ein paar Monate her.«

Peter Horch zuckte die Achseln. »Man steckt nicht drin. Es is ja nicht das erste, das sie verloren hat. Aber diesmal hat sie's doch arg mitgenommen. War vielleicht einfach zu früh nach der letzten Geburt, dass sie schon wieder schwanger geworden is.«

Wally konnte sich leicht denken, dass solche Ereignisse für Peter besonders heikel waren. Schließlich war seine erste Frau im Kindbett gestorben. »Dann schau ich jetzt einmal nach ihr«, sagte sie. »Und du, mach nur deine Arbeit, ich komm schon zurecht.«

***

Sie fand Zenzi bei den Hühnern. »Grüß dich, Zenzi!«

»Mei, Wally! Jetzt hast mich aber erschreckt!« Die Hackerbäuerin stellte die Schüssel, in der sie das Hühnerfutter hatte, beiseite und lief auf ihre jüngste Schwester zu, um sie zu umarmen. »Mei, bist du ein schönes Frauenzimmer geworden!«

»Geh, Zenzi«, erwiderte Wally. »Ich weiß doch, wie ich ausschau. Musst mir nicht schöntun.«

Statt darauf zu antworten, hakte Zenzi ihre Schwester

unter und zog sie mit sich. »Komm mit nach drinnen, und erzähl mir, wie's dir geht. Hast du einen Verehrer?«

Wally war so überrumpelt, dass sie gar nichts zu erwidern wusste. Da lachte Zenzi und erklärte: »So is's recht! Wirst es schon sehen, Wally, übers Jahr bist du auch unter der Haube!«, und sie lachte glockenhell, nur dass da eine gewisse Traurigkeit hindurchzuschimmern schien.

Sie setzten sich in die Stube, und Zenzi holte aus der Küche ein wenig Schmalzgebäck, das noch vom Vortag übrig war. Schmal war sie geworden. Das schwarze Kleid, das sie trug, unterstrich das noch.

»Oh, Auszogne! Die hab ich aber schon lange nicht mehr gegessen.«

»Dann greif nur zu, Wally. Soll ich uns einen Kaffee machen?«

»Wenn du Zeit dafür hast?«

»Ja, freilich! Wenn meine kleine Schwester zu Besuch kommt, dann muss Zeit sein«, erklärte Zenzi und beeilte sich, Wasser aufzusetzen und eine Handvoll Kaffeebohnen zu mahlen und in den Filter zu schütten. »Hast du ein paar Tage frei?«

»Nein, mein Dienstherr ist gestorben. Ich hab zwar schon wieder was Neues, aber ich fang erst zum ersten Oktober an. Bis dahin hab ich meine Sachen bei einer Bekannten untergestellt und bin jetzt hier.«

»So sparst du dir die Kosten für eine Unterkunft.«

»Das auch«, sagte Wally, die nicht dastehen wollte wie jemand, der nur gekommen war, um die anderen auszunutzen.

»Entschuldige. So hab ich das nicht gemeint«, erklärte

die ältere Schwester, setzte sich wieder zu ihr und griff nach ihrer Hand. »Ich bin froh, dass du nicht in der Stadt geblieben, sondern wieder einmal zu uns gekommen bist. Und jetzt musst du von deinem … Verehrer erzählen.«

»Verehrer«, sagte Wally beschämt. »Wie das klingt …«

»Is es was Ernstes?«

Wally zuckte die Schultern. »Das kann ich dir noch nicht sagen. Es is erst ganz kurz. Aber kennengelernt hab ich ihn eigentlich schon … also eigentlich schon an meinem ersten Tag in München.«

»Ja, aber dann seid ihr ja alte Bekannte!«, rief Zenzi.

»Das nicht. Wir sind uns einfach ein paarmal übern Weg gelaufen. Und dann, also neulich, da hat er mich gefragt.«

»Einen Antrag hat er dir gemacht?«, rief die große Schwester begeistert.

»Nein, Zenzi. Doch keinen Antrag …«

»Ja, Herrschaft, so lass dir doch nicht alles so aus der Nase ziehn!« Zenzi warf die Arme in die Luft, lachte und stand auf, um den Kaffee zu holen. Zum Glück schien es ihr doch nicht so schlecht zu gehen, wie Wally befürchtet hatte – zumindest nicht dauernd.

»Ob ich mit ihm ins Café geh, hat er mich gefragt«, stellte Wally richtig.

»Ins *Café*«, wiederholte Zenzi mit einer ganz eigentümlichen, schwärmerischen Stimme.

Da wurde Wally erst bewusst, dass ihre große Schwester eine solche Einladung nie bekommen hatte und auch nie bekommen würde. Eine Einladung ins Kaffeehaus oder in ein Restaurant oder gar ins Konzert oder was es alles an Zerstreuungen in der Stadt gab, davon konnten Bäuerinnen oder Mägde nur träumen. Höchstens, dass sie als junges Derndl auf dem Jahrmarkt eingeladen wurden. Auf ein Bier. Oder vielleicht auch auf ein halbes Hendl oder Magenbrot. Auf dem Bartelmarkt zum Beispiel, wo Ludwig einst vergeblich auf Wally gewartet hatte, weil sich alles gegen sie verschworen hatte und Wally erst angekommen war, als er die Hoffnung bereits aufgegeben und nicht mehr länger ausgeharrt hatte.

»Und was ist er für einer?«

»Ein Eisenbahner«, antwortete Wally. »Also eigentlich hat er Metzger gelernt. Aber er geht jetzt zur Eisenbahn.«

»Geh. Wo doch Metzger ein erstklassiger Beruf ist!«, sagte Zenzi, die die berufliche Veränderung offenbar missbilligte, denn immerhin war ja auch ihrer beider Bruder Steff Metzger geworden, nachdem er den elterlichen Hof nicht hatte übernehmen können. »Am Ende kennt ihn der Steff vielleicht sogar!«

»Kann sein. Aber ich glaub's nicht. Weißt du, es gibt ja so viele Metzger in der Stadt. Deswegen hört er auch auf damit. Die Eisenbahn ist eine aufstrebende Branche«, erklärte Wally ihrer ältesten Schwester, so wie es ihr Michael Reitz erklärt hatte. »Das is die Zukunft.«

»Verstehe«, sagte Zenzi und nippte an ihrem Kaffee. »Und meinst du, er wird dich das andere auch fragen?«

»Das andere? Ich weiß nicht, Zenzi.«

»Und wenn er dich fragen würd?«

Wally atmete tief durch. Wie oft hatte sie darüber schon nachgedacht! *Was, wenn er mich fragt? Aber er wird mich nicht fragen. Er findet bestimmt eine Jüngere. Ich bin ja schon fünfundzwanzig Jahre alt. Natürlich wird er mich nicht fragen. Er möchte eine nette Gesellschaft. Vielleicht will er auch ein Gspusi. Aber zum Heiraten sucht er sich eine andere. Eine Jüngere. Und wenn er mich doch fragt?* »Dann würd ich schon ja sagen, glaub ich.«

***

Es wurde ein schöner Tag in Deimhausen für Wally. Sie hatte Zenzis Kinder schon so lange nicht mehr gesehen, dass sie genau merkte, wie die Jüngste, die Kathl, fremdelte, sie nicht mehr so recht erkannte. Aber schon bald war das Eis gebrochen. Das Herz des Mädchens eroberte Wally, indem sie für Kathl auf einem Kamm mithilfe eines Streifens Butterbrotpapier Musik machte. Dem etwas älteren Georg, der nach ihrem Vater selig benannt war, zeigte sie ihren Lieblingsbaum, eine Buche, die gar nicht weit vom Hof am Waldrand stand und die nicht nur eine Astgabel hatte, von der aus man beinahe unsichtbar alles ringsumher beobachten konnte, sondern auch ein Loch, das ein ideales Versteck abgab. Wally hatte den Baum als Kind geliebt und viele Stunden auf ihm verbracht. Nun teilte sie diesen geheimnisvollen, verzauberten Ort mit dem kleinen Georg und wurde prompt zu seiner Lieblingstante ernannt.

Das älteste von Zenzis leiblichen Kindern, Maria, war zunächst noch in der Schule und musste am Nachmittag dann mit den anderen aufs Feld, sodass sie nicht viel Zeit miteinander hatten.

»Du kannst gut mit Kindern«, sagte Zenzi anerkennend. »Wirst bestimmt einmal eine gute Mama.«

»Vielleicht, ja«, erwiderte Wally, die in letzter Zeit schon öfter gedacht hatte, wie unwahrscheinlich es war, dass sie jetzt noch Kinder bekommen würde. Frauen in ihrem Alter waren längst verheiratet und hatten mehrere Kinder. Und in ihrem Fall …

»Was? Hast du Angst, es wird nix mehr?« Zenzi schien ihre Gedanken zu ahnen. »Schau mich an. Ich bin vierzehn Jahre älter als du und hab doch grad kürzlich erst eines verloren.«

Vielleicht war es ja wegen des Alters, dachte Wally, sagte es aber nicht, um ihre Schwester nicht zu verletzen. Sie seufzte. »Weißt du«, sagte sie. »Als Dienstmagd …«

»Haushälterin!«

»Auch als Haushälterin … is es schwer, zu heiraten. Da kann man keine eigene Familie haben.«

»Na ja, wenn du eine Familie hast, dann brauchst du ja auch nimmer arbeiten, oder?«

»Das sagst du so, Zenzi. Aber in der Stadt, da is das alles anders. Weil da alles so teuer is … Da zahlt man meistens schon für die Wohnung so viel, wie einer allein verdient. Also müssen beide arbeiten.«

Zenzi schwieg eine Weile und überlegte. »Und kannst du nicht was anderes machen? Du hast doch so viel gelernt.«

»Mei, Zenzi. Wenn ich in einer Schneiderei arbeiten würd oder in einer Konditorei, dann müsst ich ja auch den ganzen Tag lang meine Arbeit tun und könnt nicht Kinder großziehen und meinen eigenen Haushalt führen. Jedenfalls nicht so, wie sich's gehört«, fügte sie leise hinzu.

»Ach was, wenn das jemand schafft, dann bist das du«, erklärte Zenzi im Brustton der Überzeugung. »Und wenn alle Stricke reißen, dann kommt ihr zu uns und arbeitet bei uns mit.«

»Ja, freilich!«, rief Wally und lachte. »Das hätt euch grad noch gefehlt. Dass ich mit meiner Familie auf deinen Hof zieh und hier am Tisch sitz und mein Mann und meine Kinder obendrein.«

»Also, wenn's wär, weißt du ja, wo du mich findest.« Zenzi legte ihren dünnen Arm um Wallys Schultern und zog sie mit sich. »Und jetzt schauen wir noch kurz in der Kirch vorbei.«

Gemeinsam stiegen sie im Schatten der uralten Linde die steile Treppe zu St. Pantaleon hinauf und traten ein in das kühle Gotteshaus, das Wally in ihrer Kindheit immer so riesig und heiligmäßig vorgekommen war. Nach all den gewaltigen Kirchenbauten in München wirkte dieses Bauwerk geradezu zierlich. *Wie eine Weihnachtskrippe, in der die Besucher Figuren sind,* dachte Wally und kniete sich dankbar in die vorderste Bank. Zenzi ließ sich neben ihr niedersinken. So verharrten sie eine kleine Weile im stummen Gebet. Zenzi schickte gewiss eine Fürbitte an die heilige Jungfrau Maria für die Seele des Kindes, das sie verloren hatte.

Wally wartete eine Weile, ehe sie vorschlug: »Gehst du mit mir hinauf?«

Zenzi nickte. So lange schon war sie nicht mehr auf der Chorempore gewesen. Als Kinder hatten sie beide immer dort oben gestanden und für die Gemeinde gesungen. Als sie nun die alte Holztreppe hinaufstiegen, spürte sie, wie ihr Herz schneller klopfte. Hier hatte sie zum ersten Mal heimlich Peters Hand gehalten. Wobei sie sicher war, dass es ihr Lehrer, der die Orgel gespielt und den Kirchenchor geleitet hatte, bemerkt hatte. Herr Laubinger hatte sicher gewusst, wie es um sie beide bestellt war.

»Denkst an den Peter?«

Zenzi nickte. »Und du an den Ludwig?«

»Freilich.« Wally seufzte. »Aber du hast den Deinigen am Ende gekriegt.«

So gern hätte Zenzi ihrer jüngsten Schwester Hoffnungen gemacht, dass es doch immer noch sein konnte, dass der Auffacher Ludwig irgendwann wieder auftauchen und dann um Wallys Hand anhalten würde, aber sie ließ es lieber bleiben. Beide wussten sie, dass das nicht geschehen würde, denn Ludwig war verschwunden und hatte sich nie wieder gemeldet.

»Wirst es sehen«, sagte Zenzi stattdessen. »Dass du den besten Mann von uns allen bekommst.«

4.

Wally war erst nach Freinhausen zurückgekehrt, als es schon stockdunkel war – sie hatte sich von der lieben Schwester und von den Kindern einfach nicht trennen können. In der Wirtschaft saßen nur wenige Männer, die auch bald gehen würden. Allen steckte die harte Erntearbeit in den Knochen. »Morgen is's vorbei, Wally!«, erklärte der Hardt strahlend. »Weniger als das halbe Feld bei Starkertshofen drüben, dann haben wir's geschafft!« Er nahm einen tiefen Zug aus seinem Bierkrug.

»Das freut mich für euch, Korbinian«, erwiderte Wally, und obwohl sie es nicht gern tat, bot sie ihm an: »Soll ich mit rauskommen aufs Feld?«

»Lass es gut sein, Wally. Mir is lieber, du hilfst in der Küche. Wenn wir den Hopfen im Stadel haben, dann wird gefeiert!«

»Das habt ihr euch auch verdient. Freilich helf ich in der Küche.«

Der Hardt nickte und ließ den Deckel auf seinen Bierkrug klappen. »Und? Bist du noch da, wenn wir die Hochzeit vom Schober feiern?«

Wally wusste, dass er nicht fragte, weil die Hochzeit ein großes Vergnügen sein würde, sondern weil sie den Wirtsleuten einen Haufen Arbeit bescherte. »Da helf ich auch mit, Korbinian«, sagte sie. »Das is doch klar.«

»So is's recht«, erklärte ihr Schwager. »Und wann fährst nachher wieder auf Minga?« München. Er sagte »Minga«. Das hatte Wally schon lang nicht mehr gehört. Denn in der Stadt selbst war dieser Name nicht sehr gebräuchlich.

»Am ersten Oktober muss ich meine neue Stellung antreten, also fahr ich am 30. September, gleich morgens in der Früh.«

»Am 30. September, soso. Vielleicht bring ich dich hin mit meinem neuen Motorradl.«

Wally lachte. »Das würd mir schon gefallen, weißt. Aber ich bin ja mit meinem Fahrradl da. Das kann ich nicht gut bei euch hier stehen lassen.«

»Das kommt in den Sozius, und du setzt dich hintendrauf.«

»Ja, freilich«, erwiderte Wally lachend. »Genau so machen wir's.«

***

Tatsächlich rollte der große Erntewagen schon am frühen Nachmittag auf den Hof und der kleinere wenig später hinterdrein. Die Knechte und Mägde lachten und scherzten wie die Kinder, wenn die Sommerferien anfingen. Und es war ja auch ganz ähnlich: Die Arbeit eines ganzen Jahres lag hinter ihnen. Sie hatten gesät, gepflegt und nun geerntet. Eine gute Ernte war es geworden! Der Hardt hatte das richtige Gefühl für den Zeitpunkt gehabt. Er hatte das Korn und auch den Hopfen so lange wie möglich draußen auf den Feldern gelassen – aber jetzt braute sich am Horizont schon etwas zusammen. Vielleicht würde das Gewitter weiterziehen. Vielleicht aber würde es auch denen, die jetzt noch nicht alles eingebracht hatten, noch übel mitspielen. In Wallys Freude über die fröhliche Gesellschaft, die da auf den Hof gerollt war, mischte sich Sorge um ihre älteste Schwester. Der Hackerbauer hoffte noch auf zwei, drei Sonnentage, wie die letzten es gewesen waren …

»Auf geht's, Wally!«, rief der Hardt. »Eine schöne Brotzeit für alle und was zu trinken!«

»Is schon alles vorbereitet, Korbinian«, erwiderte Wally und ging nach drinnen, während die Knechte und Mägde noch Schaufeln und Schütten holten, um alles in die Speicher zu schaffen. Das würde noch eine halbe Stunde dauern.

Als die Ersten nach drinnen kamen, zuckten draußen Blitze über den Himmel. »Jessas, Maria und Josef!«, stieß die alte Geistbeckin hervor, als sie es durchs Küchenfenster bemerkte. »Hoffentlich is es bloß ein Wetterleuchten.« Aber für ein Wetterleuchten war es zu nah.

»Komm her!«, rief der Hardt, als sein liebster Knecht Hans in die Stube trat. »Lass uns anstoßen, dass wir alles rechtzeitig reinbracht haben!« Er winkte seiner Resi, dem Knecht einen Krug Bier zu bringen. Die tat wie ihr geheißen und stellte ihm einen randvoll gefüllten Humpen hin.

»Ein Hund bist schon, Bauer«, sagte der Knecht, und alle lachten laut, weil sie wussten, dass es für den Hardt Korbinian kein größeres Lob gab als dieses.

»Wo er recht hat, hat er recht«, ließ Karl wissen, der ebenfalls hereingekommen war. Er nickte anerkennend, was der Bauer zufrieden zur Kenntnis nahm, denn es war kein Geheimnis, dass der Knecht mehr von der Landwirtschaft verstand als sein Herr und dass die beiden Männer sich nicht besonders zugetan waren. Aber sie respektierten einander, nicht zuletzt, weil Karl einer der wenigen war, die sich vom gelegentlichen Jähzorn des Bauern nicht einschüchtern ließen.

Karl ging an den Tresen und ließ sich von Resi einen Krug Bier einschenken, den er erhob, um einen Spruch auf den Bauern auszubringen: »So! Heut trinken wir auf das Wohl des Schmiewirts und seine Landwirtschaft. Dass die Ernte einen guten Preis bringt und die harte Arbeit belohnt wird!«

Einen Moment zögerte der Hardt, der eigentlich selbst einen Trinkspruch hatte ausbringen wollen. Aber dann erhob er ebenfalls seinen Krug und sagte: »Dank dir schön, Karl. Und euch allen! Prost!«

»Prost!«, tönte es von allen Seiten zurück, und die Krüge und Gläser wurden erhoben.

Resi zwinkerte Wally zu, die mit einem Tablett aus der Küche kam mit Brot und Wurst, Käse und Radieschen. Wally lachte. Eine so gelöste Stimmung unter den Knechten und Mägden gab es nur am Ende der Ernte. Heute würde das Bier noch in Strömen fließen, und es würde spät werden.

»Komm, Wally, mach uns Musik mit deiner Zither!«, rief der Hardt.

»Tut mir leid, Korbinian, die hab ich in München gelassen.«

»Es muss aber irgendwo eine sein. Resi? Weißt du, wo unsere Zither ist?«

Wenig später hatte eine der Mägde das Instrument gefunden, und Wally setzte sich kurz auf das Bänkchen hinterm Haus, wo sie genügend Ruhe hatte, um es zu stimmen. Sie liebte es, die zarten Saiten mit ihren Fingerspitzen zu berühren. Sie liebte den warmen Klang des Instruments – auch wenn die Zither, die es auf dem Hardt'schen Hof gab, ziemlich heruntergekommen war, da es in der Familie niemanden gab, der sie gespielt hätte. Fast schon war es ein Wunder, dass sie so ein Instrument überhaupt hatten. Dass es der alte Bauer nicht längst gegen ein paar Zigarren oder irgendetwas anderes Nutzloses eingetauscht hatte.

»So, jetzt, glaub ich, müsst's gehen«, verkündete Wally, als sie wieder in die Gaststube trat. Sie setzte sich ganz hinten hin und stimmte das Kufsteinlied an, das sich überall großer Beliebtheit erfreute. Auch hier sangen schon nach wenigen Augenblicken alle mit. Nicht weniger begeistert nahmen die Feiernden den Erzherzog-Johann-Jodler zum Anlass, ihre Gesangstalente unter Beweis zu stellen, und als die Stelle kam, an der tatsächlich gejodelt wurde, ging das Lied in einem kollektiven Lallen, Johlen und Gelächter unter. So hoch ging es her, dass niemand mitbekam, wie der Blitz in den Stadel des gegenüberliegenden Schoberbauernhofs fuhr.

***

»Feuer!«, schrie Marie plötzlich, die nur kurz aufs Häusl hatte gehen wollen. »Beim Schober brennt's!«

Auf einen Schlag verstummte die ganze lärmende Gesellschaft, und alle blickten zu den Fenstern. Auf der anderen Seite der Dorfstraße loderte es hoch aus einem Stadel des großen Schoberbauernhofs.

»Himmel, Arsch und Zwirn!«, rief der Hardt. »Schnell!

Holts Kübel und Schaufeln und alles …« Im nächsten Augenblick war er zur Tür hinaus.

Die Knechte und Mägde stürzten hinterdrein, holten Eimer aus dem Stall. Karl stellte sich am Brunnen auf und füllte alles, was man ihm hinhielt. Innerhalb kürzester Zeit entstand eine Kette hinüber zum Schoberbauern, in der das Wasser weitergegeben wurde, bis der Hardt und seine zwei anderen Knechte es in die Flammen schütteten.

»Um Gottes willen, um Gottes willen!«, jammerte Magda Schober, die danebenstand und sich die Fäuste auf den Mund presste, während ihre eigenen Leute ebenfalls eine Kette zum Brunnen zu bilden begannen.

»Jetzt hör schon auf mit den frommen Sprüchen!«, herrschte der Hardt sie an. »Hilf lieber mit! Wo is überhaupt der Schorsch?«

»Drin is er!«, heulte die Bäuerin. »Im Stadel!«

»Herrgott, Sakrament!«, fluchte der Hardt und überließ den nächsten Eimer seinem Knecht. »Das is doch saugefährlich!« Trotzdem zog er sich seinen Janker über den Kopf und suchte sich einen Weg in den hölzernen Bau, von dem bisher nur eine Seite in Flammen stand. Die andere Seite schien noch halbwegs stabil zu sein.

»Schober?« Er drückte die Tür auf und hielt die Luft an. »Schober?« Als er keine Antwort erhielt, machte er vorsichtig ein paar Schritte hinein – bis ihm ein schwerer Balken vor die Füße flog.

Augenblicke später war er wieder draußen. »Wir müssen löschen. Da kann man nimmer reingehen«, keuchte er und mied den Blick der Bäuerin, die es akzeptierte und tapfer nickte.

Und dann setzte der Regen ein. So heftig, dass innerhalb kürzester Zeit alles völlig durchnässt war. Der Himmel öffnete seine Schleusen, als wollte er zeigen, auf welche Wassermassen er Zugriff hatte. »Halleluja!«, rief die Geistbeckin, die drüben vor der Tür des Schmiewirts stand und händeringend zugeschaut hatte, und immer wieder: »Halleluja!«

Tatsächlich war das Feuer nach wenigen Minuten völlig erloschen. Die Ernte der Schoberbauern mochte vernichtet sein, der Bauer selbst aber hatte mit einigen Verbrennungen und einer Rauchvergiftung überlebt, und auch sonst war auf dem Hof niemand ernstlich zu Schaden gekommen.

***

Zum Feiern freilich war nach diesen Ereignissen niemandem mehr zumute. Wally, die sich an der Kette beteiligt und Eimer um Eimer hinübergereicht hatte, stieg spät mit schmerzendem Kreuz hinauf in die Kammer, die sie mit ihrer Mutter teilte.

»Da bist du ja, Kind«, sagte die alte Geistbeckin.

»So ein Glück«, erwiderte Wally und ließ sich aufs Bett fallen. »So ein Glück. Stell dir vor, der Schober wär fast in seinem Stadel verbrannt, und der Korbinian …« Sie musste unwillkürlich schluchzen. »So ein Glück.«

»Schlimm genug«, meinte die Mutter. »Die Ernte is wahrscheinlich ganz hin. Ein Jahr Arbeit umsonst …«

Jetzt erst bemerkte Wally, dass sie am ganzen Leib zitterte. Ohne sich auszuziehen, wand sie die Bettdecke um ihren Leib. Sie war so erschöpft, dass sie am liebsten so eingeschlafen wäre.

»Die Hochzeit wird bestimmt ausfallen«, sagte die Geistbeckin nachdenklich.

»Meinst? Ja, wahrscheinlich.« Auch wenn es keine Opfer gegeben hatte – der Schober hatte einen gewaltigen Verlust erlitten. Angesichts dessen zweihundert Gäste zu bewirten, auch wenn diese ein Kostgeld entrichteten, konnte man kaum von ihm erwarten. »Vielleicht später im Jahr?«

»Möglich. Oder aber im nächsten.«

Wally nickte und raffte sich auf, sich doch noch auszuziehen und ihre rußigen Hände und das Gesicht zu waschen. Als sie sich dann hinlegte, bemerkte sie, wie die Mutter den Rosenkranz durch ihre Finger gleiten ließ, während die schmalen Lippen lautlos die Vaterunser und Ave Maria formten. An der Wand zwischen den Betten hing das Bild, das Wally früher auf dem elterlichen Hof so bewundert hatte: die Brücke, auf der zwei Kinder unter dem Schutz eines Engels einen tosenden Bach überquerten. Gerade so wie damals erkannte sie sich auch jetzt in dem kleinen Mädchen wieder, und ihre Mutter war es, die Gottes Schutz und Segen für sie erwirkte. Wie oft mochte sie für die Tochter und die anderen Kinder so gebetet haben? Wie viel Gutes, das auch Wally in ihrem Leben begegnet war, mochte sie mit ihren Gebeten bewirkt haben?

Dankbar kroch Wally unter die Decke und schloss die Augen. Und kaum hatte sie eine Fürbitte in den Himmel geschickt, der liebe Gott möge ihrer alten Mutter ein langes Leben und noch viele glückliche Stunden schenken, fiel sie in einen unruhigen, traumreichen Schlaf.

***

Statt die Hochzeit abzusagen, entschied sich der Schoberbauer, nur die Feier aufs nächste Jahr zu verschieben. Es würde nach der Trauung noch eine kleine Gesellschaft geben, die nicht auf dem neuen Tanzboden, sondern im unteren Gastraum ausgerichtet wurde. Karl, der Tag und Nacht daran gearbeitet hatte, dass die Bühne rechtzeitig fertig wurde, fluchte, ließ sich aber durch einen halben freien Tag beschwichtigen, an dem er zum Angeln ging. Resi bestellte die Gänse und den halben Ochsen wieder ab. Die Mägde atmeten auf, weil sie wussten, welch eine Schinderei eine so große Gesellschaft schon im Vorfeld und dann erst am nämlichen Abend bedeutete. Und auch Wally wandte sich in Gedanken wieder anderen Dingen zu.

»Hast du was von der Zenzi gehört?«, wollte sie wissen, als sie bei einem Kaffee in der kleinen Stube mit Resi zusammensaß.

»Wegen dem Unwetter, meinst du?« Die Schwester rieb sich mit beiden Händen übers Gesicht. Die Anstrengungen der letzten Tage waren ihr anzusehen. »Ja. Der Holzer is rübergekommen von Deimhausen. Zum Glück hat's die Felder vom Hackerbauern nicht erwischt.«

»Da bin ich froh«, sagte Wally und merkte, wie ihr direkt ein Stein vom Herzen zu fallen schien. Sie hatte sich große Sorgen gemacht. Jetzt konnte sie tatsächlich beruhigt bleiben und dem großen Fischessen mit Freude entgegensehen.

Besonders war vor allem, dass die Fische von den Männern zubereitet wurden. Nachdem sie sie aus dem neuen Zuchtbecken geholt und ausgenommen hatten, rieben sie sie mit Salz ein und spießten sie auf lange Weidenstöcke, die sie zuvor gewässert hatten, um sie gegen das Feuer und die

Hitze beständig zu machen. Der Hardt legte Wert darauf, dass nur Buchenholzkohle verwendet wurde, auf deren Aroma er schwor.

Wally trank den letzten Schluck Kaffee, bevor sie sich aufraffte. »Jetzt geh ich noch ein bisserl zu Mama«, sagte sie, »und kümmer mich ein wenig um sie.«

»Is recht. Die Mama sitzt draußen auf dem Bankerl.«

Vor dem Wirtshaus war eine Bank aufgestellt, die allerdings der Hardt und sein Knecht Hans an diesem Tag ein Stück zur Seite gerückt hatten, um an der ursprünglichen Stelle einen Kasten an der Wand anzubringen. Die alte Geistbeckin saß deshalb etwas abseits und sah den Männern zu.

»Und was wird das, wenn's fertig ist?«, wollte Wally wissen.

»Schaukästen werden das, liebe Schwägerin!«, beschied sie der Hardt.

»Und was wollt ihr da ausstellen?«

»Ausstellen?« Der Wirt schüttelte den Kopf. »Aushängen«, verbesserte er. »Die Zeitung, Wally.«

»Verstehe!« Das kannte Wally aus der Stadt: Mancherorts hing die aktuelle Tageszeitung aus, um Leute anzulocken, die sich keine leisten konnten oder wollten. Bisweilen bildeten sich ganze Menschentrauben um die Schaukästen, wenn es etwas Bedeutendes gab, worüber berichtet wurde. »Und jetzt sollen alle zu deiner Wirtschaft kommen, weil sie eine Zeitung lesen wollen?«

»Pfeilgrad«, bestätigte der Hardt und nickte. »So passt's, Hans. Warte, ich helf dir beim Einhängen.« Er packte mit an, sodass wenig später ein stolzer Schaukasten neben dem Eingang zum Gasthaus hing.

»Jetzt muss bloß noch die Zeitung hinein.«

»Morgen, Wally. Ab morgen kommt der Schrobenhausener Anzeiger.«

***

Es wurde ein wundervoller Abend auf der kleinen Landzunge in der Paar, unter den alten Pappeln, wo sich alle um das Fischerhäusl versammelt hatten. Die Knechte hatten ein Fass Bier mitgebracht, die Mägde Brot und Brezen. Der Hardt und seine Knechte Karl und Hubert hatten schon am Nachmittag die Fische aufgesteckt, sodass es weithin duftete und man nur der Nase nachgehen musste, um das Fest zu finden.

Wally spielte auf ihrer Mundharmonika, und manche der Frauen und Männer tanzten, auch wenn es nicht viel Platz gab, weil die künstliche Insel sehr klein war. Der Hardt hatte einige seiner besten Freunde eingeladen, sich mit ihm in die Hütte zu setzen, hatte einen guten Obstler aufgemacht und genoss es, der Mann der Stunde zu sein. Und Resi ließ ihm die Freude – zumal sie wusste, dass es nicht mehr lange dauern würde, bis sie die Frau der Stunde war.

»Isst du gar keinen Fisch?«, fragte Wally verwundert, die am liebsten noch einen zweiten genommen hätte.

»Nein. Ich hab heut keinen Appetit«, erklärte die ältere Schwester.

»Aber du bist doch sonst nicht so … Geht's dir nicht gut?«

»Doch, Wally, ehrlich«, sagte Resi und stürzte im nächsten Moment hinter das Fischerhäusl, um sich so unauffällig wie irgend möglich zu übergeben. »Entschuldige. Dieser Geruch …«

»Sonst is es wahrscheinlich eher in der Früh, gell?«

Resi nickte verlegen.

»Mei«, sagte Wally und legte ihr den Arm um die Schultern. »Weiß es der Korbinian schon?«

Resi schüttelte den Kopf. »Ich möcht noch eine Woch warten oder zwei, damit's auch ganz sicher ist.«

Wally drückte ihre Schwester. »Ach, Resi, ich freu mich so für dich.«

»Danke, Wally. Ich freu mich auch. Wir haben schon Angst g'habt, dass es nicht hinhaut mit einem Kind. Aber jetzt …« Resis Augen leuchteten. »Das sag ich ihm in einem ganz besonders schönen Moment«, erklärte sie.

Wally lachte. »Das wird nicht schwer werden. Wenn du ihm das sagst, wird das schon deswegen ein ganz besonderer Moment sein.«

Sie freute sich wirklich und von ganzem Herzen für ihre Schwester. Aber zugleich spürte sie auch eine leichte Wehmut in diesem Herzen. Jetzt, da auch noch die Resi Mutter wurde, stand ihr die ganze Ungerechtigkeit der Welt vor Augen. Sie selbst würde keine eigene Familie haben. Ein Mann, ein eigener Hausstand und Kinder – all das war für eine Frau wie sie schlicht nicht vorgesehen.

II.
Eiszeiten

München 1936

5.

München leuchtete in den kräftigsten Farben. Das Licht in dieser Zeit, die man Altweibersommer nannte und die Wally die allerliebste im ganzen Jahr war, war so weich, als hätte der liebe Gott die ganze Stadt in Gold getaucht. Es war warm, aber nicht zu warm. Von Süden her wehte ein leichter Föhn, der den Auswärtigen zu schaffen machte und für einen tiefblauen Himmel sorgte, an dem allenfalls ein paar sehr zarte, hohe Wolken wie hingewischt standen. Die Bäume begannen, ihr rötliches Laub abzuwerfen. Und alles schien ein wenig leichter in diesen Tagen.

Wally nahm es als gutes Vorzeichen, dass ihr Antritt bei der neuen Herrschaft von so prächtigem Wetter begleitet wurde. Der erste Oktober war ein Donnerstag. Auf dem Isartorplatz waren beinahe so viele Menschen unterwegs wie am Stachus oder am Bahnhofsplatz. Das mittelalterliche Tor mit den drei Türmen prangte in der Mitte, so wie auf der anderen Seite der Innenstadt das Karlstor, und es war ebenso von prachtvollen Gebäuden gesäumt. In einem davon wohnte im obersten Stockwerk das Ehepaar Blumberg, bei dem Wally von nun an in Dienst stehen würde.

Der feine Herr in mittleren Jahren und seine elegante Frau, die mit ihrer tadellosen Haltung, ihren vornehm hochgesteckten blonden Haaren, den hellblauen Augen und ihrer bemerkenswerten Größe direkt aussah wie eine leibhaftige Bavaria, waren beim Vorstellungsgespräch freundlich und interessiert gewesen. Aufgefallen war Wally, dass sie nicht gefragt hatten, ob sie »Arierin« sei – anders als bei anderen Stellen, auf die sie sich beworben hatte. Viel Auswahl gab es ja leider nicht mehr für eine Stellung als Haushälterin, weil es ganz einfach nicht mehr so viele herrschaftliche Haushalte gab. Die Wirtschaftskrise hatte vieles an Reichtum vernichtet, und die Zeiten waren nicht mehr danach.

»Und Sie stammen also aus der Hallertau?«, hatte Richard Blumberg interessiert gefragt.

»Von einem großen Hof, den es aber leider nimmer gibt. Mein Vater hat das Anwesen nicht halten können.«

»Verstehe. Das tut mir leid. Es sind viele von den Guten unter die Räder gekommen«, hatte Herr Blumberg gesagt, und Wally hatte darauf verzichtet zu erwähnen, dass der Niedergang des Geistbeckhofs durchaus auch vom Vater selbstverschuldet gewesen war.

»Wie ich sehe, haben Sie die Haushaltungsschule zu Indersdorf besucht«, hatte Elisabeth Blumberg festgestellt. »Da sind Sie sicher sehr katholisch?«

»Mei, gnädige Frau, nicht mehr und nicht weniger als die meisten auf dem Land«, hatte Wally ehrlich erwidert.

Richard Blumberg hatte gelacht. »So ist's recht! Eine salomonische Antwort. Und übrigens: So halten wir es auch. Mit der Religiosität, meine ich. Es könnt ja sein, dass Sie einmal von irgendwem gefragt werden …«

Er hatte es ganz harmlos erwähnt, aber Wally hatte doch das Gefühl gehabt, es läge ihm etwas an dieser Feststellung.

»Also, gnädiger Herr«, hatte sie erwidert. »Das wär ganz

gleich, ob wer fragt oder wer das wär: Ich würd sowieso nix sagen. Über meine Herrschaft, mein ich. Das geht nämlich niemanden was an. Und ich möcht auch gar nicht über meine Herrschaft reden. Weil sich das nicht gehört.«

Das Ehepaar Blumberg hatte Blicke getauscht, sich kaum merklich zugenickt – aber Wally hatte es dennoch wahrgenommen –, und mit einem Lächeln hatte Frau Blumberg erklärt: »Dann würden wir uns freuen, wenn Sie zum ersten Oktober bei uns als Haushälterin anfangen, Fräulein Geistbeck.«

***

Nun also war er da, der erste Oktober. Schneller als erwartet, waren die Wochen verflogen, seit sie aus ihrer Kammer in der Rosenstraße ausgezogen war und ihre Sachen bei Fränzi untergestellt hatte. Ihre Kammer in dem neuen Haushalt lag zwar mit in der Wohnung, aber natürlich nach hintenraus, zum Hinterhof und nicht zum Isartorplatz hin. Allerdings befand sich die Wohnung so weit oben, dass Wally von ihrem Fenster aus einen herrlichen Blick über das Lehel hatte, einen eleganten Stadtteil, den sie bisher noch kaum kennengelernt hatte und in dem sich ein stolzes Bürgerhaus ans andere reihte.

Auch wenn der Blumberg'sche Haushalt nur zwei Personen umfasste, war die Wohnung weitläufig. Zwei Salons gab es, die Eheleute hatten getrennte Schlafzimmer, zur Küche kam eine Speisekammer, dazu gab es einen Haushaltsraum, ein kleines Raucherzimmer, in dem Richard Blumberg vermutlich seine Herrenabende veranstaltete, ein Speisezimmer und ein Arbeitszimmer, dessen Wände deckenhoch von Bücherregalen gesäumt waren. Tausende Bände mussten es sein, die hier vor sich hin staubten, schätzte Wally, als sie sich mit der Arbeit, die auf sie zukommen würde, vertraut machte.

Die Hausherrin schien ihren Blick bemerkt zu haben, denn sie erklärte: »Mein Mann wünscht, dass die Bücher mindestens einmal im Vierteljahr abgestaubt werden. Das heißt, Sie räumen jedes Regal vollständig aus …« Elisabeth Blumberg trat an eines der Regale und entnahm ihm einen dicken Band mit Goldprägung. »… und befreien die Bücher einzeln mit einem leichten Staubwedel vom Schmutz …« Sie ging ans Fenster, öffnete es und hielt das Buch ein wenig nach draußen, um Wally zu zeigen, dass der Staub gefälligst nicht in der Wohnung bleiben, sondern nach draußen gewischt werden sollte. »Wichtig ist, dass alle Bücher am Ende wieder in genau der Reihenfolge im Regal stehen wie zuvor. Haben Sie mich verstanden?«

»Freilich, gnädige Frau. So hab ich es bei Doktor Boselli auch immer gemacht.«

»Dann ist es ja recht.«

Das Porzellan in der Vitrine des Speisezimmers war von der teuren Sorte. Wally erkannte es an den gekreuzten Schwertern. Meißener Ware also! Da musste sie sakrisch aufpassen, dass nichts angeschlagen wurde. Das konnte sie sonst mehr als einen ganzen Monatslohn kosten.

Im Raucherzimmer stand ein Kasten mit Zigarren, den der Hausherr keinesfalls mit Putzmitteln behandelt wissen wollte. »Auch nicht mit Politur, Fräulein Geistbeck. Schon gar nicht mit Politur!«, wie er betonte.

»Wegen dem Aroma, gell?«, beeilte sich Wally zu sagen.

»Ganz genau. Wenn ich Bienenwachs und Terpentin rauchen wollte, würde ich Bienenwachs und Terpentin rauchen.«

Elisabeth Blumberg wies Wally in die Wäsche des Haushalts ein, und Wally staunte, wie teuer selbst das intimste Stück Leibwäsche bei Blumbergs war. Die Hausherrin trug auch auf der Haut reine Seide, die man auf keinen Fall kochen durfte. Wie so oft schon dankte Wally insgeheim den Schwestern in der Haushaltungsschule, die ihr so vieles beigebracht hatten, was ihr damals nutzlos erschien, sich nun aber als überaus wertvoll erwies.

Überrascht war sie, als sie erfuhr, dass der Dienstherr nicht beabsichtigte, zu Abend zu speisen. »Mein Mann nimmt mit zwei Mahlzeiten vorlieb«, erklärte Elisabeth Blumberg beiläufig. »Sie brauchen ihm kein Abendessen zu bereiten.«

»Und die gnädige Frau?«

»Für mich machen Sie natürlich eine Kleinigkeit. Sie selbst werden wahrscheinlich auch etwas essen? Aber natürlich nicht mit mir«, fügte sie schnell hinzu.

»Freilich, gnädige Frau. Ich ess, wenn ich meine Arbeit erledigt hab. Also, die Hauptarbeiten«, ergänzte Wally, weil es keine Frage war, dass sie den Herrschaften auch am Abend und wenn nötig bis in die Nacht zur Verfügung stand, falls es etwas zu tun gab.

»Gut. Was es an Mahlzeiten gibt, besprechen wir täglich nach dem Frühstück.«

Und so stellte Wally fest, dass vieles, was die Blumbergs

sich unter einer guten Haushaltung vorstellten, dem in langen Jahren bei Doktor Boselli Bewährten entsprach, anderes aber doch ganz neu war.

***

»Und wie sind sie, die neuen Dienstherrn?«, wollte Michael Reitz wissen, als er am Samstagnachmittag unterm Isartor auf sie wartete. Fesch war er wieder. Und die Haare …

»Waren Sie beim Friseur, heut?«, erkundigte Wally sich, ohne auf seine Frage einzugehen.

»Sieht man das?« Er lachte ein bisschen frech, ein bisschen unsicher.

»Aber es schaut gut aus!«, beeilte sich Wally ihm zu versichern.

»Da bin ich froh. Und?«

»Und was?«

»Die neuen Dienstherrn?«, fragte er nach.

»Oh, freundlich sind sie. Sehr ordentliche Leut. Und haben einen sehr ordentlichen Haushalt.«

»Wahrscheinlich ist die vorherige Haushälterin eine Vorsichtige gewesen.«

»Vorsichtig? Was heißt denn das?«

»Wollen wir übern Viktualienmarkt spazieren?«, schlug Michael Reitz vor.

»Lieber nicht. Da bin ich jeden Tag.«

»Oder an der Isar?«

»Das ist eine schöne Idee!«, sagte Wally. Die Isar entlang, von der Museumsinsel bis zur Reichenbachbrücke, das war ein Spazierweg, den sie sich selbst schon überlegt hatte.

Michael Reitz bot ihr seinen Arm an, aber sie zögerte. Und er verstand. Unbefangen plauderte er weiter.

»Eine Vorsichtige mein ich«, erklärte er. »Weil sie vielleicht lieber nicht bei Juden im Dienst stehen wollte. Das ist doch inzwischen sogar verboten.«

Wally erschrak. »Verboten?« Es war nicht so, dass ihr der Name Blumberg nicht auch schon eigen vorgekommen wäre. Aber jüdisch wirkten die neuen Herrschaften nicht. Sie hatte die Bilder vor Augen, die man immer wieder in der Zeitung oder auf Plakaten sah. Da waren die Juden mit langen schwarzen Haaren, Schläfenlocken und Hakennase abgebildet. Richard Blumberg sah aber völlig anders aus. Er war ein feiner Herr mit lichtem grauem Haar, das kurz gestutzt war, gepflegtem kleinem Schnurrbart, einer tadellosen Haltung, einem freundlichen, rundlichen Gesicht. Und seine Frau erst! Die war ja so arisch, wie man es überhaupt nur sein konnte. Hatte sie nicht sogar beiläufig erwähnt, dass sie Arierin sei?

»Ich weiß gar nicht, ob das wirklich Juden sind«, sagte Wally. »Als ich mich beworben hab, haben sie mich gefragt, ob ich recht katholisch wär, und als ich dann gesagt hab, dass ich nicht mehr und nicht weniger katholisch bin als die meisten, da hat Herr Blumberg gesagt, dass sie genauso sind. Also genauso katholisch wie ich, mein ich.«

»Ja«, sagte Michael Reitz. »Das glaub ich wohl, dass sie katholisch sind. Aber halt katholische Juden.«

Wally, die unbewusst doch nach seinem Arm gegriffen hatte, ließ ihn los und blieb stehen. »Aber das ist doch ein Schmarrn«, sagte sie. »Entweder is man katholisch oder man is Jude.«

Ihr Begleiter hob zu einer hilflosen Geste die Hände. »Wenn's nach der Logik ginge, dann wär das schon richtig. Aber wenn's nach den Nazis geht …«

Wally sah sich um. Öffentlich über die Nazis zu räsonieren war etwas, was man besser unterließ. »Also, Frau Blumberg, die ist ganz bestimmt eine Arierin. Und es ist mir ganz wurscht, ob der Herr Blumberg ein Jude ist oder nicht«, erklärte sie leise. »Ein feiner Mensch ist er, das hab ich gleich gemerkt. Und wenn einer ein feiner Mensch ist, dann soll er von mir aus glauben, was er will. Ich kenn genug Christen, die keine feinen Menschen sind. Da ist mir ein feiner Jude zehnmal lieber.«

»Fräulein Geistbeck!«, erwiderte Michael Reitz und setzte eine ernste Miene auf. »Ich hab es mir ja schon längst gedacht, dass Sie eine von der Sorte sind.«

Wally wollte etwas entgegnen, doch ihr Begleiter hob die Hand und fuhr fort: »Sie gehören zu der Art von Menschen, vor denen man seit längerem gewarnt wird. Und soll ich Ihnen was sagen? Ich nehme solche Warnungen ernst. Die werden schließlich nicht ohne Grund ausgesprochen.« Er nickte nachdrücklich. »Es ist ja nicht irgendwer, der da warnt! Und deshalb …« Ein eigentümliches Blitzen war in seinen Augen zu sehen.

Wally war beschämt und empört zugleich. Dass sie sich so in diesem Mann hatte täuschen können. Dass er ihr in aller Öffentlichkeit Vorhaltungen machte. Dass sie so dumm gewesen war!

»Und deshalb«, erklärte Michael Reitz, »sind Sie genau die Richtige für mich.« Er grinste. »Also, wenn Sie mögen«, fügte er beinahe schüchtern hinzu.

»Wie? Wenn ich mag?« Wally war völlig überrumpelt. Hatte er sie nun gescholten oder nicht? Und wofür überhaupt sollte sie die Richtige sein?

»Wenn Sie mich heiraten mögen«, sagte er und nahm ihre Hände in seine. »So eine Frau hab ich mir immer gewünscht«, fügte er leise hinzu, während er auf einmal ganz nah bei ihr stand, so nah, dass sie seinen Atem spüren konnte und seine Wärme und sein Zittern. »Eine Frau, die selber weiß, was sie denkt. Die ihren eigenen Kopf hat. Und einen Charakter.«

»Einen Charakter? Ich?«, stotterte Wally. »Also … also …« Sie spürte, wie ihr ein bisschen schwindlig wurde und wie sie auf einmal ganz und gar nichts mehr im Kopf hatte, schon gar keinen klaren Gedanken. »Heiraten?«

»Schon, ja.« Michael Reitz schien mit einem Mal nicht weniger unsicher. »Ich tät Sie gern zur Frau nehmen, Fräulein Geistbeck. Wally.«

Und wenn er dich fragt?, dachte Wally an das Gespräch mit ihrer Schwester in Deimhausen zurück. *Wenn er mich fragt …* »Dann tät ich schon ja sagen«, flüsterte sie und fand, dass sie saudumm war. Denn sie freute sich doch. Ja, sie freute sich unbändig! Aber trotzdem heulte sie Rotz und Wasser. »Ja«, wiederholte sie mit rauer Stimme, dass er's auch sicher verstand, ehe sie sich von seinen starken Armen umschlungen fand und ihn ebenso fest drückte wie er sie.

***

»Dann macht's dir nix aus, dass ich bei einem Juden arbeit?«, flüsterte Wally, als sie später im Biergarten einer kleinen Wirtschaft in der Au saßen, wohin sie – Hand in Hand – gewandert waren. Endlich waren sie zum vertrauten Du übergegangen, und einen kleinen Tisch am Rande, ganz für sich allein, hatten sie auch gefunden.

»Also mir haben die Juden nix getan«, erklärte Michael, aber auch er sprach leise. Sich öffentlich nicht im Sinne der Machthaber zu äußern konnte einem Schwierigkeiten, wenn nicht gar »Schutzhaft« eintragen in diesen Zeiten.

»Ich hab eigentlich gar keine gekannt bis jetzt«, stellte Wally fest. »Genau genommen fällt mir nur einer ein. Der hatte einen Laden für Zeitschriften, Zeitungen und Tabakwaren in Tegernsee, und das war ein ganz ein feiner Mensch. Sehr höflich. Und sehr gut angezogen.« Sie blickte verliebt auf ihren Michael Reitz und fügte hinzu: »Fast ein bisserl wie du. Nur dass er keine blonden Haare hatte.«

»Tja«, erwiderte Michael. »Man kann nicht alles haben. Also außer du natürlich: Wenn du mich nimmst, dann hast du einen höflichen Mann, der gut anzogen ist und blond obendrein.«

Wally lachte. »Stimmt. Da hat sich das Warten gelohnt!«

Eine kleine Weile schwiegen sie. »Und du?«, fragte Wally schließlich. »Warum bist du eigentlich noch nicht verheiratet?«

»Oh mei.« Michael seufzte. »Wenn man das immer so genau wüsst … Vielleicht, weil ich einfach noch nicht die Richtige getroffen hab.«

»Und es hat niemanden geben, vorher?«

»Ah, so meinst du das!«, rief Michael und grinste. Statt zu antworten, nahm er einen Zug von seinem Bier, und Wally dachte unwillkürlich, dass er sich für seine Antwort womöglich Mut antrinken musste. »Nein«, sagte er dann. »Einmal hab ich gedacht ...« Unvermittelt war er ernst geworden. »Aber dann war ich wohl doch ein allzu armer Schlucker. Und ehrlich gesagt ...«

»Ehrlich gesagt was?« Wally hielt die Luft an. Solche Beichten waren heikel. Natürlich ging ihr in dem Augenblick der Auffacher Ludwig im Kopf um – und mit einem Mal fühlte sie sich beiden gegenüber schuldig: dem Ludwig gegenüber, weil sie im Begriff war, einen anderen Mann zu nehmen, und dem Michael gegenüber, weil sie immer noch mit einem Teil ihres Herzens an Ludwig hing.

»Ehrlich gesagt hab ich ein bisserl Angst gehabt, dass ich dir vielleicht auch ... ein zu armer Schlucker bin.«

»Aber du hast doch eine gute Stellung!«, entgegnete Wally verblüfft.

»Als Rangierer.«

»Der Eisenbahn gehört die Zukunft, das hast du selbst gesagt!«

»Das stimmt schon. Aber ein Heizer oder Rangierer ist dabei doch bloß ein einfacher Arbeiter, der nicht viel verdient, aber viel Arbeit hat – und am End auch oft von daheim weg ist.«

Darüber hatte sie noch nicht nachgedacht. Ein Eisenbahner musste natürlich auch mit der Bahn fahren. Vielleicht nicht ein Rangierer, weil er im Bahnhof arbeitete. Aber ein Heizer ... und Michael war öfter als Heizer im Einsatz. »Ist das bei dir auch so? Dass du oft wegfahren musst?«

»Ich weiß es noch nicht genau. Ich bin ja noch so neu dabei. Wie sie mich einsetzen und wo, das muss sich alles erst einspielen.«

»Verstehe«, sagte Wally. Sie nahm seine Hände in ihre. »Es macht mir nix aus«, erklärte sie. »Du wirst schon genügend daheim sein. Und wenn ich dir zwischendurch ein bisserl fehl, dann ist's auch nicht verkehrt.«

»Ja, so is's recht!«, rief Michael und lachte. »Macht sich jetzt schon rar, wo wir noch gar nicht beinander sind!« Er hob sein Glas. »Darauf, dass wir immer zusammenbleiben und dass ich immer für dich da sein kann. Und für die Kinder.«

Wally nickte und stieß ihr Glas an seines. »Ja«, sagte sie. »Und für die Kinder.«

6.

Den Blumbergs erzählte Wally erst einmal nichts von ihrer Verlobung. Vielleicht bemerkte die Dienstherrin, dass die Haushälterin neuerdings besonders vergnügt war und scheinbar niemals müde wurde. Aber sie sagte nichts. Da sie Wally erst seit kurzem kannte, mochte es auch ganz einfach das Naturell dieses Bauernmädels sein, und da es im Hause Blumberg Sorgen genug gab, war es ihr nur recht, dass zumindest die Angestellte ein wenig gute Laune mitbrachte – auch wenn Elisabeth Blumberg sie manchmal daran erinnern musste, dass es sich nicht gehörte, wenn das Dienstmädchen pfeifend die Böden wischte oder singend den Kuchen buk.

Tatsächlich gab es in der Küche der Blumbergs doch einige Eigenheiten. Nach und nach ging Wally auf, dass es sich um jüdische Rezepte handelte, die aus einer koscheren Tradition stammten. Auch wenn Richard Blumberg kein bekennender Jude sein mochte, liebte er doch manch jüdische Tradition und ließ sich zum Frühstück gern ein Zimt-Mandel-Gebäck mit Matzemehl, einen Zuckerkuchen mit Zwetschgenschnaps oder einen Schokoladenkuchen mit Kartoffelmehl von ihr backen.

Es gab im Haushalt der Blumbergs ein altes, handschriftliches Kochbuch, in dem Rezepte überliefert waren, die

Wally allesamt nicht kannte und von denen sie sich manches abends in ihrer Kammer in das eigene Rezeptbuch notierte, das sie seit ihrer Zeit auf der Indersdorfer Haushaltungsschule führte. Und inzwischen dachte sie oft, wie es wohl sein würde, wenn sie all die Dinge, die sie gelernt und vielfach erprobt hatte, für ihren Michael kochen und backen würde. Was er wohl von alledem am liebsten mögen würde?

Richard Blumberg pflegte nach dem Morgenmahl einen ausgiebigen Spaziergang zu unternehmen. Dabei war es ihm zum Ritual geworden, die Zeitung, die Wally ihm täglich vom Kiosk vor dem Haus besorgte, wieder zum Händler zurückzubringen – und zwar gebügelt und peinlich genau wieder zusammengelegt, sodass Herr Rösch, wie der Kioskbesitzer hieß, sie noch einmal verkaufen konnte.

»Das ist mir direkt unrecht, dass mir der Herr Blumberg die Zeitung zahlt«, erklärte Herr Rösch einmal, als Wally als eine seiner ersten Kundinnen die Münchner Neuesten Nachrichten bei ihm kaufte.

»Er müsst sie doch auch zahlen, wenn er sie nicht wieder zurückbrächt«, erwiderte Wally, die den Mann gut verstehen konnte.

»Aber so kassier ich zweimal für die Zeitung.«

»Auch nur, wenn Sie alle anderen verkauft kriegen«, gab Wally zu bedenken.

»Da sagen Sie was«, stimmte Herr Rösch zu. »Das is gar nicht mehr so leicht mit der Münchner Neuesten.«

»Ist sie nimmer so beliebt?«

»Bei denen da halt nicht«, erklärte der Kioskbesitzer und deutete mit dem Finger nach oben. Die Herrschaften an der

Spitze, sollte das heißen, hatten andere Zeitungen, die sie gelesen wissen wollten.

»Kann ja nicht jeder den Völkischen Beobachter lesen«, sagte Wally leise.

»Ja. Oder den Stürmer«, stimmte Herr Rösch noch leiser zu. »So ein Schmierblattl.«

»Fürs Häusl genau das Richtige«, sagte Wally und lachte.

»Da haben S' recht, Fräulein Geistbeck! Das merk ich mir!«

So scherzten sie manches Mal, auch wenn spürbar war, dass solche Reden zunehmend gefährlich wurden, wie überhaupt die Stimmung in der Stadt wieder düsterer wurde.

Der Sommer mit den Olympischen Spielen hatte im ganzen Reich für viel Fröhlichkeit gesorgt – nicht zuletzt natürlich, weil die Deutschen so viele Goldmedaillen errungen hatten und man in jeder Wochenschau erfuhr, wie positiv im Ausland über die Spiele und das Reich berichtet wurde. Doch die heitere Stimmung war schon bald in den Meldungen untergegangen, in denen von neuen Restriktionen gegen die Juden im Reich, aber auch von zunehmenden Beschränkungen für die christlichen Religionen berichtet wurde. So durften etwa Ordensmitglieder nicht mehr an öffentlichen Volksschulen unterrichten. Deutschen, die in einer »Mischehe« lebten, wurde das Hissen der Reichs- und Nationalflaggen untersagt. Das Winterhilfswerk verkündete, keine Menschen jüdischen Glaubens mehr zu unterstützen. Und Wally wurde Zeugin, wie all das und mehr in der Summe das Leben im Haushalt Blumberg in seinen Grundfesten erschütterte.

Es war an einem Dienstag Anfang Dezember, als sie

Herrn Blumberg in seinem Arbeitszimmer antraf, schluchzend über die Zeitung gebeugt.

»Gnädiger Herr«, sagte sie erschrocken. »Ist Ihnen nicht gut?«

»Ach, Walburga«, ächzte dieser feine Mann und atmete tief durch. »Entschuldigen Sie, dass ich mich so hab gehen lassen.«

»Aber, gnädiger Herr, da gibt's doch nix zu entschuldigen.« Zu spät erkannte sie, dass es besser gewesen wäre, ihn gar nicht anzusprechen, sondern sich möglichst diskret zurückzuziehen. »Ich muss mich entschuldigen, dass ich Sie gestört hab.«

Richard Blumberg räusperte sich und versuchte, seine Fassung wiederzuerlangen. »Schon recht, Walburga, Sie haben bestimmt zu tun hier.«

Bisher hatte er sie immer »Fräulein Geistbeck« genannt. Dass er sie nun beim Vornamen ansprach, das rührte Wally einerseits, andererseits wusste sie nicht recht, was sie davon halten sollte. »Also ich hätt jetzt die Bücherregale ausgeräumt«, erklärte sie. »Weil's heut noch recht mild und trocken ist. Und wenn erst einmal der Winter da ist, und es ist kalt und schneit ...«

Der Dienstherr nickte, dann rieb er sich mit beiden Händen übers Gesicht und erwiderte: »Wahrscheinlich wär's am gescheitesten, sie würden die Bücher gleich alle aus dem Fenster schmeißen.«

»Gnädiger Herr?«

Er deutete auf seine Zeitung. »Jetzt darf der Ossietzky nicht einmal nach Norwegen und seinen Nobelpreis in Empfang nehmen«, sagte er fassungslos. »Vor ein paar

Tagen erst haben sie Thomas Mann die Staatsbürgerschaft aberkannt. Thomas Mann!«

Natürlich hatte Wally nie etwas von Thomas Mann gelesen. Aber gehört hatte sie schon von ihm. »Was hat er denn gemacht, der Herr Mann?«, fragte sie ahnungslos.

»Was er gemacht hat?« Richard Blumberg lachte auf. »*Nicht* gemacht hat er etwas!«, rief er. »Nämlich mitgemacht. Das hat er nicht.«

»Aha«, sagte Wally, ohne zu verbergen, dass sie nicht recht wusste, was sie damit anfangen sollte.

»Bei den Nazis. Gern hätten sie gehabt, dass er mitmacht, die Herren in Braun. Der größte lebende Dichter deutscher Sprache! Das hätt ihnen gefallen, den Nazis. Wenn er mit den Wölfen geheult hätte. Aber weil er nicht hat mitmachen mögen, haben sie ihn hinausgeschmissen aus ihrem *Dritten Reich*! Und jetzt darf ein anderer deutscher Schriftsteller den wichtigsten Literaturpreis der Welt nicht mehr annehmen. So weit sind wir schon gekommen. Es gibt keine Kultur mehr in Deutschland. Es gibt nur noch Schande.«

Die Hausherrin war plötzlich in der Tür aufgetaucht. »Richard«, sagte sie bloß.

Blumberg blickte bestürzt von ihr zu Wally und zurück. Dann atmete er tief durch und sagte: »Fräulein Geistbeck hat bestimmt genug Anstand, nichts von dem herumzuerzählen, was sie hier bei uns hört oder sieht.«

»Gewiss nicht, gnädiger Herr!«, beeilte sich Wally, ihm zu versichern.

»Und sie ist klug genug, um zu wissen, weshalb wir hier unter besonderer Beobachtung stehen und dass wir deshalb besonders auf ihre Diskretion angewiesen sind. Richtig, Walburga?«

»Freilich, gnädiger Herr. Ich weiß schon, dass Sie … also, dass Sie Juden sind, mein ich. Also katholische Juden natürlich. Aber das geht ja niemanden was an.«

»So ist es, Fräulein Geistbeck«, erklärte Elisabeth Blumberg. »Und deshalb tun Sie gut daran, es auch weiterhin für sich zu behalten.«

***

So ging die Adventszeit dahin, und Richard Blumberg wurde stiller und zog sich immer mehr zurück. An manchen Tagen verzichtete er schon auf seinen morgendlichen Spaziergang. Den sonntäglichen Kirchgang ließ er trotz der Adventszeit bleiben. Bisweilen schloss er sich in seinem Schlafzimmer ein und wollte nicht gestört werden.

Manchmal gelang es Wally, ihm mit ihren Backkünsten ein Lächeln zu entlocken. Aber meist nahm er von seiner Umwelt kaum noch Kenntnis, und wenn er aus dem Haus ging, dann zog er den Hut tief in die Stirn und klappte den Mantelkragen hoch, damit ihn möglichst niemand erkannte und womöglich ansprach. Es war, als wollte er unsichtbar werden für die Welt, die nicht mehr seine war.

Wally indes erlebte den schönsten Advent seit ihrer Kindheit, solange sie sich nicht um ihren Dienstherrn sorgte. Michael holte sie an jedem ihrer freien Tage ab, um sie auszuführen. Mal gingen sie auf den Christkindlmarkt am Marienplatz, wo er sie auf einen Becher Glühwein einlud, mal besuchten sie das Lichtspielhaus. »Wenn wir alle

Engel wären« hieß ein Film, der es Wally angetan hatte und den sie sich sogar zweimal ansahen, nachdem sie geschwärmt hatte, wie sehr sie das Kino genossen hatte. Es war eine etwas frivole Geschichte über ein Ehepaar – er glänzend gespielt von Heinz Rühmann –, bei dem es beide mit der Treue nicht ganz genau genommen hatten, was zu absurden Verwicklungen führte.

»Das gibt mir schon sehr zu denken«, erklärte Michael, als sie das Kino zum zweiten Mal verließen. »Dass du dir ausgerechnet den Film gleich noch mal hast anschauen wollen.«

»Aha? Und warum das?«

»Der Mann fahrt weg, und die Frau hat gleich ein Gspusi …«, erwiderte er. »So als Eisenbahner find ich das nicht ganz in Ordnung.«

»Aber das is doch nur ein Film!«, sagte Wally und lachte.

»Vom Leben inspiriert!«, behauptete Michael.

»Geh! So ein Schmarrn!« Wally funkelte ihn an. »Außerdem waren sie beide nicht treu!«

»Oha! Aber ich war jetzt nicht derjenige, der den Film noch ein zweites Mal anschauen wollt.«

Wally war unvermittelt ernst geworden. Sie musste an ihre Eltern denken. An den Vater, der immer wieder in die Stadt gefahren war. Allein. »Aber wenn wir dann verheiratet sind, und du musst mit der Bahn wegfahren …«

»Ob ich dir dann treu bin, meinst du?« Michael zog sie in seine Arme. »Freilich«, sagte er. »Es gibt ja keine Bessere als wie dich! Und ich würd auch keine andere haben wollen.«

Statt etwas zu erwidern, zog Wally ihn in eine Hauseinfahrt und küsste ihn heftig. »Damit du gern an mich denkst«, erklärte sie mit einem schelmischen Lächeln, als sie ihn schließlich wieder losließ.

»Also, an den Kuss werd ich mich bestimmt erinnern. Und gern …« Er sah ihr tief in die Augen. »… gern denk ich oft an dich.« Er grinste. »Eigentlich dauernd.«

***

Auch Wally musste dauernd an ihren Michael denken. Während rings um sie die Welt kälter und rauer wurde, war es ihr manchmal, als würde sie auf Wolken schweben. So lang ein Tag auch sein mochte und so schwer die Arbeit auch war, es kam doch jede Woche ihr freier Nachmittag, an dem sie ihren Verlobten traf und alles vergessen konnte, was ihr Leben sonst beschwerte.

An Weihnachten würde sie zwei Tage freihaben, und sie überlegte, wie sie sie am besten nutzen konnte. Am liebsten hätte sie die ganze Zeit mit Michael verbracht. Aber ausgerechnet für den ersten und zweiten Feiertag hatte man ihn zum Dienst eingeteilt. »Weißt du, das ist, weil ich noch keine Familie hab«, erklärte er. »Da bekommen halt die, die schon Frau und Kinder haben, eher frei als so ein alleinstehender Hallodri wie ich.«

»Hallodri!«, rief Wally und lachte. »Da kennen s' dich aber schlecht. So ein feiner Mensch, wie du bist …«

»Findest du? Kennst du dich vielleicht aus mit feinen Menschen?«

Da wurde Wally plötzlich ernst.

»Hab ich was Falsches g'sagt?«

»Na. Es ist nur … Ach, der arme Herr Blumberg, mein Dienstherr …«

»Was ist mit ihm?«

»Er ist so schwermütig, weißt. Der ist wirklich ein feiner Herr. Aber er nimmt sich alles sehr zu Herzen.«

»Das Politische meinst?«

Wally nickte betrübt.

Michael legte den Arm um sie. »Ich bin froh, dass du so bist.«

»Dass ich wie bin?«

»Anständig«, sagte er und blieb stehen. Sie waren fast beim Friedensengel angelangt, der elegant und golden über der Isar aufragte. Es war ein winterlicher Spaziergang an diesem Dezembersamstag. Die Menschen hatten sich tief in ihre Mantelkragen vergraben und die Hüte ins Gesicht gezogen. »Anständig trotz allem.« Er blickte ihr tief in die Augen. »Du weißt schon, was ich für einer bin, oder?«

»Ein Anständiger?«

Michael lachte. »Ja, das auch. Hoff ich. Aber politisch.«

»Mei, politisch … Da kenn ich mich nicht aus, Michael.«

»Ein Sozi bin ich«, erklärte er und blickte sich unwillkürlich um, ob ihn jemand gehört hatte.

»Ein Sozi«, wiederholte Wally leise. »Einer von den Sozialisten, meinst du?«

Er nickte.

»Die Nazis nennen sich auch Sozialisten«, gab Wally zu bedenken. *National*sozialisten.

Michael ließ sie los. »Das ist eine Schweinerei. Faschisten sind sie. Das ist ganz was anderes.«

»Schschsch …«, machte Wally. »Muss uns ja keiner

hören.« Sie nahm ihn am Arm und zog ihn mit sich zum Engel, wo man sich am Sockel unter einem Säulengang hinsetzen konnte. Eine kleine Weile schwiegen sie und blickten die Prinzregentenstraße hinab, die sich unterhalb der Anhöhe gen Westen erstreckte.

»Und?«, fragte Michael schließlich. »Magst du mich jetzt noch?«

»Weil du kein Nazi bist, sondern ein Sozi?«

»Zum Beispiel.«

»Also, wenn's umgekehrt wär …«

»Dann?«

»Dann müsstest du dir eine andere suchen«, erklärte sie und wandte ihm ihr Gesicht zu, damit er sie küssen konnte. Und er küsste sie. »Aber aufpassen musst du trotzdem auf dich, Mich«, sagte sie leise, als sich ihre Lippen wieder voneinander gelöst hatten. »Ich möchte nämlich keine Witwe sein.«

»Da bin ich froh«, erwiderte Michael. »Ich bin nämlich nicht nur kein Nazi, sondern leider auch kein Held.«

***

Und dann kam der Heiligabend. Einmal mehr war Richard Blumberg kaum aus seinem Schlafzimmer gekommen an diesem Tag. Erst als es bereits zu dämmern begann, ließ er sich in seinem Sessel im großen Salon nieder und nahm die Zeitung – ohne aber wirklich darin zu lesen.

Frau Blumberg drückte Wally einen Umschlag in die Hand und nickte ihr mit freundlichem Lächeln zu. »Wir sind froh, dass wir Sie haben, Fräulein Geistbeck«, sagte sie. Zu Wallys Überraschung hatten Blumbergs ihr zwanzig Mark geschenkt, dazu ein Kärtchen mit den Worten: *Frohe Weihnachten 1936. R. u. E. Blumberg.*

Gerührt über die Großzügigkeit ihrer Herrschaft machte sich Wally an diesem Heiligabend auf den Weg zur Mette im Liebfrauendom. Michael erwartete sie schon am Isartor, um sie zu begleiten. Schneeflocken wirbelten um sie her, als sie durchs Tal gingen, wo viele Menschen in derselben Richtung unterwegs waren, um die Mette im Liebfrauendom oder in der Peterskirche zu besuchen. Trotz der späten Stunde waren die Häuser alle hell erleuchtet, sodass der Schnee auf den Straßen golden glänzte.

»Du bist so schweigsam«, stellte Michael fest.

Wally seufzte. »Jetzt, wo wir zusammen sind …«

»Ja?«

»Da möcht ich eigentlich … dass wir richtig zusammen sind. Verstehst du?«

Michael nickte. »Ja, Wally, das versteh ich sehr gut. So geht's mir ja auch.«

»Jetzt, wo wir einander versprochen sind, da …«

»… da sollten wir auch einen Hochzeitstermin haben, stimmt's?«

»Schon, ja.«

»Weißt, Wally, ich tät dich vom Fleck weg heiraten.«

»Aber?«

»Aber solange wir keine Wohnung haben …«

»Die ist doch viel leichter zu kriegen, wenn wir ein Ehepaar sind.«

Ein seltsames Schimmern lag in seinem Blick. »Ich wollt's dir eigentlich noch nicht sagen …«

»Was sagen?« Wally spürte, wie ihr Herz höherschlug.

»Dass ich mich beworben hab für eine Eisenbahnerwohnung. Es gibt da eine Siedlung. In Freimann.«

»Freimann?« Das lag irgendwo im Norden, ziemlich weit draußen. »Gehört das überhaupt zu München?«

Michael lachte. »Spielt das eine Rolle?«

»Nein«, gab Wally zu. Sie hakte sich wieder unter und zog ihn mit sich. Wenn sie sich jetzt nicht beeilten, würden sie die ganze Mette über stehen müssen. »Und du meinst, dass wir eine Wohnung kriegen in Freimann?«

»Ich hoff's. Mein Vorgesetzter ist mir recht gut. Er hat gesagt, dass er mich unterstützen würde.«

Die Art, wie er es sagte, verriet Wally, dass es einen Haken an der Sache gab. »Aber?«, fragte sie.

»Aber ich muss erst die Probezeit bestanden und einen unbefristeten Vertrag in der Tasche haben.«

»Verstehe.« Dass die Bahn nur Mitarbeitern eine Wohnung verschaffen wollte, die dauerhaft dazugehörten, war mehr als nachvollziehbar. Denn bezahlbare Wohnungen waren in München ein rares Gut. »Und wann wär das dann so weit?«

»Im Mai, wenn alles gutgeht.«

Wally strahlte. »So lange können wir auch noch warten.«

»Freilich, Wally. Das halten wir aus.«

***

Ganz ähnlich wie einst die kleine Dorfkirche von Deimhausen war der riesige Liebfrauendom von München in dieser Heiligen Nacht ganz dunkel. Nur wenige Kerzen spendeten Licht. Die Gläubigen standen wie ein schwarzer Wald von Menschen im Dunkeln, rückten zusammen, weil immer mehr nachdrängten, und warteten gespannt auf den Beginn der Mette. Natürlich war es für Wally und Michael zu spät, um sich noch in eine der Bänke zwängen zu können. So standen sie neben zahllosen anderen im hinteren Teil des Kirchenschiffs und lauschten, als der Chor leise zu singen begann. Es war ein Lied, das Wally nicht kannte, das sie aber sehr berührte. Es so leise zu singen war nicht nur eine Kunst in der Ausführung, es war vor allem auch eine ganz wundervolle Idee! Die ganze Kirche schien mit angehaltenem Atem zu lauschen.

Als dann die Orgel einsetzte, ebenfalls sehr behutsam, ja geradezu, als wollte sie die heilige Stimmung nicht beschädigen, nahm Wally eine Bewegung hinter sich wahr, und als sie sich umwandte, erkannte sie, dass der Hirtenstab des Bischofs sich vom Portal her näherte. Der Bischof, die Priester und die Ministranten, die diese Mette zelebrieren würden, hatten die Kirche betreten und schritten nun durch die Reihen der Gläubigen hindurch bis zum Altar, während der Gesang langsam kräftiger wurde und auch die Orgel von sachten, hohen Tönen zu vollen, kräftigen Akkorden überging. Als die Geistlichen im Altarraum angelangt waren und ihre Plätze eingenommen hatten, endete das Lied, und es wurde für eine kleine Weile mucksmäuschenstill in dem riesigen Kirchenbau.

Wally spürte, wie Michaels Hand die ihre drückte, und drückte auch umgekehrt seine. Ihr Herz klopfte, dass sie meinte, man müsste es hören können. Dieser Händedruck, an diesem Ort, zu dieser Stunde, war wie ein feierliches Eheversprechen, ein Gelübde, dass ihre Liebe immer unter dem Segen des Herrn stehen solle.

Schon lange hatte Wally nicht mehr geweint, aber in diesem Moment liefen ihr doch die Augen über. Als sie allerdings hörte, wie Michael neben ihr diskret die Nase hochzog, da hätte sie am liebsten jubeln mögen, so dankbar war sie für ihr Schicksal. »Nun freut euch, ihr Christen« sang in dem Augenblick der Chor über ihren Köpfen, während gleichzeitig im ganzen Kirchenschiff die Lichter angingen und alles in strahlenden Glanz tauchten.

Zu gern hätte Wally mitgesungen, denn sie kannte und mochte das Lied. Aber als sie den Mund aufmachte, entwich ihr unwillkürlich ein Schluchzen, sodass sie die Hand vors Gesicht hielt und die Lippen fest zusammenpresste. Bebend vor Glück und Rührung und Dankbarkeit stand sie da, während Michael seinen Arm um sie legte und tief einatmete, vielleicht auch ein wenig überwältigt von seinen Gefühlen.

7.

Es war ein kalter Winter. Wally musste oft an ihr Heimatdorf in der Hallertau denken, wo Schnee und Eis noch viel härter für die Menschen zu ertragen waren. In der Stadt wurde viel geräumt, die meisten Häuser hatten Kohleöfen in den Wohnungen, und dass das Wasser in den Leitungen gefror, kam nur selten vor. Wally konnte sich noch gut erinnern, wie sie in ihrer Kindheit und Jugend oft eine Eisschicht auf der Waschschüssel vorgefunden hatte, die sie erst zerstoßen musste, um sich waschen zu können. Die Wohnung der Blumbergs dagegen hatte allen Komfort, den man sich nur vorstellen konnte. Auch dass es einen eigenen Abort gab und man nicht hinaus ins Stiegenhaus musste, war eine unglaubliche Erleichterung. Wally war dankbar, dass sie all diese Annehmlichkeiten in Anspruch nehmen durfte und mit in der Wohnung, statt ganz oben unterm Dach, wohnte.

Besonders gern mochte sie die Arbeit in der Küche, weil es dort am wärmsten war. Außerdem lag nebenan das Schlafzimmer des Dienstherrn, der dort ein Grammophon aufgestellt hatte und oft seine Opernschallplatten auflegte. Wenn sich der schwarze Schellack auf dem Teller drehte, tönte meist Wagner durch die Wohnung. »Tannhäuser«, »Lohengrin« oder »Die Meistersinger von Nürnberg«. Am meisten hatten es ihm »Der fliegende Holländer« angetan und »Rienzi«. Auch wenn Wally Richard Wagner nicht so schätzte, liebte sie es, die Musik durch die Wand zu hören, wenn sie das Mittag- oder Abendessen vorbereitete. Die Geigen und Trompeten erinnerten sie an ihre Kindheit, als ihr Lehrer Laubinger die Welt der Musik und zumal der Oper nähergebracht hatte. Es waren vor allem Verdi, Mozart und Rossini gewesen, die er Wally vorgespielt hatte, und ihr kindliches Gedächtnis hatte sich all die Melodien eingeprägt, sodass sie sie immer noch jederzeit summen konnte. Ja, ein wenig Rossini oder Mozart wäre für Herrn Blumberg vielleicht auch gut gewesen. Denn der Wagner konnte einen doch nur noch schwermütiger machen – und schwermütig war ihr Dienstherr schon ohne Wagner.

Einmal hatte Wally beim Staubwischen festgestellt, dass eine der Schubladen seines Schreibtischs nicht ganz geschlossen war. Sie hatte die Hand schon am Griff, um sie zuzuschieben, da stockte ihr der Atem. Was sie sah, war eindeutig ein Pistolengriff! Sie zögerte, ob sie die Waffe anschauen sollte. Doch dann schob sie die Schublade hastig zu und versuchte, nicht weiter darüber nachzudenken – was ihr natürlich misslang. Im Gegenteil, sie quälte sich den lieben langen Tag mit der Entdeckung herum und auch noch den nächsten halben Tag, bis sie endlich freihatte und ihren Michael traf, der sie wie stets unter dem Isartor erwartete.

»Mei, ein Revolver«, sagte er und winkte ab. »Den hat doch jeder Zweite in der Schublade.«

»Geh, woher sollen denn alle so einen haben?«, hielt Wally dagegen, während sie an Michaels Arm durch den knöcheltiefen Schnee stapfte, hinüber zum Viktualienmarkt, wo sie sich im Café eine Rohrnudel gönnen wollten.

»Vom Militär halt«, erwiderte Michael. »Das is bestimmt ein alter Militärrevolver aus dem Krieg. Wahrscheinlich war er auch eingezogen worden, dein Dienstherr.«

»Der Herr Blumberg? Freilich! Der hat sogar einen Orden gekriegt. Ein Eisernes Kreuz, glaub ich.«

»Na, das hat er bestimmt nicht wegen Feigheit vor dem Feind gekriegt«, sagte Michael.

»Aber hat man denn seine Waffen nicht wieder abgeben müssen?«

»Sicher. Aber wie oft ist das schon kontrolliert worden …«, gab er zu bedenken. Sie hatten den Viktualienmarkt erreicht, wo am Weinstand auch Punsch ausgeschenkt wurde. »Darf ich dich einladen auf ein Haferl?«

»So kalt, wie's heut is, tät ich am liebsten drin baden«, erwiderte Wally.

Michael lachte. »Da wären wir schon zwei«, sagte er. »Und so ein Bad zu zweit …« Er sah sie mit glänzenden Augen an.

»Geh, schäm dich!«, rief Wally und rempelte ihn zärtlich an.

»Also, dann doch nur ein Haferl für die innere Anwendung?«

»Nein. Lass uns lieber schnell rübergehen zum Frischhut. Ich freu mich schon auf die Rohrnudel.«

Tatsächlich verstanden sich die Frischhuts auf die besten Nudeln der Stadt, und im Inneren des Cafés war es eng und dunkel – gerade für ein junges Paar ohne eigenes Zuhause angenehm unauffällig. Mit einem Haferl Bohnenkaffee war so ein Besuch des Frischhut der reinste Luxus.

»Weißt du, was mir aufgefallen ist?«, fragte Wally, als sie die Mäntel weggehängt und sich an einen Tisch im hintersten Winkel gesetzt hatten.

»Wirst mir's bestimmt verraten.«

»Du hast eine Nase für feine Sachen, gell?«

»Was meinst du denn damit?«, fragte Michael und lächelte süffisant. »Weil ich dir einen Antrag gemacht hab?«

»Nein, du unverschämter Mensch, du. Ich mein wegen der Wurst damals. Und wegen dem Frischhut. Und neulich, da hast du mir eine Schokolade aus der Schweiz mitbracht …« Es war nämlich so, dass Michael neuerdings als Heizer auf dem Zug nach Zürich eingesetzt war. Sie hatten sich deshalb an Wallys vorletztem freien Tag nicht sehen können, doch dafür war er an ihrem letzten freien Tag mit einer Tafel feinster Schweizer Schokolade gekommen. Wally kannte ja Konfekt, auch sehr delikates vom Café Luitpold. Und Schokolade hatte sie auch manches Mal gehabt, nicht nur die grobe Blockschokolade, die sie zum Backen benutzte. Aber so köstliche wie die aus Zürich hatte sie bis dahin nicht gekannt.

»Ach, weißt du«, sagte Michael, »das Leben ist hart genug. Da muss man sich schon auch was gönnen. Und wenn man sich was gönnt, dann sollt es was Gescheites sein.«

Wally nickte wissend. »Nur das Beste«, sagte sie.

»Und davon reichlich«, ergänzte Michael, und beide mussten sie lachen.

»Sprechts ihr grad von uns?«, fragte die Bedienung, die in dem Moment an den Tisch trat.

»Wir sprechen praktisch nur von euch den lieben langen Tag«, versicherte Michael der Frau mit einem schelmischen

Blick, und ganz kurz zwickte Wally eine bisher nicht gekannte Eifersucht, weil sie die Einzige sein wollte, mit der er seine Späße machte. Zugleich war sie stolz, dass sie so einen feschen, schlagfertigen Mann hatte. Oder vielmehr: haben würde. Sie seufzte.

»Alles recht?«, fragte er sogleich besorgt.

»Alles recht«, versicherte ihm Wally. »Bestellst du für uns beide?«

»Zwei Haferl Kaffee, bittschön, und zwei Zwetschgennudeln«, orderte Michael. »Wenn's geht, gern zwei schöne vom Rand.«

»Freilich«, sagte die Bedienung. »Das kriegen wir schon hin.«

Die Nudeln vom Rand hatten am meisten Kruste und waren dadurch auch noch ein bisschen süßer als die aus der Mitte. »Nur das Beste«, wiederholte Wally leise.

»Nur das Beste«, bestätigte Michael und legte seine Hand auf ihre. »Und vor allem: nur die Beste.«

***

Während Wally im siebten Himmel schwebte, wenn sie daran dachte, dass es nur noch eine Frage von wenigen Monaten sein konnte, bis sie heiraten würden und endlich auch die ersehnte Zweisamkeit leben durften, verdüsterte sich die Welt um sie her zusehends. Immer mehr Repressalien gegen die Juden wurden verkündet, in den Reden der Machthaber wurde so oft von Frieden gesprochen, dass die Angst vor einem Krieg immer realer wurde, und selbst beim Bäcker sollte man neuerdings den »Deutschen Gruß«

zeigen. Immer häufiger kam es vor, dass das unbedachte »Grüß Gott«, das Wally nun einmal ganz natürlich über die Lippen kam, mit hochgezogenen Augenbrauen quittiert wurde.

Als sich einmal Geheimrat von Löben aus dem zweiten Stockwerk höchstpersönlich die Mühe machte, eine Beschwerde bei Frau Blumberg vorzutragen, nahm die Dienstherrin ihre Haushälterin beiseite und erklärte: »Wally, ich möchte Sie dringend bitten, sich korrekter zu verhalten.«

»Entschuldigen Sie, gnädige Frau, aber was hab ich denn angestellt?«

»Den Hitlergruß haben Sie nicht gezeigt. Herr von Löben hat sich darüber echauffiert.«

»Was hat er?«

»Beschwert hat er sich.«

»Ach so! Ja, das tut mir freilich leid. Aber Sie ... ich mein, Ihr Mann ...«

»Gerade deswegen müssen wir besonders achtgeben, Wally!«, erklärte die Dienstherrin. »Wir dürfen uns keine Blöße geben. Wenn der Hitlergruß erwartet wird, dann zeigen wir den Hitlergruß. So ist das in diesen Zeiten. Da ist es wichtig, sich nicht in Gefahr zu bringen. Und für Menschen mit jüdischer Herkunft ist es besonders wichtig. Ganz abgesehen davon, dass mein Mann sich vom Mosaischen Glauben losgesagt hat. Also eigentlich sogar sein Vater schon!«

»Ja freilich, gnädige Frau«, erwiderte Wally betreten. »Ich hab nur gedacht ...«

»Nicht weit genug. Sie haben nicht weit genug gedacht.«

Elisabeth Blumberg holte gerade Luft, um ihre Ermahnung noch einmal eindringlich zu wiederholen, da hörte Wally plötzlich die Stimme des Dienstherrn in ihrem Rücken. »In diesen Zeiten ist nicht nur das gefährlich, was man macht, Walburga, sondern auch das, was man nicht macht. Und für niemanden ist es gefährlicher als für unsereins.«

»Ich weiß schon, gnädiger Herr«, erwiderte Wally und blickte zu Boden. »Es tut mir leid.«

»Und dass man sich für etwas Gutes entschuldigen muss, das ist auch etwas sehr Seltsames an dieser Zeit. Glauben Sie nur nicht, wir wären nicht froh, dass Sie keine von denen sind.«

»Von denen?«

»Von denen, die mit den Wölfen heulen. Oder von den Wölfen selbst. Behalten Sie das Herz auf dem rechten Fleck, Walburga. Aber behalten Sie es für sich.«

Wally nickte. »Ja, gnädiger Herr. Dankschön. Ich werd in Zukunft besser aufpassen.«

Richard Blumberg nickte und lächelte matt. »Danke, Walburga. Das weiß ich. Wir sind froh, dass wir Sie haben.«

Dass er das sagte und wie er es sagte, schnürte Wally das Herz zu. Dieser Mann war so ein feiner Mensch. Es gehörte sich nicht, so jemanden und seinesgleichen so schäbig zu behandeln, wie es die Nazis mit allen Juden taten. Schon ein paarmal hatte Wally auf der Straße mitbekommen, wie jemand angepöbelt wurde, weil er angeblich ein Jude war. Und jedes Mal hatte sie sich hinterher schmutzig gefühlt, hatte sich geschämt, dass mit den Leuten so umgegangen wurde. Ehe sie zu Blumbergs gekommen war, hatte sie kaum je mit Juden zu tun gehabt. Aber sie hatte niemals erlebt, dass einer von ihnen etwas Falsches getan oder gesagt hätte. Den meisten sah man auch gar nicht an, dass sie Israeliten waren. »Und ich bin froh, dass ich bei Ihnen im Dienst bin, Herr Blumberg«, sagte sie mit rauer Stimme. »Und bei Ihnen, gnädige Frau.«

Langsam aber und leise schlich sich in ihr Herz eine heimliche Angst, was mit ihr geschehen würde, wenn es so weiterginge mit dem, was sich die Nazis für Juden überlegten. Was, wenn jemand Anstoß daran nahm, dass sie für die Blumbergs arbeitete? Was, wenn Herrn Blumberg etwas zustieß? Immer öfter hörte man von Menschen, die in den KZs verschwanden. Niemand wusste, was dort mit ihnen geschah, aber alle wussten, dass es nichts Gutes war.

»Dafür ist dein Dienstherr ein viel zu kluger Mann«, hatte Michael einmal gesagt, als ihm Wally von ihren Sorgen erzählte. »Der kennt sich aus und hat bestimmt gute Beziehungen in die entsprechenden Kreise, dass ihm nix passiert.«

»Ich hoff, du hast recht, Mich, aber ich sorg mich doch.«

»Vielleicht wird's ja auch wieder besser«, sagte Michael.

Aber es wurde nicht besser, sondern es ging unvermindert weiter. Alle paar Wochen verkündeten die Zeitungen neue Repressalien gegen die Juden. Und Richard Blumberg versank immer tiefer in seine Schwermut. Inzwischen legte er auch kaum mehr seine geliebten Schellackplatten auf, sodass in der großen, eleganten Wohnung am Isartorplatz eine düstere Stille hing.

So manche Nacht lag Wally wach und sinnierte über diese Zeit, in der es nicht mehr darauf ankam, was einer tat, sondern nur noch darauf, ob einer »deutschen Blutes« war und welcher Partei er angehörte. Ob einer ein anständiger Mensch war, war völlig unwichtig geworden. Eher war es so, dass die Unanständigen das Sagen hatten und in allen Lebensbereichen immer übergriffiger wurden …

***

Selbst die Treffen mit Michael hatten ihre Unbeschwertheit verloren, denn wie sich herausstellte, würde es mit einer Eisenbahnerwohnung noch dauern – zu groß war die Gruppe der Anwärter. Hatte im Herbst manchen Abend der Englische Garten mit seinen verschwiegenen Winkeln noch den Schutz geboten, in dem man heimliche Zärtlichkeiten austauschen konnte, so war es in der kalten, kahlen Stadt kaum mehr möglich, sich den Blicken der Öffentlichkeit zu entziehen.

Hinzu kam, dass man sich zunehmend verdächtig machte, wenn man sich versteckte. Mehr als einmal hatte schon im letzten Jahr ein strammer Parteigenosse Landesverrat gewittert, wenn sich Wally und Michael im Schatten einiger Sträucher nähergekommen waren – oder er hatte zumindest so getan, um einen Grund zu haben, die beiden zu beobachten. Und wenn sie ihn dann dabei ertappten, hatte er von zwielichtigem Gesindel und »undeutschem Sinne« gefaselt. So blieb ihnen nur noch das Kino, um Händchen zu halten, Küsse zu tauschen und sich unauffällig näherzukommen, als es auf der Straße schicklich war.

Zwischen zwei solchen Treffen träumte Wally dann allein in ihrer Kammer von der Zweisamkeit mit ihrem Verlobten und verzweifelte angesichts der Zeit, die sie mit

Warten zu verschwenden gezwungen waren. Gewiss, sie hatte auch früher darunter gelitten, dass es keinen Mann in ihrem Leben, dass es keine Zärtlichkeit für sie gab. Aber jetzt, da die Erfüllung ihrer Wünsche so nah war, fiel es ihr unendlich schwer, zu warten.

»Ich möcht uns ein Zimmer mieten«, flüsterte Michael eines Abends, ehe er sie vor der Haustür der Blumbergs ablieferte. »In einer kleinen Pension, verstehst du?«

»Aber das is doch viel zu teuer. Wir können doch nicht in einer Pension wohnen, Mich.«

»Aber nein, nicht zum Wohnen.« Er sah sie vielsagend an.

»Oh!«, rief sie. »Aber das gehört sich nicht!«

»Aber wir werden doch eh heiraten.« Michael seufzte. »Ich möcht nicht mehr warten.«

»Ich auch nicht, Mich. Aber …« Der Gedanke, sich ein Zimmer zu nehmen, nur ein Mal … Es musste ja auch gar nicht zum Äußersten kommen. Es reichte ja, wenn sie einmal für sich waren. Zu zweit. Ohne dass irgendjemand danebensaß oder im nächsten Augenblick dastehen und sie beobachten konnte. »Schön wär's schon«, rutschte es ihr heraus.

»Also dann?«

»Nein, Mich. Trotzdem«, erwiderte sie. »Nicht nur, weil sich's nicht gehört.«

»Es muss ja auch gar niemand erfahren«, gab er zu bedenken.

»Und wenn doch … Du weißt, dass es nicht erlaubt is.«

»Nix is mehr erlaubt!«, entgegnete Michael. »Alles is verboten! Wie soll man denn da sein eigenes Leben leben können?«

»Wir müssen halt heiraten.«

»Ja. Das müssen wir.« Er sah ihr so tief in die Augen, als wollte er darin versinken. »Und das werden wir. Ich geh morgen ins Rathaus und frag wegen des Aufgebots.«

Wally umfasste sein Gesicht mit beiden Händen und schenkte ihm ihr wärmstes Lächeln. »Ich weiß schon, dass du's ernst meinst, Mich. Aber das wär ein Schmarrn. Weil ich dann meine Stelle verlieren würde. Und was tät ich dann?«

Mit diesen Sorgen quälte Wally sich jeden Tag. Sie trieben sie um, wenn sie zum Einkaufen ging und wenn sie die Wäsche machte. Sie zermürbten sie, wenn sie in der Küche stand oder die Fenster putzte. Je länger die Situation anhielt, umso zerbrechlicher schien ihr das Glück zu sein, das seit letztem Herbst ihr Leben beflügelt hatte. Jetzt war es dem Kalender nach schon Frühling, auch wenn immer noch Kälte und ein eisiger Wind die Stadt beherrschten, und nichts war vorangegangen.

Wenn sie sich im Rahmen ihrer Möglichkeiten fesch machte, um zu ihren Treffen mit Michael zu gehen, meinte sie, in ihrem Spiegelbild Falten zu entdecken, die vorher nicht da gewesen waren, einen verhärmten Zug um die Mundwinkel. Vielleicht war es Einbildung, aber es quälte sie, und als wäre das alles nicht schlimm genug, fand sie sich diesmal sogar von ihrem Verlobten versetzt!

Sie stand unter dem mittleren Torbogen des Isartors, den Schirm aufgespannt gegen den schneidig herprasselnden Regen, und Michael tauchte nicht auf! Menschen hasteten vorüber, um nur ja schnell ein schützendes Dach über den Kopf zu bekommen, Wally aber zitterte am ganzen

Leib, weil sie von der klammen Luft ganz durchgefroren war.

Nach einer Dreiviertelstunde endlich sah sie ein, dass der Mann, dem sie sich versprochen hatte, nicht kommen würde. Sicher hatte er das Treffen nicht vergessen. Wahrscheinlich war ihm von der Bahn nur etwas aufgetragen worden, was ihn verhindert hatte. Vielleicht hatte er für einen kranken Kollegen einspringen müssen. Und doch kränkte es Wally, dass sie mutterseelenallein hier stand, unbeachtet vom Rest der Welt, wie bestellt und nicht abgeholt – was sie ja im Grunde auch war. Es traf sie ins Herz, zumal sie sich fragte, ob das nicht gar der Anfang vom Ende war. Sie waren verlobt, gewiss, aber außer dass sie sich einander versprochen hatten und den vergnügten gemeinsamen Nachmittagen war ihre Beziehung nicht weiter gegangen. Im Grunde war alles so, wie es auch vor einem halben Jahr gewesen war, und niemand konnte sagen, ob es nicht in einem weiteren halben oder auch ganzen Jahr nicht immer noch genau so sein würde … oder vielleicht sogar ganz vorbei.

Wally wischte sich mit der freien Hand die Augen und ging langsam zurück. Es gab nichts, worauf sie länger hätte warten müssen. Und es gab nichts, was sie vorgehabt hätte – außer ihren Verlobten zu treffen. Ihren Verlobten, der nicht aufgetaucht war.

Im letzten Moment wich sie einem Wagen aus, der ohne Licht durch Regen und Dämmerung von der Maximilianstraße herangebraust kam. Der Schirm fiel ihr aus der Hand, während sie vom aufspritzenden Wasser von oben bis unten nass wurde. »Herrschaftszeiten!«, rief sie und lief dem Schirm noch ein paar Schritte hinterher, ehe ihn der Wind ganz mit sich riss.

Schluchzend kam sie vor dem Haus der Blumbergs an und nestelte mit zitternden Fingern den Schlüssel aus ihrer Tasche. Sie wollte nur noch heim. Ins Bett würde sie sich legen und sich die Decke über den Kopf ziehen und nichts mehr tun, den Rest des Tages. Und an den Mich würde sie schon gar nicht denken!

»Wally? Wally!«

Sie konnte gar nicht hinschauen, weil sie so enttäuscht und getroffen war.

»Wally! Wart!«

»Was?«, schimpfte sie und drehte sich kaum um.

»Wir haben sie! Wir haben sie, Wally!«

»Was haben wir?« Auch Michael war völlig durchnässt, als er hinter ihr zu stehen kam. Einen Schirm hatte er erst gar nicht bei sich. Von seinem Hut plätscherte das Wasser in kleinen Bächen herab.

»Eine Wohnung, Wally! Wir haben eine Wohnung!«

III.
Blütenträume

München 1937

8.

Es lag an der schweren Arbeit, daran hatte Resi keinen Zweifel. Zenzi hatte sie früher schon gewarnt: »Denk nicht, dass das immer gutgeht mit der Schwangerschaft. Das viele Bücken, das schwere Heben, die Schinderei den ganzen Tag und der wenige Schlaf, da geht schon öfter einmal was ab.«

Und genauso war es auch gekommen. Nachdem sie so lange vergeblich gehofft hatte, schwanger zu werden, waren ihre Tage im letzten Herbst endlich ausgeblieben. Wie hatte sie innerlich gejubelt! Dabei hatte ihre Mutter ihr eingeschärft, es dem Korbinian nicht gleich zu verraten. »So eine Schwangerschaft muss erst einmal ein bisserl gefestigt sein, bis man was sagt.«

»Aber er ist doch der Vater von dem Kind.«

»Schon. Aber die Mannsbilder können's oft nicht erwarten und plärren dann überall rum. Und wenn's dann doch nix wird, dann tratschen s' alle über dich.«

Also hatte sie gewartet, fast bis Weihnachten, ehe sie es ihrem Mann verraten hatte. Korbinian war so stolz gewesen und so voller Vorfreude, dass er in der Wirtschaft eine Runde ausgegeben hatte und mit ihr durch die Gaststube getanzt war.

Aber dann, kurz nach Neujahr, war die Frucht abgegangen, und Korbinian war nach Ingolstadt gefahren und sogar über Nacht weggeblieben, ohne dass Resi gewusst hätte, wozu. Er hatte sie an ihren ewig untreuen Vater erinnert, auch wenn sie sicher war, dass ihr Korbinian nicht so war wie der alte Geistbeck.

Seither versuchte sie verzweifelt, wieder schwanger zu werden. Sie wartete jede Nacht auf ihren Mann, gleich wie erschöpft sie von den langen Tagen in der Wirtschaft und auf dem Hof war. Sie achtete darauf, dass er nicht zu viel trank. Sie hatte sich sogar bei der Holzapfel Irmingard aus Tegernbach, die als eine alte Hexe verschrien war, weil sie für und gegen alles und jedes das passende Mittelchen parat hatte, ein Pulver geholt, das die Manneskraft stärken und die Zeugungsfähigkeit erhöhen sollte. Das mischte sie Korbinian seither, wann immer sie konnte, ins Essen. Allein, es half nichts. Bis jetzt war sie noch nicht wieder guter Hoffnung.

Doch immerhin würde sie sich auf die Weise über die anstehenden Pfingsttage keine Sorgen machen müssen, dass sie durch die viele Arbeit eine Schwangerschaft gefährdete. Denn viel Arbeit würde es geben. Zum einen war es üblich, dass die Bauern von Freinhausen abwechselnd zum Schlosswirt und zum Schmiewirt kamen, sodass ein volles Haus jetzt schon für einen der Feiertage feststand. Zum anderen stand die Hochzeit des Leitner Josef an, der den Tanzboden reserviert und hundert Gäste eingeladen hatte. Hundert Mahlzeiten, die Getränke und alle Gästebetten belegt, das war ein Geschäft, wie es Korbinian schätzte.

Zenzi würde ihnen zwei Mädge aus Deimhausen rüberschicken, und Wally würde aus München kommen, damit sie die Arbeit in der Küche und beim Bedienen überhaupt schafften. Resi hätte es gern gehabt, dass ihr Mann noch ein, zwei Leute mehr einstellte. Aber in der Hinsicht schien er so geizig zu sein wie sein Vater: Lieber leisteten die Kräfte vom Hof doppelt und dreimal so viel wie üblich, als dass es am Ende eine Magd oder einen Knecht gab, der auch nur für eine Stunde ohne Arbeit gewesen wäre.

Am meisten Sorge machte Resi aber ein neues Vorhaben ihres Mannes, das mit so viel zusätzlichen Mühen verbunden war, dass sie keine Vorstellung davon hatte, wie das überhaupt machbar sein sollte. Sie selbst hatte es erst gestern erfahren, als Korbinian die kleine Stube neben dem Eingang ausgemessen hatte. »Was machst du denn da?«, hatte sie gefragt.

Korbinian hatte aufgesehen und sie mit diesem Blick angeschaut, den sie so gut von ihm kannte, wenn der Schalk aus seinen Augen sprühte und er aussah wie ein Lausbub, den man dabei ertappte, wie er etwas Verbotenes, aber ganz besonders Aufregendes ausheckte. »Da wirst spitzen, Resi!«, hatte er geantwortet.

»Kaufst du uns vielleicht eine neue Eckbank?« Die alte war nämlich wirklich eng und ungemütlich.

»Besser, mein Herzblatt! Wir trennen diese alte Stube ab.«

»Wie, wir trennen sie ab? Wovon? Und wofür?«

»Von der Wohnung. Wir brauchen doch keine zusätzliche Stube! Schließlich haben wir doch eine große Gaststube!«

»Aha.« Diese Meinung teilte Resi ganz und gar nicht. Einen eigenen Bereich zu haben, in den man sich zurückziehen konnte, war so wichtig! Ihr Wohnraum lag zwar direkt neben dem Schank- und dem Gastraum, doch er war eben ein ganz eigener Bereich, und man musste nicht durchs halbe Haus, wenn man sich einmal zurückziehen wollte. »Aber was kommt dann da rein?«

»Weißt, Resi«, sagte Korbinian. »Dadurch, dass wir ein bisserl abseits liegen, kommen einfach zu wenig Leut von allein her. Zum Schmiewirt kommt man nur, wenn man zum Schmiewirt möcht.«

Resi lachte. »Aber das is doch immer so!«, erwiderte sie. »Wie willst du das denn ändern? Und überhaupt: Dass wir ein bisserl von der Hauptstraße abgelegen sind, das bleibt doch auf jeden Fall.«

»Da hast du ganz recht, mein liebes Weib«, erklärte Korbinian und legte seinen Zollstock weg. »Und weil wir die Wirtschaft nicht zu den Leuten bringen können, müssen wir die Leut zur Wirtschaft bringen.«

»So! Und wie willst du das anstellen? Willst du eine Kirche in unserer Stuben einrichten, und der Pfarrer liest dann jeden Sonntag die Mess bei uns?«

Der Hardt lachte laut und griff seine Frau unterm Arm, um sie nach draußen zu führen. »Auch eine gute Idee, Resi«, sagte er. »Fast so gut wie meine. Aber bei meiner kommen die Leut nicht nur am Sonntag. Oder vielmehr: Sie kommen nur am Sonntag nicht!«

Verständnislos betrachtete Resi das Fenster zur Stube, als sie vorm Haus standen und ihr Mann mit beiden Armen darauf zeigte. »Und an allen anderen Tag kommen sie also?«

»Genau!«, bestätigte Korbinian. »Weil sie bei uns alles kriegen werden, was sie brauchen.« Er legte die Hand auf die Fensterbank. »Dieses Fenster wird doppelt so groß. Und drinnen richt ich dir einen Laden ein.«

»Einen Laden? Für was?«

»Für alles, Resi. Für alles. Du kriegst deinen eigenen kleinen Kramerladen. Die Leut kommen zum Einkaufen und trinken anschließend ein Bier. Oder sie kommen auf ein Bier und nehmen dann noch was aus unserm Laden mit. Sag selbst, dass ich ein Genie bin.«

»Ein Schenie. Mei. Spinnen tust halt, Korbinian. Aber genial bist du schon«, gab sie zu, obwohl ihr vor der vielen Arbeit grauste, die das alles mit sich bringen würde.

***

Die Arbeiten am neuen Kramerladen gingen schnell voran. Das Fenster ließ der Hardt von seinen Knechten mit schweren Hämmern herausbrechen und ein gutes Stück Mauer abschlagen. Das neue Schaufenster zimmerte der Loibl aus Pörnbach, der vor Jahren auch den Dachstuhl erneuert hatte. Um den Innenausbau kümmerte sich Karl, der mit dem Tanzboden in den Augen des Wirts sein Gesellenstück geliefert hatte.

Für Resi gab es allerdings auch etliches zu tun. »Du machst uns eine Liste, was wir alles für den Laden brauchen«, sagte ihr Mann.

»Geh, das weißt du doch selber«, erwiderte Resi und schüttelte den Kopf.

»Das denkt man immer. Aber wenn du aus dem Kopf alles aufschreibst, und nachher gehst du in einen Laden und schaust, was die alles dahaben, dann wirst du gleich feststellen, dass auf deiner Liste die Hälfte fehlt.«

Und so war es tatsächlich. An so vieles hatte Resi in den

letzten Tagen gedacht: an Mehl, Salz und Hefe, Kernseife und Waschpulver, Gries, Reis und Zucker …

»Guttis!«, sagte der Hardt nur, als er einen Blick auf die Liste warf.

»Guttis? Wer kauft denn bei uns Guttis?«

»Alle. Wirst schon sehn. In einem großen Glas. Das stellen wir auf die Ladentheke, damit's die Kinder pfeilgrad vorm Gesicht haben.«

»Geh, was glaubst du, was das für ein Geschrei gibt?«

»Eben!«, erwiderte der Hardt lachend. »Da rücken die Mütter gern ein Fünferl raus, damit die Bratzen Ruhe geben.«

»Das is aber gemein«, befand Resi, die sich gut ausmalen konnte, dass es die Mütter eher abhalten würde, in den Laden zu kommen, wenn man die Kinder mit solchen Angeboten lockte.

»Das is nicht gemein, Resi, das is G'schäft! Wer Geld verdienen will, der muss sich was einfallen lassen.«

Und das tat der Hardt, daran bestand kein Zweifel. Erst kürzlich hatte er sich einen alten Transportwagen gekauft – auf Kredit! Dass er mit seinen Fuhrwerken bisweilen Besorgungen für andere erledigte, war nichts Neues. Aber jetzt sollte eine richtiggehende Unternehmung daraus werden. »Hardt & Söhne«, so stellte er sich das vor. Nur dass ihm dazu bislang sowohl die Mittel als auch die Söhne fehlten.

»Und wann willst du dann die Fuhren erledigen?«, hatte Resi gefragt.

»Wann immer Zeit dafür ist. Und vor allem: wann immer einer einen Transport braucht.« – Weshalb Korbinian Hardt neuerdings in der ganzen Gegend bei Bauern und Firmen vorfuhr, um ihnen seine Dienste anzubieten.

Da passte es gut, dass sie selbst es waren, die nun alles und jedes für den Laden brauchten, und zwar in ausreichender Menge.

»Nudeln!«, stellte Korbinian fest, als sie wieder einmal über Resis Listen saßen.

»Nudeln«, wiederholte sie und schüttelte den Kopf. »Wer kauft denn bei uns Nudeln? Die kann man doch selber machen.«

»Glaub mir's, Resi, das wird sich ändern. In den Wirtshäusern von Augsburg oder Ingolstadt, da gibt's längst keine selbstgemachten Nudeln mehr. Die schütten die Nudeln aus der Packung ins Wasser und können zehn Minuten später servieren.«

»Ja, freilich. So schmecken sie dann auch«, erwiderte Resi.

Korbinian zuckte die Schultern. »Magst schon recht haben. Aber wenn du mich fragst, dann merken das die Leut gar nicht.«

»Ich merk's aber schon.«

»Ja, du«, sagte er und umarmte sie ein bisserl zu zudringlich. »Aber du bist ja auch eine ganz Besondere!«

Er konnte schon charmant sein, der Korbinian. Wenn er auch grob war zu den Knechten und Mägden und hart im Geschäftlichen und wenn er auch ein bisserl spinnert war mit seinen Ideen – als Ehemann war er schon genau der Richtige. Jedenfalls für die Resi.

***

Nass war es, das Frühjahr. Die ersten warmen Tage waren spät gekommen, und die Früchte auf den Feldern waren weit hinter der Zeit. Sorgenvoll blickte Zenzi aus dem kleinen Fenster ihrer Kammer. Und doch war sie dankbar. Nachdem der Älteste der Horch-Brüder bei einem Unfall ums Leben gekommen war, hatte es nicht so ausgesehen, als ob sie je zur Herrin des alten, würdigen Hackerbauerhofs werden würde. Peter hatte zwar die Stelle des Hoferben übernommen, doch statt der Tochter der überschuldeten Geistbecks eine Frau genommen, die eine ordentliche Mitgift mitgebracht hatte. Es mochte keine Liebesheirat gewesen sein, aber es bestand auch kein Zweifel daran, dass Peter ein guter Ehemann gewesen war – bis ihm die Frau im Kindbett gestorben war. Erst danach war Kreszentia Geistbeck schließlich zu ihrem Recht gelangt. Nach einem leicht verkürzten und zugleich furchtbar langen Trauerjahr hatte sie ihren Peter endlich doch noch bekommen – und die Kinder eine neue Mutter.

Inzwischen hatte Zenzi dem Hackerbauern drei Kinder geschenkt, und die zwei Kinder ihrer Vorgängerin waren längst ebenso ihre Kinder wie die leiblichen. Aus der Geistbecktochter war eine Horch geworden, die Hackerbauerfamilie zu ihrer Familie.

Nachdem die Mutter zu Resi nach Freinhausen und sowohl Wally als auch Steff nach München gezogen waren, gab es die alte Geistbeckfamilie auch gar nicht mehr. Der Hof war nach dem Ruin des Vaters versteigert worden. Die neuen Eigentümer hatten etliches umgebaut, einen neuen Stadel errichtet, vorn an die Straße einen Baum gepflanzt und vor allem die Gastwirtschaft endgültig aufgelöst. Eine Post gab es im Ort auch nicht mehr, sodass kaum noch etwas an die einst so stolze Familie Geistbeck erinnerte, außer der Verwandtschaft, die den Namen weiterhin führte – dem Onkel Alois und seinen Söhnen und deren Familien.

Wally hatte Zenzi geschrieben, dass sie nun auch bald heiraten würde. Damit wäre dann Steff der Letzte von den Geschwistern, der den Namen Geistbeck trug. Schon vor einigen Jahren hatte er Korbinian Hardts Schwester Anna geheiratet, doch noch hatten sie keinen Buben bekommen. Vielleicht also würde die männliche Linie des Geistbeck Georg ganz aussterben.

An manchen Tagen dachte Zenzi mit einer gewissen Wehmut an diesen Niedergang ihrer ursprünglichen Familie. So groß waren einst das Anwesen und die Wirtschaft der Geistbecks gewesen. Das größte Gut am Ort, mit Gasthaus, Post und einer stattlichen Anzahl von Knechten und Mägden! Alles hin. Alles vorbei.

Seufzend ließ sich Zenzi auf die Knie sinken und nahm den Rosenkranz zur Hand, um einige Ave Maria und Vaterunser zu beten. Das Kruzifix über ihrem Bett war jenes, das einst in der Schlafkammer ihrer Eltern gehangen hatte. Peter hatte es nichts ausgemacht, es hier an die Wand zu nageln. Weil er ein guter Mann war. Der beste, den man sich vorstellen konnte.

Auch wenn Zenzi manches Mal feststellte, dass er alt wurde. Von der schweren Arbeit Tag für Tag war ihm der Rücken krumm geworden, sodass er sich gar nicht mehr gerade hinstellen konnte. Auch war er mager, obwohl sie sich Mühe gab, ihn mit den Sachen zu bekochen, die er besonders mochte. Und doch – oder vielleicht auch gerade deshalb – liebte Zenzi ihren Peter mit jeder Falte, die sie an ihm entdeckte, noch mehr. Vor allem aber liebte sie, dass er trotz all der Mühsal und Schinderei so sanftmütig zu ihr war wie am ersten Tag, dass er den Kindern ein lustiger Vater war und dem Gesinde ein ehrlicher und wohlgesonnener Herr.

Dass ihr der Herrgott zu guter Letzt den Peter doch noch zum Mann gegeben hatte, das würde Zenzi ihr Leben lang mit Dankbarkeit erfüllen. Entsprechend inbrünstig betete sie, und mehrmals die Woche besuchte sie die kleine Dorfkirche St. Pantaleon, die gleich beim Hackerbauerhof stand und auf deren Friedhof ihr Vater selig ebenso begraben lag wie die erste Frau ihres Mannes, für die sie immer gern auch ein Sträußchen Blumen hinlegte.

»Bäuerin! Die Putzi kalbt!«, rief von unten Erna herauf, eine der Mägde.

»Ich komm gleich runter!«, rief Zenzi zurück. Sie nickte dem Heiland am Kruzifix lächelnd zu und sagte leise: »Dank Dir schön, Himmivater, dass Du uns ein Kalb schenkst.« Dann legte sie den Rosenkranz zur Seite, richtete sich auf, nahm die Arbeitsschürze vom Haken, band sie sich um und eilte hinunter zum Stall, wo Erna und Gusti schon dabei waren, der Putzi zu helfen. Das halbe Kalb war schon draußen, noch ganz verklebt von der Fruchtblase.

Jedes Mal wieder war es ein Wunder, wie eine solche Geburt vonstattenging. Die Kühe, aber auch die Sauen und Schafe, die sie auf dem Hof hatten, brachten ihre Jungen zur Welt ohne großes Jammern und Schreien, und die Neugeborenen stellten sich schon nach kürzester Zeit hin und liefen herum, als wäre es eine Kleinigkeit, während die Menschenkinder dumm und hilflos waren ein Jahr und länger.

Zenzi packte mit zu, stützte das Kalb, gab Anweisungen und redete der Kuh beruhigend zu, die ihre Sache so gut machte, dass schon nach wenigen Minuten alles vorüber war.

»Brav«, sagte Zenzi mit sanfter Stimme zu ihrer Kuh und strich ihr über den Hals, während die Mägde das Kalb von den Resten der Fruchtblase befreiten und mit Stroh abrieben. Die Kuh schnupperte neugierig an ihrem Kind und scharrte mit einem der Vorderhufe. Aber sie wartete geduldig, bis das Junge aufstehen und zum Trinken kommen konnte. Inzwischen hatte Zenzi die Zitzen mit Wasser gewaschen und das Euter mit warmen Händen sanft bewegt und gestreichelt, damit die Milch einschoss. »Brav«, wiederholte sie und half dem Kälbchen, die Quelle zu finden. »So is's recht.« Dann gab sie den Mägden ein Zeichen, die beiden in Ruhe zu lassen. In wenigen Augenblicken würden sich Mutter und Kind nebeneinanderlegen und sich von den Anstrengungen der Geburt erholen.

Und für Zenzi begann das Tagwerk in der Küche.

***

»Mehr Dünger musst du halt ausbringen!«, bellte der Hardt, als er mit seinem Knecht Hubert über das Gerstenfeld bei der Mühle ging. Es war sein bestes Feld. Guter Boden, viel Sonne und durch die Nähe zur Paar auch immer ausreichend mit Wasser versorgt. Nur dieses Jahr, in dem es wochenlang trüb und kalt und verregnet gewesen war, da hatte es eher zu viel Wasser als zu wenig gehabt. Obwohl es Anfang Juni war, waren die Stängel mager und halb so hoch wie in guten Jahren. Wenn dieses Feld keinen Ertrag brachte, dann brauchte man mit den anderen gar nicht mehr zu rechnen.

»Da nützt uns auch Dünger nix, Bauer«, erwiderte Hubert, der sich auf die Felderwirtschaft verstand wie sonst keiner vom Hardt'schen Gesinde. »Was wir bräuchten, wär Sonne.«

»Die werden wir nicht gut bestellen können«, erwiderte der Bauer mürrisch und stapfte weiter durch die verschlammten Ackerfurchen. »Wir brauchen die Gerste, verstehst du?«

»Das versteh ich wohl, Bauer. Aber wir können nix tun als warten.«

»Einen Spargel hätten wir anbauen sollen«, murmelte der Hardt, denn das hatten viele getan in den letzten Jahren, auf Spargel umgestellt und es nicht bereut! Längst galt der Spargel aus dem Schrobenhausener Land als ganz vorzüglich.

»Wir ham den besten Spargel der Welt«, behaupteten der Reithofer aus Pörnbach und der Mühlbeck aus Wolnzach gern. Gerade so, als hätten sie überall schon den Spargel probiert. Dabei war keiner von den beiden je über Rosenheim hinausgekommen.

Kopfschüttelnd ließ der Hardt seinen Knecht stehen und ging zurück zu seinem Traktor. Er wartete nicht auf ihn, sondern fuhr zurück zum Hof. Die Welt sehen, das müsst man. Sich ein Beispiel nehmen, wie sie es woanders machten. Ein Rezept gegen zu wenige Sonnentage würden sie freilich im Ausland auch nicht haben. Aber allein schon bei seinen Fahrten nach Augsburg oder nach München hatte der Hardt so manche Idee gehabt, die sich ausgezahlt hatte. Zuletzt den Kramerladen, der sich zu einer wahren Goldgrube entwickelt hatte! Den Verlust, den sie dieses Jahr mit der Gerste haben würden, würde der Laden zwar nicht ausgleichen, aber zumindest den Verlust, der aus dem Fuhrunternehmen drohte. Das nämlich hatte sich bislang bei weitem nicht als so lukrativ erwiesen, wie sich Korbinian Hardt das ausgemalt hatte.

»Heil Hitler, Korbinian!«, rief der Kellerer, der in seiner Uniform vor dem Hof stand und sein Motorrad inspizierte, damit nur ja jeder sah, dass er jetzt auch eines besaß.

»Heil Hitler, Hans!«, rief der Hardt zurück. »Kommst du zum Stammtisch heut?«

»Heut nicht, Korbinian. Viel zu tun auf dem Hof.«

»Dann halt nächstes Mal.«

»Ja. Vielleicht.«

Es war dem Hardt schon aufgefallen, dass immer mehr Parteigenossen dem Stammtisch fernblieben. Wahrscheinlich, weil es ihnen nicht passte, dass mit dem Krontaler und dem Weichselbaumer zwei gestandene Kommunisten dazugehörten. Schon mehrfach hatte es Streit gegeben bis hin zu einer saftigen Schlägerei, bei der die Nazis dem Krontaler zwei Finger gebrochen hatten.

Schon mehrfach hatte Korbinian Hardt darüber nachgedacht, die Roten endlich rauszuschmeißen. Ein Hausverbot wäre genau das Richtige gewesen. Nicht dass er etwas gegen die Kommunisten oder gar gegen den Krontaler oder den Weichselbaumer gehabt hätte. Mit Letzterem war er in der Schule Banknachbar gewesen, und für dasselbe Mädel hatten sie auch einige Zeit geschwärmt. Aber die Zeiten änderten sich nun einmal. Und wer schlau war, der schloss sich den Nazis an und nicht den Roten. Ja, er würde die beiden vom Stammtisch ausschließen und …

In dem Moment jedoch hatte er einen Geistesblitz, wie er die Sache ganz anders regeln konnte. »Hans!«, rief er und blieb stehen.

»Was?«

»Du weißt schon, dass wir jetzt auch einen Parteistammtisch bei uns haben.«

»Einen Parteistammtisch? Davon hat mir keiner was g'sagt.«

»Samstagabend.« Und bedeutungsschwer fügte er hinzu: »Geschlossene Gesellschaft. Nur Mitglieder der NSDAP zugelassen.« Er sagte es ein wenig militärisch, wie die Nazis es gern hatten, knapp und amtlich.

»Kannst auf mich zählen, Korbinian.«

»Das hab ich mir gedacht. Ich schreib dich mit auf. Mitglied Nummer siebzehn.«

»Siebzehn! Und keiner sagt mir was!«

Der Hardt zuckte die Achseln. »Es ist ja kein Wettrennen«, rief er über die Schulter, während er wieder Gas gab und rasch davonfuhr. Den restlichen Vormittag verbrachte er damit, die Nummern drei bis sechzehn zu rekrutieren. Die Eins und die Zwei hatte er für sich und seinen Vater reserviert.

»Resi!«, rief er, als er endlich gegen Mittag ins Gasthaus zurückkam. »Stell dir vor, was …« Doch die Schankstube war leer, im Gastraum saß keine Menschenseele, und seine Frau antwortete ihm auch nicht von hinten aus der Küche oder aus der Wirtswohnung. Sie würde wohl im Laden sein.

Allerdings fand er dort auch nur die Schwiegermutter vor. »Wo is denn die Resi?«, fragte er ohne einen Gruß.

»Dir auch einen schönen Tag, Korbinian«, erwiderte die alte Geistbeckin. »Die Resi is mit dem Radl nach Pörnbach gefahren, weil wir noch ein Mehl brauchen. Hast neulich keines mitgebracht aus Augsburg.«

»Hm. Und wann is sie weg?«

»Ist schon bald eine Stunde her.«

»Dann wird sie ja bald wieder da sein«, befand der Hardt und ging hinüber in die Schankstube, um sich ein Bier zu zapfen. Das viele Reden mit den Parteigenossen hatte ihn durstig gemacht. Es war keineswegs so, dass er ein strammer Nazi gewesen wäre, ganz und gar nicht. Im Grunde war es ihm wurscht, wer das Sagen hatte, solang ihm keiner dreinredete. Aber gerade da hatte er bei den Nazis seine Bedenken. Das waren Wölfe. Und wer nicht mit ihnen heulte, den zerfleischten sie.

Umgekehrt ließ sich bestens davon profitieren, dass man ihren Schmarrn mitmachte. Uniformen und Kameradschaft und Tschingderassa. Und es hatte ja auch etwas Unterhaltsames. Neuerdings gab es sogar auf dem Dorf immer wieder Beflaggung. Als würde das ein Mensch sehen, der nicht hier lebte. Aber wenn die rot-weiß-schwarzen Fahnen über den Straßen flatterten, das machte was her.

Eigentlich war das Einzige, was ihn an den Nazis störte, die Resi – weil sie immer wieder mit ihm stritt. Gestern erst hatte sie ihm vorgehalten, dass er einen Haufen Geld aus dem Fenster schmiss für die neue Parteiuniform, die er sich in Hohenwart schneidern ließ, weil die alte bei einer Rauferei hoffnungslos zerfetzt worden war.

»Das siehst du völlig falsch, Resi«, hatte er erwidert. »Eine Uniform is eine Investition!«

»Investier lieber in was Gescheites, Himmelherrgott.«

»Gibt nix Gescheiteres als das, Resi! ›*Gebt mir vier Jahre, und ihr werdet dieses Land nicht wiedererkennen!*‹«, hatte er Hitler zitiert. »Und? Hat er vielleicht nicht recht gehabt? Wir haben keine Arbeitslosigkeit mehr. Die Landwirtschaft hat wieder einen Wert. Und unsere Armee …«

»Armee!«, hatte Resi ausgerufen und die Arme in die Luft geworfen. »Was haben denn wir bitteschön von einer Armee? Ist mir noch recht gut vor Augen, wie wir das letzte Mal eine Armee gehabt haben!«

»Die Nazis ziehen das Land aus dem Sumpf«, hatte der Hardt insistiert. »Die bewegen was. Es geht was vorwärts. Und wir werden auch profitieren. Wirst schon sehn.«

Und jetzt würde er es ihr unter die Nase reiben, wie sie von dem neuen großen Stammtisch ganz unmittelbar profitierten, dem Parteistammtisch, zu dem garantiert jeder jeden Samstag kommen würde. Und es würde auch keiner der Erste sein wollen, der ging. Da würde gegessen und vor allem getrunken werden, dass es nur so eine Freude war. Ja, es war schon ganz recht, dass es jetzt die Nazis gab. Auf die konnte man wenigstens zählen.

9.

Mitte September würde endlich eine Wohnung in Freimann frei werden, in die Michael dann so lange allein einziehen würde, bis sie verheiratet waren. Die Bahn hatte dort für die Mitarbeiter des Stellwerks Betriebswohnungen, die erschwinglich waren. Wally hatte ihren Michael im Verdacht, dass er den Leiter der Abteilung Bedienstetenunterkünfte irgendwie bestochen hatte. Sie hatte schon manches Mal die Beobachtung gemacht, dass er sich eine schlaue Methode überlegte, Unmögliches möglich zu machen, indem er es mit den Vorschriften nicht so genau nahm – und womöglich auch mit den Gesetzen nicht. Er hatte für so etwas einiges an Fantasie, das war ihr schon bald aufgefallen. Ob es der Tisch im Lokal war, den er für sie ergatterte, indem er heimlich einen Blick ins Reservierungsbuch warf und dann behauptete, sie wären das Ehepaar Graupner, ob es die Fahrkarte für die Elektrische war, die er gegen ein gefärbtes Osterei tauschte, statt sie zu bezahlen, oder ein Preisnachlass beim Lodenjanker, indem er sich noch einige andere schöne Stücke aussuchte und zurücklegen ließ, ohne sie aber später abzuholen. Ja, Michael war ein raffinierter Geschäftemacher, und wahrscheinlich war ihm auch wegen der Wohnung irgendetwas eingefallen, damit es endlich klappte.

»Und jetzt können wir auch das Aufgebot bestellen!«, erklärte er strahlend, während er mit Wally am Arm durch den Englischen Garten spazierte. Sie würden beim Aumeister eine Maß Bier zusammen trinken und sich eine Brezen teilen, wie sie es in den letzten Tagen schon öfter gemacht hatten.

Wally liebte diesen nördlichen Teil des Parks, weil er wilder und ursprünglicher war als der innerstädtische Teil. Ganz nah am Biergarten floss ein Bach vorbei, der so flach war, dass man sich hineinstellen und die Füße kühlen konnte, ohne sich die Kleider nass zu machen, und am Ufer gab es mehrere Stellen, an denen man im Halbschatten der Bäume beisammensitzen konnte. Schon oft hatten sie dort gesessen oder sich, die Füße im Wasser, nach hinten ins Gras sinken lassen und in den Himmel geblinzelt, der so blau und wolkenbetupft war, dass man am liebsten niemals mehr woandershin geschaut hätte.

»Meinst wirklich? Is das so sicher?«

»Wenn's der Haberfeld sagt, dann is es sicher, Wally«, erklärte Michael, und am Schalk in seinen Augen erkannte sie, dass er da offenbar wirklich einen Gefallen eingefordert hatte.

»Ich freu mich so«, hauchte sie. »Ehrlich gesagt trau ich mich gar nicht, mich zu freuen. Aber ich tu's trotzdem.«

»Sollst dich auch freuen. Im September haben wir unsere Wohnung und im nächsten Jahr das erste Kind. Und im übernächsten das zweite. Und im überübernächsten …«

»Jetzt is's aber gut!«, rief Wally und richtete sich auf. »Schäm dich! Ich bin doch keine Kuh, die jedes Jahr ein neues Kalb auf die Welt bringt!«

»Über ein Kalb würd ich mich ehrlich gesagt auch gar nicht so freuen«, erwiderte Michael mit bierernster Miene.

Als aber Wally ihm eine saftige Watschen gab, da musste er lauthals lachen – und sie mit ihm. Jedes Jahr ein Kind. Ja, wenn's so käme, dann wär's halt so. Allein der Gedanke, was solcher Nachwuchs voraussetzte, trieb Wally die Schamesröte ins Gesicht. Aber ihr Herz schlug heftig, weil es auf einmal so wirklich geworden war. Doch dann wurde sie unvermittelt ernst. »Aber können wir uns eine Hochzeit überhaupt leisten, Mich? So viele Leut. Die muss man ja dann alle auch zu was einladen …«

»Ehrlich gesagt …« Er nahm sie an den Händen und blickte ihr tief in die Augen. »Ehrlich gesagt hab ich gehofft, dass wir uns das sparen.«

»Was sparen?«

»So eine Hochzeitsfeier mit haufenweise Gästen und Musik und Essen und Tanz und Schmarrn.« Er zögerte. »Ich würd mir ja für dich wünschen, dass du eine prächtige Hochzeit hast. Aber dafür bin ich halt doch nicht der Richtige. Ein kleiner Eisenbahner ohne Vermögen …« Auf einmal wirkte er unsicher, verletzlich, ja fast ein wenig ängstlich.

Wally zog ihn an sich und küsste ihn. »Eine Hochzeitsgesellschaft is mir so wurscht wie nur was!«, erklärte sie, um feierlich hinzuzufügen: »Das Wichtigste is, dass wir zwei zusammen sind. Endlich. Ich brauch keine Feier und kein weißes Brautkleid. Nur …«

»Nur?«

»Zum Tanzen darfst du mich schon einmal ausführen.«

Da lachte ihr Michael und strahlte übers ganze Gesicht.

»Einmal? Tausendmal. Oder jedenfalls so oft, wie es deine Füße aushalten, dass ich dir draufsteig.«

***

Als sie den Aushang im Rathaus las, liefen ihr die Tränen über die Wangen.

Das Aufgebot wird bestellt für Herrn Reitz, Michael,
geb. am 3. März 1907 zu Kulmain,
und Fräulein Geistbeck, Walburga,
geb. am 15. Januar 1911 zu Deimhausen.
Die Eheschließung findet statt am 30. September 1937
München, den 14. Juli 1937

Jetzt musste sie es endlich auch den Blumbergs gestehen. Ein wenig bang war ihr schon, als sie den Weg hinunter zum Isartor einschlug. Die Herrschaft würde nicht erfreut sein. Und es war klar, dass Wally, sobald sie verheiratet war und in ihr eigenes Heim und damit bei Blumbergs auszog, nicht mehr deren Haushälterin sein konnte. Für die Herrschaft bedeutete dies, sich eine neue suchen zu müssen, und für Wally hieß es, zumindest bis das erste Kind kam, eine andere Art von Beschäftigung zu brauchen.

Sie würde auch der Resi und der Zenzi schreiben, dass es jetzt endlich einen Termin gab für die Hochzeit. Es war allerdings nicht sehr wahrscheinlich, dass eine von ihnen zur Trauung kommen würde. Doch wenn es nichts würde mit einem Besuch der Schwestern in München, dann müssten sie und ihr Verlobter bald nach Freinhausen und Deimhausen fahren und die Hardts und die Horchs besuchen, damit die Schwestern ihren Michael endlich kennenlernten.

»Gnä' Fräulein, träumen Sie von der Ehe? Darf man Sie vielleicht auf eine gute Partie einladen?«, hörte sie hinter sich eine Stimme.

»Tut mir leid, mein Herr«, erwiderte sie, »ich bin schon in festen Händen.«

»Au weh, das is aber schad. Das muss ein rechter Glückspilz sein, der so eine bezaubernde junge Frau an den Altar schleppen darf.«

»Und ob er das ist«, erwiderte Wally und wandte sich zu ihm um. »Ich hoff nur, dass er sich immer dran erinnert.«

»Das wird er«, sagte Michael. »Versprochen.« Und er küsste sie.

»Hast du heut frei?«

»Das hab ich ganz und gar nicht«, erwiderte Michael. »Sie haben mich nur raufgeschickt an den Ostbahnhof, und da hab ich mir gedacht, die Mittagspause nutz ich und schau mir den Aufgebotsanschlag an.« Er musterte sie frech. »Aber so als Haushälterin kann man freilich mitten am Tag durch die Stadt flanieren und sich von forschen Herren anreden lassen.«

Wally lachte. »Erstens gibt's hier gar nicht so viele forsche Herren, und zweitens hab ich nur schnell auf dem Weg vom Markt im Rathaus vorbeigeschaut.«

»Verstehe. Darf ich dich ein Stück begleiten?«

»Wenn du so viel Zeit hast?«

»So viel Zeit muss sein«, befand Michael und hielt ihr den Arm hin.

Wally hakte sich bei ihm ein, und sie setzten sich wieder

in Bewegung. »Weißt du noch, wie du mich damals im Rathaus angesprochen hast?«

»Freilich weiß ich das.«

»Und ich hab mir gedacht, was das für ein Stenz is, dieser Herr Reitz.«

»Ein Stenz? Ich?«, protestierte Michael. »Dabei bin ich lammfromm!«

»Ich glaub's gleich. Wahrscheinlich wäschst du dich jeden Tag mit Weihwasser.«

»Du dich vielleicht nicht?«

»Doch, freilich. Drei Mal. In der Früh, am Mittag und auf d'Nacht.«

»Sakradi. Wird hoffentlich keine zu fromme Ehe«, gab er zu bedenken.

Wally aber errötete und gab auf. So schlagfertig wie der Mich würde sie nie sein. Aber das machte nichts. Sie mochte ihn nicht zuletzt deshalb, weil er ein so frecher und gescheiter Mann war, der nie um eine Antwort verlegen war und dem zu allem und jedem etwas einfiel.

***

Sie hatten sich mit einem langen, innigen Kuss verabschiedet, zum ersten Mal vor dem Haus, in dem die Blumbergs wohnten. Jetzt war es ohnehin offiziell. Und weil es eine Ehe werden würde, war auch gar nichts Unanständiges mehr dabei. Deshalb fühlte sich Wally zum ersten Mal, seit sie mit ihrem Michael zusammen war, nicht verlegen, dass man sie vielleicht gesehen haben könnte, sondern sie verspürte vielmehr so etwas wie Stolz, als sie die Treppen hochstieg in den vierten Stock zu ihrer Herrschaft.

Zu ihrer Überraschung erwartete Frau Blumberg sie schon dringend. »Wo bleiben Sie denn nur, Walburga? Wir haben Besuch. Bitte kümmern Sie sich schleunigst um Tee und Gebäck. Ins Herrenzimmer, ja?«

»Sehr wohl, gnädige Frau«, erwiderte Wally, räumte eiligst die Einkäufe weg, band sich ihre Schürze um und setzte Wasser auf. Dass Elisabeth Blumberg nicht einmal so etwas Gewöhnliches wie einen Tee zubereiten konnte, erstaunte sie immer wieder. Sie stellte Geschirr auf das große Silbertablett, eine Schale mit Buttergebäck, das Herr Blumberg stets im Haus wissen wollte, und kurzentschlossen pflückte sie noch eine Geranie aus dem Blumenkasten vor dem Küchenfenster und stellte sie in einer kleinen Vase mit dazu. Dann goss sie den Tee auf – und vier Minuten später klopfte sie an den kleinen Salon, den die gnädige Frau gern auch das »Herrenzimmer« nannte.

»Ja, bitte«, hörte sie Herrn Blumberg von drinnen.

Als sie eintrat, war sie überrascht. Geheimrat von Löben aus dem zweiten Stock saß in schneidiger Uniform neben ihrem Dienstherrn in einem der Fauteuils und schmauchte eine Zigarre, während Herr Blumberg wie ein Schatten seiner selbst auf dem schlichten Biedermeierstuhl Platz genommen hatte. »Ach, Walburga«, sagte er mit matter Stimme, »servieren Sie dem Herrn Geheimrat bitte Tee und …«

»Ein ordentlicher Bohnenkaffee wäre mir allerdings lieber«, fiel ihm von Löben ins Wort. »Oder ein Cognac? Jawohl, Fräulein, bringen Sie mir doch auch einen Cognac dazu. Ich bin sicher, der Herr Blumberg hat einen im Haus, gell?«

Wally blickte unsicher vom Gast zum Gastgeber, registrierte dessen schicksalsergebenes Nicken und murmelte. »Gerne, Herr von Löben.«

»*Geheimrat* von Löben, wenn ich bitten darf.«

»Sehr wohl, Herr Geheimrat von Löben.«

Es war eine Uniform der Reichswehr, eine graue, das fiel ihr auf. Der Herr Geheimrat war Offizier im Weltkrieg gewesen. Aber am Arm trug er die rote Binde mit dem weißen Kreis und dem Hakenkreuz. Ein Nazi. Wally erschauderte, während sie die Tür hinter sich schloss. Und als sie im Vorbeigehen durch die Tür des großen Salons Frau Blumberg schluchzen hörte, da wurde ihr geradezu bang.

Den Kaffee bereitete sie ganz automatisch. In ihrem Kopf schwirrten so viele Gedanken, dass sie gar nicht wusste, wie sie sie sortieren sollte. War von Löben da, um Herrn Blumberg abzuholen, so wie die Nazis überall die Juden aus ihren Wohnungen zerrten und auf Nimmerwiedersehen irgendwohin brachten? Aber nein, dann säße er nicht da und rauchte und bestellte Kaffee und Cognac. Aber ein Freundschaftsbesuch war es auch nicht. Kein anständiger Mensch hätt sich erdreistet, in einem fremden Haushalt die Bediensteten so herumzukommandieren. Eine neuerliche Beschwerde über Wally war es wohl ebenfalls nicht, sonst hätten die Herren sie gleich ins Gebet genommen, und auch Frau Blumberg hätte sofort etwas zu ihr gesagt.

Was Geheimrat von Löben im Blumberg'schen Haushalt suchte, das erschloss sich Wally weder aus ihren eigenen

Überlegungen noch aus den wenigen Wortfetzen, die sie beim Servieren der gewünschten Getränke hörte.

»… und dabei ist das noch ein guter Preis, Blumberg.«

»Es ist ein Bruchteil des Wertes, Herr Geheimrat.«

»Den Wert bestimmt der Markt. Und der Markt ist nicht aufseiten Ihresgleichen.«

Ihresgleichen, dachte Wally, als sie den kleinen Salon wieder verließ. Was er damit meinte? So, wie er es gesagt hatte, klang es, wenn Nazis von Juden sprachen: abschätzig, herablassend, voller Missachtung. Ja, der feine Herr Geheimrat behandelte hier gerade ihren Dienstherrn Richard Blumberg wie einen Menschen zweiter Klasse. Wally spürte, wie es ihr das Herz zuschnürte. Wenn sie in der Zeit, die sie hier arbeitete, eines gelernt hatte, dann war das, dass ihr Dienstherr ein durch und durch anständiger Mensch war. Es war eine Schande, wenn so ein feiner Mann sich so anreden lassen musste!

»Gnädige Frau, kann ich für Sie auch etwas tun?«, fragte sie die Dienstherrin, während sie vorsichtig an den Türstock zum großen Salon klopfte.

Elisabeth Blumberg schüttelte den Kopf. »Nein, Walburga«, presste sie hervor. »Es passt alles. Gehen Sie nur und …« Sie musste Luft holen. »Gehen Sie nur und halten Sie sich zur Verfügung, falls die Herren noch etwas wünschen.«

Noch nie hatte sie Elisabeth Blumberg so niedergeschlagen gesehen. Die Dienstherrin hatte den Blick starr zum Fenster gerichtet und war einfach nur sichtlich um Haltung bemüht. So ging Wally wieder in die Küche und machte sich daran, das Abendessen vorzubereiten, stets mit einem Ohr bei den Blumbergs, falls sie gebraucht wurde.

Doch sie wurde nicht mehr gebraucht. Stattdessen schien es der Herr Geheimrat nicht bei einem Glas Cognac zu belassen und gefiel sich darin, mit der Zeit immer lauter zu werden. »Seien Sie froh, Blumberg!«, hörte Wally. »Andere bekommen nichts!« Und ein andermal: »Überlegen Sie sich das besser! Man kann auch zu lange warten!«

Irgendwann aber war der Besuch zu Ende, die Tür des kleinen Salons wurde aufgerissen, in einer Rauchwolke trat der uniformierte Nachbar heraus, reckte den Kopf, als hätte er soeben eine Schlacht gewonnen, nickte, ließ den Blick einmal den Flur hinauf- und wieder hinabgleiten und erklärte: »Dann sind wir uns einig, Blumberg. Ich bestelle den Notar gleich morgen. Über den Preis wird nicht mehr gefeilscht …« Er wandte sich um und fixierte den ebenfalls heraustretenden Richard Blumberg mit stechendem Blick. »Man kennt Ihresgleichen ja«, sagte er leiser. »Aber mit einem deutschen Manne wird nicht gegaunert. Sie schlagen ein und halten sich an Ihr Wort, sonst stehen in ein paar Tagen meine Parteigenossen von der SA vor Ihrer Tür.« Er grinste und hielt Richard Blumberg die Hand hin, die dieser erkennbar widerwillig nahm. Doch nach dem Handschlag blickte von Löben auf seine Rechte, als gehörte sie ihm gar nicht, und wischte sie dann an seinem Waffenrock ab, dass Wally unwillkürlich ein Keuchen entfuhr.

Augenblicke später war er aus der Tür, und Elisabeth Blumberg brach in haltloses Schluchzen aus.

10.

Es waren unwirkliche Tage, die folgten. Nicht nur der Herr des Hauses verkroch sich in seinen Räumen, auch die gnädige Frau tauchte kaum auf – und wenn, dann war sie nicht ansprechbar. Wally bekam keine Auskunft, was sie kochen sollte, ja, ob überhaupt! Sie bekam kein Geld, um einkaufen zu gehen, weshalb sie für die Dinge, die unerlässlich waren, wie etwa frische Milch oder Butter, anschreiben ließ. Auch für die Zeitung am Kiosk vor dem Haus fehlten ihr die nötigen Groschen. Drei Tage lang legte sie diesen kleinen Betrag selbst aus, aber als sie sich zunehmend fragen musste, ob sie überhaupt noch einmal Geld zum Einkaufen bekommen würde, ließ sie es und fragte auch den Kioskbesitzer, ob sie anschreiben lassen dürfe.

»Mei, Fräulein Geistbeck«, erwiderte er. »Jetzt verkauf ich dem Herrn Blumberg meine Zeitung so viele Jahre, und jeden Tag lässt er sie wieder zu mir runterbringen, damit ich sie noch einmal verkaufen kann … Ihr gnädiger Herr hat mir ein schönes Zusatzgeschäft ermöglicht. Da werd ich ihm für einige Zeit gern die Münchner Neueste für Gotteslohn geben. Er hat's ja eh schwer genug, jetzt, wo das Haus weg is.«

»Das Haus weg?« Unwillkürlich wandte Wally sich um und betrachtete es.

»Haben S' das noch gar nicht g'hört? Hat ihm doch der feine Herr Geheimrat ein Angebot gemacht.«

»Herr von Löben?«

»Freilich. Aus dem Mieter wird der Herr und aus dem Herrn wird ein Mieter. So ist das auf einmal.«

»Sie meinen, der Herr Blumberg hat das Haus verkauft?« Auf einmal ergab alles einen Sinn – vor allem der seltsame Besuch des Geheimrats neulich, bei dem er Herrn Blumberg gemahnt hatte, sich an die Vereinbarung zu halten.

»Gewiss nicht freiwillig«, stellte der Kioskbesitzer fest, verstummte aber sogleich, als er einen anderen Kunden an den Stand treten sah.

»Die Zeitung, bitte.«

Mit einem ernsten Nicken reichte der Kioskbesitzer ein Exemplar des »Völkischen Beobachters« über die Theke. Wenn einer nicht mehr erwähnte, welche Zeitung gemeint war, dann hatte ein Verkäufer zu wissen, was er rauszureichen hatte. Schon allein nachzufragen hätte ihn in den Augen der Nazis verdächtig machen können.

Der Kunde legte ein paar Groschen hin, musterte Wally, die dabeistand, von oben bis unten, schien's zufrieden, lupfte sogar ein klein wenig seinen Hut und ging davon. Und zum ersten Mal fühlte sich Wally beschmutzt davon, dass sie mit ihrem blonden Haar und ihrem geraden Wuchs in den Augen der Nazis genau richtig war.

»Sie meinen, die haben ihm das Haus abgepresst?«, fragte sie leise.

Der Kioskbesitzer zuckte die Achseln. »So sind die Zeiten, Fräulein Geistbeck. Wenn einer ein Jud is, dann muss er sich arrangieren. Und glauben Sie's mir, das ist noch nicht das Ende vom Lied. Wenn Sie mich fragen, dann kann er froh sein, dass er überhaupt noch was gekriegt hat für das Haus.«

»Aber es is doch so ein schönes, großes Anwesen!« Wally ließ ihren Blick über die reich geschmückte Fassade des prächtigen Bürgerhauses wandern, in dem es neben den sieben Wohnungen auch ein Geschäft für teure Damenkonfektion gab.

»Das Anwesen, das is wahrscheinlich ein Vielfaches wert von dem, was ihm der Herr Geheimrat gezahlt haben wird, dem Herrn Blumberg. Aber wenn einer mit dem Rücken zur Wand steht, dann hat er nicht mehr die Position zum Verhandeln.«

»Verstehe«, sagte Wally mit rauer Stimme und atmete tief durch. »Danke, Herr Rösch. Ich muss jetzt wieder hinauf.«

»Freilich. Einen schönen Tag noch, Fräulein Geistbeck.«

Sie hatte gewusst, dass es schlimm um die Juden stand. Aber Herr Blumberg, der war doch ganz anders als die Juden, von denen überall geschrieben stand und in jeder zweiten Rede gesprochen wurde. Der war ein anständiger und ordentlicher Mensch. Und ein freundlicher Dienstherr war er obendrein! Wie konnte man mit so einem feinen Mann so umspringen! Empört stampfte Wally die Treppen hoch bis in den vierten Stock, der von den Blumbergs bewohnt wurde. Als sie an der Tür des Geheimrats von Löben vorüberkam, warf sie einen bösen Blick darauf, als könnte sie dem zukünftigen Besitzer damit eine Verwünschung an den Hals zaubern.

Oben hängte sie ihren Sommermantel weg und trug die

Zeitung in den kleinen Salon. Zu ihrer Überraschung saß Richard Blumberg in seinem Sessel und schien einen Brief zu lesen. »Ah, Walburga. Sie bringen die Zeitung? Ich habe Ihnen gar kein Geld dafür gegeben, glaube ich.«

»Es is schon recht, gnädiger Herr«, erwiderte Wally. »Der Herr Rösch hat mir die Zeitung so gegeben heut. Weil ich sie ihm ja wahrscheinlich eh wieder hinuntertrag.«

Richard Blumberg nickte. »Ein guter Mann, der Herr Rösch.«

»Ja«, sagte Wally. »Das is er.« Sie legte ihm die Zeitung auf das Beistelltischchen. »Kann ich sonst noch etwas für Sie tun, gnädiger Herr?«

»Im Moment brauch ich nichts, Walburga, danke. Fragen Sie doch meine Frau, was sie heute gern essen würde.«

»Sehr wohl, gnädiger Herr.« Wally machte einen kleinen Knicks, obwohl sie wusste, dass der Dienstherr keinen Wert darauf legte, und ging in die Küche.

»Ach!«, rief ihr Herr Blumberg hinterher. »Hätten Sie zufällig noch was von Ihrem Buttergebäck, Walburga?«

»Bring ich Ihnen gern, gnädiger Herr. Mit einem Tee vielleicht?«

Zehn Minuten später stand sie, mit dem Gewünschten auf einem Tablett, wieder in der Tür. »Gnädiger Herr?«

»Hm?«

»Ich müsst mit Ihnen was bereden«, erklärte sie. »Also, ich müsst Ihnen was sagen.«

Richard Blumberg saß immer noch, den Brief nunmehr in einem Umschlag neben sich, die unberührte Zeitung darunter, in seinem Sessel. »Das trifft sich gut, Walburga.

Ich habe auch etwas, was ich Ihnen mitteilen möchte. Wollen Sie sich kurz zu mir setzen?«

»Nein, nein, gnädiger Herr. Ich kann schon stehen bleiben.«

»Gut.« Er sah sie mit freundlicher Miene an, so in sich ruhend wie schon lange nicht mehr. Zugleich schien er direkt durch sie hindurchzublicken. »Es geht um unser Anwesen«, erklärte er. »Also das Haus hier.«

»Jawohl, gnädiger Herr?«, sagte Wally und ahnte auf einmal etwas, was ihr den Boden unter den Füßen wegzuziehen drohte. Jetzt hätte sie doch gern gesessen.

»Nun, ich werde verkaufen müssen.« Er machte eine kurze Pause. »Die Umstände …« Wally konnte sehen, dass er für einen kurzen Augenblick um Fassung rang.

»An den Herrn von Löben?«

»Ganz richtig. Er hat mir …« Blumberg räusperte sich. »Er hat mir ein Angebot gemacht.«

Unwillkürlich sank Wally auf den nächsten Stuhl. »Aber Sie müssen's doch nicht annehmen«, erwiderte sie.

Ihr Dienstherr blickte sie erstaunt an. »Denken Sie das, Walburga? Dass ich ein solches *Angebot* ausschlagen kann?« Er lächelte und sagte nichts weiter dazu. »Jedenfalls bedeutet das für uns, dass wir uns sehr werden einschränken müssen.«

»Dann werden Sie keine Haushälterin mehr brauchen, gell?«

Blumberg hob die Hände in einer hilflosen Geste. »Ich werde Ihnen ein vorzügliches Zeugnis schreiben, Walburga. Das haben Sie sich auch verdient. Und bis Sie etwas Neues gefunden haben, könnten Sie zumindest zweimal die Woche zu uns kommen und für uns kochen, putzen, bügeln …«

»Aber soll denn jetzt die gnädige Frau …?«, fragte Wally ungläubig. Sie konnte sich beim besten Willen nicht vorstellen, dass jemand wie Elisabeth Blumberg zu Eimer und Lappen griff und die Böden wischte, dass sie die Toilette putzte oder die Fenster.

»Wir werden sehen«, sagte Herr Blumberg leise, als hätte er mit der Situation schon seinen Frieden gemacht. »Wir werden sehen.«

Wally nickte und stand wieder auf. »Und wann?«, fragte sie.

»Nächsten Monat.«

Nächsten Monat schon. In weniger als zwei Wochen würde sie keine Arbeit mehr haben. Sie war nicht mit Michael verheiratet, weshalb sie noch nicht bei ihm unterkommen konnte. Selbst ihr Geld verdienen musste sie auch, und der Hochzeitstermin Ende September … Auf einmal erschien ihr alles, was sie sich in den zurückliegenden Monaten erhofft und erträumt hatte, wieder in weite Ferne gerückt.

»Walburga?«

»Ja, gnädiger Herr?«

»Sie wollten mich auch wegen etwas sprechen.«

»Oh. Ach, das is jetzt nicht wichtig, gnädiger Herr.« Sie knickste und beeilte sich, den kleinen Salon zu verlassen und in ihre Kammer zu laufen, wo sie sich aufs Bett sinken ließ und das Gesicht in den Händen vergrub.

***

Am nächsten Morgen deckte Wally den Frühstückstisch der Blumbergs mit besonderer Sorgfalt. Sie nahm die gestärkten Damastservietten und das Meißener Porzellan, als würden Gäste erwartet, besorgte von ihrem eigenen Geld noch rasch ein paar Blümchen vom Stand neben dem Zeitungskiosk, mit denen sie die Tafel schmückte. Vor allem aber stellte sie einen noch am Vorabend gebackenen Kuchen hin, dessen Rezept aus der Familie des Dienstherrn stammte und das sie selbst lieben gelernt hatte: einen Schokoladenkuchen mit Kartoffelmehl.

Zu ihrer Erleichterung tauchte an diesem Tag tatsächlich auch Richard Blumberg bereits am Morgen auf und setzte sich zu seiner Frau ins Esszimmer. Er murmelte einen Gruß und beugte sich für eine zärtliche Geste zu ihr herab, ehe er sich setzte, während Elisabeth Blumberg kaum ein Lächeln zustande brachte und eher ratlos als dankbar die Tafel betrachtete. »Kuchen, Walburga?«

»Jawohl, gnädige Frau«, sagte Wally nur und nickte, ehe sie ihr Tee einschenkte.

»Gibt es etwas zu feiern?«

»Mei, gnädige Frau, das wär schön, wenn wir was zu feiern hätten.«

Für einige Augenblicke hing ein ganz sonderbares Schweigen in der Luft. Dann räusperte sich der Herr des Hauses und sagte mit milder Stimme: »Danke, Walburga. Das ist eine sehr freundliche Geste.«

Wally goss Kaffee in seine Tasse, machte einen kleinen Knicks und zog sich zurück. In der Tür aber hielt sie inne und erwiderte: »Es is eine Schand, dass man so wenig tun kann, gnädiger Herr.«

Unwillkürlich schluchzte Elisabeth Blumberg auf, und das erschütterte Wally am meisten: dass diese so stolze Frau, die es ihr gewiss nicht immer leicht machte und durchaus etwas Herrisches an sich hatte, derart getroffen war.

In der Küche musste sie sich selbst ein paar Tränen aus den Augenwinkeln wischen. Zum einen, weil sie die Herrschaften ehrlich bedauerte, zum anderen, weil auch ihre eigene Zukunft, zumindest die nächste, furchtbar unsicher geworden war. Wo würde sie wohnen? Für wen würde sie arbeiten? Wie sollte sie die Monate bis zu ihrer Hochzeit Ende September überbrücken? Und das alles in dieser saudummen Zeit, in der einem die Nazis das Leben noch schwerer machten, als es ohnehin schon war. Nannten sich Arbeiterpartei, aber wenn man nicht mitmarschierte und Fähnchen schwang, dann waren ihnen die Angelegenheiten der Arbeiter völlig wurscht.

Aus dem Esszimmer konnte sie die Herrschaften streiten hören. Das erstaunte sie, denn vor allem Richard Blumberg erhob so gut wie nie seine Stimme. Er war es auch, der als Erster nicht mehr zu hören war, während seine Frau noch etliche Zeit länger schimpfte. »Weil ich so dämlich war, einen Juden zu heiraten«, drang es einmal herüber. »Hättest halt früher verkauft, statt jetzt, da sie dich auspressen …« Und: »Der hätte schon mehr bezahlt, wenn du ordentlich verhandelt hättest. Aber du bist ja …«

Wally schloss die Tür der Küche. Sie wollte es nicht hören. Vor allem, weil ihr Herr Blumberg leidtat. Wenn einer nichts für den ganzen Schlamassel konnte, dann er.

Eine Weile war es still, dann öffnete sich die Küchentür, und der Hausherr stand mit der Zeitung da. »Heut müssen

Sie sie nicht bügeln, Walburga, ich werd sie gar nicht lesen«, sagte er und hielt ihr die Münchner Neuesten Nachrichten hin. »Bringen Sie die dem Herrn Rösch nur gleich wieder runter.«

»Freilich, gnädiger Herr. Das mach ich, sowie ich drüben aufgeräumt hab.«

»Gut.« Er wandte sich zum Gehen, sprach sie aber dann doch noch einmal an. »Und Sie sind sicher, dass Sie nichts auf dem Herzen haben? Weil Sie mich gestern sprechen wollten, meine ich.«

»Ganz sicher, gnädiger Herr«, erwiderte Wally. Mit der Entlassung war es nicht mehr nötig, ihn über ihre geplante Hochzeit aufzuklären. Die würde ohnehin erst nach ihrem Abschied aus dem Hause Blumberg stattfinden. Aber mit Michael musste sie reden, das war jetzt wichtig! »Gnädiger Herr?«

»Ja?«

»Ob ich heut Abend freinehmen dürfte? Es ist … ich müsst was Persönliches regeln.«

»Heut Abend.« Blumberg nickte. »Natürlich, Walburga. Wenn Sie uns nur das Abendessen richten, das heißt, meiner Frau … Ich selbst werde außer Haus sein.«

***

Wally musste Michael wirklich dringend sprechen. Sie kannte zwar das Haus, in dem er wohnte, aber sie war nie bei ihm gewesen, natürlich nicht, das hätte sich nicht gehört – und es wäre auch von seinem Vermieter unter keinen Umständen geduldet worden.

Ein Zimmer hatte er, in der Rumfordstraße, erst seit ein paar Monaten, und Wally hatte sich gleich gedacht, dass er näher zu ihr gezogen war, als er ihr davon erzählt hatte. Ganz nah sogar! Die Rumfordstraße lag nur ein paar Schritte vom Haus der Blumbergs entfernt. Dann noch zwei- oder dreihundert Meter die Straße hinunter in Richtung Gärtnerplatz, und man stand vor dem eher einfachen Anwesen, in dessen Hinterhaus seine Bleibe sein musste. Hausnummer 45.

Die Einfahrt stand offen, sodass Wally den Hof betreten und sich umsehen konnte. Es dämmerte schon, und in einigen Fenstern brannte Licht. Wo es wohl genau war? Hausner, Brauer, Redlich, Schratt, Burgauer, Schlinz, Plinsinger … Manche der Namen waren gar nicht zu entziffern. Und Michaels Name würde ohnehin nicht dort stehen, weil er ja nur Untermieter war. Aber bei wem? Sie musste fragen. Also klingelte sie auf gut Glück, allerdings ohne dass sich etwas tat. Beim zweiten Mal hatte sie mehr Glück. Es öffnete sich ein Fenster schräg über ihr. »Ja?«

»Geistbeck, grüß Gott. Ich such den Herrn Reitz.«

»Sagt mir nix«, raunzte die Frau und knallte das Fenster wieder zu.

Bei Burgauer wusste man zumindest: »Der wohnt doch bei Schaller!«, und nachdem Wally mühsam in dem dunklen Hinterhof den ausgeblichenen Namen »Schaller« auf dem Klingelschild gefunden und geläutet hatte, wurde sie tatsächlich wenige Augenblicke später in den vierten Stock hinaufgerufen.

»Der Herr Reitz?«, fragte eine ältere Frau in Kittelschürze, die Wally mit misstrauischem Blick musterte. »Was wollen Sie denn von ihm?«

»Gesprochen hätt ich ihn gern.«

»So. Und Sie sind wer?«

»Geistbeck, Walburga«, erklärte sie, und als das sichtlich nicht genügte: »Seine Verlobte.«

»Eine Verlobte hat er, der Herr Eisenbahner! Da schau her!« Das hatte er seiner Vermieterin offenbar bisher nicht erzählt. »Ja, dann werd ich ihm das sagen, dass sein Fräulein Verlobte nach ihm gesucht hat, gell?«

Freundlich klang das nicht, und Wally begann zu ahnen, dass es ein Fehler gewesen war, sich nicht als jemand anderes auszugeben. »Das wäre sehr nett«, sagte sie.

»Schon recht«, erwiderte die Frau und schloss so unvermittelt die Tür, dass Wally einen Schritt zurückstolperte.

Auf dem Trottoir vor dem Vorderhaus lief sie dann Michael buchstäblich in die Arme. »Wally! Wolltest du zu mir?«

»Ja. Ich war sogar oben.«

»Bei der Schaller? Oha. Hast du ihr gesagt, dass du meine Verlobte bist?«

Wally nickte, und Michael seufzte. »Dann hoff ich, dass sie mich nicht gleich hochkant rausschmeißt, der alte Drachen.« Aber dann lachte er, wedelte mit einer Papiertüte, die er bei sich hatte, und erklärte: »Gut, dass ich mir ein Paar Debreziner gekauft hab. Da werd ich nicht ganz hungrig ins Bett gehn heut.«

»Hast du Angst, dass sie dir kündigt?«

»Mei. Freilich ist sie schlauer, wenn sie sich einen neuen Untermieter sucht, sobald sie weiß, dass der vorhandene bald auszieht.« Er legte Wally den Arm um die Schultern. »Aber jetzt reden wir von was Schönerem! Was führt dich zu mir?«

»Ich muss dir was erzählen …«

»Is was passiert?« Natürlich hörte er auf Anhieb, dass etwas nicht stimmte. Der Reitz Michael hatte ganz feine Sinne für so was.

Wally sah sich um. »Können wir uns irgendwo hinsetzen?«

»Weißt du was, ich lad dich auf eine Brotzeit im Sterneckbräu ein. Musst nur einen Moment warten.« Sie konnte gar nicht so schnell etwas erwidern, da war er schon im Hinterhaus verschwunden.

***

Die Wirtschaft war gut besucht. Immer, wenn sie ein Wirtshaus betrat, musste Wally an das Gasthaus ihrer Eltern in der Hallertau denken. Auf dem Dorf gab es wenige Menschen. Es waren die Immergleichen, die sich abends auf ein Bier zusammensetzten, und nur manche konnten es sich leisten, ein Essen im Wirtshaus zu bestellen. Wie anders war es doch in der Stadt, wo ein scheinbar unerschöpflicher Strom von Menschen durch die Straßen und Gassen zog. Und hier in der Innenstadt schien es geradezu noch voller zu sein am Abend als untertags.

»Da drüben könnten Sie sich noch dazusetzen«, sagte die Bedienung und nickte in Richtung eines Tischs, an dem zwei ältere Herren saßen.

»Is recht«, erwiderte Michael und ging vor. »Grüß Gott«, sagte er, am Tisch angekommen, und zog seinen Hut.

Die beiden blickten auf und musterten ihn finster über ihre Bierkrüge hinweg. »Der Deutsche Gruß geht anders«, murrte einer, während der andere zustimmend nickte.

Michael ging nicht darauf ein, sondern erklärte: »Die Bedienung hat uns an Ihrem Tisch platziert. Ich hoff, wir stören nicht.«

Wally zupfte ihren Verlobten am Ärmel. Was sie mit ihm zu besprechen hatte, würden sie nicht gut an einem Tisch mit überzeugten Nazis diskutieren können. »Ich glaub, das Fräulein hat den Tisch da drüben gemeint.« Sie zog ihn mit sich, zwei Tische weiter, und nickte dem Pärchen, das dort die Köpfe zusammengesteckt hatte, freundlich zu. »Die Bedienung hat uns zu Ihnen platziert«, erklärte sie, den Gruß wohlweislich vermeidend. Das war etwas, was sie schon länger gelernt hatte: Wenn man sich keine Scherereien mit scharfen Nazis einhandeln wollte, blieb man lieber unhöflich und grüßte gar nicht, als dass man »falsch« grüßte.

Der junge Mann, dessen Wangen glühten, nickte nur beiläufig und wandte sich sogleich wieder seiner Angebeteten zu. Von diesen Turteltäubchen würden sie nichts befürchten müssen.

Michael legte seinen Hut auf die Bank neben sich und setzte sich Wally gegenüber. »Ich hätt mich schon behaupten können«, sagte er, halb spöttisch, halb beleidigt.

»Genau das wollt ich lieber vermeiden«, erwiderte Wally und legte ihre Hand auf seine. »Du weißt doch, wie sie sind. Sie suchen doch bloß einen Anlass für Streit. Und wenn einer nicht laut genug ›Heil Hitler‹ plärrt, dann is er schon ein Volksfeind.« Sie sagte es so leise, dass es im Lärm der Gaststube niemand sonst hören würde. Dennoch blickte sie sich sogleich um, ob womöglich doch einer ihre Worte aufgeschnappt hatte.

»Versteh dich schon«, murmelte Michael zerknirscht. »Manchmal denk ich, man darf gar nix mehr sagen. Meinen Kollegen Paul haben Sie letzte Woche abgeholt.«

»Abgeholt? Die Nazis?«

»Gestapo«, flüsterte er. »Dachau. Glauben wir wenigstens. Weiß ja keiner was Genaues.«

»Was hat er denn angestellt?«

»Angestellt?« Fast wäre Michael zu laut geworden. Über sich selbst erschrocken, dämpfte er seine Stimme. »Das Einzige, was der angestellt hat, war, dass er nicht mitgemacht hat bei der Mörderbande.«

»So! Was hätt ma denn gern?«, fragte eine der Kellnerinnen, die wie aus dem Nichts neben ihnen stand.

Wally zuckte zusammen und suchte nach Worten.

»Eine schöne Brotzeitplatte für zwei«, orderte Michael, als wäre nichts gewesen. »Und zwei Halbe Helles.« Er blickte zu Wally. »Du trinkst doch ein Bier?«

Wally nickte. Als die Bedienung wieder verschwand, sagte sie leise: »Ich weiß nicht, ob das so eine gute Idee war, dass wir hergekommen sind.«

»Also, jetzt sag schon, was dir auf'm Herzen liegt«, forderte Michael sie auf und griff wieder nach ihren Händen.

Wally seufzte. »Es geht um meinen Dienstherrn, den Herrn Blumberg. Also eigentlich um sein Haus.« Sie holte Luft. »Er muss es verkaufen.«

Michael lachte. »Wieso? Das bringt ihm doch einen Haufen Geld, wenn du mich fragst!«

»Bestimmt. Ich glaub aber nicht, dass er freiwillig verkauft. Also eigentlich weiß ich's sogar.«

»Verstehe«, murmelte Michael und starrte eine Weile stumm vor sich hin. »Müssen sie dann ausziehen, die Blumbergs?«

Wally zuckte die Achseln. »Noch nicht. Aber früher oder später wird sie der neue Besitzer wahrscheinlich rausdrängen. Als Nazi will er ja keine jüdischen Mieter haben, denk ich mir.«

»Hm. Sicher nicht.« Michael schüttelte den Kopf und biss sich auf die Lippe.

Die Brotzeit kam. Schweigsam aßen und tranken die beiden, schenkten einander von Zeit zu Zeit ein wehmütiges Lächeln und hingen ihren Gedanken nach. In was für eine Zeit war ihre gemeinsame Zukunft da geraten? War es überhaupt eine Zukunft?

»Und du?«, fragte Michael schließlich.

Wally spürte einen Kloß im Hals. »Ich … bin gekündigt. Zum Monatsende.«

»Verstehe«, sagte Michael. »Verstehe.« Er strich sich mit den Händen übers Gesicht. »Und bei mir schaut's auch düster aus. Nach der Geschicht mit dem Paul gestern is mein Kollege, der mir die Werkswohnung eigentlich schon zugesagt hatte, natürlich zweimal so vorsichtig.«

»Aber was hat denn das mit dir zu tun?«

»Mei, Wally«, erwiderte Michael mit einem liebevollen, aber müden Lächeln und senkte sie Stimme zu einem Flüstern. »Weil ich ein Sozi bin. Wie der Paul auch. Deswegen haben sie ihn ja geholt.«

Als sie wenig später wieder ins Freie traten, war es frisch geworden. Wally fröstelte. Aber vielleicht war es auch bloß das Bewusstsein, dass jederzeit einer von den Braunen auf sie zutreten und ihren Verlobten verhaften konnte. Dazu musste einer gar nichts Schlimmes getan haben. Anständig zu sein allein genügte schon, um auf Jahre hinaus zu verschwinden.

»Ich bring dich heim, mein Schatzl«, sagte Michael.

Wally hängte sich bei ihm ein und tat ein paar Schritte, ehe sie innehielt. »Da drüben«, murmelte sie und deutete in Richtung Tal. »Der Herr Blumberg.«

Tatsächlich war auf der gegenüberliegenden Straßenseite eine einsame, verhuschte Gestalt zu sehen, die den Hut tief in die Stirn gezogen hatte und weder nach links noch nach rechts blickte, als hätte sie Angst, irgendjemanden auf sich aufmerksam zu machen. Augenblicke später war Wallys Dienstherr verschwunden, und eine Trambahn fuhr an ihnen vorbei.

11.

Richard Blumberg kam nicht nach Hause. Lange lag Wally wach in dieser Nacht, versuchte, ihre Gedanken zu beruhigen, Hoffnung zu schöpfen, einen Ausweg aus der verfahrenen Situation zu finden – und lauschte auf die Haustür. Doch niemand schloss sie auf. Als Wally endlich in einen unruhigen Schlaf fiel, dämmerte es beinahe, und verwirrende, böse Träume jagten sie durch die kurze Zeit, bis sie ihr Tagewerk angehen musste.

Ob ihr Dienstherr in den frühen Morgenstunden doch noch heimgekommen war? Wally arbeitete leise in der Küche, bereitete das Frühstück vor wie jeden Tag, lief hinunter zum Kiosk und holte die Zeitung, deckte den Tisch und hielt immer wieder inne, um herauszufinden, was los war im Haushalt. Aber mehr als die üblichen Geräusche aus dem Schlafzimmer der gnädigen Frau und aus dem Badezimmer waren nicht auszumachen.

Und dann stand Elisabeth Blumberg in der Küchentür. »Walburga?«

»Gnädige Frau?«

»Wissen Sie etwas von meinem Mann?«

»Entschuldigens', gnädige Frau?«

»Er ist nicht nach Hause gekommen.«

Betroffen starrte Wally ihre Dienstherrin an, die so zerbrechlich wirkte wie noch nie. »Ich … ich hab ihn gestern Abend gesehen«, sagte sie. »Draußen. Also drüben, beim Isartor, wie er in die Elektrische eingestiegen ist.«

»Haben Sie mit ihm gesprochen?«

»Nein. Ich war ja ein Stückl weg. Nur gesehen hab ich ihn.«

Elisabeth Blumberg nickte, während ihr Blick ins Leere glitt. »Und wissen Sie vielleicht, welche Trambahn das war?«

»Stadtauswärts, das weiß ich sicher, gnädige Frau. Aber wohin, mei …«

»Schon recht, Walburga. Er wird schon wieder auftauchen. Legen Sie die Zeitung mir hin.«

»Gerne.« Wally tat wie ihr geheißen und servierte der stolzen Frau, die auf einmal so hilflos wirkte, den Tee und etwas von dem Kuchen, den sie am Vortag gemacht hatte: Richard Blumbergs Lieblingskuchen nach jüdischer Tradition.

Sie beobachtete, wie ihre Dienstherrin die Zeitung durchblätterte, als suchte sie etwas Bestimmtes, wie sie plötzlich scharf die Luft einsog und die Münchner Neuesten Nachrichten weglegte, um ans Fenster zu treten – zum soundsovielten Mal an diesem Morgen – und hinunterzuschauen auf den belebten Isartorplatz, wo so viele Menschen in alle Richtungen strebten, aber einer nicht auftauchte: ihr Mann.

Als sie das Frühstück wieder abräumte, fiel Wallys Blick auf die offen daliegende Zeitung. Es war die Seite mit den Todesanzeigen, die Elisabeth Blumberg zuletzt gelesen hatte. *Zacharias Freudenthal* las sie ganz klein unten auf der Seite, fast, als hätte man die Trauermeldung verstecken wollen, und verstand, was die gnädige Frau so erschüttert hatte: Freudenthal war nicht nur ein angesehener Bankier gewesen, sondern auch ein Verwandter von Richard Blumberg. Und Jude. Wenn in diesen Tagen ein jüdischer Bürger sein Leben ließ, stellte sich immer die Frage, ob er sanft entschlafen war oder ob man ihn auf die ein oder andere Weise schändlich zu Tode gebracht hatte.

***

So ging der Tag hin, und der Abend kam. Elisabeth Blumberg hatte Telefonate geführt, hatte Wally hinuntergeschickt, um am Kiosk zu fragen, ob Herr Rösch womöglich ihren Gatten gesehen habe, hatte überlegt, zur Polizei zu gehen, es dann aber wieder verworfen, vielleicht weil sie wusste, dass man ihr dort nicht helfen würde, ja sogar eher noch Schikanen zu befürchten waren.

Schließlich saßen die beiden Frauen – die Dienstherrin und ihre Haushälterin – im kleinen Salon, wo des Abends Richard Blumberg seine Zigarre zu rauchen pflegte, und schwiegen. Warteten. Hofften.

Sie hofften vergebens. Gegen acht Uhr abends läutete es an der Tür. Wally wollte gehen, um zu öffnen, aber Elisabeth Blumberg war schneller. Sie wollte selbst öffnen in der Hoffnung, endlich ihren Mann wiederzusehen. Stattdessen blickte sie in die strengen Mienen zweier Uniformierter. »Frau Elisabeth Blumberg?«

»Jawohl«, hauchte sie. »Das bin ich.«

»An der Großhesseloher Brücke ist ein Jud gefunden worden. Ziehen Sie sich etwas an und kommen Sie mit, um die Leiche zu identifizieren.«

IV.

Überjährige

Hallertau 1937

12.

Über den Regen ärgerte sie sich nicht. Im Gegenteil. Solange es goss, sah niemand, wie sie weinte. Denn das tat sie. Seit München weinte sie, nein, eigentlich schon seit Tagen. Aber jetzt, da sie kein Dach mehr über dem Kopf hatte, war es noch viel schlimmer geworden. Ihre beiden Koffer auf dem Gepäckträger, war sie mit dem Fahrrad aufgebrochen, nachdem sie eine letzte Nacht in der Wohnung der Blumbergs verbracht hatte. Voller Bitterkeit hatte die Dienstherrin sie verabschiedet, kaum aufblickend, ohne Dank, ohne eine kleine Aufmerksamkeit oder irgendetwas. Gewiss, es war grausam, was der armen Frau geschehen war. Den Mann verloren, der sich in seiner Verzweiflung von der Brücke in den Tod gestürzt hatte, das Haus verloren, das ihr Auskommen gewesen war ... Aber auch Wally hatte alles verloren: die Arbeit, das Dach über dem Kopf, und zuletzt hatten sie das Aufgebot wieder zurückgezogen. Eine Hochzeit würde es nicht geben.

»Es tut mir so leid, Wally«, hatte Michael beteuert.

»Aber das kann er doch nicht machen«, hatte Wally insistiert. »Er hat's dir doch zugesagt!«

»Freilich hat er das. Aber jetzt, wo sie so hinter uns her sind ...«

»Hinter den Sozis?«

»Mhm.«

»Aber du bist doch gar nicht in der SPD.«

»Das reicht ihm nicht.« Michael verdrehte die Augen. »Ich bin nicht in der Partei, verstehst? *Ich kann nicht einem Parteimitglied eine Wohnung vorenthalten, damit ich sie einem andern geb.*«

»Aber da kannst doch du nix dafür.«

»In die Partei soll ich eintreten, hat er g'sagt.«

»Bei den Nazis?«

»Freilich. In welche denn sonst.«

»Das wär ja noch schöner. Hast ihm hoffentlich g'sagt, dass das nicht infrage kommt.«

Michael lächelte müde und strich ihr übers Haar. »Das weiß er schon selber. Die kennen mich alle. Deswegen is's ja grad so schwierig.«

Keine Wohnung. Damit war klar, dass sie nicht würden zusammenleben können. Natürlich konnten sie trotzdem heiraten – und sie würden heiraten! Aber wann sie endlich unter einem Dach zusammenleben würden, wann sie endlich *eine Familie sein* würden, darauf gab es keine Antwort.

Und so hatte sich Wally einmal mehr aufgemacht in die Hallertau, um dort unterzukommen, bis sie eine Lösung gefunden hatten.

Gern wäre sie zu ihrer ältesten Schwester nach Deimhausen gegangen, aber die hatten kaum Platz auf dem Hof und wahrscheinlich auch keine Arbeit für sie. Deshalb würde sie wohl wieder bei Resi wohnen, wo sie zwar auch das fünfte Rad am Wagen war, aber zumindest jede Hand gebraucht wurde. Immerhin würde sie ihre Mutter wiedersehen! Und dann würde sie ihr alles erzählen. Von Michael, von der verschobenen Hochzeit, von Herrn Blumberg und dem Haus und …

Sie musste absteigen und das Rad ein Stück weit schieben, weil sie so schluchzen musste.

Ein Automobil überholte sie und hupte, aber sie sah gar nicht hin. Erst als der Wagen ein Stück entfernt stehen blieb und auf sie wartete, wischte sie sich die Augen und erkannte die Aufschrift »Hardt Transporte«. Am Lenker saß einer der Knechte vom Hardt'schen Hof. »Fräulein Geistbeck?«, rief er, wobei er sich herüberbeugte und aus dem Beifahrerfenster schaute.

»Grüß Gott …«, begann sie.

»Sepp«, sagte der Mann und winkte ihr freundlich zu. »Ich hab grad neu angefangen auf dem Hardt'schen Hof, als Sie nach München zurück sind. Soll ich Sie mitnehmen?«

»Na, da sag ich nicht nein«, erwiderte Wally, nestelte ein Taschentuch aus ihrem Ärmel und wischte sich die Nase, während der Fahrer aus dem Wagen sprang und die hintere Tür öffnete. Wally reichte ihm ihre beiden Koffer, die sie zwar mit einem Wachstuch umwickelt hatte, die aber dennoch nass geworden waren. Anschließend packte er das Fahrrad, als wäre es das Leichteste von der Welt, und schob es in den Laderaum, ehe er die Tür wieder zuwarf und erklärte: »Auf geht's!«

Es dauerte kaum mehr als zwanzig Minuten, bis sie an der alten Mühle von Freinhausen vorbeifuhren. Wenige Augenblicke später bogen sie an der Kirche ab zum Hof der Hardts. Inzwischen hatte es auch aufgehört zu regnen. »Und fahren Sie jetzt immer den Transporter, Sepp?«, wollte

Wally wissen, die staunte, dass der Hardt Korbinian jetzt richtiggehend unter die Fuhrunternehmer gegangen war.

»Na, ned immer. Ich hab auch Arbeit auf'm Hof. Aber weil ich halt einen Führerschein hab, setzt mich der Hardt schon öfter ein. Heut hab ich zum Beispiel eine Ladung Äpfel in die Stadt bringen müssen.«

Ja, es ging auf den Spätsommer zu, und die Früchte an den Bäumen waren reif. Äpfel, Birnen, Quitten ... Mit einem Mal merkte Wally, wie sehr ihr all das gefehlt hatte in der Stadt. Die Natur, das Blühen und Reifen, die Luft, die so rein war und zugleich so schwer. Wenn hier etwas stank, dann war es der Misthaufen oder im Frühjahr die Felder, wenn sie geodelt wurden. Aber sonst ... Die Wälder und Wiesen dufteten, die Bäume und Sträucher, der Morgennebel, und am Abend verströmten manche Blüten einen geradezu betörenden Duft. Dazu der weite Blick über die Felder und Hügel, der grenzenlose Himmel, die Störche und Reiher, die Kühe auf den Weiden und der Wind, der hier wehte und nicht schneidend durch enge Gassen pfiff.
»Schön is's hier«, sagte Wally, als sie vor dem Gasthaus der Hardts anhielten. Es hatte aufgehört zu regnen.

»Ja mei, es is, wie's immer is«, stellte der Fuhrknecht schlicht fest, und Wally lachte.

»Eben«, sagte sie und stieg aus. Auch wenn sie die vielen Automobile in der Stadt nicht sehr schätzte, so genoss sie es doch jedes Mal, wenn sie die Gelegenheit hatte, in einem mitzufahren. Vor allem eine solche Fahrt übers Land ließ ihr Herz höherschlagen. Sie erinnerte sich dann gern an die Fahrt als junges Mädel mit dem Braumeister und seiner Familie von München an den Tegernsee. Zehn Jahre war das inzwischen her, eine lange Zeit. Und doch sah sie es wie gestern vor sich, vielleicht auch, weil sich in ihrem eigenen Leben seither so wenig verändert hatte. Jahrein, jahraus hatte sie für andere Leute geputzt und gekocht und Wäsche gewaschen, hatte mit anderer Leute Geld für selbige eingekauft und sich von früh bis spät um deren Wohlergehen gekümmert – aber nie um ihr eigenes oder gar das ihrer Familie. Die sie nicht hatte.

»So, bittschön«, sagte Sepp und stellte ihre Koffer neben die Tür. »Das Rad bring ich Ihnen hinters Haus.«

»Dankeschön, Sepp.« Wally lächelte ihm freundlich zu und nahm ihr Gepäck.

Die Tür zum Wirtshaus stand offen. Zu Wallys Überraschung landete sie aber nicht direkt in der Gaststube, sondern in einem kleinen Windfang, in dem rechter Hand eine Tür mit der Aufschrift »Laden« in die Wand gesetzt war. Erst da kam ihr zu Bewusstsein, dass das Haus auch von draußen irgendwie anders ausgesehen hatte. Sie setzte ihre Koffer ab und lief noch mal hinaus. Tatsächlich: Wo vorher ein ganz gewöhnliches Fenster gewesen war, gab es jetzt ein großes Fenster, in dem allerlei Dinge ausgestellt waren: Päckchen mit Zuckerwürfeln, Gläser mit Eingelegtem, Kaffee, Kakao, sogar Damenstrümpfe und Pfeifentabak lagen da. »Ein Schaufenster«, murmelte Wally erstaunt und ging wieder hinein.

Im selben Moment kam ihr im Windfang die alte Geistbeckin entgegen. Sie blickte kurz auf, sagte: »Ich bin schon da«, und sperrte den Laden auf. Mit kurzen, beschwerlichen Schritten ging sie vor und stellte sich hinter die Ladentheke. Und da stand sie also: in einem richtigen kleinen

Krämerladen, wo es nahezu alles für den täglichen Bedarf gab, und lächelte ihr liebes, altes Lächeln, während sie sagte: »Was hätten wir denn gern?«

»Aber, Mama, kennst mich nimmer?«, entfuhr es Wally, die völlig überrumpelt war.

»Wally? Mei, Wally, bist du das?« Die alte Frau hielt sich mit zitternden Händen an der Theke fest und kniff die Augen zusammen.

»Ja, freilich bin ich das, Mama«, sagte Wally und lief zu ihr. »Ist es so schlimm mit deinen Augen? Siehst du nix mehr?«

Die Geistbeckin schüttelte den Kopf und blickte zu Boden. »Wenig genug«, erwiderte sie. »Grad so viel, dass ich mithelfen kann. Aber auch nur, weil ich weiß, wo was steht und was es kostet.«

***

»Und wie lang geht das schon so?«

Resi zuckte die Achseln. »Mei, was soll ich sagen, eigentlich merkt man das erst, wenn's schon passiert is. Sie macht ja alles und kann alles. Und wenn in der Küch einmal ein Tiegel runterfallt, dann denkt man sich nicht groß was. Sie is halt eine alte Frau, da muss man sich nicht wundern, verstehst?«

Natürlich verstand Wally. Und doch quälte es sie. »Und eine Brille hilft nix?«

»Sie hat ja eine. Aber sie setzt s' ned auf. Die alte vom Herrn Pfarrer.«

»Vielleicht bräucht's eine bessere«, schlug Wally vor.

»Freilich. Fahrst du mit ihr nach Schrobenhausen zum Augenarzt?«

»Ich?«

»Ja, gell. Da bist du jetzt überrascht. Aber wenn du mich fragst, ich komm ja so schon zu nix vor lauter Arbeit. Von in der Früh um sechs bis auf die Nacht um elfe und manchmal noch länger hab ich zu tun. Wann soll denn ich, bittschön, mit der Mama zum Augenarzt?«

Wally sagte eine Weile nichts. Dann erklärte sie: »Der Sepp hat mich hierher mitgenommen, fast den halben Weg. Ihr fahrt doch jetzt oft in alle Richtungen, wo dein Korbinian ein Fuhrunternehmer geworden ist. Vielleicht fährt einmal einer nach Schrobenhausen, dann könnt er die Mama und mich einfach mitnehmen. Und ich geh dann mit ihr zum Augenarzt dort.«

»Und zurück?«

»Steigen wir in den Bus nach Hohenwart und Ingolstadt. Der wird uns dann schon rauslassen in Freinhausen.«

Resi überlegte. »Wenn du meinst …«, sagte sie. »Und was machen wir, wenn er nicht helfen kann, der Arzt?«

»Dann haben wir es wenigstens probiert. Ich find, das sind wir unserer Mama schuldig.«

»Hast schon recht, Wally«, erwiderte ihre ältere Schwester. »Hast schon recht.«

»Hat mich übrigens sehr beeindruckt, dass ihr jetzt ein Transportunternehmen habt!«, erklärte Wally, um auf ein schöneres Thema zu kommen.

»Na ja, drei Wagen. Viel is es nicht.«

»Und zahlt sich's aus?«

»Vielleicht, wenn wir einen oder zwei hätten«, erklärte

Resi. »Aber Korbinian steckt ja gleich jede Mark wieder in einen neuen Lieferwagen, kaum dass er sie eingenommen hat.«

Wally nickte. »Er is halt ein Geschäftsmann.«

»Jaja«, sagte Resi. »Und ein Wirt is er auch. Und ein Bauer und weiß der Teufel was noch alles.« Sie seufzte. »Glaub's mir, Wally, das wird mir manches Mal zu viel. Für was muss denn einer unbedingt alles machen? ›Schuster, bleib bei deinen Leisten‹, heißt's. Und an dem Spruch is was dran.«

***

Dass nicht alles Gold war, was glänzte, wurde auch für Wally schnell deutlich. Hatte sie am Tag ihrer Ankunft den neuen kleinen Laden noch bestaunt, stellte sie schon am nächsten Tag fest, dass es keineswegs einfach war, damit Geld zu verdienen. Die einen wollten etwas kaufen, was Hardts gerade nicht führten, die anderen ließen anschreiben und nahmen zwar ihr Weißwaschmittel und ihren Backkakao mit, ließen aber kein Geld da, und die meisten kamen überhaupt nur, um sich zu unterhalten. Mit Glück kauften sie ein Päckchen Salz oder ein paar Hosenknöpfe.

»Und wie lang bleiben Sie dann jetzt hier bei uns?«, wollte die Perlingerin wissen.

»Nur ein paar Wochen«, erklärte Wally.

»Ja, können denn Ihre Herrschaften so lang auf Sie verzichten?«

»Ich wechsel die Stellung, Frau Perlinger. Es hat sich was Besseres ergeben.«

»Was Besseres. So.« Die Bäuerin schien mit einer derart vagen Auskunft nicht zufrieden. »Und ist das dann auch in München?«

»Freilich, Frau Perlinger. Hab mich doch schon so dran gewöhnt.«

»Verstehe. Na, dann geben Sie mir doch bittschön ein Packerl Natron.«

»Ein Packerl Natron. Gern.«

»Ach, und sagen Sie dem Herrn Hardt doch Grüße. Wir sind immer wieder erstaunt, dass er den Schrobenhausener Anzeiger raushängt. Als wenn's keine anständige Zeitung gäb.«

Weg war sie. Wally blickte ihr perplex hinterher. Was war am Schrobenhausener Anzeiger auszusetzen?

»So ein giftiges Weib«, zischte Resi, als sie den Laden betrat. »Wie sie dich ausgehorcht und wie sie schon wieder was auszusetzen gehabt hat. Eine Schande ist's.«

»Denkst du, sie meinte den Völkischen Beobachter?«

»Freilich meinte sie den. Was denn sonst?«

»Da bin ich froh, dass ihr den nicht draußen hängen habt.«

Resi erwiderte nichts, sondern warf einen Blick in die Kasse. »Hast du aufgeschrieben, was die Perlingerin mitgenommen hat?«

»Das wollt ich dich fragen: Was kostet denn ein Päckchen Natron?«

»Ein Päckchen Natron? Das is alles, was sie *gekauft* hat?« Ein spöttisches Lachen entrang sich ihr. »Zehn Pfennig. Aber die schreibst du schön auf, gell? Die schenk ich der Hex nicht!«

Also notierte Wally es im Kassenbuch, schrieb »Perlinger« dahinter und machte sich weiter mit den Waren und Preisen des kleinen Krämerladens vertraut, bis Paula Hölzl mit ihren zwei Töchtern hereinkam.

»Grüß Gott, Fräulein Geistbeck! Hab schon gehört, dass Sie wieder einmal da sind. Wegen der Hochzeit wahrscheinlich, gell?«

»Wegen der Hochzeit?« Konnte es sein, dass sich bis hier herumgesprochen hatte, dass ihre Hochzeit verschoben worden war? Aber das war doch gar nicht denkbar.

»Weil Sie doch immer so originelle Schnaderhüpfl singen und die Zither so schön spielen, mein ich. Da wird sich der Lenz freuen.«

»Tut mir leid, Frau Hölzl, ich bin jetzt gar nicht recht im Bild, wovon Sie reden.«

»Ach so. Ich hab nur geglaubt, Sie machen ein bisserl Musik bei der Hochzeit vom Thannhauser.«

»Der Thannhauser! Heiratet gar der Albert?«

»Is ja schon einmal verschoben worden. Weil doch der Bruder gestorben is. Aber jetzt … also am fünfundzwanzigsten, mein ich, müsst es sein. Und sie is so ein liebes Mädel, die Vroni vom Gerstner drüben in Pörnbach.«

»Na ja, vielleicht kann ich ja wirklich ein paar Schnaderhüpfl dichten«, erklärte Wally. Spaß machen würde es ihr sicher. Sie reimte gern, hatte ihre Freude dabei, wenn sie ein wenig über die kleinen oder größeren Schwächen der Dorfbewohner spötteln durfte, und sie hatte schon so lange nicht mehr Musik gemacht, dass sie nicht einmal mehr wusste, ob sie es überhaupt noch beherrschte.

»Na, dann bin ich ja froh, dass ich's Ihnen erzählt hab«,

sagte Frau Hölzl und lachte. »Schon deswegen, weil ich auch eingeladen bin.«

»Dann werd ich mir besondere Mühe geben, Frau Hölzl. Versprochen«, sagte Wally und verkaufte prompt drei Päckchen Nudeln, ein Päckchen Reis, ein halbes Pfund Kaffee und ein Fläschchen Rum-Aroma. Mit einem Zwinkern steckte sie den beiden Mädchen jeweils ein Gutti zu, das sie aus dem großen Glas auf der Theke nahm, das die Kinder schon seit Betreten des Ladens sehnsüchtig angeschaut hatten.

»Wie sagt man?«, fragte Frau Hölzl.

»Dankschön, Fräulein Geistbeck«, sagten die beiden Mädchen artig und verließen dann mit der Mutter das Geschäft.

»Und wer, glaubst du, zahlt das?«, fragte unvermittelt der Hardt, der hinter Wally aufgetaucht war.

»Aber sie hat doch gezahlt«, erwiderte Wally, froh, dass mal jemand nicht angeschrieben hatte.

»Ja, den Kaffee vielleicht und die Nudeln. Aber die Naschereien? Was ist mit denen?«

»Geh, Korbinian, zwei Guttis, die kosten doch gar nix.«

»Wenn hier ein jeder zwei Guttis geschenkt kriegt, dann kommen schnell ein paar Mark zamm. Willst du mir die dann ersetzen?«

»Aber, Korbinian, es is doch auch üblich, dass die Kinder beim Metzger ein Radl Wurst bekommen.«

»In der Stadt vielleicht. Bei uns hier draußen legen wir auf solche Sitten keinen Wert. Die Hölzl schenkt mir auch nix.«

Wally nickte. Es war sein Laden, es waren seine Süßigkeiten, es war sein Haus. Er hatte das Sagen. »Is recht, Korbinian, ich merk's mir.«

»Ja, das wär mir allerdings recht, damit wir zwei nicht noch aneinandergeraten.«

***

Dass zwischen Wally und Korbinian der Segen schief hing, entging auch Resi nicht. Als am Nachmittag ein wenig Ruhe auf dem Hof einkehrte, schlug sie ihrer Schwester vor, ein bisschen mit ihr zum Fluss zu gehen.

Wenig später spazierten die beiden Frauen über die Wiesen an der Paar. Es war hier so sumpfig, dass kaum Ackerbau möglich war. Deshalb weideten nur von Zeit zu Zeit die Kühe im hohen, saftigen Gras, während die Frösche zwischen ihren Hufen herumsprangen und Schwärme von Bremsen auf Opfer lauerten. Man war deshalb gut beraten, Arme und Beine bedeckt zu halten – woran Wally an dem Tag nicht gedacht hatte.

»War er recht grob zu dir?«, fragte Resi befangen.

»Der Korbinian? Mei, es geht schon«, erwiderte Wally. »Es war ja nur eine Kleinigkeit.«

»Das is es ja«, seufzte Resi. »Er war ja früher auch schon manchmal aufbrausend, weißt es ja selber. Aber seit einiger Zeit regt er sich wegen nix und wiedernix mordsmäßig auf.«

Wally legte den Arm um ihre Schwester. »Dein Korbinian ist doch eigentlich ein Guter«, sagte sie. »Vielleicht hat er's grad ein bisserl schwer, mit den ganzen Unternehmungen jetzt. Die Wirtschaft, der Transport – und den Hof müsst ihr ja auch noch anständig betreiben.«

»Ich hab nicht gesagt, dass er jeden Schmarrn machen muss, der ihm in den Sinn kommt«, erklärte Resi bitter.

»Und vielleicht …« Wally zögerte.

»Vielleicht was?«

»Na ja, vielleicht wurmt's ihn auch, dass ihr immer noch kein Kind habt.«

»Gewiss wurmt ihn das«, sagte Resi, und ein Grinsen stahl sich auf ihr Gesicht.

Wally blieb stehen. »Sag bloß .. «

Resi nickte.

»Mei, Resi, das freut mich aber!«, jubelte Wally und schlug sich eine Bremse von der Wade. Und noch eine hinterdrein.

»Tanzt du gleich einen Schuhplattler für mich?«, rief Resi lachend und deutete auf ihre zappelnde Schwester.

»Ja, freilich, was glaubst denn du?«, erwiderte Wally und lachte mit.

Und so gingen die beiden jungen Frauen aus Deimhausen voller Vorfreude auf das kommende Ereignis zurück zum Hardt'schen Hof und schmiedeten Pläne, wie man das Kind wohl nennen könnte, wenn es ein Bub wäre oder ein Mädchen, ob es eine große Feier geben würde – und natürlich auch, wer Taufpate werden sollte.

»Mir wär am liebsten, dass du das machst, Wally«, sagte Resi.

»Ich? Also, wenn du wirklich meinst«, erwiderte ihre jüngere Schwester. »Aber ich könnt mir vorstellen, dass der Korbinian lieber jemand anderen hätt. Außerdem müsst man vielleicht zuerst die Zenzi fragen. Sie is ja schließlich die Älteste von uns. Und dann den Steff.«

»O mei«, sagte Resi. »Der Steff hat doch immer so viel anderes zu tun.« Sie blieb stehen und betrachtete die Auslage im Schaufenster ihres kleinen Kramerladens. »Und Zenzi, die würd das gewiss machen, aber die hat ja selbst schon so viele Kinder. Ich weiß nicht …«

»Kommt Zeit, kommt Rat«, erklärte Wally zuversichtlich. »Wenn ich's sein soll, bin ich's gern. Aber ich bin euch auch nicht bös, wenn's doch noch jemand anderer werden soll.«

»Ach, Wally. Ich bin froh, dass ich dich hab!«

13.

Wie sehr Wally es genoss, dass auf dem Dorf nicht an jedem Fleck eine Hakenkreuzfahne hing und man kaum jemals jemanden in Uniform sah, wurde ihr erst bewusst, als sie mit ihrer Mutter nach Schrobenhausen zum Augenarzt fuhr. Der Ort war deutlich städtischer, und hier waren die Nazis kaum weniger präsent als in München. Sepp hatte sie beide im Transporter mitgenommen und am Hauptplatz rausgelassen. Vor dem Rathaus stand eine Menschentraube, die offensichtlich auf ein Brautpaar wartete. Die Frauen waren alle feierlich angezogen, die Männer trugen Anzug oder eben die braune Uniform der Nazis.

»Dass die ganze Welt so verrückt geworden is …«, murmelte Wally, während sie ihre Mutter am Arm über den Platz führte.

Hier, in der ungewohnten Umgebung, war es besonders schwierig für die alte Geistbeckin, sich zurechtzufinden. »Warum? Was is denn los?«

»Mit ihren Hakenkreuzbinden und dem ganzen Nazizirkus.«

»Mei, Kind, ein Blinder wär froh, wenn er's sehn könnt.«

Ja, das mochte wohl sein. Aber auch, dass die Blinden und Lahmen und überhaupt alle, die nicht ins Bild passten, es bei den Nazis schwer hatten, hatte Wally längst erkannt.

Der Augenarzt immerhin, auf den sie fast zwei Stunden warten mussten, war ein milder, freundlicher Mann etwa im Alter der Geistbeckin, der es offenbar gewöhnt war, dass die Bauern aus dem Umland erst zu ihm kamen, wenn es schon zu spät war. »Ja, gute Frau«, sagte er. »Da wären Sie besser früher gekommen. Ich kann Ihnen zwar eine Brille verschreiben, aber recht viel hilft die in dem Fall auch nicht mehr.«

»Werd ich ganz blind?«

»Mei, die Frage ist nicht, ob, sondern wann. Vielleicht haben Sie Glück und es geht langsam. Dann könnten Sie schon noch zwei, drei Jahr zurechtkommen.«

»Zwei, drei Jahr«, wiederholte die Geistbeckin leise. Sie hatte sich ohnehin keine Illusionen gemacht. So war nun einmal der Lauf der Welt: Man arbeitete und arbeitete, zog mühsam die Kinder groß, ließ sich nicht unterkriegen von all den Schmerzen und Niederlagen, die einem das Leben bescherte, und zuletzt quälte man sich durch, bis es vorbei war. »Verstehe.«

»Ich verschreib Ihnen eine Brille«, sagte der Arzt. »Die bringt ein bisserl was. Am besten, Sie hängen sie sich um den Hals, damit Sie sie nicht dauernd suchen müssen.« Er lächelte milde. »Is eh schwer genug.«

»Und wenn wir nach München führen ...«, warf Wally ein.

»In die Augenklinik, meinen Sie?« Der Arzt schien ihr die Frage nicht zu verübeln. »Probieren Sie's gern aus. Es gibt eine Operation, bei der wird die Linse dem Auge entnommen ...«

»Herr Doktor«, erwiderte die Geistbeckin. »Für so was

bin ich zu alt. Verschreiben Sie mir eine Brille, dann geht's vielleicht wieder ein bisserl besser.«

»Aber, Mama ...«

Die Geistbeckin griff nach der Hand ihrer Tochter. »Es passt schon, Wally. Eine Operation is es nicht mehr wert für mich altes Weib.«

Wally schwieg. Sie wusste, dass sie ihre Mutter nicht dazu bringen würde, sich an den Augen operieren zu lassen. Natürlich hatte die Geistbeckin – wie alle Bauern – Angst vor Ärzten und Operationen. Wally hatte ja selbst Angst, wenn sie es recht bedachte, obwohl sie wusste, dass man nicht blinder als blind werden konnte. Seufzend griff sie nach ihrem Geldbeutel. »Was sind wir Ihnen denn schuldig, Herr Doktor?«

»Das machen Sie bitte draußen mit meiner Sprechstundenhilfe, gute Frau.« Er kritzelte etwas auf einen Zettel und reichte ihn ihr. »Das wären die Werte für eine Brille. Schicken Sie sich, damit es noch ein bisserl hilft.«

Wenig später standen sie wieder auf der Straße. »Sollen wir gleich einen Optiker suchen?«, fragte Wally.

»Lass uns lieber heimfahren für heut. Es is schon nach Mittag.«

»Aber mit der Brille sollten wir nicht lange warten, hat er gesagt, der Doktor.«

»Is schon recht, Kind«, erwiderte die Geistbeckin. »Das machen wir dann das nächste Mal.«

Wally sah ein, dass sie für den Augenblick nicht mehr schaffen würden. Sie waren beim Arzt gewesen, sie hatten eine Diagnose und wussten, was auf sie zukommen würde.

Mehr konnte sie ihrer Mutter nicht zumuten. Nicht im Moment. »Sollen wir vielleicht irgendwo was essen? Oder einen Kaffee trinken gehen und dazu ein Stück Kuchen bestellen?«

Die alte Frau lachte. »Du und deine neumodischen Ideen. Das hast du in der Stadt gelernt, gell? Das Geld für Kaffee und Kuchen rauszuschmeißen.«

»Mama. Wir haben doch selbst eine Wirtschaft gehabt.«

»Das is was anderes. Unsereins hält das Geld zusammen.«

Wally nickte. Auch das kannte sie. Man sparte, wo man konnte, und zuallererst an den eigenen Bedürfnissen.

»Aber in die Kirche könnten wir noch gehen«, schlug die Geistbeckin vor.

Die alte Hauptkirche St. Jakob lag nur ein paar Schritte entfernt, und so führte Wally ihre Mutter zum Gotteshaus, um sich in eine der Bänke zu setzen und ein Gebet zu sprechen. »Siehst du den Steff manchmal?«, fragte die Geistbeckin, während sie langsam über das unebene Pflaster gingen.

»Schon länger nicht mehr«, erwiderte Wally. »Ich war einmal in seiner Metzgerei …« Sie wollte der Mutter nicht sagen, dass es sie enttäuscht hatte, wie geschäftsmäßig der Bruder sie dort abgefertigt hatte. Dass er der kleinen Schwester kein Radl Wurst auf den Aufschnitt gelegt und ihr keinen Preisnachlass gegeben hatte.

»Zu uns kommt er auch viel zu selten«, sagte die Geistbeckin, und es war kaum zu überhören, dass es sie kränkte. Ihr einziger Sohn tauchte nur alle paar Monate in Freinhausen auf. Schreiben tat er nie. In den ersten Jahren war es die Anna gewesen, seine Frau, die ab und zu noch einen knappen Brief geschickt hatte. Aber auch das war lang vorbei. Der Steff lebte sein eigenes Leben in der Stadt und hatte sein altes Leben und die Familie auf dem Land zurückgelassen.

»Die Zenzi hab ich auch schon seit Ostern nicht mehr gesehen«, klagte die Geistbeckin.

»War sie zu Besuch in Freinhausen?«, fragte Wally, als könnte man von Besuch sprechen, wenn eine Bäuerin ins Nachbardorf kam, um bei ihrer alten Mutter vorbeizuschauen.

»Nein. In Steinerskirchen. Zur Messe.«

Richtig, zu den hohen Feiertagen fuhren die Bauern aus der Region gern nach Hohenwart oder nach Steinerskirchen, um den Gottesdienst zu besuchen, und die Freinhausener zumal, weil sie mit ihrem Pfarrer nicht recht zufrieden waren.

»Gott sei Dank, hast du die Resi«, stellte Wally fest und hielt ihrer Mutter die Kirchentür auf.

»Ja. Sie is ein gutes Mädel. Auch wenn's höchste Zeit is, dass sie jetzt ein Kind kriegt.«

»Weißt du es gar schon?«

»Freilich weiß ich's.« Die alte Bäuerin schüttelte den Kopf. »Ich mag ja halb blind sein, aber ganz dumm bin ich noch nicht.« Ein gewitztes Lächeln stahl sich auf ihr Gesicht, ein Lächeln, wie Wally es früher oft an ihr gesehen hatte. Voll Bitterkeit erkannte sie, wie schön ihre Mutter einst gewesen und wie diese Schönheit längst verblüht war.

»Und du«, sagte die alte Frau und nahm ihre Tochter an der Hand. »Du wirst auch noch Kinder kriegen, wart's nur ab, Wally. Es mag grad schwer für dich sein, jetzt, nachdem ihr die Hochzeit habt absagen müssen. Aber der liebe Gott wird's richten. Bist eine gesunde, kräftige junge Frau und herzensgut dazu.«

***

Die Vorbereitungen auf die Hochzeit in der Hardt'schen Wirtschaft waren in vollem Gange. Die Männer hatten eine der Sauen geschlachtet, die Frauen rupften mehrere Hähnchen und auch zwei Fasane, die der Bauer von der Jagd mitgebracht hatte, obwohl Korbinian Hardt, anders als so viele im Ort, wenig auf die Jagd gab – wahrscheinlich auch, weil er sich immer schwertat, früher aus den Federn zu steigen als irgend notwendig.

Der Bierkeller war mit Hellem, Dunklem und Weizen aus der Törringer Brauerei aufgefüllt worden. Der Knödelteig würde erst am selben Tag gemacht und dann zu Knödeln gedreht werden, damit selbige nicht schwarz wurden, sondern schön golden aus dem Topf kamen. Allerdings galt es noch zu backen. Der Thannhauser Albert hatte sich Rohrnudeln zum Kaffee gewünscht, worauf sich Resi seit ihrer Kindheit verstand, denn besser noch als auf der Haushaltungsschule waren die Rohrnudeln der Geistbeckin gewesen, bei denen sie hatte mithelfen dürfen – oder müssen –, seit sie zehn Jahre alt war.

Die Torten dagegen waren stets Wallys besonderes Talent gewesen, und so war klar, dass sie für das Brautpaar die Hochzeitstorte backen würde. Auf dem Dorf galt dergleichen zwar als »neumodischer Schmarrn«, aber sie aßen alle gern, und mit ihrer Schokoladencremetorte nach Prinzregentenart, wie sie sie in Indersdorf bei den Schwestern gelernt hatte, würde Wally einen Höhepunkt der Bewirtung liefern.

»Obacht!«, rief einer aus der Kühlkammer, wo die Sau hing.

»Herrschaftszeiten!«, ein anderer. Es war der Hardt, der fluchte und dann zu den Frauen herüberbellte: »Schnell! Verbandszeug!«

Eine der Mägde tauchte bleich in der Tür auf. »Dem Karl haben s' drei Finger abg'schnitten«, stammelte sie und wandte sich zur Tür zum Hof, um sich nach draußen zu erbrechen.

»Himmelherrgott!«, rief Resi und riss ihre Schürze weg. »Lassts mich durch.« Sie rannte die Stiegen hinauf und war wenige Augenblicke später wieder unten, mit ein paar Tüchern und Verbandsleinen in der Hand.

»Meine Hand«, ächzte der Knecht und heulte Rotz und Wasser. »Meine Finger! Ich brauch doch meine Finger!«

»Können wir nicht schnell nach dem Doktor telefonieren?«, schlug Wally vor, die im Eingang zur Kühlkammer stehen geblieben war und sich fragte, wie viel von all dem Blut wohl von der toten Sau und wie viel von Karl stammte.

»Ruf ihn an, wenn du meinst«, keuchte der Hardt, während er dem Verletzten ein Tuch auf den Stumpf presste und zugleich versuchte, den Verband darum zu binden. »Aber der wird ihm die Finger auch nicht wieder annähen können.«

Vielleicht nicht, dachte Wally. Aber der Karl wäre nicht der Erste gewesen, der an einer falsch versorgten Wunde starb. Sie hastete hinüber zum Laden, wo der Hardt den Fernsprecher hatte installieren lassen und von wo auch Kunden, die selbst keinen hatten, telefonieren konnten. Kurz darauf kam sie zurück und erklärte: »Doktor Paulus is in einer Viertelstund da.«

»Und wer zahlt ihn?«, presste der Hardt hervor, der sich immer noch mühte, die Blutung zu stoppen, indes sein Knecht nur noch ächzte und so blass war wie die Wand, an der er lehnte.

»Also, Korbinian«, fuhr Resi dazwischen. »Das wird dir dein Knecht wohl wert sein, dass du einen Arzt für ihn kommen lässt, wenn er sich so verletzt hat.«

Der Hardt murrte nur und herrschte Wally an: »Geh, hol ihm einen Schnaps. Dann schaut die Welt gleich wieder ganz anders aus.«

Daran zweifelte sie zwar, aber sie tat wie ihr geheißen. Den Obstler flößte sie dem halb ohnmächtigen Karl selbst ein, während sich auch der Bauer einen genehmigte und zur Sicherheit noch einen zweiten hinterdrein. »Jetzt können wir eh nix weiter für ihn machen. Wird er ja bald da sein, der Doktor. Dann sehen wir schon, was er sagt.«

Er wischte einen der Finger, der immer noch auf dem Boden lag, mit dem Fuß zur Seite, dann hob er ihn auf und warf ihn nach drüben in den Stall, wo die anderen Schweine waren.

»Aber, Korbinian!«, rief Wally und lief hinüber. »Das kannst du doch nicht machen!« Sie zwängte sich in den Verschlag, in dem der Finger lag, und schob die Sau weg, die schon im Begriff war, Karls Körperteil zu fressen. »Weg! Aus! Geh weiter!«, blaffte sie das Tier an und konnte es gerade noch abdrängen. Dann griff sie voller Widerwillen nach dem Finger und rannte damit zur Theke, um ihn zu waschen.

»Ich wünschte, ich könnte sie annähen«, erklärte Doktor Paulus mit einem skeptischen Blick. »So was is ja schon probiert worden. In der Stadt. Aber bis jetzt haben sie das noch nicht einmal am Klinikum geschafft. Da brauch ich alter Dorfarzt nicht rumexperimentieren.« Er schüttelte den Kopf. »Aber sauber versorgen und nähen können wir die Wunden wenigstens, damit dem Karl nichts Schlimmeres passiert.«

»Bitte, Herr Doktor«, presste Karl hervor. »Probiern Sie's.«

»Tut mir leid, guter Mann«, erwiderte der Arzt. »Seien Sie froh, wenn's dabei bleibt. Hat sich schon mancher einen tödlichen Wundbrand zugezogen.« Zum Hardt gewandt fragte er: »Haben Sie einen möglichst starken Schnaps? Am besten einen Klaren?«

»Obstler«, bot der Wirt an. »Zwetschgenschnaps.«

»Bringen Sie mir eine Flasche.«

Er brauchte sie für die äußere und die innere Anwendung. Nachdem man dem Knecht ein Wasserglas voll Hochprozentigem verabreicht hatte und Karl besinnungslos auf der Bank in der Wirtsstube lag, wohin ihn die Männer getragen hatten, goss der Arzt reichlich vom Obstler über die Wunden, ehe er begann, sie zuzunähen. Karl stöhnte, aber er konnte vom Hardt und den anderen Knechten so festgehalten werden, dass er dem Arzt die Arbeit nicht unmöglich machte.

Schließlich verband Doktor Paulus sein Werk nach den Regeln der Kunst und blickte in die Runde. »Verbluten wird er nicht, obwohl er viel Blut verloren hat. Aber ob die Wunden sich entzünden oder ob er eine Blutvergiftung bekommt, das kann ich nicht sagen. Er wird starke Schmerzen haben, und er darf auf keinen Fall die Hand benutzen. Ich schau morgen noch einmal vorbei und wechsle den Verband.«

»Und wie lang soll er dann nicht arbeiten?«

»Mindestens ein Vierteljahr«, bestimmte der Arzt.

»Ein Vierteljahr?«, rief der Hardt. »Wie soll denn das bittschön gehen?«

»Ich bin sicher, dass Sie das ermöglichen werden, Herr Hardt«, erwiderte der Arzt und blickte den Wirt mit heiligem Ernst an. »Wir wissen alle, was es für einen Knecht bedeutet, wenn er seine Hand gar nicht mehr benutzen kann. Geben Sie ihm jetzt das Vierteljahr, dann werden Sie ihn noch lange im Dienst haben können. Alles andere wäre eine Sünde.«

***

»Eine Sünde«, schimpfte der Hardt, als der Mediziner wieder vom Hof fuhr. »Der hat leicht reden. Soll ich den Knecht jetzt ein Vierteljahr durchfüttern, und dann is Winter, und er is auch bloß ein Esser mehr auf dem Hof?«

Resi warf ihrem Mann einen Blick zu, der ihn verstummen ließ. Dann drehte sie sich um und ging davon. Sie liebte ihren Mann. Aber manchmal hasste sie ihn auch.

14.

Und dann wieder bewunderte Resi ihren Mann grenzenlos. Am Tag der Tannhauser-Hochzeit schaffte es Korbinian, nicht nur überall gleichzeitig zu sein und alle herumzuscheuchen, damit alles funktionierte, sondern auch noch für jeden der Gäste ein freundliches Wort, einen Scherz, eine aufmerksame Frage parat zu haben.

Am Vormittag, nach der kirchlichen Trauung, waren die Männer des Dorfes und einige Frauen in die Wirtschaft gekommen, um zuerst eine schöne heiße Suppe zu essen. Ein jeder hatte, wie es der Brauch war, ein Kostgeld bezahlt und würde später in seinem Bschoadtücherl etwas vom Mittagsgericht einpacken, um es für die daheim gebliebene Ehefrau mitzubringen, die dann erst zum Abendessen ebenfalls kommen würde – und vor allem zum Tanz!

Selbstverständlich ließ es sich der Hardt nicht nehmen, eine kleine Ansprache zu halten, und natürlich war diese Ansprache so kurz und launig wie möglich. Er zwickte den Bräutigamvater auf, machte ein paar derbe Späße auf Kosten der Braut, die halb geschmeichelt, halb beschämt errötete, dichtete den Trauzeugen scherzhaft ein Verhältnis an und brachte schließlich einen Trinkspruch auf die »unanständig große« Kinderschar der Eheleute, die da zu erwarten sei, aus, dass der Saal trampelte und johlte. So mochten sie es in Freinhausen. Das Leben war hart genug. Aber der Schmiewirt war ein Bazi, wie er im Buche stand, der zeigte es allen, wie man seinen Stich machte.

»Ein Hund bist schon!«, rief der alte Thannhauser lachend und schlug dem Hardt krachend auf die Schulter, als er an ihm vorbei aufs Häusl ging.

Am Zapfhahn verstand es der Hardt, aus drei Litern Bier vier Maß zu machen und sich dabei noch feiern zu lassen, weil er eine Runde Schnaps ausgab, die er mit der nächsten Runde Bier schon wieder doppelt und dreifach hereingeholt hatte.

Draußen vor der Wirtschaft standen die jungen Burschen aus dem Dorf und der Umgegend und bewunderten das Motorrad. Als der Hardt hinaustrat, um nach dem Rechten zu sehen, waren ihm ihre neidischen Blicke sicher – und sogar manch bewundernder Blick der Derndl, die sich in einer anderen Ecke herumdrückten, aber immer wieder zu den Burschen und der Maschine hinschielten.

Resi verspürte einen solchen Stolz auf ihren Mann, der aus der heruntergekommenen Dorfwirtschaft und dem unrentablen Hof etwas ganz Neues gemacht hatte. Sie hätte nicht zu sagen vermocht, was es eigentlich war, aber fest stand, dass der junge Hardt inzwischen ein Ansehen genoss, wie es der alte niemals gehabt hatte. Und auch wenn Korbinian manchmal grob und selbstgerecht war – die Hardtbäuerin und die Schmiewirtin zu sein, das galt etwas in Freinhausen.

Weil keine Zeit zum Ausruhen war, eilte Resi nach oben auf den Tanzboden und sah sich um. Die Gesellschaft war schon ordentlich angeheitert, es war Zeit, das Essen aufzutragen. Sie hatte Bestellungen für vierzigmal Schweinernes mit Knödeln, achtmal Fasan, fünfmal Hendl. Auch wenn die meisten von den großzügig bemessenen Portionen etwas einpackten, würde genug übrig bleiben, was sich am nächsten Tag noch verarbeiten ließ. Wie man mit Resten haushaltete, das hatte Resi schon zu Indersdorf gelernt, aber in der eigenen Wirtschaft hatte sie diese Kunst verfeinert. Ihre Sülzen waren legendär. Dass sie darin übrig gebliebenen Schweinsbraten verarbeitete und vor allem – für die Knöcherlsülze – die Füße der Sauen, mit denen sonst ja nichts anzufangen war, das wusste man und akzeptierte es, denn so eine Sülze war ein billiges, schmackhaftes und sättigendes Essen, wie es die ärmeren unter den Bauern und vor allem die Knechte schätzten.

Auf den Tanz freute Resi sich besonders. Sie mochte nicht sonderlich gut tanzen, und Korbinian schon gar nicht, aber eine Gaudi hatten sie beim Tanzen, wenn sie denn einmal die Gelegenheit fanden.

Natürlich würde sie noch viel zu tun haben bis dahin – und eigentlich musste sie dann auch beim Bedienen helfen. Aber wenn sie ihren Mann fragte …

»Resi, wo bleibt das Essen?«, rief der Hardt vom Boden herunter.

»Kommt gleich!«, rief Resi zurück und lief in die Küche, wo alle Frauen, die nicht bedienten, über den Töpfen und Reinen standen. Wally hatte gerade eine dieser großen gusseisernen Bratformen aus dem Rohr geholt, in der zwei prächtige, fettglänzende Bratenstücke lagen. Ohne auf Anweisungen zu warten, nahm Marie die Stücke auf ein großes Brett und begann, sie in schöne Stücke zu schneiden und auf die Teller zu verteilen, während Wally die angebratenen Reste auf dem Boden der Reine mit dunklem Bier ablöschte und mit dem Löffel löste, um sie dann in einen bereitstehenden Topf zu gießen, wo sie sie mit einem Teiglein binden würde. Der Duft von Braten, Bier und Kümmel stieg Resi in die Nase und ließ ihren Magen knurren. Doch es war keine Zeit, um etwas zu probieren, jetzt musste alles Hand in Hand gehen.

»Teller!«, rief Marie und verteilte weiter, während die alte Geistbeckin mit einer Siebkelle die ersten Knödel aus dem Wasser fischte und neben den Bratenstücken platzierte.

»Himmelherrgott!«, fluchte Wally, die Klümpchen im Teigerl hatte. »Resi, ich brauch noch ein Mehl!«

»Geh, lass mich das Teigerl machen.«

Die Soße im Topf kochte schon hoch, das erste Dutzend Teller stand bereit, als sie die dünne Mehlsuppe zur ungebundenen Soße goss, während Wally eifrig mit dem Schneebesen umrührte. Augenblicke später war die Bratensoße fertig und so schön, dass man am liebsten darin hätte baden mögen. Auf ihre Soßen waren sie beide stolz, Resi und Wally.

Vom Boden oben war ein lautes »Ah!« und »Oh!« zu hören, als die drei Mägde die ersten Portionen hinaufbrachten.

Wally hatte sich inzwischen den Hähnchen gewidmet und schnitt sie gekonnt mit der Geflügelschere entzwei. Den Kartoffelsalat dazu hatten sie schon am Vortag fertig gemacht und kalt gestellt. »Die schönsten Wiesenhendl«, sagte sie, als sie die Teller weiterschob, denn zu der Zeit war in München gerade das Oktoberfest, die »Wiesn«, wie die Einheimischen sie nannten.

»Da brauchen wir keine Wiesn dafür«, erklärte die alte Geistbeckin milde. »So schöne Hendl gibt's bei uns das ganze Jahr.« Womit sie einerseits recht hatte, andererseits aber verschwieg, dass man sich ein Brathähnchen nicht allzu oft leistete im Alltag. Denn Hähne aufzuziehen lohnte sich für das bisschen Fleisch nicht, und Hühner hatten vor allem Eier zu legen, und wenn sie es nicht mehr taten, dann waren sie für einen Braten zu zäh und mussten stattdessen als Suppenhuhn herhalten.

In der Küche ließ sich der Hardt kaum sehen. Das war Frauensache. Und solange alles klappte, war ihm das nur recht. Stattdessen trat er gern persönlich hinter die Theke und zapfte ein Bier, redete ein wenig mit einem der Gäste, die auf dem Weg zur oder von der Toilette dort vorbeikamen und behielt alles schön im Auge.

Zur Kaffeezeit kamen von den Höfen etliche Kinder, um die Bschoadtücherl abzuholen, vor allem aber, um vom Süßen zu naschen.

»Eine schöne Hochzeit is das«, stellte Resi fest, als sie neben ihren Mann trat, um ein weiteres halbes Dutzend Bierkrüge zu holen.

»Sind mir ein bisserl zu viele Kinder da«, murrte Korbinian.

»Geh. Du magst doch Kinder!«

»Hm. Wirst schon sehen, wie viele Teller und Gläser am Ende wieder zerschmissen sind.«

Resi erwiderte nichts. Sie wusste schon, woher der Wind wehte. Es schmerzte ihn, all die Kinder zu sehen, und keines davon war seines.

Inzwischen war genügend Zeit verstrichen. Sie konnte es ihm sagen. Und sie würde es ihm sagen. Aber nicht hier in aller Öffentlichkeit. »Wir passen schon auf«, sagte sie deshalb und packte die Krüge, um sie nach oben zu tragen.

»Nicht zu schwer tragen«, hatte ihr die Mutter eingeschärft. »Das ist gefährlich für die Schwangerschaft.« Aber was war »zu schwer«? Sechs Bierkrüge, das mochten vielleicht acht Kilogramm sein. War das zu schwer? Wenn man sie eine steile Stiege hinauftrug? Wenn man sie von Tisch zu Tisch trug und leere Krüge einsammelte? Wer wusste das schon?

»Frau Hardt! Haben Sie für mich noch eines?«, rief der Pfarrer, der nach Tradition und Sitte am Tisch der Brautleute saß.

»Freilich, Hochwürden!« Resi stellte ihm eine Maß hin und musste feststellen, dass der Geistliche bereits deutlich über den Durst getrunken hatte – und dass er ihr ausgesprochen unverhohlen in den Ausschnitt glotzte. Schnell wandte sie sich um und bediente am Nebentisch.

Sie hatte sich extra noch einmal das schöne Dirndl angezogen, in dem ihr Busen gut zur Geltung kam, und sie hatte absichtlich nicht die hochgeschlossene Bluse genommen, weil sie wusste, dass sich der Korbinian darüber freute und dass er stolz war, wenn die anderen Männer seine Frau bewunderten. Danach würde sie das Kleid längere Zeit nicht mehr tragen können – und ob es nach der Geburt noch passte, wer wusste das schon?

***

Am Abend endlich konnte Wally sich aus der Küche verabschieden. Ihr tat buchstäblich jeder Knochen im Leib weh. Für eine Hochzeitsgesellschaft zu kochen war die härteste

Arbeit, die man sich vorstellen konnte. Von frühmorgens bis zuletzt musste man alle Kraft aufwenden Jederzeit konnte man alles verpatzen. Die riesigen Töpfe und Pfannen, Bratenformen und Schüsseln waren so schwer, dass man sie oft kaum heben konnte. Es war so heiß und dampfig, dass den Frauen der Schweiß in Strömen hinunterlief. Immer wieder verbrannte sich eine oder schnitt sich in der Hektik. An solchen Tagen konnte man froh sein, wenn alles gutging und sich niemand ernsthaft verletzte. Und wenn endlich auch die letzte Portion rausgegangen und die letzte Bestellung erledigt, wenn alle Reste weggepackt und alles leergeräumt war, dann fing das Spülen an und das Schrubben, beginnend beim hereinkommenden Geschirr, über all die schweren Gerätschaften, die eingeweicht, mit Stahlwolle gescheuert und abgerieben werden mussten, bis hin zu den Herden, den Arbeitsflächen und Böden, auf denen zuletzt die Mägde knieten, um die Flecken und Spritzer zu entfernen und am Ende alles mehrmals zu wischen.

Es ging auf halb drei Uhr morgens zu, als endlich die Tür der Küche geschlossen wurde und die Letzten mit schweren Beinen hinaufstiegen in ihre Kammern. Fast zweihundert Gäste waren es beim Tanz gewesen. In der Wirtsstube und auch in der Küche hatte alles gebebt, so hoch hergegangen war es auf dem Tanzboden, und Wally hatte manches Mal gedacht, jeden Augenblick würde die ganze Hochzeitsgesellschaft herabstürzen, weil alles in sich zusammenbrach. Aber der Tanzboden hatte gehalten, das Haus hatte das Fest heil überstanden, in der Küche waren größere Unglücke ebenfalls ausgeblieben, und der Hardt hatte mit der Thannhauser'schen Hochzeit einen vollen Erfolg verbucht – so glänzend war schon lange nicht mehr gefeiert worden in Freinhausen.

Als Wally sich auf den Weg in die Kammer machte, die sie mit ihrer Mutter teilte, sah sie oben an der Stiege Resi, die an diesem Tag gewiss genauso viel gearbeitet hatte wie sie – oder vielleicht nicht ganz so viel, denn zuletzt hatte die Schwester ja auch noch mit ihrem Korbinian getanzt, als wäre es ihre eigene Hochzeit gewesen, und Wally hatte gestaunt, dass sie sich das in ihrem Zustand traute und dass sie noch so viel Kraft fand.

»Gute Nacht, Resi«, sagte Wally matt, doch die Schwester hörte sie nicht, sondern bog in die andere Richtung ab, in der die Hardts ihre Schlafkammer hatten, seit sie unten den Laden führten.

Die alte Geistbeckin schlief schon und schnarchte leise, als Wally eintrat. Durch das kleine Fenster leuchtete hell der Mond, und Wally ging darauf zu und blickte in die Nacht hinaus. Die Gesellschaft hatte sich längst verlaufen. Die Männer – und auch manche der Frauen – würden ihren Rausch ausschlafen, die Gerstner Vroni, die jetzt eine Thannhauserin war, hatte ihre Unschuld vermutlich nun verloren, und das ganze Dorf würde sich noch Tage und Wochen gegenseitig von der Feier erzählen …

»Denkst an die Musik?«, fragte die alte Geistbeckin mit müder Stimme.

»Entschuldige, Mama, dass ich dich geweckt hab.«

»Is schon recht, Kind. Ich schlaf eh schlecht, so weh, wie mir alles tut.«

»Mir auch.« Wally ächzte und streifte sich das Kleid über den Kopf.

»Gut hast du's gemacht«, erklärte die alte Frau. »In der Küche, aber auch oben auf dem Tanzboden.«

»Meine Stanzeln, gell? Hat mir aber auch Spaß gemacht.«

»Nicht nur dir.«

Natürlich hatten sich alle glänzend amüsiert, als sie zuallererst den Korbinian mit seinem Ehrgeiz aufgezwickt hatte. Dass der Hunzinger als dorfbekannter Säufer ausgerechnet zum Parteileiter aufgestiegen war, hatte für brüllendes Gelächter gesorgt. Die zwei Töchter der Hölzls hatten einen netten Reim ergeben und die alte Witwe Grundner, die sich beharrlich weigerte, ihren Hof zu verkaufen, obwohl sich die größeren Bauern überboten. Und auf den Herrn Pfarrer hatte sie noch schnell ein Stanzl gedichtet, nachdem er bereits mehrfach mit den unanständigsten Zoten aufgefallen war, da hatte die ganze Gesellschaft gejohlt – und am lautesten der Geistliche selbst.

Doch trotz dieses Erfolgs und trotz der Zufriedenheit, dass an diesem Tag alles gutgegangen war, fühlte sich Wally eigentümlich leer.

»Geht dir deine eigene Hochzeit im Kopf um? Das versteh ich gut«, sagte die Geistbeckin. »Hast so lang warten und dann doch absagen müssen.«

»Verschieben, Mama. Wir haben sie bloß verschoben.«

»Ich weiß schon. Jetzt geh schlafen.«

Wally schlüpfte unter ihre Bettdecke. Sie hatte nicht mehr die Kraft, sich noch zu waschen oder sich die Zähne zu putzen. Sie wollte nur noch die Augen zumachen.

Verschoben hatten sie sie, die Hochzeit. Sobald sie endlich eine Aussicht auf eine Wohnung hatten, wollten sie sich möglichst schnell trauen lassen. Nur, wann würde das sein? Michael würde nicht in die Partei eintreten, und das sollte er auch nicht. Aber als »fragwürdiger Charakter«, wie ihn der Vorgesetzte genannt hatte, würde er nie eine Werkswohnung bekommen. Beim Wohnungsamt hatte er sich natürlich ebenfalls beworben, aber auch dort hatte man ihn nach einer etwaigen Parteizugehörigkeit gefragt und kein Geheimnis daraus gemacht, dass die »aufrichtigen Volksgenossen« bevorzugt würden.

Und so murmelte Wally einmal mehr ein leises Gebet in die Dunkelheit, in dem sie den lieben Gott anflehte, Erbarmen mit ihr zu haben.

***

»Schläfst du schon?«

»Hm.«

»Rück ein Stück, dass ich zu dir kommen kann.«

»Geh, heut doch nicht mehr. Nach so einem Tag.«

»Musst ja gar nix machen«, flüsterte Resi und schob sich unter die Decke zu ihrem Korbinian.

»Hast du vielleicht gar nix an?« Schon klang er wacher.

»Und du? Is dir so kalt, dass du ein Nachtgewand brauchst?«

»Also, Resi, weißt du eigentlich, wie spät's is?«

»Aha?«, erwiderte Resi nur. »Er tät aber schon mögen.«

Der Hardt grunzte und drehte sich zu ihr. »Ja, freilich. Er muss aber auch nicht nach Augsburg fahren, morgen.«

»So? Willst du ihn gar bei mir lassen?«

Der Hardt lachte leise. »Sag einmal, wie redest denn du daher? Wenn uns einer hört ...«

»Geh, is doch keiner da.«

Ihr Mann sog tief die Luft ein, als sie etwas fester zugriff und ganz nah an ihn heranrückte. Schwer atmend, ließ er seine Hand über ihren Busen gleiten. »Hmmm«, machte er genüsslich.

»Merkst du was?«

»Was soll ich merken?«

»Dass sie größer geworden sind.«

»Hm? Was soll das jetzt heißen? Bist doch noch so rank und schlank wie immer.«

»Ja«, sagte Resi lächelnd. »Noch.«

»Noch«, wiederholte der Hardt, und es schien, als prüfte er das Wort in Gedanken. Unvermittelt griff er nach ihrer anderen Brust und dann wieder nach der ersten.

»Au«, schimpfte ihn seine Frau leise. »Nicht so fest.«

»Sag bloß …«

»Deswegen sollten wir besser jetzt noch ein bisserl … verstehst schon, denn in ein paar Monaten geht's vielleicht nicht mehr. Also für einige Zeit.«

»Ich glaub's ja nicht!«, rief der Hardt und richtete sich im Bett auf. Er blickte seine Frau an, die im Mondlicht neben ihm lag, schlug die Bettdecke zurück und betrachtete ihren hellen Leib. »Bist du sicher?«

»Ganz sicher, Korbinian.«

»Ja, Sakradi!«, rief der Hardt. »Endlich!« Er küsste Resi, küsste sie noch einmal und lachte sie an. »Halleluja!«

»Halleluja«, stimmte Resi zu, weit ernster als er, und zog die Decke wieder über sich. »Und jetzt komm und lass uns schmusen.«

15.

Als Michael in Freinhausen ankam, war Wally gerade in Deimhausen bei Zenzi. Daher nahm er sich ihr Fahrrad und trat in die Pedale. Auf dem Drahtesel dauerte es nach Deimhausen nur eine Viertelstunde. Er traf Wally auf dem Kirchhof an, wo sie gerade ein paar Blumen aus Zenzis kleinem Garten auf das Grab ihres Vaters legte. Den Hut in der Hand, trat er leise hinzu und betrachtete die Frau, die er liebte und die er heiraten würde, komme, was wolle. Sie murmelte ein Vaterunser, und Michael sprach das Gebet mit leiser Stimme mit. Als sie ihn hörte, lief ein Schauer über ihren Körper. Michael konnte richtig sehen, wie sie erbebte, und es berührte ihn tief. Er streckte die Hand aus und legte sie ihr auf die Schulter.

Nachdem sie das Gebet beendet hatten, drehte sie sich um und nahm ihn fest in die Arme. »Endlich«, sagte sie mit gepresster Stimme. »Hast mir so gefehlt.«

»Du mir auch«, erwiderte er und hielt sie mit seinen kräftigen Armen, als wollte er sie nie wieder loslassen.

»Kannst du ein bisserl hierbleiben?«

»Bis übermorgen. Ich hab ein paar Tage frei, weil ich danach in die Schweiz fahren muss.«

Wenn er mit einem Zug länger ins Ausland musste, als Heizer zumeist, bekam er vorher oder anschließend stets ein, zwei Extratage frei. Die Schweiz, das wusste Wally, war Michaels Lieblingsroute. Zu gern hätte sie ihn einmal begleitet. Wäre er Schaffner gewesen, dann hätte es diese Möglichkeit vielleicht sogar gegeben. Aber als Heizer …

»Papa«, sagte Wally und wandte sich wieder dem Grab zu, als stünde dort ihr Vater. »Das ist mein Michael. Den werd ich heiraten. Du hättest ihn gerngehabt.«

»Schade, dass man sich nicht mehr hat kennenlernen können«, ergänzte Michael und seufzte.

»Kommst du in die Kirche mit mir?«

»Gern.«

Wally nahm ihren Verlobten an der Hand und zog ihn zur Pforte von St. Pantaleon. Ein heilig wirkendes Halbdunkel umgab sie, als die Tür hinter ihnen zuschwang. Die Luft war kühl und duftete nach Weihrauch und Kerzen. Anerkennend nickte Michael und sah sich um. Das Gotteshaus war nicht groß, schon gar nicht, wenn man es mit den Prachtkirchen von München verglich, aber es war ein Kleinod. »Ein richtiges Schmuckstück is sie, eure Kirche«, erklärte er und ging nach vorn bis zum Altar. »Würdest du lieber hier heiraten?«

»In Deimhausen? Nein. Is ja gar niemand mehr da, außer meiner Schwester. Unser Hof is schon lange versteigert, die anderen Geschwister und die Mama sind wegzogen …«

»Dann lieber in Freinhausen, wo deine Mutter und die Resi leben?«

Wally schüttelte den Kopf. »Freinhausen ist nicht meine Heimat. Ich möcht in München heiraten. In der Peterskirch!«

Michael lächelte wissend. »Ja«, sagte er. »Wie ich.«

»Schau! Ich zeig dir die Chorempore!«, flüsterte Wally und führte Michael die steile Stiege hinauf zur Orgel. »Da hab ich als Kind immer im Chor gesungen.«

»Das hätt ich gern gehört.«

Wally zögerte. »Wenn du magst, kann ich dir das ›Ave Maria‹ singen«, schlug sie vor, obwohl sie nicht sicher wusste, ob es wohl eine Sünde war, allein auf die Empore zu steigen und dort einfach zu singen. Andererseits ... konnte ein »Ave Maria« Sünde sein?

Michael setzte sich auf die Bank, auf der früher immer Lehrer Laubinger Platz genommen hatte, und lauschte aufmerksam.

Sie fing ganz leise an, zaghaft, weil sie sich ein wenig schämte, hier solchermaßen vorzusingen. Doch als sie die geliebte Akustik dieser Kirche hörte, da wurde sie mutiger. Wenn das Gotteshaus leer war, dann klangen die Töne noch klarer, noch schwebender und zugleich noch voller.

Als sie geendet hatte, blickte sie zu ihrem Verlobten und sah, dass er die Augen geschlossen hatte. Sein Gesicht war tränenfeucht. Es dauerte eine kleine Weile, bis er Luft holte und sie ansah. »Ich glaub, ich hab noch nie so was Schönes gehört, Wally. Du singst wie ein Engel.«

Da beugte sie sich zu ihm und küsste ihn so innig und rein, wie ein Kuss nur sein konnte. Und während ihr Atem sich vermischte und ihrer beider Herzen heftig pochten, ging unten die Tür, und jemand betrat die Kirche. »Walburga?«, rief eine Stimme vom Mittelgang herauf.

Wally trat nach vorn und blickte hinunter. »Herr Laubinger?«

»Hab ich's doch gewusst, dass das deine Stimme ist! Ja

grüß dich Gott, Kind. Schön, dass du wieder bei uns bist! Komm, lass dich anschaun.«

Wally flüsterte Michael zu: »Mein alter Schullehrer, der Herr Laubinger. Soll ich dich ihm vorstellen?«

Da war sein spitzbübisches Lächeln zurück, und er lief als Erster die Treppen hinab, um auf den alten Herrn zuzutreten, der dort wartete. »Herr Laubinger? Ich hab schon so viel von Ihnen gehört«, erklärte er und streckte ihm die Hand entgegen. »Reitz heiß ich und bin der Verlobte Ihrer Schülerin.«

»Soso«, erwiderte Herr Laubinger und blinzelte ihn neugierig durch seine dicke Brille an. »Einen Verlobten hat sie, unsere Walburga. Angenehm. Ich hoff, es war auch etwas Gutes dabei.«

»Nur Gutes, Herr Lehrer«, versicherte Wally, die hinter Michael die Treppe heruntergekommen war. »An was anderes kann ich mich gar nicht erinnern.«

»Wahrscheinlich, weil's das nicht gab«, sagte Michael.

»Genau!«, stimmte ihm Wally zu.

»Eigentlich wollte ich gerade einen kleinen Spaziergang unternehmen«, sagte der Lehrer. »Wollt ihr nicht ein paar Schritte mit mir gehen? Dann könntest du mir erzählen, wie es dir in der Stadt so ergangen ist in der letzten Zeit, liebe Walburga.«

Und so traten sie hinaus auf den Kirchhof und gingen mit dem ehemaligen Dorflehrer am Schulhaus vorbei in Richtung Wald, gerade so, wie Wally als kleines Mädchen schon mit ihrem Vater zur Jagd gegangen war und später dann zum Schwammerlsuchen und mit dem Auffacher Ludwig zu dem ein oder anderen harmlosen Stelldichein.

Der alte Lehrer war ein neugieriger Mann, der kluge Fragen stellte. Es war nicht schwer zu erraten, dass er herausfinden wollte, was von dem Verlobten seiner ehemaligen Schülerin zu halten war. Irgendwann blieb er stehen und blickte schweigend über die Weide, die sich am Waldrand erstreckte. Er nickte, als müsste er sich selbst etwas bestätigen, und wandte sich dann dem jungen Paar zu. »Es hat sich viel verändert«, stellte er fest. »Seit du fortgegangen bist, vor allem aber in den letzten paar Jahren, Walburga. Manch einer, der was konnte und Anlass zur Hoffnung gab, ist unter die Räder gekommen. Und mancher Taugenichts ist jetzt ein wichtiger Mann. So sind die Zeiten.« Er lauschte kurz auf seine eigenen Worte, ehe er fortfuhr: »Das weiß ich wohl, dass es heutzutage gefährlich ist, wenn man ausgehorcht wird. Aber dein Verlobter hier, der sagt, was er denkt, und denkt, was er will.«

»Und nicht, was die andern sagen, dass er denken soll, meinen Sie, gell?«

»Ja, Walburga. Das mein ich. Ich glaub zwar, dass dein Herr Reitz ein bisserl ein Spitzbub ist …« Er zwinkerte Wallys Verlobtem zu. »Aber er hat das Herz gewiss am rechten Fleck – und ein bisserl ein Spitzbub zu sein, das kann in diesen Zeiten nicht schaden.«

***

Zenzi hatte den Michael gleich in ihr Herz geschlossen. Nur Peter, ihr Mann, blieb ein wenig reserviert. Die unbekümmerte Art seines zukünftigen Schwagers war ihm fremd. Er selbst war ein ernster, stiller Mann, während dieser Reitz nichts wirklich ernst zu nehmen schien und über alles und jedes scherzte. Es war nicht so, dass ihm das unsympathisch gewesen wäre, aber er spürte, dass es gefährlich war. »Er sollte ein bisserl vorsichtiger sein mit dem, was er sagt«, stellte er am Abend fest, als er neben seiner Frau im Bett lag.

Zenzi hatte von vornherein darauf bestanden, dass sie die Ehebetten zusammenschoben, sodass sie nicht über die Dielen laufen mussten, um sich nahzukommen. Auch wenn ihr das all die Schwangerschaften beschert und ihre Kräfte arg strapaziert hatte, hätte sie nicht eine Nacht mit ihrem Peter missen wollen. »Mei«, sagte sie. »Er ist halt ein bisserl ein Luftikus.«

»Hab schon gemerkt, dass er dir gefällt.«

»Wirst doch nicht eifersüchtig sein?«, scherzte Zenzi und rückte ein wenig näher.

»Geh. Eifersüchtig. Ich«, erwiderte Peter. »Obwohl …«

»Obwohl? Jetzt glaub ich's aber!«, rief Zenzi mit gespielter Empörung. »Er is schließlich der Verlobte meiner Schwester.«

»Aha? Und wenn er's nicht wär?«

»Dann könnt er dir trotzdem nicht das Wasser reichen.« Sie legte ihren Arm auf seine Brust und schmiegte sich an ihn.

»So? In welcher Beziehung denn?«

»In jeder, Peter. Das weißt du doch selbst.« Nun richtete Zenzi sich auf. »Was is denn mit dir los? Meinst du das am Ende ernst?«

Peter seufzte. »Schau mich doch an, Zenzi. Ich werd alt.«

»Alt? Du? Das wär mir aber vollends neu.«

»Doch, doch. Es stimmt, und du weißt es auch. Ich bin über jede Mistgabel froh, die ich nicht selbst aufheben muss.«

»Aber das brauchst du doch auch nicht. Dafür haben wir ja die Knechte.«

»Die brauchen immer ein Vorbild. Sonst fehlt's am Respekt. Wenn einer da nicht auch selbst anpackt, dann gilt sein Wort nix mehr.«

»Geh, so ein Schmarrn«, protestierte Zenzi und stieg aus dem Bett. Sie hatte schon länger gespürt, dass ihren Mann etwas umtrieb. War es das? Hatte er Angst, kein ganzer Kerl mehr zu sein, wenn seine körperlichen Kräfte nachließen? »Was der Michael jünger ist als du«, erklärte sie, »das bist du gescheiter.« Sie blickte zum Fenster hinaus in die tiefdunkle Nacht. »Aber er is ein feiner Mensch, das sieht man wohl. Und du bist es auch, Peter. Ihr seid zwei vernünftige, ehrliche und fleißige Männer. Und das is mehr, als man in dieser Zeit von den meisten sagen kann.«

Sie lächelte, als ihr eine Begebenheit aus ihrer Jugend einfiel. »Als Wally noch ganz klein war, da waren einmal Amis bei uns im Dorf, Amerikaner.«

»Kann ich mich erinnern«, sagte Peter und stand ebenfalls auf. »Mit einem eleganten Landauer sind sie gekommen. Das muss das erste Mal gewesen sein, dass überhaupt Amerikaner in Deimhausen waren.«

Zenzi nickte und lehnte sich in seine Arme, als er hinter sie trat. »Die haben damals bei uns im Gasthof logiert.« Sie lachte. »Und die Wally wollten sie mitnehmen.«

»Mitnehmen?«

»Nach Amerika! Weil sie keine eigenen Kinder gekriegt haben.«

Peter schmunzelte leise. »Stell dir vor, was aus der Wally da drüben vielleicht geworden wär.«

»Wahrscheinlich hätt sie einen reichen Amerikaner geheiratet und würde uns jetzt an Weihnachten stets die teuersten Sachen schicken.«

»Oder sie hätt uns ganz vergessen.«

»Hm. Jedenfalls haben sie damals gesagt, das wär ein ganz ein feiner Herr, ein Gentleman.«

»Ein Gentleman. Mhm.«

»Und das bist du auch, Peter.«

»Ich? Geh.«

»Doch, das bist du. Ein Gentleman, von dem sich alle was abschauen sollten. Dann läge auf der Welt nicht gar so viel im Argen.«

»Und das sagst du jetzt, damit's mich nicht so umtreibt, dass ich alt werd.«

Zenzi drehte sich in seinen Armen um und umschlang ihn fest. »Nein. Das sag ich, weil's wahr ist. Und deswegen lieb ich dich so.«

***

Michael hatte sich in Pörnbach einquartiert, um keinen Anlass zu Gerede zu geben. Den Abend blieb er noch in Freinhausen und ließ sich von Wally auch dort alles zeigen – das Hardt'sche Anwesen, das Fischerhäusl, die Auenwiesen –, ehe er für die Nacht hinüberfuhr in den Nachbarort.

Abends wurde es jetzt schon recht kalt. So standen sie fröstelnd vor dem Schmiewirt und hielten einander ganz fest. »Wird das noch jemals was?«, fragte Wally verzagt.

»Keine Sorge, mein Schatzerl«, erwiderte Michael. »Es dauert zwar länger als gedacht, aber wir kriegen das schon hin, glaub's mir.«

Sie nickte. »Wenn du das sagst, dann glaub ich's auch.«

»Und jetzt geh rein, sonst erkältest du dich noch.«

Widerstrebend löste Wally sich von ihm und ging zum Haus. In der Tür hielt sie inne. »Mich?«

»Ja?«

»Stell dich gut mit dem Korbinian«, sagte sie und fügte ganz leise hinzu: »Er is nicht *so einer.*«

Natürlich hatte sie gemerkt, dass die beiden Männer – ihr Verlobter und ihr Schwager – einander mit Skepsis beobachteten. Sie hatten schnell herausgehabt, dass sie in feindlichen Lagern standen: der eine ein leidenschaftlicher Sozi, der andere ein Mitglied der NSDAP, auch wenn er vielleicht keiner von der ganz scharfen Sorte war. Aber Wally hatte Angst. Ein falsches Wort, eine dumme Bemerkung, und schon verschwand ein unbescholtener Mann hinter Gittern – oder erlitt noch Schlimmeres.

»Ich pass schon auf«, erwiderte Michael beruhigend. »Is ja recht umgänglich, dein Herr Schwager.«

»Dank dir schön, Mich.«

»Gute Nacht.«

»Gute Nacht, Mich.«

Dann ging er davon. Nach Pörnbach würde er zwanzig Minuten brauchen. Mindestens. Aber wenigstens leuchtete ihm der Mond, der inzwischen hoch am Himmel stand, so hell und bleich, dass die Häuser und Bäume Schatten warfen.

Aus einem dieser Schatten trat so unvermittelt ein Mann hervor, dass Wally zusammenzuckte.

»Brauchst dich nicht zu fürchten, ich bin's bloß«, sagte der Hardt und lachte dieses für ihn so typische Lachen, das immer ein bisschen gefährlich klang.

»Ah, du bist es!«, rief Wally aus. »Hast du uns vielleicht zugehört?«

»War nicht meine Absicht.«

»Es ist, weil …«

»Schon recht, Schwägerin«, erklärte der Hardt. »Ich kann auch mein Maul halten, musst dir keine Sorgen machen.«

Erleichtert atmete Wally durch. »Dank dir schön, Korbinian.«

Er zuckte die Achseln. »Ich kann dir nicht gut vorschreiben, wen du zum Mann nimmst. Aber wenn's schon ein Roter sein soll, dann is's für uns auch gescheiter, es spricht sich nicht groß rum.«

Sie hätte es sich denken können, dass er nicht aus Nächstenliebe schwieg, sondern um seines persönlichen Vorteils willen. Sosehr Resi ihn liebte, so wenig konnte Wally sich vorstellen, wie man mit einem solchen Mann jemals glücklich werden konnte. »Also dann, gute Nacht«, sagte sie.

»Ja«, sagte der Hardt. »Geh schlafen.«

* * *

Gern wäre Wally gemeinsam mit Michael nach München zurückgefahren. Auf Dauer hierbleiben konnte sie ohnehin nicht, und so wäre es besser gewesen, sich möglichst bald eine neue Stellung in der Stadt zu suchen, doch ihre Schwester bekniete sie, wenigstens noch bis Kirchweih in Freinhausen zu bleiben.

Längst arbeitete Wally in der Hardt'schen Wirtschaft mehr, als wenn sie in der Stadt einen ganzen Haushalt versorgte. In der Frühe ging sie ihrer Mutter zur Hand, die für die Knechte und Mägde das Frühstück bereitete, dann machte sie sich im Laden und manchmal auch im Stall nützlich, ehe es ans Kochen für die Gastwirtschaft ging und am Ende auch noch ans Servieren und Abtragen, ehe sie putzte und sich um alles kümmerte, was liegen geblieben war.

Am angenehmsten waren dabei die Stunden im Laden, auch wenn der Hardt immer noch mehr Waren anbieten wollte, weshalb zu den Säcken mit Bohnen und den Dosen mit Sardinen inzwischen auch Herrenhemden gehörten, Glühbirnen, Schreibpapier und Kälberstricke. Manchmal hätte Wally laut lachen mögen, wenn sie sich in dem kleinen Geschäft umsah. In der Stadt hätte man für diese Auswahl die ganze Kaufinger Straße abgelaufen, aber der Hardt brachte es zustande, ein ganzes Kaufhaus in die paar Quadratmeter zu packen. Nicht nur bis unter die Decke stapelte sich die Ware, auch die Fläche zwischen Ladentheke und Wand war vollgestellt, unter dem Fenster fanden sich mehrere Kisten, und sogar hinten in der Wohnung von Resi und Korbinian stand alles voll. Warme Socken, Pantoffeln für sie und ihn, Gürtel und Haarklammern, Kondensmilch und Würfelzucker, Fliegenklatschen, Schneuztüchl und geräucherter Speck – den hatte Steff mitgebracht, als er das letzte Mal nach Freinhausen gekommen war.

Am gestrigen Morgen war auch endlich ein Brief von ihm eingetroffen: Er und Anna waren Eltern eines hübschen Jungen geworden. Hermann hatten sie ihn genannt, und Wally fragte sich, ob darin ein Zeichen lag. Seit einiger Zeit nannten viele Eltern ihre Neugeborenen Hermann, wie auch der mächtige Reichsminister Göring mit Vornamen hieß. Ob ihr Bruder jetzt ein Nazi geworden war?

»Grüß Gott, Fräulein Geistbeck!« Zum ersten Mal nach ihrer Hochzeit betrat die ehemalige Gerstner Vroni den Laden.

»Ja, grüß Gott, liebe Frau Thannhauser!«

Die Kundin lachte. »Da werd ich mich noch dran gewöhnen müssen. Auf dem Hof sagen sie ja alle nur Vroni zu mir.«

»Ach, das geht schneller, als man denkt. Was darf ich Ihnen denn Gutes tun?«

»Zwei Dosen Sauerkraut hätte ich gern.«

»Machen Sie's auch nicht mehr selbst, gell? Is auch eine Heidenarbeit.«

Die Thannhauserin zuckte die Achseln. »Wenn's schnell gehen soll und nix mehr da is, dann ist man froh, dass man's so kaufen kann.«

»Freilich.« Wally holte die Konservendosen aus dem Regal und stellte sie vor der Kundin auf die Theke. »Geben Sie ein paar Wacholderbeeren dazu und ein oder zwei Lorbeerblätter.«

»Lorbeer? Mei, den hab ich gar nicht.«

»Sie nicht. Aber ich«, erwiderte Wally augenzwinkernd und griff ins Gewürzfach. Der Lorbeer hatte ihre Mutter selbst getrocknet und in Einmachgläser gefüllt. Wally liebte die Gewürzauswahl. Zimt und Koriander hatten sie, Nelken und Kümmel, zwei Sorten Pfeffer, Paprika rosenscharf und edelsüß, Muskat, Wacholder, dazu allerlei aus dem Kräutergarten wie Majoran und Thymian, Rosmarin und Oregano, Basilikum und Liebstöckel, Beifuß und Petersilie, allesamt an sonnigen Tagen geerntet und auf großen weißen Leinentüchern in der Sonne getrocknet, dann gerebelt und in kleine Einmachgläser gefüllt. Wally hatte die Etiketten in Schönschrift beschrieben, als sie das letzte Mal hier gewesen war.

»Was Sie alles haben«, staunte die frischgebackene Ehefrau.

»O mei, viel zu viel, wenn Sie mich fragen«, klagte Wally. »Wofür wir neben dem Kakaopulver auch Mausefallen verkaufen müssen und neben dem Wacholderschnaps noch Holzpolitur, versteh ich jedenfalls nicht.«

»Sie, da sagen Sie aber was!«, rief die Thannhauserin aus. »Holzpolitur könnt ich gut gebrauchen. Was kostet denn da eine Flasche?«

»Da muss ich selbst nachfragen«, erklärte Wally, nahm ein Fläschchen von der braunschwarzen Flüssigkeit und lief hinüber in die Küche, wo Resi gerade dabei war, eine Suppe aufzusetzen. »Die Holzpolitur? Was weiß ich. Sag zwei Mark.«

»Zwei Mark«, erklärte Wally, als sie wieder in den Laden trat.

»Ui, das is jetzt mehr, als ich mir vorgestellt hab«, gab die Thannhauser Vroni zu.

»Dann sagen wir halt eine Mark fünfzig«, schlug Wally vor.

»Das is aber nett, Fräulein Geistbeck.«

»Ich find zwei Mark auch ein bisserl teuer«, gab Wally flüsternd zurück.

»Dann nehm ich noch ein Knödelbrot mit, damit Sie ihr G'schäft machen.«

»Ein Knödelbrot, freilich.« Aus den alten Semmeln schnitten die Hardts kleine Würfel, die sich, gut durchgetrocknet, wunderbar als Füllung für Kartoffelknödel oder im Teig für Semmel- oder Teigknödel eigneten. Wally reichte der Kundin eine der Papiertüten über die Theke. »Dann wären das vier Mark zwanzig, bittschön.«

Sie kassierte das Geld, gab heraus und verabschiedete die Thannhauserin mit guten Wünschen für den Tag. Dann schrieb sie die Verkäufe in das Kassenbuch und die vereinnahmte Summe daneben, ehe sie sich eine Pause gönnte und ein wenig vors Haus ging, um sich auf die Bank unter der alten Linde zu setzen.

So ein Laden war eigentlich eine schöne Sache. Man kaufte günstig ein und verkaufte deutlich teurer. Das meiste, was es bei Hardts zu kaufen gab, war nicht verderblich und konnte gut und gern Monate oder Jahre im Laden liegen, falls gerade niemand Bedarf hatte. Man brauchte nur für den Anfang das nötige Geld, um die erste Ausstattung zu bezahlen.

Und an dem Punkt beneidete Wally ihre Schwester. Sogar wenn sie selbst endlich verheiratet wäre – der Michael würde nie ein solches Vermögen haben, dass man sich einen eigenen Laden leisten konnte. Der Hardt hatte den Hof von seinen Eltern übernommen. Der Steff hatte den Ertrag aus der Versteigerung des alten Geistbeck'schen-Anwesens bekommen und damit in München die Metzgerei übernehmen können, als der alte Metzgermeister starb. Aber wer nichts erbte, der blieb arm. So war das. Und deshalb freute Wally sich zwar weiterhin voller Ungeduld auf ihre eigene Hochzeit, aber ein wenig bang blickte sie dennoch in die Zukunft mit ihrem Mich.

So lange hatte sie schon warten müssen, und jetzt würde es in diesem Jahr ganz gewiss nichts mehr werden. Wenn nur das nächste Jahr endlich ein bisschen Glück mit sich brachte! Sie fand, sie hätten es verdient gehabt. Es konnte doch nicht sein, dass, wer anständig war auf dieser Welt, vom Herrgott ganz vergessen wurde, dass es gar kein Glück mehr gab für all diejenigen, die nicht mit den Wölfen heulten.

»Ach, Mich«, seufzte Wally. »Was ist das nur für eine Welt geworden, dass es so schwer ist für unsereins.«

V.

Gewitterblumen

München 1938

16.

Der Schock war gewaltig gewesen, als Wally im Frühjahr zum ersten Mal wieder zu Elisabeth Blumberg gekommen war, jetzt nur noch als Zugehfrau. Sie hatte diese stolze, kühle Frau so müde, abgekämpft und abgemagert angetroffen, dass es ihr geradezu das Herz zugeschnürt hatte, und als sie dann die Wohnung betreten hatte, war es, als wäre sie im falschen Haus gelandet: Kein einziges der prächtigen Bilder hing mehr, weder im Flur noch in den Salons. Die Vasen, Statuetten und sogar die großen Perserteppiche waren verschwunden. Der Parkettboden war blank, die Wände waren kahl, die Möbel leer.

Die Witwe, die Wallys Blick richtig deutete, erklärte: »Es war nicht meine Entscheidung.«

»Ja, aber …« Wally fiel es schwer, die richtigen Worte zu finden. Was sollte all das bedeuten? Es musste doch genügend Geld aus dem Verkauf des Hauses übrig geblieben sein, dass Frau Blumberg nicht auch noch das Inventar hatte versetzen müssen.

»Der Herr Geheimrat«, sagte diese und fügte bitter hinzu: »Für das Wohnrecht.«

»Das haben Sie ihm alles geben müssen, dem Herrn von Löben, damit Sie in Ihrem eigenen Haus wohnen bleiben dürfen?«

Die Witwe nickte. Tränen schien sie keine mehr zu haben, denn sie schluckte nur trocken und bedeutete Wally, mit ihr in die Küche zu kommen. »Ich habe mich selbst versorgt«, erklärte sie. »Mehr schlecht als recht.« In einem Topf auf der Anrichte waren noch ein paar Salzkartoffeln zu sehen. »Aber nun, da Sie hier sind, sollen Sie mir etwas kochen von Ihren guten Sachen, Walburga. Ich kann mir zwar nichts Exquisites leisten, doch für einen Pickelsteiner hätte ich wohl genügend Geld im Haus, und der würde mir für ein paar Tage reichen.«

»Freilich, gnädige Frau, den mach ich Ihnen gern. Dann geh ich doch am besten gleich zum Einkaufen. Vielleicht bring ich Ihnen noch ein paar Eier mit und ein bisserl Speck oder Käse, was Sie halt so brauchen können. Dann müssen Sie nicht selbst gehen.«

Und so war sie mit ein paar Mark, die ihr die einstige Dienstherrin, bei der sie jetzt nur noch zweimal die Woche für ein paar Stunden arbeitete, gegeben hatte, zuallererst zum Viktualienmarkt gegangen und hatte alles Nötige für einen schönen Eintopf gekauft. Den Pickelsteiner hatte der Herr Blumberg selig auch geschätzt, obwohl er gelegentlich seine Scherze darüber gemacht hatte, dass es arg zweifelhaft sei, ob der auch koscher wäre.

Inzwischen hatte sich Wally an die neue Situation gewöhnt. Sie hatte Unterkunft bei ihrer alten Freundin Fränzi gefunden, mit der sie sich ein Zimmer als Untermieterin bei einer alten Dame ganz in der Nähe der Wittelsbacherbrücke teilte.

Jenseits des Flusses lag die Au, ein altes Arbeiterviertel,

in dem die einfachsten, ärmsten Bewohner Münchens lebten. Manchmal ging sie dort spazieren, weil es ihr mit seiner dörflichen Art so heimisch vorkam, auch wenn die Menschen hier – anders als auf dem Land – eng gedrängt lebten und oft bittere Not litten. Vielleicht mochte sie die Au auch deshalb so, weil es allgemein bekannt war, dass die Nazis sie nicht besonders schätzten – und die Auer vor allem umgekehrt die Nazis nicht.

An freien Tagen marschierte Wally aber auch an der Isar entlang bis hinüber zum Landtag oder gar zum Friedensengel, der über der feinen Prinzregentenstraße thronte und seinen Lorbeer über die Stadt hielt. Allerdings hatte der »Führer« seine Wohnung unweit von dort, weshalb man jeden Schritt unter den Argusaugen Uniformierter tat, die hinter jedem Spaziergänger einen Volksfeind witterten.

»Lass uns lieber wieder umkehren«, sagte Michael, mit dem sie an einem strahlenden Sonntag im Mai durch die Isaranlagen schlenderte. »Da riecht's so. Ich glaub, ich muss wo reingetreten sein.«

»Pssst«, mahnte Wally, die längst ihrerseits hinter jedem gewöhnlichen Passanten einen Spitzel und Denunzianten befürchtete. »Red nicht so daher. Wer weiß, wer das hört.«

»So ein Hund vielleicht«, schlug Michael frech vor. »Nach dem's so stinkt?«

»Jetzt hör schon auf!« Sie hätte gern gelacht, aber das Lachen blieb ihr zunehmend im Halse stecken. Seit fünf Jahren waren sie nun an der Macht, die Nationalsozialisten, und man lebte inzwischen, seit dem Anschluss Österreichs, im »Großdeutschen Reich«. Aber besser geworden war für die einfachen, ehrlichen Leute nichts. Nur die Reden waren immer lauter, die Lügen immer größer und das Leben immer gefährlicher geworden.

»Mich«, sagte Wally ernst und blieb stehen. »Ich brauch keinen Helden, verstehst du? Ich möchte einen Mann. Wir warten jetzt schon so lang, und wenn's endlich was wird mit einer Heirat, dann möcht ich nicht jeden Tag Angst haben, dass einer vor der Tür steht und sagt, dass du im KZ gelandet bist.«

»Ich pass schon auf mich auf, Schatzl«, erwiderte Michael leichthin.

»Das sagt sich so. Aber die tun nicht lang rum. Wenn dir nur einer was Böses will, dann bist du schneller verschwunden, als du schauen kannst.«

Er nickte. »Ich weiß, Wally. Ich weiß. Brauchst keine Angst zu haben. Ich mach meine Späße nur bei dir. Ich reiß mich schon zusammen.«

Erleichtert hakte Wally sich wieder unter und spazierte weiter mit ihrem Verlobten, wobei sie ihn bald hierhin, bald dorthin zog, auf dass sie nicht genötigt würden, einen »Deutschen Gruß« zu erwidern. Das immerhin schien sich bei den Münchnern doch nicht so recht durchsetzen zu wollen, dass alle dauernd den Arm reckten und »Heil!« bellten.

»Jetzt hab ich g'meint, wir setzen uns ein bisserl am Friedensengel hin«, sagte Michael bedauernd.

»Geh. Wo an jeder Ecke einer in Uniform steht.«

»Hm. Es wär grad so schön gewesen. Symbolisch, verstehst du?«

»Symbolisch. Was meinst du denn jetzt damit?«

»Na ja, ich hab mir eine Frage überlegt.«

»Die kannst du mir bestimmt auch so stellen.« Auf einmal wurde Wally ganz bang ums Herz. Inzwischen waren sie über ein Jahr lang liiert, aber außer einer Verlobung hatten sie nichts zustande gebracht. Wenn Michael nun eine Frage mit sich herumtrug, die er ihr nicht einfach so stellen konnte, sondern für die er quasi himmlischen Beistand brauchte, dann … Unwillkürlich hielt sie den Atem an. Wollte er die Verlobung gar wieder auflösen? Sie spürte, wie ihr die Luft wegblieb.

»Is dir nicht gut?«, fragte er, weil er wie immer ein waches Auge für ihren Zustand hatte.

»Doch, doch«, flüsterte sie. »Es ist nur … nix. Frag. Bitte. Frag schon.«

Er lenkte sie zu einer Bank hin und setzte sich neben sie, hielt ihre Hände in seinen und blickte sie treuherzig an. »Es is wegen der Hochzeit«, sagte er.

Also doch! Wally schloss die Augen. Sie wollte es gar nicht hören, und sie hörte es tatsächlich nicht. Wohl vernahm sie seine Stimme, aber seine Worte, die blieben ganz ohne Bedeutung.

»Und?«, fragte er schließlich.

»Und was?«

»Wen soll ich nehmen?«

»Als Frau?« Hatte er sie tatsächlich vor eine Wahl gestellt? Gab es eine andere? Sollte sie ihm sagen, wen er heiraten sollte?

»Als Frau?« Er lachte irritiert. »Also, als Frau würd ich dann schon gern bei meiner bisherigen Verlobten bleiben, wenn's recht is.«

Da liefen Wally Tränen über die Wangen, als hätte jemand den Wasserhahn aufgedreht. »Ja, was meinst du denn dann?«

»Den Trauzeugen mein ich«, erklärte Michael verwirrt. »Von was red ich denn?«

»Ach, den Trauzeugen, Mich. Mei, den Trauzeugen. Solang wir nicht heiraten können …«

»Hast du mir überhaupt nicht zugehört?«

»Gehört hab ich dich wohl«, erwiderte Wally, »aber verstanden hab ich nix.«

»Ich hab mich mit meiner Zimmerwirtin geeinigt. Du kannst zu mir ziehen, sowie wir verheiratet sind. Und wenn wir den Trauschein haben, kriegen wir eine Wohnung in Freimann. Ich hab's sogar schriftlich vom Haberfeld.«

***

Die Trauung fand am achten Juni in der Hauptkirche St. Peter statt, in der Wally und Michael sich zum ersten Mal begegnet waren. Es war ein sonniger, freundlicher Tag. Beide hatten sie sich neu eingekleidet: Michael trug einen hellgrauen Anzug, wie ihn auch Doktor Boselli selig gewählt hätte, der stets auf ein picobello Erscheinungsbild geachtet hatte, dazu einen nagelneuen Borsalino, den er aber freilich die ganze Zeit in den Händen hielt. Wally hatte sich ein elegantes beigebraunes Kostüm geleistet, einen feschen kleinen Hut und neue Schuhe mit etwas mehr Absatz als sonst. Als sie vor den Pfarrer traten, sahen sie eher aus wie ein gutbürgerliches Ehepaar auf Reisen, das sich priesterlichen Segen erbat, als wie ein Hochzeitspaar. Aber den Luxus eines Hochzeitskleids hatte sich Wally nicht leisten können, und einen zweiten schwarzen Anzug wiederum mochte sich Michael nicht kaufen – den einen, den er besaß und der nun einmal der Traueranzug war, den wollte er nicht zu seiner Hochzeit tragen.

Aus Deimhausen oder Freinhausen hatte keiner kommen können, sie waren alle zu beschäftigt. Aber immerhin lernte Wally eine von Michaels Schwestern anlässlich der Hochzeit endlich kennen: Adelheid, die sich ganz vornehm »Adele« nennen ließ. Dass sich nicht einmal ihr Bruder Steff auf ihrer Hochzeit blicken ließ, das kränkte Wally allerdings schon.

Im Anschluss an die Trauung ging die kleine Gesellschaft, bestehend aus dem Brautpaar und den Trauzeugen – Michaels Vorarbeiter Kurt Berger und Wallys Freundin und Zimmergenossin Fränzi – sowie der Bräutigamschwester, hinüber zum Franziskaner, wo ein Tisch zum gemeinsamen Weißwurstessen reserviert war, nachdem sie auf den Stufen der Peterskirche noch ein Foto der Frischvermählten gemacht hatten.

»Wie ein Brautpaar schaut ihr zwar nicht aus«, erklärte Adele etwas abschätzig. »Aber immerhin wie ein elegantes Ehepaar. Als wenn's die Hochzeitsreise wäre.«

»Macht ihr eine Hochzeitsreise?«, wollte Fränzi wissen. Sie war so aufgeregt und freute sich für ihre beste Freundin – sie hätte sich kaum mehr freuen können, wäre es ihre eigene Hochzeit gewesen.

»Freilich fahren wir weg«, sagte Michael und lächelte geheimnisvoll.

»Und wohin?«

»Das wird eine Überraschung«, stellte er fest und drückte

seine Ehefrau an sich. Er hatte es Wally noch nicht gesagt, aber bei seiner letzten Reise in die Schweiz hatte er alles vorbereitet: Er hatte ein Zimmer in einem hübschen Hotel in Zürich reserviert, hatte sich Fahrscheine für die Bahn besorgt und sich sogar auf dem Meldeamt einen Termin geben lassen, damit sich Wally ein Visum für die Ausreise abholen konnte, denn ohne eine solche Ausreisebewilligung mit dem entsprechenden Pass durfte niemand mehr ins Ausland fahren.

»Ja, da schau her, das Fräulein Geistbeck!«, rief eine elegante Frau vom Nebentisch, als sie im Franziskaner an ihren Platz traten.

»Oh, Fräulein Pauline!«, erwiderte Wally spontan. »Ich mein, Fräulein Hochstätter.« Es war die Tochter des Braumeisters, bei dem sie ihre erste längere Anstellung in München gehabt hatte.

»Fräulein Pauline passt schon«, sagte die Frau und lachte dieses unbekümmerte Lachen, das sie schon damals gehabt hatte.

»Das is nett. Nur Fräulein Geistbeck stimmt nicht mehr.«

»Haben Sie geheiratet?«

»Gerade eben. Frau Reitz heiß ich jetzt.«

»Ja, so was! Da gratulier ich recht herzlich!« Die Braumeisterstochter stand auf und schüttelte Wally die Hand. »Und Sie sind der Bräutigam, nehm ich an?«

»Reitz. Angenehm.«

»Auch Ihnen meine besten Glückwünsche. Aber dann will ich nicht lang stören.«

»Sie stören gar nicht, Fräulein Pauline. Mögen Sie sich zu uns setzen?«, fiel Wally ein.

»Nein, lassen Sie nur, Frau Reitz. Ich muss sowieso los.«

»Dann richten Sie doch bittschön ganz herzliche Grüße an Ihre Eltern aus.«

»Ach, meine Eltern …«, erwiderte die elegante Frau verzagt, »die sind inzwischen beide verstorben.«

»Das tut mir furchtbar leid. Meine herzliche Anteilnahme.«

»Vielen Dank, Wally. Entschuldigung, Frau Reitz.«

»Für Sie gern immer Wally, liebes Fräulein Pauline.«

»Und für Sie gern immer Pauline«, antwortete die Braumeisterstochter mit wehmütigem Lächeln. »Jetzt genießen Sie aber Ihren Tag und lassen Sie sich die gute Laune nicht verderben.«

Im nächsten Augenblick war sie verschwunden, doch natürlich hatte sich für Wally ein Schatten auf diesen unbeschwerten Tag gelegt. Immer wieder musste sie zurückdenken an die strahlenden, unbeschwerten Tage am Tegernsee, an ihre Jugend, die mit einem Mal so weit zurückzuliegen schien – und an den Auffacher Ludwig, den sie damals die letzten Male gesehen hatte.

***

Zum Kaffee wechselte die kleine Gesellschaft nach einem ausgiebigen Spaziergang durch den Hofgarten mit seinen Blumenbeeten und den angrenzenden Englischen Garten ins prächtige Café Luitpold, wo sie für zwei Tische im Freien anstehen mussten, ehe sie von der wunderschönen Schwarzwälder Kirschtorte bestellen konnten, die sie in der Vitrine bewundert hatten.

An einem solchen Tag hätte man denken können, das Leben wäre wie ein Walzer, so leicht und fröhlich. Alles schien möglich, alles war ganz unkompliziert. Wally lauschte der Stimme ihres Ehemanns, ohne groß auf seine Worte zu achten. Sie war einfach nur glücklich. Glücklich und stolz, dass sie einen so feinen Mann abbekommen hatte, der ungezwungen plauderte, als wäre es das Selbstverständlichste von der Welt; der es verstand, ins Restaurant und ins Kaffeehaus zu gehen, sich bedienen zu lassen und sich Torte und Schlagrahm zu bestellen, als würde es nichts kosten.

So ging der Tag dahin. Irgendwann verabschiedeten sich die Trauzeugen und auch die Schwägerin, und Wally spazierte am Arm ihres Ehemanns durch die im goldenen Abendlicht strahlenden Gassen der Stadt, vorbei an der Theatinerkirche am Hofgarten, wo sie einst ihre erste Verabredung mit Michael gehabt hatte, vorbei an der Feldherrnhalle, die sie gar nicht wahrnehmen mochte an diesem besonderen Tag. Vorbei am geliebten Rathaus, wo sie ihrem Michael einst wiederbegegnet war, und an der Mariensäule, die wie aus einer fernen, freundlicheren Zeit herabgrüßte. Der Alte Peter ragte über ihnen auf, dieser älteste Turm der Stadt, wo sie zum ersten Mal aufeinandergetroffen waren. »Da müssen wir unbedingt wieder einmal hinauf«, meinte Michael, als er ihren Blick sah.

»Bestimmt«, sagte Wally. An diesem Tag hatte sie nicht einmal vor der schwindelnden Höhe dort oben Angst.

Sie gingen durchs Tal und am Isartor vorbei, vorbei auch an dem schönen, herrschaftlichen Haus, das bis vor kurzem dem Ehepaar Blumberg gehört hatte, ehe sie in die Rumfordstraße einbogen, wo ihr neues, wenn auch nur vorübergehendes, Zuhause lag.

Wie seltsam kam es Wally vor, dass sie beide, so elegant, wie sie gekleidet waren, möglichst unauffällig in das kleine Zimmer huschten, in dem sie nun wohnen würden. Die Vermieterin war zu Wallys Erleichterung nicht zu sehen, und Michael hatte einen eigenen Schlüssel – leider nur den einen –, sodass sie ihre erste gemeinsame Nacht nicht unter den Augen einer neugierigen Vermieterin beginnen mussten.

Im Stiegenhaus freilich, wo der Abort war, ließ es sich nicht vermeiden, dass Wally anderen Bewohnern des Hauses begegnete. Man grüßte sich mürrisch und blickte im Übrigen kaum auf, wenn man aufeinandertraf. Blumbergs hatten die Toilette in der Wohnung gehabt. Aber das hatten die wenigsten Häuser. In den meisten gab es Etagenklos, die sich die Mieter teilten.

Hastig erledigte Wally ihr Geschäft und lief dann so schnell und so leise wie möglich zurück zu ihrem Zimmer. Gerade als sie die eigene Tür schloss, hörte sie, wie nebenan eine Tür aufging, und freute sich, dass sie der Vermieterin gerade noch entkommen war.

Immer noch war es taghell in der Wohnung. »Magst nicht ins Bett kommen?«, fragte Michael, der schon unter der Decke lag und sie neugierig ansah.

»Schon …«, sagte Wally zögerlich.

»Aber?«

»Aber die Vorhänge …« Sie blickte zum Fenster.

»Die Vorhänge sind zugezogen.«

»Hm.« Das stimmte. Nur waren es eben helle Vorhänge, die das Zimmer nicht abdunkelten. »Also … ich weiß auch nicht. Dreh dich halt um!«, bestimmte sie schließlich.

Tatsächlich wandte Michael sich zur Wand. »Is aber recht unbequem so«, protestierte er. »Und ausgesprochen schlecht fürs Genick.«

»Wieso fürs Genick?«, fragte Wally, während sie ihre Bluse aufknöpfte.

»Ja, wenn man immer so den Kopf drehen muss …«

»Schäm dich! Jetzt schau gefälligst woandershin.«

»Is ja sonst keine da«, erwiderte Michael und lachte.

Wally lachte ebenfalls. »An so was denkst du schon in der ersten Nacht?«

»Gewiss nicht. Ich freu mich nur auf dich«, sagte er, drehte sich wieder zu ihr und sah ihr frech beim Ausziehen zu, während sie sich ihrerseits abwandte. »Jetzt bist du es aber, die sich schämt«, meinte er mit einem schelmischen Unterton.

»Jetzt gib einmal Ruh und rück ein Stück zur Seite.« Hastig zog sie ihr Unterkleid aus und schlüpfte zu ihm unter die Decke.

»Du weißt aber schon, dass so ein Schlüpfer nicht viel hilft, wenn man sich Nachwuchs wünscht?«

Statt weiter auf seine Frotzeleien einzugehen, küsste sie ihn, dass ihr selbst die Luft wegblieb. Und dann gab sie sich ganz dem Augenblick hin. Und dem nächsten Augenblick. Und dem übernächsten und immer so weiter.

17.

Es war das erste Mal, dass Wally ins Ausland reiste. Die Schweiz, das klang einerseits vertraut: die deutsche Sprache, die Berge, die Kultur. Andererseits waren die Schweizer sehr auf ihre Eigenständigkeit bedacht, betonten gerade in den letzten Jahren, in denen Deutschland immer lauter und mächtiger wurde, ihre Unabhängigkeit.

Es war eine lange Reise, die zuerst an den Bodensee führte und dann über Lindau an die Grenze. Michael hatte die Verbindung so geplant, dass sie in Lindau Aufenthalt hatten und sich auf einen Kaffee in ein Restaurant am See setzen konnten.

Der Bodensee war so groß, dass Wally eine Vorstellung davon bekam, wie es sein musste, das Meer zu sehen. »Ich würde am liebsten hierbleiben«, sagte sie, als sie auf ihre Bestellung warteten.

»Das sagst du jetzt. Aber wenn du erst einmal Zürich gesehen hast, wirst du froh sein, dass wir weitergefahren sind.«

»So schön is's?«

Der Apfelkuchen hätte es mit Wallys Rezept aus Indersdorf aufnehmen können. Aber das Geheimnis eines perfekten Apfelkuchens lag natürlich vor allem in den richtigen Äpfeln. Diese hier hatten die perfekte Mischung aus Süße und Säure. Außerdem hatte der Konditor nicht nur Zimt, sondern auch noch Vanille verwendet. Mit Schlagrahm unübertrefflich.

»Ein Gedicht«, sagte Michael, als hätte er ihre Gedanken erraten, und schob sich eine weitere Gabelvoll in den Mund.

Eine Weile saßen sie schweigend und essend auf der Terrasse des Lokals und sahen den Segelbooten zu, die auf den See hinausfuhren oder hereinkamen. Einmal legte ein mächtiger Dampfer an, viel größer als die auf dem Starnberger See, die Wally bisher immer so groß vorgekommen waren. Unzählige Passagiere gingen von Bord, und etliche stiegen ein, ehe das Nebelhorn ertönte, die Maschinen wieder hochgefahren wurden und das Wummern des Schiffsmotors bis ans Ufer zu spüren war.

»Die Österreich«, stellte Michael fachmännisch fest. »Sechshundert PS.«

»Machst du öfter Halt hier?«

»Eigentlich nicht«, erklärte er. »Aber die legt auch in Bregenz an. Und da is für mich ja öfter Endstation, und ich fahr wieder zurück. Is ein feines Schiff. Wenn wir in Zürich sind, fahren wir auch auf dem See.«

»Auf dem Zürichsee? Da freu ich mich jetzt schon drauf!«

***

Wenig später hieß es sich beeilen, damit sie ihren Zug erwischten, und dann dauerte es nur noch ganz kurze Zeit, bis die Grenzer durch die Abteile gingen und die Passagiere aufforderten, die Pässe zu zeigen. Dass die deutschen Beamten jeden einzelnen Fahrgast scharf musterten, als wäre er ein Schwerverbrecher, wunderte Wally nicht. Aber dass die Schweizer Kontrolleure sich ganz genauso verhielten, damit hatte sie nicht gerechnet.

»Grund Ihrer Reise?«, wollte der Beamte wissen, der Wallys nagelneuen Reisepass mit skeptischem Blick betrachtete.

»Hochzeitsreise.«

Er blickte auf und verglich das Foto im Pass mit dem Original, ohne die Miene zu verziehen. »Und Sie sind der Ehemann?«, fragte er Michael, der ihm mit freundlichem Lächeln seinerseits die Reisepapiere hinhielt. »Freilich. Reitz, Michael. Seit vorgestern.«

Der Mann runzelte die Stirn. »Seit vorgestern. Und wer waren Sie vorher?«

»Kein Ehemann«, erklärte Michael und fing sich einen mahnenden Blick seiner Angetrauten ein. Wenn Wally eines wusste, dann, dass es keine gute Idee war, seine Scherze mit Beamten zu machen. Denn die hatten immer das letzte Wort.

Der Grenzer allerdings reichte ihm nur den Pass wieder zurück, nickte ihm zu, dann seiner Frau und sagte: »Glückwunsch. Und eine gute Reise.«

Als der Beamte die Tür des Abteils von außen wieder zugeschoben hatte, beugte sich Wally zu ihrem Mann hinüber und schimpfte: »Muss das sein, dass du auch noch mit dem Grenzer deine Späß treibst?«

Michael zuckte die Schultern. »Der hat genau gesehen, dass ich schon öfter in der Schweiz war. Da muss er keine Angst haben, dass wir nicht mehr zurückgehen.«

»Wieso sollten wir nimmer zurückgehen?«

»Mei, weil so viele in die Schweiz wollen, seit's im Reich immer gefährlicher wird. Für die anständigen Leut zumindest.«

Nachdenklich blickte Wally auf die Berge, die vor ihnen lagen. Es war eine liebliche Landschaft. Kühe grasten auf den Hängen, Heustadel prägten das Bild. Ab und zu zog ein kleiner Weiler vorbei, selten querten die Schienen eine Straße. So idyllisch, so harmlos schien dieses Land, Bayern nicht unähnlich, und gerade deshalb wusste Wally, dass die Landschaft rein gar nichts zu bedeuten hatte. Das Leben auf dem Land war in der Heimat hart, und es war hier sicher nicht anders. Die Menschen auf dem Land waren verschlossen, und so würden sie auch hier sein. Und in den Städten …

Nun, München nannte sich inzwischen »Hauptstadt der Bewegung«. Italien hatte seinen Mussolini, Spanien seinen Franco. Wahrscheinlich hatten sie hier auch diese Art Politiker, und doch … war es eben nicht das Deutsche Reich, sondern die freie Schweiz. Und die Freiheit schien ihren ganz eigenen Duft zu haben. Jedenfalls hatte Michael das Fenster aufgezogen und ließ die frische Luft herein, als wäre sie viel reiner als zu Hause. Da erkannte sie, was ihn eigentlich ausmachte, diesen Michael Reitz: Er war ein Mensch mit eigenem Kopf. Einer, der sich nichts vorschreiben lassen wollte, der seine eigenen Gedanken hatte und der darauf pfiff, ob etwas den Regeln entsprach oder nicht. Denn dieser Kleinbürger aus der Oberpfalz, dieser gelernte Metzger und Rangierer bei der Bahn war in Wirklichkeit nicht weniger als ein echter Mann von Welt.

***

Er hatte recht gehabt: Zürich war wirklich ein zauberhafter Ort. An ihrem ersten Abend spazierten sie an der Promenade des Zürichsees entlang, aßen Eis, setzten sich auf eine Bank und betrachteten die funkelnden Sonnenstrahlen, die sich auf den Wellen brachen.

Michael hatte ein Zimmer in einem kleinen Hotel in der Bahnhofstraße reserviert, sogar eines mit eigenem Badezimmer! So luxuriös hatte Wally in ihrem ganzen Leben nicht gewohnt, obwohl es kein sehr teures Hotel war. Ein Badezimmer nur für sich jedenfalls hatte sie noch nie gehabt. Dass sie nicht einmal den Ofen anheizen mussten für warmes Wasser, überwältigte sie vollends, und so kam es, dass sie den ersten gemeinsamen Abend der Hochzeitsreise überwiegend allein verbrachte – in der Badewanne liegend.

Irgendwann klopfte ihr Mann an die Tür. »Ich glaub, ich weiß niemanden, der so viele Lieder kennt wie du«, sagte er von draußen.

»Wieso das?«

»Merkst du gar nicht, dass du die ganze Zeit singst?«

»Nein, wirklich?«

»Aber man hört's halt so schlecht von hier draußen.«

»Möchtest du vielleicht reinkommen?«

»Ich könnt auch gut ein Bad gebrauchen«, erklärte Michael, immer noch von draußen.

»Ich glaub, die Wanne is groß genug für uns zwei«, erwiderte Wally und hielt die Luft an, weil sie von ihrem eigenen Mut überrascht war. Als aber dann Michael, wie Gott ihn erschaffen hatte, ins Badezimmer trat, schnappte sie doch wieder nach Luft. »Du bist ja ausgezogen!«

»Hast du geglaubt, ich steig in meinem Anzug in die Wanne?«

»Aber das hab ich doch nicht ernst gemeint.«

»Na, jetzt is's zu spät«, erklärte er und ließ sich seiner Frau gegenüber in die Badewanne gleiten.

»Vorsicht, dass's nicht überläuft!«

»Kannst ja ein bisserl was ablassen.«

Kichernd und scherzend lagen sie beieinander, bis sie irgendwann still und ernst wurden und keine Worte mehr brauchten, sondern sich nur noch durch Zärtlichkeiten verständigten.

Dass das Leben so schön sein konnte, hatte Wally bisher nicht gewusst. Sie hatte wohl manchen Traum geträumt, und oft hatte sie neidvoll verliebten Paaren zugesehen, die weltvergessen durch die Straßen schlenderten oder sich mit Blicken verschlangen. Aber wie überwältigend die Liebe war, wenn man sich ihr hingeben durfte, das lernte sie erst in diesen Tagen und Wochen, in denen sie endlich mit ihrem Mann zusammen sein durfte.

***

Mit dem Dampfer unternahmen sie eine Rundfahrt auf dem Zürichsee, und Wally beschloss, dass die Schweiz der schönste Ort auf Erden war. Am Kiosk an der Promenade kauften sie Ansichtskarten und schrieben an Zenzi, Resi und Adelheid. Mit dem Autobus fuhren sie in die umliegenden Berge, die nicht sehr hoch, aber sehr idyllisch waren, und machten eine Wanderung, auf der sie in einer kleinen Hütte einkehrten, von der aus sie einen wundervollen Blick über die Stadt hatten. Michael bestellte Brot, Käse und dazu einen italienischen Rotwein, der Wally sofort in den Kopf stieg.

»Du musst fleißig Käse essen, dann spürst du es nicht so«, erklärte Michael und langte selbst kräftig zu.

Wally tat es ihm gleich. Die Wanderung hatte sie hungrig gemacht. Die frische Luft tat ihr Übriges. Die Almwiesen dufteten, und die Wirtin setzte sich eine kleine Weile zu ihnen und plauderte, wobei Wally Schwierigkeiten hatte, sie zu verstehen, und sich fragte, ob es der Frau umgekehrt genauso ging.

Michael indes unterhielt sich ganz mühelos mit ihr, so wie ihm eben alles wie selbstverständlich von der Hand ging und über die Lippen kam. Jetzt, da sie Tag und Nacht mit ihm zusammen war, staunte Wally, wie leicht anscheinend alles für diesen Mann war und wie leicht es sich anfühlte, wenn man mit ihm zusammen war.

Daran änderte auch nichts, dass diese Hochzeitsreise nur wenige Tage dauern würde und dass Michael hatte zusagen müssen, dass er auf der Rückreise ab Lindau als Heizer einspringen würde.

Das alles schien in diesen Tagen weit weg. Alles, was das Leben kompliziert und manchmal auch düster machte, schien weit weg. Hier gab es keine Nazis – oder zumindest sah man es den Leuten nicht an. Das Hotel war freundlich und reinlich, die Sonne schien, als könnte sie gar nicht anders, und das Essen und der Wein waren vorzüglich.

»Und was is das für ein Käs?«, wollte Michael von der Hüttenwirtin wissen.

»Ein Appenzeller isch das«, erklärte die Frau. »Schmeckt er Ihnen?«

»Ganz köstlich«, versicherte ihr Michael und schob sich zur Bestätigung ein weiteres Stück in den Mund. »Da würd ich gern ein Stückl mitnehmen.«

»Kann ich Ihnen gern eins einpacken.« Die Wirtin nickte befriedigt und ging nach drinnen.

Seufzend lehnte Wally sich an Michaels Schulter. »Von mir aus bräuchten wir nicht mehr heimfahren. Ich könnt jetzt hier sitzen bleiben und einfach nur zuschauen.«

»Wobei?«

»Wie schön die Welt is, Mich. Geht's dir nicht so?«

»Also mir gefällt's zwar auch. Aber außer dasitzen würde mir schon noch das eine oder andere einfallen, was ich gern tun würde.« Er kitzelte sie an der Taille und grinste, als sie zusammenzuckte und ihn mit gespielter Empörung anblickte.

»Da weiß ich jetzt gar nicht, was du meinst«, erklärte sie und nahm noch einen Schluck von dem Wein. Roten hatte sie noch nicht oft getrunken. Er kam ihr seltsam fremd und ein bisschen verrucht vor. Aber auch unendlich köstlich.

»Morgen musst du außerdem noch einen Besuch machen«, sagte Michael. »Bei Berta.«

»Deiner Schwester?«

»Sie wohnt nicht weit von hier. Irgendwo da vorn.« Er deutete auf eine Ortschaft, die, nur wenig entfernt von Zürich, ebenfalls direkt am See lag. »Küsnacht.«

»Der Name gefällt mir jedenfalls«, stellte Wally fest.

»Berta?«

»Du Depp«, schalt sie ihn. »Küsnacht mein ich.«

Lachend griff auch Michael nach seinem Glas und stieß mit ihr an. »Das erklärst du mir dann heut Nacht.«

Wenig später stiegen sie den Uetliberg wieder hinunter, im Gepäck ein großes Stück Appenzeller, den Michael der Hüttenwirtin abgekauft hatte. Die Wanderung, so schön sie war, ging allerdings in die Beine, und Wally hatte sich in ihrem ungeeigneten Schuhwerk große Blasen gelaufen, die sie, zurück im Hotel, in der Badewanne kühlte, während Michael im Zimmer saß und eine Karte schrieb.

Sie wusste, dass er seine Schwester Berta regelmäßig besuchte, wenn er durch seine Arbeit in die Schweiz kam. Berta war älter als Michael und hatte wohl einen schwerreichen Mann geheiratet, dem sie nach Zürich gefolgt war. Viel mehr wusste Wally noch nicht über die Schwägerin. Aber sie war neugierig, denn Michael sprach immer mit einem gewissen Respekt von ihr. Vielleicht war es ja ähnlich wie mit ihr und Zenzi, und die viel ältere Schwester war auch eine Art zweite Mutter?

Es gab noch eine dritte Schwester, Greta, eigentlich Margarethe, die ebenfalls in München wohnte, sich aber rarmachte. Jedenfalls war sie bisher nicht daran interessiert gewesen, die Verlobte oder jetzt die Ehefrau ihres Bruders einmal zu sich einzuladen oder zumindest auf einen Kaffee irgendwo zu treffen. »Die verkehrt eigentlich nur noch in den feineren Kreisen«, hatte Michael zu dem Thema gesagt. Offenbar hatte sie sich einen vielversprechenden Juristen aus einer feinen Familie geangelt, einen Herrn von Ohlendorf oder so ähnlich. Da passte natürlich ein Heizer und Rangierer bei der Eisenbahn nicht ins Bild.

»Magst du noch einen Abendspaziergang machen, mein Schatzerl?«, fragte Michael, als sie wieder ins Zimmer trat.

»Sei mir nicht bös, aber ich bin froh, wenn ich jetzt nur noch meine Füß hochlegen darf. Gelaufen sind wir heut genug.«

»Das stimmt.« Ihr Ehemann lachte. »Und hochlegen, das passt mir ganz gut.« Er blickte zum Bett und machte eine einladende Geste.

»Schon wieder?«, fragte Wally, halb belustigt, halb empört und auch ein wenig aufgeregt.

»Is schließlich eine Hochzeitsreise, oder? Da muss man schon was dazutun.«

»Ah so, ja. Freilich. Am End willst du dem Führer noch ein Kind schenken?«

»Dem Führer? Gewiss nicht. Aber für uns, da wär mir ein Kindl schon ganz recht«, sagte Michael grinsend und hob Wally sanft aufs Bett.

***

Fasziniert betrachtete Berta das neue Familienmitglied. »Wer hätte das gedacht, dass unser kleiner Bruder einmal so ein anständiges Mädel heiratet!«

Wally hatte für den Besuch ihr Dirndl angezogen, ihrer Meinung nach ihr schönstes Kleidungsstück. Aber jetzt, da sie sich von der neuen Schwägerin so gemustert fand, bereute sie es. Berta sagte zwar »anständig«, aber man brauchte nicht viel Phantasie, um sich auszumalen, dass sie eigentlich »einfältig« meinte.

»Und du hast also Haushälterin gelernt? Das ist ja wirklich ganz entzückend. Also, Mich, da kann man ja nur gratulieren«, wandte Berta sich an ihren Bruder, ein spöttisches Lächeln auf den Lippen.

»Und du?«, wagte Wally zu fragen. »Der Mich hat mir gar nicht gesagt, was du gelernt hast.«

»Ich?« Allein schon die Frage schien Berta einigermaßen aus dem Konzept zu bringen. »Also gelernt … Dafür hab ich ja gar keine Zeit gehabt«, erklärte sie. »Und es war ja auch gar nicht nötig.« Es sollte gewiss so klingen, als hätte sie es nicht nötig gehabt, aber so recht wollte das nicht gelingen, weshalb Berta ihre Gäste ins Speisezimmer bat und Platz zu nehmen hieß.

»Mein Mann hat kürzlich aus Genf französisches Gebäck mitgebracht. Ich dachte, das würde euch sicher interessieren.« Sie nickte ihrem Dienstmädchen zu und setzte sich dann auch. »Ich soll euch übrigens von ihm grüßen. Er kann leider nicht da sein, heute. Die Geschäfte …«

»Freilich«, sagte Michael. »Die Geschäfte. Grüß ihn nur auch recht herzlich. Und falls er mal was aus München braucht, soll er mir schreiben.«

»Aus München. Jaja.« Berta warf Wally einen Blick zu. »Unser Mich und seine G'schäftl, gell?«

Jetzt ist er mein Mich, dachte Wally, lächelte aber nur. Sie mochte Berta nicht. Dieses Gönnerhafte, diese falsche Freundlichkeit, gepaart mit kleinen Nadelstichen, die sie mit jedem Wort und jedem Blick setzte … Nein, sie mochte sie nicht. Aber freundlich zu sein, selbst zu jemandem, der sich ganz unmöglich benahm, das hatte sie als Dienstmädchen frühzeitig gelernt und beherrschte es deshalb bestens.

»Ach, da sind sie ja, unsere kleinen Köstlichkeiten!«, rief Berta und nahm der Haushälterin eine Etagere mit in der Tat sehr hübschen Kunstwerken aus der Hand. »Macarons«, erklärte sie. »so nennt man die.«

»Gehen leichter, als man denkt«, erwiderte Wally und bemerkte, wie Michael amüsiert die Augenbrauen hochzog. Das hatte er ihr wohl nicht zugetraut, dass sie auch austeilen konnte.

»Ach, dann kennst du das Rezept?«

»Da gibt es mehrere. Aber die meisten taugen nix. Es ist wie bei allem, was man backt: Man braucht ein bisserl Erfahrung und Fingerspitzengefühl, dann wird's auch was. Wenn man voreilig ist und unaufmerksam, dann kommt freilich nur Murks dabei heraus.«

»Fingerspitzengefühl!«, rief Michael, als sie wieder in der Trambahn saßen, und lachte. »Da hat sie aber geschluckt, die Berta.«

»Is's denn nicht wahr?«

»Schon. Da hast ihr sauber rausgegeben.« Er drückte seine Frau. »Ich hab ja gewusst, dass du eine ganz Besondere bist«, versicherte er ihr. »Bei mir kannst du jetzt aber gern wieder ganz lieb sein.«

Ganz lieb sein, das würde sie gewiss, und zwar ausgiebig. Denn am nächsten Morgen hieß es früh zum Bahnhof und wieder nach Hause fahren. Dann war's vorbei mit der Hochzeitsreise.

»Was hat denn deine Schwester eigentlich mit den

›G'schäftln‹ gemeint? Das hab ich, ehrlich gesagt, nicht ganz verstanden.«

Michael winkte ab. »Nicht wichtig, Wally. Nur weil ich ab und zu was aus der Schweiz in München verkauft hab. Wenn man so viel auf Reisen is, weißt du, dann bietet sich das ja an.«

Wally fragte nicht weiter. Und doch war sie neugierig, bei welcher Gelegenheit sie von solchen Geschäften einmal etwas mitbekommen würde. »Solang das alles saubere Geschäfte sind …«, sagte sie leise.

»Blitzsauber«, versicherte ihr Michael. »Schau dich um. Wir sind in der Schweiz. Da is alles sauber.«

18.

Nach den strahlenden Tagen in der Schweiz erschien Wally das kleine Zimmer, das sie sich mit Michael teilte, umso enger, dunkler und schäbiger. Es war nur ein Bett für eine Person darin, ein schmaler Kleiderschrank, in dem kaum die drei Anzüge, die Michael besaß, und ihre eigenen paar Kleider Platz fanden. Das Fenster ging zum Hinterhof hinaus, der finster und dreckig war. Aber allein mit ihrem Mann zusammen sein zu können glich die Unbequemlichkeit aus. Noch waren die Abende warm, und man konnte lange Spaziergänge unternehmen, sodass sie oft erst kurz vor dem Schlafengehen nach Hause kamen. Außerdem wussten sie ja, dass es bald auch endlich mit der eigenen Wohnung klappen würde.

Inzwischen waren sie bereits mehrmals nach Freimann hinausgefahren. Nachdem sich auch Michael ein Fahrrad besorgt hatte – ein gebrauchtes, das er hergerichtet hatte und das nun bestens lief –, waren sie an den Stadtrand geradelt und hatten sich die Häuser angesehen. Wally war ganz verliebt in diese Gegend, weil es hier fast ein wenig wie auf dem Land war. Manche der Eisenbahnerwohnungen waren sogar in Häusern eingerichtet worden, die früher Bauernhöfe gewesen waren. Und etliche von ihnen hatten ihren eigenen kleinen Garten.

»Das wär so wunderbar, wenn wir auch so einen Garten haben könnten«, sagte Wally einmal.

»Dann könnten wir unseren eigenen Hopfen ziehen und unser eigenes Bier brauen«, scherzte Michael. »Das gute Freimanner.«

»Ja, freilich«, erwiderte Wally und lachte. »Und vielleicht halten wir uns noch ein paar Sauen, dann könnten wir gleich auch noch unsere eigene Metzgerei aufmachen und hätten zum guten Freimanner immer den Braten aus der eigenen Schlachtung.«

»Ein großartiger Plan«, befand Michael und inspizierte einen der Gärten. »Immerhin ziehen die da ihre eigenen Krautköpf, Kartoffeln, gelbe Rüben – und die da haben sogar einen Hühnerstall!« Er deutete auf einen kleinen Verschlag, vor dem zwei schneeweiße Hennen auf dem Boden herumpickten.

»Solche möcht ich auch«, erklärte Wally. »Dann haben wir das ganze Jahr schön frische Eier, und im Winter, wenn sie nicht mehr legen, gibt's gute Suppe.«

»Hört nicht hin!«, rief Michael den Hühnern zu. »Hört bloß nicht hin! Sie meint's nicht so!«

Aber dass sie zur Wohnung auch noch einen eigenen Garten bekämen, daran wollte Wally lieber nicht glauben, das wäre zu unwahrscheinlich gewesen. Und es war auch nicht nötig. Allein, dass sie ihren eigenen Platz hätten, wäre ihr Glück und Freude genug. Zumal sie spürte, dass sich etwas veränderte. Dass sich *an ihr* etwas veränderte. Sie wagte noch nicht zu hoffen, dass es das sein könnte, was sie sich so ersehnte. Doch was sollte es sonst sein?

***

Das Kämmerchen, das sie mit Michael bewohnte, erreichte man durch die Küche der Wohnung, die beiden Räume von Frau Schaller lagen auf der anderen Seite des Flurs. Wenn sie die Wohnung verlassen wollten, und sei es nur, um auf die Toilette zu gehen, mussten sie deshalb die Küche durchqueren. Um nicht in aller Herrgottsfrühe gleich der Vermieterin zu begegnen, womöglich noch im Schlafrock, huschte Wally immer schon vor dem Morgengrauen hinaus auf den Hausflur. Sobald es tagte, fing Frau Schaller in der Küche mit dem Geschirr zu scheppern an, dann war es unvermeidlich, ihr in die Arme zu laufen. Und die Vermieterin hatte stets einen missbilligenden Blick für die mit eingezogene Ehefrau des Zimmerherrn, auch wenn sie die Untermiete fast verdoppelt hatte.

Also tappte Wally im Dunkeln aus der kleinen Kammer und tastete sich an der Wand entlang, machte auch in der Küche kein Licht, sondern lief durch die Dunkelheit – bis sie ein Knacken unter ihren Pantoffeln wahrnahm und dann noch eines. Sie hielt die Luft an. Da war ein Geräusch, ein ganz leises, aber es war da. Zu sehen war nichts, weil die Küche ganz im Dunkeln lag und man gerade die Fenster und die Anrichte ausmachen konnte. Sie setzte wieder einen Fuß vor den anderen und zuckte zusammen. Auf einmal wurde ihr bewusst, was es war! Hastig langte sie nach dem Wandschalter und knipste das Licht an. Im Bruchteil von Sekunden huschten sie davon: Schaben, so groß wie Fingerglieder. Man konnte gar nicht so schnell schauen, wie sie unter den Schränken und unter dem Herd und in den Ritzen der Wand verschwunden waren. Mit einem Aufschrei stürzte Wally durch die Küche und über den Flur – aber bis zur Toilette schaffte sie es nicht, sondern erbrach sich in hohem Bogen ins Treppenhaus.

»Ja Himmel, Herrgott, Sakradi, sind Sie narrisch?«, rief Frau Schaller, die den Schrei gehört hatte und hinter ihr aus der Wohnung kam. »So eine Sauerei. Das wischen S' aber jetzt ganz schnell auf, gell? Was sollen denn da die Leut im Haus von mir denken, dass ich solche Mieter bei mir hab. Gehen S' weiter, beeilen Sie sich!«

Inzwischen war auch Michael in der Tür erschienen. Er erfasste die Situation sofort und herrschte die Zimmerwirtin an: »Sie haben sich wahrscheinlich in Ihrem ganzen Leben noch nicht übergeben, gell? Wir machen das schon weg, keine Angst. Aber wenn's jemandem schlecht geht, dann muss man mit ihm nicht so schimpfen!«

Frau Schaller blickte ihn zornig an und machte dann kehrt, ohne ein weiteres Wort zu verlieren.

»Es … es tut mir leid, Mich«, stammelte Wally. »Ich geh gleich und …«

»Schmarrn«, erwiderte ihr Mann. »Ich mach das schon weg. Geh du nur, wohin du gehen wolltest.« Er legte ihr die Hand auf die Schulter. »Bist du krank?«

Wally schüttelte tapfer den Kopf und kämpfte die Tränen nieder. »Es geht schon«, sagte sie und verschwand schnell auf dem Etagenklo, ehe noch jemand anderer sich vordrängen konnte.

Als sie wieder herauskam, war das Malheur beseitigt. Dankbar eilte sie zurück ins Zimmer, ohne ein Wort mit Frau Schaller zu wechseln, die inzwischen in der Küche stand und nur »tststs« machte, als Wally an ihr vorbeikam.

»Dank dir schön, Mich«, sagte Wally kleinlaut, als sie wieder zu ihm ins Bett schlüpfte. Ein bisschen Zeit hatten sie noch, ehe es aufstehen hieß. »Das war …«

Er winkte ab. »Ich bin auch schon im Dunkeln durch die Küche gegangen«, erklärte er. »Ich weiß genau, was es war. Und ganz ehrlich, mich hat's auch gegraust. Die alte Schaller braucht nicht so etepetete zu tun. Die Wohnung is ein Drecksloch. Ich bin froh, wenn wir hier raus sind.«

»Und ich erst, Mich.« Wally schmiegte sich an ihn. »Das is aber nur die halbe Wahrheit.«

»Wie meinst du das jetzt?«

»Mir war schon vorher schlecht.«

»Oha! Bist du vielleicht doch krank?«

Wally schüttelte den Kopf. »Nein. Krank nicht …«, sagte sie geheimnisvoll.

Eine Weile war es ganz still. Nur das Scheppern von Geschirr und Töpfen nebenan war zu hören – und das Herz in Michaels Brust, auf die Wally ihren Kopf gelegt hatte, das hörte sie auch ganz deutlich.

»Meinst du wirklich?«, fragte er schließlich.

»Wundert's dich gar?«, fragte sie grinsend zurück.

»So betrachtet …« Er richtete sich auf. Sie konnte seine Augen im sachten Licht der ersten Dämmerung sehen. »Ich freu mich so, Wally.«

Sie nickte. »Ich mich auch, Mich.«

Und dann nutzten sie die Zeit, die sie noch hatten, so sanft und so zärtlich wie möglich.

***

Die folgenden Wochen vergingen wie im Flug. Wally hatte jetzt vier Haushalte, in denen sie als Zugehfrau arbeitete. Neben Frau Blumberg, zu der sie zweimal pro Woche kam, gab es den Herrn von Koch, der für die Reichsversicherungskammer arbeitete und mit seiner Frau und den drei Kindern eine Etagenwohnung am Sendlinger Tor bewohnte, ein altes Ehepaar Ganserer am Viktualienmarkt und den Witwer Bruch in der Leopoldstraße, der Wally am liebsten jeden Tag dagehabt hätte, es sich aber auch nur zweimal die Woche leisten konnte. Er arbeitete an der Universität, weshalb ihn alle den »Herrn Professor« nannten, obwohl er sich selbst nicht mit diesem Titel vorstellte.

Erst an einem Tag im Dezember blieb Wally endlich wieder genug Zeit, sich mit ihrer Freundin zu treffen, diesmal im Café Glockenspiel. Sie hatten sich schon so lange nicht mehr gesehen, dass Fränzi ganz perplex war, als sie Wally mit erkennbarem Bauch hereinkommen sah. »Sag bloß!«

»Schon, ja«, gab Wally zu.

»Und warum sagst du dann nix?«

»Du hast es ja eh herausgefunden.«

Und so redeten sie bei einer schönen Tasse Tee zunächst von der Schwangerschaft, dann vom bevorstehenden Umzug, denn die Zusage für eine Wohnung lautete nun auf den ersten März, dann über Namen für Buben und Namen für Mädel, und schließlich über die Herrschaften, bei denen sie jeweils stunden- oder tageweise Dienst taten, denn auch Fränzi war inzwischen nur noch Zugehfrau und keine Haushälterin mehr.

Sie tratschten und vergaßen die Zeit, bis die Rathausuhr schlug und Wally erschrocken feststellte: »Es is schon sechs! Ich muss heim.«

»Musst du deinem Mann noch was kochen?«

Wally schüttelte den Kopf. »Ich bring ihm ein paar schöne Regensburger vom Lederer mit. Dazu ein gutes Brot, dann is mein Mich glücklich.«

»Das kann er auch sein, so eine gute Frau, wie er gekriegt hat«, sagte Fränzi, und Wally wärmte es das Herz, dass jemand so etwas Nettes über sie sagte. »Dank dir schön, Fränzi.«

»Dank dir auch, Wally. Alles Gute, gell?« Sie nickte zu dem Bauch hin.

»Ja. Hoffentlich.«

»Der Tee geht auf mich«, bestimmte Fränzi großzügig.

»Mei, vergelt's Gott. Beim nächsten Mal lad aber ich dich ein.«

»Und ich werd dich dran erinnern.« Fränzi lachte dieses freche Lachen, das ihr zu eigen war.

Ja, sie war eine gute Freundin, und Wally hoffte, dass sie sich nicht aus den Augen verlieren würden, jetzt, da sie bald am Stadtrand wohnen und auch noch eine eigene Familie haben würde.

19.

Natürlich musste Michael an Weihnachten arbeiten, schließlich war er der Kollege, der keine Familie hatte.

»Tut mir leid, mein Schatzerl«, erklärte er, als die Dienstpläne feststanden. »Die andern haben halt alle Kinder.«

»Nächstes Jahr«, erwiderte Wally, »da hast du dann auch eines.«

»Ich kann's immer noch gar nicht glauben.« Er streichelte ihr sanft über den Bauch, der inzwischen deutlich gewölbt war. »Unser eigenes Kind.«

»Und dann bleibst du an Weihnachten auch daheim.«

»Das will ich hoffen.«

Immerhin hatten sie den Heiligen Abend miteinander, denn Michael musste nur an den Feiertagen arbeiten. So gingen sie, wie auch die letzten Male, in die Frauenkirche zur Mette und lauschten dem Chor, der so schön sang, dass Wally die Tränen kamen und sie kaum selbst mitsingen konnte.

Zurück in ihrem kleinen Zimmer, sagte Michael: »Jetzt is aber Zeit für die Bescherung.«

»Bescherung? Hast du mir vielleicht ein paar Socken gestrickt?«

Michael lachte. »Au weh«, sagte er. »Das tut mir jetzt leid. Aber wenn ich dir Socken stricken müsst, würdest du sie ganz gewiss nicht tragen.«

»Aber du vielleicht eine neue Weste?«, sagte Wally und reichte ihm ein Päckchen, das sie hinter dem Bett versteckt hatte.

»War am End das Christkindl für mich auch da?«

»Da musst du grad draußen gewesen sein.«

In gespielter Verzweiflung schüttelte Michael den Kopf. »Hab ich's schon wieder nicht gesehen. Doch woher weißt du, dass da eine Weste drin ist?«

»Göttliche Eingebung?«, schlug Wally vor und nahm mit glühenden Wangen ein Päckchen entgegen, das ihr Michael hinhielt, ein kleines, längliches.

»Nun«, sagte er und blickte sie neugierig an. »Ich zuerst?«

»Nein, ich zuerst«, bestimmte Wally und riss das Papier ab. In einer schmalen Schachtel lag, eingeschlagen in ein blaues Seidentuch, eine silberne Armbanduhr. Wally hielt den Atem an und nahm das kostbare Geschenk vorsichtig heraus. »Aber das is doch viel zu wertvoll für mich.«

»Für dich is nix zu wertvoll, mein Schatzerl«, stellte Michael fest. »Hauptsache, sie gefällt dir.«

»Sie ist wunderschön! Ich hab noch nie so was … Können wir uns die überhaupt leisten? Wir brauchen doch unser Geld, wenn wir die Wohnung beziehen! Da müssen wir doch Möbel kaufen. Und das Kind kommt auch und …« Sie wagte nicht, die Uhr an ihr Handgelenk zu binden.

»Keine Sorge, Wally. Das Christkindl hat eine gute Gelegenheit genutzt.«

»Trotzdem, Mich. Das geht doch nicht …«

Er legte ihr den Finger auf die Lippen. »Schschsch … Heut is Heiligabend. Da darf schon einmal ein Wunder geschehen, oder? Und jetzt komm ich dran.« Mit andächtiger Miene riss er das Papier auf, in das Wally die Weste eingeschlagen hatte, die sie ihm in den letzten Wochen an den einsamen Abenden gestrickt hatte. Angesichts der teuren Uhr schämte sie sich, ihm ein so schlichtes Geschenk überreicht zu haben. Er aber breitete die Weste mit leuchtenden Augen auf dem Bett aus und nahm ihre beiden Hände, um sie zu küssen. »Das ist jetzt schon mein Lieblingsgewand«, sagte er. »Gekauft kriegt man sie nicht so schön.«

Das stimmte sogar. Wally hatte sich besondere Mühe gegeben und ein feines Zopfmuster hineingearbeitet. Sie hatte gute Wolle gekauft und mit feinen Nadeln gestrickt, damit die Jacke ordentlich dicht wurde und warm hielt.

Michael stand auf, legte sein Sakko ab und schlüpfte in die Weste. »Und sie sitzt perfekt! Als hätt das Christkindl sie genau für mich gestrickt.«

»Na ja«, meinte Wally. »Vielleicht hat's das ja.«

Und so saßen sie in ihrem Zimmer, leerten die Flasche Wein, die sie aus der Schweiz mitgebracht und bis jetzt aufgespart hatten, staunten, was in den zurückliegenden Monaten alles geschehen war, und dankten dem Herrgott, dass er es so gut mit ihnen meinte.

***

Obgleich Michael beide Feiertage arbeiten musste, war es das schönste Weihnachtsfest, das Wally seit ihrer Kindheit erlebt hatte, und anders als damals war sie sich jetzt dessen bewusst, dass sie glücklich war. Endlich hatte sie ein eigenes Leben und war nicht mehr nur das Kind, die Schülerin oder die Haushälterin von jemand anderem. Auf einmal tat ihr sogar Fränzi leid, obwohl die eigenständig war, ein schönes Zimmer ganz für sich bewohnte und sich durchaus darauf verstand, das Leben zu genießen. Aber Fränzi war eben allein.

Sie trafen sich am ersten Weihnachtstag im Café Frischhut und schlenderten anschließend ein wenig über den Christkindlmarkt, wo sie sich sogar ein Haferl Glühwein gönnten und sich daran erfreuten, wie lieblich der Schnee endlich auf die Stadt rieselte. Denn bis jetzt hatte es in dem Winter, von einigen nasskalten Tagen im November abgesehen, noch gar keinen Schnee gegeben.

»Bei uns daheim liegt er wahrscheinlich schon wieder einen halben Meter hoch«, stellte Wally fest.

»Ja, in der Stadt schmilzt er halt immer schnell.«

»Hm.« Irgendetwas schien Fränzi auf dem Herzen zu liegen, das hatte Wally schon im Café gespürt. »Jetzt red schon, was is denn los?«

»Ach, nix, Wally«, erwiderte die Freundin mit einem Seufzen.

»Genauso hört sich's an.«

»Es is wegen …« Auf einmal liefen ihr die Tränen nur so übers Gesicht. »Der Zeitler hat mich rausgeschmissen.« Sie holte Luft und fügte empört hinzu: »Und angezeigt hat er mich.«

»Angezeigt? Um Himmels willen, warum denn das?«

»Gestohlen hätt ich, sagt er. Aber ich hab nicht gestohlen. Ehrlich!«

Wally legte den Arm um ihre Freundin. »Freilich nicht«, sagte sie und war zutiefst überzeugt, dass es ihrer Freundin nicht im Traum einfallen würde, jemanden zu bestehlen. »Wie kommt er denn darauf?«

»Weil ihm seine Taschenuhr gefehlt hat – und is nicht mehr aufgetaucht.«

Wally nickte verständnisvoll. Es war das alte Lied: Wenn im Haushalt irgendetwas fehlte, dann lautete der Verdacht regelmäßig, dass die Zugehfrau es gestohlen haben musste. Dabei gab es so viele Gründe, weshalb etwas verloren gehen konnte, und in den allermeisten Fällen entpuppte sich der Diebstahl als falsche Verdächtigung. »Hast du denn alles abgesucht?«

»Natürlich«, sagte Fränzi und schniefte. »Zehn Mal. Die ganze Wohnung. Unter jeder Decke und unter jedem Kissen hab ich geschaut und in jeder Weste und in jeder Schublade. Alles hab ich durchsucht, wieder und wieder. Aber wenn er sie auf'm Häusl verloren hat, dann kann ich lange suchen.«

»Was, wenn er sie überhaupt außer Haus verloren hat?«

»Ich kann ihn ja nicht gut zur Rede stellen«, erklärte Fränzi verzweifelt.

»Nein, freilich kannst du das nicht.« Wally nahm einen Schluck von ihrem Glühwein, der schon langsam kalt zu werden begann. »Aber hast du überlegt, wo er überall gewesen sein könnte? Außer Haus, mein ich.«

»Mei, der geht immer zu seiner Schafkopfrunde ins Hofbräuhaus, und am Sonntag geht er in die Kirche.«

»Weißt du auch, in welche?«

»In die Peterskirch. Er wohnt ja gleich am Rindermarkt.«

»Trink aus, wir haben was vor«, bestimmte Wally, leerte ihren Becher und stellte ihn zurück an den Stand. Dann hakte sie ihre Freundin unter und zog sie in Richtung Petersbergl. Es würde nicht einfach sein, ausgerechnet an diesem Tag den Herrn Pfarrer zu sprechen, aber da er sie erst vor kurzem getraut hatte, hoffte Wally, dass er wenigstens einen Augenblick Zeit für sie haben würde.

Und er hatte Zeit, allerdings jedoch keine gute Nachricht für sie. »Ja, liebe Frau Reitz, da würde ich Ihnen jetzt gern helfen. Aber leider ist mir nix bekannt, dass eine Uhr gefunden worden wäre.« Er lächelte den beiden Frauen mitfühlend zu. »Falls eine auftaucht, kann ich Sie dann unter der Adresse erreichen, die Sie mir zur Trauung gegeben haben?«

Wally nickte. »Ja. Noch wohnen wir in der Rumfordstraße. Wir ziehen erst in ein paar Wochen um.«

»Bis dahin wird sie gewiss gefunden sein – wenn sie denn in der Kirche verloren gegangen ist.« Der Pfarrer gab den beiden Freundinnen seinen Segen und wünschte ihnen noch ein frohes Fest. Dann wandte er sich wieder seinen anderen Pflichten zu.

Fränzi war verzweifelt. »In der Kirch, da hätte ich mir schon vorstellen können, dass einer so eine feine Uhr abgibt, wenn er sie findet. Aber im Hofbräuhaus …« Wieder übermannten sie die Tränen.

»Jetzt hör auf«, mahnte Wally. »Weinen kannst du nachher immer noch. Erst fragen wir dort nach. Und wenn sie dort auch nicht ist, dann überlegen wir noch einmal miteinander.«

Fränzi blieb stehen, schnäuzte sich und blickte Wally dankbar an. »Bist wirklich eine gute Freundin. Die beste.«

»Na, dann passen wir ja zusammen«, erwiderte Wally

und lachte aufmunternd, obwohl sie nicht viel Hoffnung hatte, dass sie ausgerechnet im Hofbräuhaus fündig werden würden.

***

»Eine Uhr«, sagte die Bedienung, die sie gleich am Eingang angesprochen hatten. »Da müsst ihr in der Verwaltung fragen. Is aber heut keiner da.«

»Und wann wär wieder einer im Büro?«, wollte Wally wissen.

»Nach Neujahr«, stellte die stämmige Frau fest und wischte sich eine Haarsträhne aus der Stirn.

»Neujahr«, rief Fränzi schockiert. »Das is ja eine Ewigkeit!«

»Aber es gibt doch gewiss einen Oberkellner, der einen Schlüssel hat?«, wollte Wally wissen.

»Einen Schlüssel hat nur der Restaurantchef. Da müsst ihr nach oben gehen. Der lässt sich hier unten in der Schwemm nicht oft sehen.«

Das Hofbräuhaus verdankte seinen legendären Ruf hauptsächlich der großen Bierhalle im Erdgeschoss, »Schwemme« genannt. Dort wurde getrunken und gesungen, und oft genug prügelte man sich, wenn es auf die Sperrstunde zuging. Oben dagegen war dieses alte Gasthaus eine gutbürgerliche Wirtschaft, in der sich gepflegt essen ließ und andere Sitten herrschten als unten.

»Den Leiter wollt ihr sprechen?« Der Kellner, an den sie sich gewandt hatten, musterte sie beide von oben bis unten, konnte offenbar nichts feststellen, was dagegengesprochen hätte, und führte sie schließlich zu einem Herrn, der sich allem Anschein nach gerade erst zum Essen an einen kleinen Tisch neben der Küche gesetzt hatte.

»Ja Himmel, Arsch und Zwirn!«, polterte er, als ihm die beiden Frauen ihr Anliegen vortrugen. »Kann man denn keine fünf Minuten seine Ruh haben da herin?« Trotzdem schob er seinen wuchtigen Leib von der Bank und trottete vor ihnen her zu einer Tür, über der auf einem Emailschild »Bureau« stand. »Und was soll das für eine Uhr sein?«

»Eine Taschenuhr ist es, mein Herr«, erklärte Fränzi. »Silbern, mit goldenen Zeigern.«

»Mit Kette?«

»Nein, ohne. Die Kette war noch da, die Uhr hat gefehlt.«

»Is es vielleicht die hier?« Er hob eine Uhr hoch und hielt sie ihr hin. Das Glas war zerbrochen. Aber ansonsten schien sie noch intakt. Offenbar war jemand daraufgetreten, ehe er sie entdeckt und abgegeben hatte.

»Pfeilgrad!«, rief Fränzi. »Das is sie! Mei, bin ich froh!«

Sie wollte nach der Uhr greifen, doch der Restaurantchef zog seine Hand zurück. »Nix da«, sagte er. »Wenn die Uhr Ihrem Dienstherrn gehört, dann soll er selber kommen und sie abholen. Und unterschreiben soll er's mir auch. Sonst kommt am nächsten Tag ein anderer daher und wirft mir Diebstahl vor.«

Das konnte Fränzi nur zu gut verstehen. Falsche Verdächtigungen waren nicht nur schmerzhaft, sie waren auch gefährlich. »Da haben Sie völlig recht, mein Herr. Ich sag ihm, dass die Uhr bei Ihnen gefunden worden ist und dass er sie sich abholen kann.«

Sie ließ sich noch den Namen des Mannes geben und verließ dann mit Wally das Hofbräuhaus. Vor der Tür aber fiel sie ihrer Freundin um den Hals und rief: »Ich bin ja so froh, das kannst du dir gar nicht vorstellen, Wally! Vergelt's Gott, dass du mir geholfen hast. Tausendmal vergelt's Gott!«

Es war wahrlich ein Weihnachtswunder, dass sich die Uhr wiedergefunden hatte, und doch hatte Wally ein ungutes Gefühl – ein Gefühl, das gar nichts mit Fränzi oder dieser Geschichte zu tun hatte. Jedenfalls nicht direkt.

***

Bis Michael am 27. Dezember endlich wieder zurückkam, hatte sich das ungute Gefühl zu einer dunklen Wolke ausgewachsen, die über Wally und auch über ihrer Ehe zu schweben schien. Wieder und wieder lauschte sie auf die Turmglocke der Heiliggeistkirche, die man bei Nordwind wie an diesem Tag hören konnte. Die schöne Uhr, die Michael ihr an Heiligabend geschenkt hatte, hatte sie seit ihrem Treffen mit Fränzi nicht mehr getragen. Sie hatte sie zurückgelegt in das hübsche Schächtelchen und auf das kleine Tischchen in ihrer Kammer gelegt.

Kurz bevor ihr Mann endlich am Abend eintraf, war sie enttäuscht und hungrig auf das Bett niedergesunken und eingeschlafen. Sie schreckte auf, als sie die Tür hörte, und sah sich einem strahlenden Michael Reitz gegenüber, der ihr eine rote Rose hinhielt. Für einen kurzen Moment schlug ihr Herz höher. Doch dann verdüsterte sich ihre Miene.

»Magst du mir kein Busserl geben zur Begrüßung?«, fragte Michael überrascht.

»Wir müssen reden«, erwiderte Wally und setzte sich wieder aufrecht hin. Seinem Versuch, sie zu küssen, wich sie aus.

»Is was nicht in Ordnung?«, wollte er wissen und setzte sich ihr gegenüber auf den Stuhl.

»Das frag ich dich.« Wally griff nach der kleinen Schachtel und hielt sie ihm hin.

Ratlos nahm Michael sie und fand darin die Uhr. »Gefällt sie dir doch nicht?«

»Wo hast du die Uhr her?«

»Mei, wo soll ich sie schon herhaben. Gekauft hab ich sie!« Michael machte das Schächtelchen wieder zu. »Wieso?«

»Und wie können wir uns so was Teures leisten?«

Wally war entschlossen, die ganze Wahrheit zu erfahren. Zu gut hatte sie seit dem Ereignis mit Fränzi die Worte ihrer Schwägerin Berta aus Küsnacht im Ohr, dass der Mich schon ein rechter Schlawiner wäre, der so seine »G'schäftln« machte.

Michael seufzte. Wally hätte nicht zu sagen gewusst, was gerade in ihm vorging. »Ich hab sie günstig gekriegt.«

»Aha? Und wo kriegt man so eine Uhr *günstig*?«

»Wenn man die richtigen Leute kennt …«, sagte er vage.

»Ich weiß nicht, ob ich diese Leute kennen möcht«, entgegnete Wally.

Michael blickte überrascht auf. »Wieso? Was glaubst du, was das für Leute sind?«

»Sag du!«

»Ganz normale Leute!«, erklärte Michael bestimmt.

»Keine Diebe oder Hehler, falls du das meinst.« Jetzt klang er eindeutig so, als würde er Wally verübeln, dass sie ihm scheinbar unterstellte, mit Kriminellen Geschäfte zu machen.

»Aber auch wenn es ein guter Preis war, hätt eine solche Uhr doch einen Haufen Geld gekostet«, hielt sie dagegen.

»Ich hab nicht mit Geld gezahlt, Wally.«

»Nicht mit Geld?«

Auf einmal war es wieder da, sein freches Grinsen. Er griff nach seinem Rucksack, den er beim Hereinkommen in die Ecke gelegt hatte, und langte hinein. »Da. Hab auch was für dich mitgebracht. Für die neue Wohnung.« Er nahm etwas heraus, das in Packpapier eingewickelt war. »Vorsichtig, gell?«

Einen Moment zögerte Wally, doch dann war die Neugier größer als die Skepsis. Sie wickelte es aus und staunte: »Eine Vase. Und so eine schöne!« So schöne Vasen hatte sie bisher nur bei ihren Herrschaften gesehen, bei Blumbergs und bei Familie von Koch, vielleicht auch beim Braumeister. Aber sonst ...»Die is doch viel zu fein für uns«, stellte sie fest.

»Für dich is nix zu fein, mein Schatzerl«, widersprach Michael. »Sollst ja auch eine schöne Wohnung haben.«

Wally stellte das edle Stück weg und blickte ihn ernst an. »Und wie kommst du zu so einer Vase?«

»Beziehungen«, erklärte Michael mit mokantem Lächeln.

»Beziehungen. Geh, was hat denn ein Eisenbahner für Beziehungen, dass er so ein teures Porzellan kriegt.«

»Bin doch bis nach Leipzig diesmal«, sagte Michael. »Zwischenstation haben wir in Nürnberg und Fürth gemacht. Da hab ich einen halben Tag freigehabt. Und es is ja nicht weit in meine Heimat. Du weißt doch, dass wir eine schöne Porzellanindustrie haben in der Oberpfalz.«

»Weiden meinst du?«

»Genau. Mein Schwager hat da lang gearbeitet, der erste Mann von der Greta.«

Das wusste Wally noch gar nicht, dass die elegante Greta schon einmal verheiratet gewesen war.

Michael griff nach der Vase und drehte sie ein wenig. »Jetzt schau sie dir einmal ganz genau an.«

Wally betrachtete das Kunstwerk. Es war eine schlanke Vase, elfenbeinfarben mit blauem Dekor und goldenem Rand.

»Fällt dir nix auf?«

»Nein, was sollt mir auffallen?«

»Der Rand …« Michael deutete auf den Goldstreifen. »Der hat da einen Fehler.« Tatsächlich gab es eine winzige Stelle, an der der Goldstreifen ungleichmäßig war.

»Geh, das sieht doch keiner.«

»Doch, doch. Leute, die was davon verstehen, die sehen das ganz genau!«, widersprach Michael. »Und die würden so eine Vase gar nicht erst kaufen. Deswegen ist das eine B-Ware.«

»B-Ware«, wiederholte Wally, die das Wort zum ersten Mal hörte. »Und deswegen is sie billiger?«

»Pfeilgrad.«

»Aber wenn sie weniger wert is, und du hast so was eingetauscht gegen die Uhr, dann hast du doch trotzdem den betrogen, der dir die Uhr gegeben hat, bloß weil der sich nicht drauf versteht …«

Michael lachte. »Also gut, jetzt bist du mir auf die Schliche gekommen, Schatzerl«, gestand er und griff wieder nach der Schachtel mit der Uhr. »Ich hab's dir nicht gesagt, weil ich dir die Freude nicht verderben wollt, aber die Uhr hat auch einen kleinen Fehler.« Er nahm die Armbanduhr heraus und zeigte ihr, dass an der Krone, mit der man sie aufzog, eine Ecke etwas eingedrückt war.

»Und deswegen hab ich jetzt so eine schöne Uhr?«

»Na ja, eine Uhr mit einem Fehler. Leider. Entschuldige.« Ein bisschen zerknirscht sah er aus, ihr Mann, und Wally fand, dass ihm das eigentlich ganz gut stand.

Aber in Wahrheit war sie so erleichtert, dass sie ihn nicht zerknirscht sehen wollte. »Also, wenn du mich fragst«, erklärte sie und band sich die Uhr ums Handgelenk, »dann hat sie jetzt keinen Fehler mehr. Jedenfalls nicht für mich.«

Dann nahm sie die Rose und roch daran, und während draußen ein Wintergewitter mit gewaltigem Donner seinen ersten Blitz herabsandte, lösten sich drinnen die dunklen Wolken auf, und Wally schloss leichten Herzens endlich ihren Mann in die Arme.

VI.
Tagundnachtschatten

Hallertau 1939

20.

So oft war er weg, der Korbinian. Die ganze Arbeit blieb an Resi hängen, und seit die alten Hardts in diesem Winter kurz hintereinander gestorben waren, war es nicht besser geworden. Die Schwiegereltern hatten zwar längst nicht so geholfen wie die Mutter. Aber wenn der alte Hardt Anweisungen erteilt hatte, dann waren sie auch ausgeführt worden, die Knechte hatten gespurt – ähnlich wie die Mägde bei der Schwiegermutter. Jetzt hatte Resi manches Mal das Gefühl, dass ihr alle auf der Nase herumtanzten. War eine Arbeit erledigt, warteten schon zwei neue auf sie. Und wenn alles gerade passte, dann schrie der kleine Albert aus Leibeskräften.

Ihr erstes Kind war ein kräftiger Bub, und er war seit der Geburt ordentlich gewachsen, während Resi schmaler geworden war. Es war, als würde es der Kleine geradezu aus ihr heraussaugen. Aber natürlich wusste Resi, dass es nicht der Bub war, sondern die Arbeit. Und die Verantwortung. Wenn Korbinian tagelang mit seinen Transporten unterwegs war, dann gab es eben nur eine, die auf dem Hof, in der Wirtschaft und im Laden das Sagen hatte: Theresia Hardt, die Schmiewirtin. Und sosehr sie es genoss, geachtet und respektiert zu sein und im Dorf etwas zu gelten, so sehr wünschte sie sich oft, dass nicht alles auf ihren Schultern lasten würde.

Heute immerhin wurde Korbinian zurückerwartet. Diesmal war er mit seinem neuen Lastwagen bis nach Nürnberg und Würzburg unterwegs gewesen, hatte Lagerkartoffeln für den Purnauer ausgeliefert und Saatgut für die eigenen Felder mitgebracht. Ob sich die ganze Fahrerei wirklich lohnte? Er rechnete ihr gern vor, wie viel Geld er mit einer Fuhre verdiente. Aber dabei bedachte er nicht, wie viel weniger sie zu Hause eingenommen hatten, weil er hier nicht gearbeitet und sich nicht um den Hof und die Wirtschaft gekümmert hatte.

Resi hatte die Hühner gefüttert und im Stadel nach dem Rechten gesehen. Überall standen jetzt Korbinians Fahrzeuge herum: zwei Lieferwagen auf dem Hof, das Motorrad im Stadel ... Resi schob die Tür wieder zu und ging hinters Haus, wo Evi und Anna den ersten Korb Wäsche auf die Leine hängten. Die Mägde hatten gleich nach dem Frühstück angefangen zu waschen, und sie würden auch den ganzen restlichen Tag damit beschäftigt sein, denn in einem Gasthaus gab es immerzu Wäsche. Geschirrtücher und Bettzeug, Tischdecken und Servietten, obwohl die Tische wochentags nicht extra eingedeckt wurden – da reichte es, sie am Abend mit Lauge sauber zu reiben.

»Hardtin!«, rief eine Männerstimme hinter ihr. »Is dein Mann da?«

Es war der Stockacher, der neuerdings immer seine Parteiuniform trug.

»Kommt später erst!«, rief Resi zurück und bemühte sich um ein freundliches Lächeln, obwohl sie den Bauern, der sich in den letzten Jahren geschickt eine Menge Land zusammengekauft hatte, nicht ausstehen konnte.

»Sag ihm, dass wir uns heut Abend bei euch treffen.«

»Richt ich ihm gern aus.«

»Heil!«

Resi nickte und wandte sich wieder den Mägden zu. Aus den Augenwinkeln sah sie, wie der Stockacher noch einen Moment stehen blieb, wahrscheinlich, weil er sich fragte, ob er ihr Vorhaltungen machen sollte, dass sie den »Deutschen Gruß« nicht entbot. Ein unangenehmer Kerl war er, der Stockacher. Resi konnte nicht verstehen, warum ihr Mann so gut mit ihm war. Gewiss, sie waren beide in der Partei, und das hatte ihnen beiden zusätzlichen Respekt im Ort eingebracht. Aber jeder im Dorf fragte sich, ob er der Nächste sein würde, dem der Großbauer mit seinen Geschäften die Luft abdrückte, bis er auch seinen Hof noch billig übernehmen konnte.

Als Resi ihrem Mann einmal gebeichtet hatte, dass auch sie diese Angst umtrieb, hatte Korbinian nur gelacht. »So gehen doch Parteigenossen nicht miteinander um«, hatte er ihr versichert. »Und außerdem stehen wir auf mehreren Füßen. Ich glaub nicht, dass der Stockacher auf einmal Transportunternehmer sein möcht oder Ladenbesitzer – und Wirt schon gar nicht.«

Resi war sich da nicht so sicher. Der Stockacher würde jeden an die Wand drücken, der schwach genug war. Und ob der Schmiewirt, das Transportunternehmen »Hardt & Sohn« oder gar der kleine Hof die nötige Kraft hatten, das war nicht ausgemacht.

Solche Gedanken trieben Resi um, vor allem, wenn sie allein war. Wenn hingegen Korbinian da war und sie ihn arbeiten und Anweisungen geben und die Zügel in der Hand halten sah, dann glaubte auch sie, dass es im Leben nur in eine Richtung gehen konnte: aufwärts.

***

Kurz nachdem die Kirchturmuhr Mittag geschlagen hatte, fuhr der Hardt mit seinem Lastwagen auf den Hof. Freudig lief Resi nach draußen, um ihn zu begrüßen. Aber ihr Mann beachtete sie kaum. Er bellte den einen Knecht an, abzuladen, den anderen, nach dem Kühler zu schauen und Wasser nachzufüllen. Offensichtlich stand es mit seiner Laune nicht zum Besten.

»Hast du keine gute Fahrt gehabt?«, erkundigte Resi sich.

»Beschissen haben sie mich, die Sauhunde!«, fluchte Korbinian und stapfte durch die Hintertür in die Wirtschaft, bog ab, um erst einmal Wasser zu lassen, dann trat er an die Theke und zapfte sich ein Bier. »Erst schreiben sie den Zentner für einundzwanzig Mark aus, und dann verlangen sie fünfundzwanzig Mark, diese Verbrecher«, murrte er, als er Resi hinter sich hereinkommen sah. »*Die Nachfrage,* verstehst du? Da fahr ich bis rauf nach Nürnberg, und dann wollen sie auf einmal vier Mark mehr für den Zentner. Verbrecher. Allesamt!«

»Machen wir jetzt Verlust?«, fragte Resi bang.

»Verlust?« Der Hardt sah sie an, als käme sie vom Mond. »Wieso sollen denn wir Verlust machen?«

»Wenn wir's verkaufen, dann … Also, was nehmen wir denn dann für einen Preis?«

»Dreißig Mark den Zentner«, bestimmte ihr Mann.

»Und wenn einer gut handelt, dann kriegt er ihn für neunundzwanzig. Und wenn er ganz gut handelt für achtundzwanzig. Aber dann zieh ich ihm für was anderes das Fell runter.« Er nahm einen tüchtigen Zug aus seinem Krug und wischte sich tatkräftig über den Mund. »Das wär ja noch schöner, wenn wir Verlust machten.« Er lachte. »Nein. Wirklich nicht.«

Resi war beruhigt. Aber sie war auch ein wenig beschämt. Erst sah er jemanden, der fünfundzwanzig Mark für einen Sack Saatgut nahm, als Verbrecher an, und dann verlangte er selbst dreißig … Sie fürchtete, dass man ihnen solche Geschäftemacherei verübeln könnte. Natürlich war es nicht verboten, am Handel zu verdienen, aber letztlich litt der Ruf, wenn man den Leuten zu viel abknöpfte, und darunter litten dann auch die Geschäfte. »Du musst es wissen«, sagte sie.

Auf einmal fiel ihrem Mann etwas ein. Er zwinkerte ihr zu und meinte: »Schau her, was ich noch mitgebracht hab.« Aus seiner Hosentasche beförderte er ein Schnappmesser mit Hirschhorngriff zutage, das er aufklappte und stolz in der Hand balancierte. »Für den Albert.«

»Für den Albert? Der is doch noch ein Kleinkind, Korbinian.«

»Ja, jetzt noch. Aber so ein Bursch wird schneller groß, als man schauen kann. Dann wird er stolz drauf sein, wart's ab.«

»Bestimmt«, sagte Resi matt. Auf einmal war sie wieder da, diese bleierne Müdigkeit, die sie schon seit Wochen nicht mehr aus ihren Fängen ließ, ja eigentlich schon, seit der Kleine auf die Welt gekommen war. »Magst du dich ein bisserl ausruhen?«, schlug sie daher ihrem Mann vor und dachte, dass sie sich vielleicht ein wenig zu ihm legen könnte.

Korbinian indes lachte nur. »Nein, ganz sicher nicht. Zum Ausruhen hab ich viel zu viel Arbeit.« Er schüttelte den Kopf, nahm noch einen Schluck und stellte den Krug krachend auf die Theke. »Sag schnell, was alles war, dann muss ich mich um meine Sachen kümmern.«

»Ach, es war nix Besonderes, Korbinian. Der Stockacher war da«, fiel ihr ein. »Sie wollen sich heut auf d'Nacht bei uns treffen.«

»Heut? Ja großartig! Da kann ich gleich mein Saatgut losschlagen. Der Perlinger wird kommen, der Huber, der Krontaler … Da gibt's Freibier, dann werden wir uns schon einig werden auf die zweiunddreißig Mark.«

»Zweiunddreißig? Ich dachte, du hättest dreißig gesagt?«

»Mei, wenn die Nachfrage stimmt, dann stimmt auch der Preis.«

***

Erwin Stockacher war der Erste, der kam. Allerdings trat er nicht ein, sondern wartete vor der Wirtschaft, um jedes Mitglied des Parteistammtischs persönlich zu empfangen, als wäre er der Hausherr beim Schmiewirt. Resi beobachtete das Ganze mit gemischten Gefühlen. Sie wusste längst, dass die Herren »Volksgenossen« sich gegenseitig belauerten und keiner dem anderen den Schaum auf dem Bier gönnte. Am allermeisten aber missgönnten sie ihrem Mann seinen Erfolg, und es fuchste sie, dass Korbinian immerzu den Eindruck erweckte, als ginge ihm alles wie von selbst von der Hand. Dabei arbeitete er von früh bis spät und selbst am Sonntag bis in die Nacht – gerade am Sonntag, wenn sich die anderen schön zum Frühschoppen in dem einen Wirtshaus trafen und zum Mittagessen dann in dem anderen, nachdem sie sich am Morgen in der Kirche noch gemütlich in die Bank gesetzt und den Herrgott einen guten Mann hatten sein lassen. Die Frauen, freilich, die mussten nach dem Gottesdienst Haus und Hof und Kinder versorgen, wie es nun einmal überall war. Aber die Herren Bauern, die schenkten sich den Sonntag schon arg gern. Nur der Korbinian, der arbeitete jeden einzelnen Tag im Jahr. So wie sie selbst.

Und jetzt stellte sich der Stockacher hin und tat, als hätte er hier das Sagen, während Korbinian nicht gut wegkonnte von drinnen, weil er die Stammtischler, die sich schon hingesetzt hatten, nicht allein lassen wollte.

»Heil!«, plärrte Erwin Stockacher, als sein Nachbar Alois Hölzl des Weges kam.

»Heil!«, antwortete der Hopfenbauer lahm. Der Hölzl gehörte nicht zu den besonders lauten Nazis. Er machte halt mit, weil alle mitmachten. »Gibt's heut was Besonderes, dass du den Stammtisch einberufen hast?«

»War längst überfällig, Alois. Setz dich nur rein, sind schon die meisten da.«

Resi beobachtete das Treiben durch das Fenster ihres kleinen Kramerladens, und weil sie von dort nicht recht hören konnte, was auf dem Platz vor dem Haus gesprochen wurde, ging sie hinaus und leerte den Zeitungskasten. Jetzt am Abend waren die Nachrichten aus dem Schrobenhausener Anzeiger nicht mehr interessant. Morgen würde es neue geben.

Der Stockacher warf ihr einen Blick zu, den Resi nicht recht zu deuten wusste – außer, dass er finster war. Dann winkte er dem Kellerer Hans zu, der mit seinem Traktor die Straße entlangkam. »Heil Hitler!«, rief er.

»Heil Hitler!«, erwiderte der Kellerer und winkte auch der Resi zu. »Grüß Gott, Frau Hardt!«

»Grüß Gott, Herr Kellerer«, erwiderte Resi, die froh war, dass er sie nicht genötigt hatte, ihn auch mit »Heil!« zu begrüßen. Dieser Gruß nahm auch auf dem Land immer mehr überhand. Lange Zeit hatte Resi ja geglaubt, dass der ganze Nazizirkus sich zumindest hier in Freinhausen nicht durchsetzen würde, wo die Leute mit anderen Sorgen beschäftigt waren, sich um das »Deutsche Reich« noch nie geschert hatten und um das »Ariertum« schon gar nicht. Aber die Realität hatte sie da eines anderen belehrt. Wenn man den Stammtischlern zuhörte, klang es oft genug, als entschiede sich beim Kartenspielen die Weltherrschaft und als hätte »das Finanzjudentum« einen direkten Zugriff auf die Hopfenpreise.

Von Wally wusste Resi, dass es in der Stadt noch viel schlimmer zuging. »Seid froh, dass ihr keine Juden dahabt«, hatte die Schwester einmal gesagt. Und Resi hatte zurückgefragt: »Warum nachher? Sind die so schlimm?«

»Nicht die Juden, Resi. Aber die andern.«

Das war gewesen, nachdem Wallys Dienstherr sich umgebracht hatte.

»Sie sind halt alle narrisch geworden mit dem Hitler«,

hatte Resi gesagt. Aber es hatte wie eine Entschuldigung geklungen und war ihr fast im Hals stecken geblieben.

Nun ging sie hinter den beiden Männern ins Haus und mit hinauf auf den Tanzboden, wo die Stammtischler immer zusammensaßen, um nicht gestört zu werden. Korbinian hatte die anderen schon mit Bier versorgt und führte wieder einmal das Wort, indem er erklärte, dass es an der Zeit sei, dass sich die Freinhausener endlich zu einer Einkaufsgenossenschaft zusammentäten. Resi kannte ihn gut genug, um zu wissen, dass er dabei vor allem im Sinn hatte, den Transport der gemeinschaftlich bestellten Waren zu besorgen. Auf die Weise erhielte er nicht nur dank der gemeinsamen Bestellung von Saatgut und anderem einen günstigeren Preis, sondern würde auch zusätzlich noch etwas verdienen.

»So einfach ist das nicht, Korbinian«, hielt der Hölzl dagegen. »Es möcht ja nicht jeder zur gleichen Zeit bestellen.«

»Resi, geh, hol dem Stockacher und dem Kellerer ein Bier!«, rief der Hardt, um von dem Argument abzulenken, von dem er wusste, dass die sturen Bauern sich dem leicht anschließen konnten. »Möcht einer was essen?«

»Später vielleicht«, murmelte der eine, »essen werd ich dann daheim«, der andere.

Also nickte Resi und fragte in die Runde: »Jemand noch ein Bier?« Aber keiner meldete sich. Und so ging sie hinunter. Die Herren vom Parteistammtisch hatten es sich angewöhnt, stets ein Dunkles zu trinken, wahrscheinlich, weil es ihnen am urigsten und »deutschesten« vorkam.

Als sie wenig später mit den beiden Krügen wieder hochkam, hörte sie, wie der Stockacher deklarierte: »Es muss klar sein, dass wir keine Geschäfte machen mit einem, der mit den Juden Geschäfte macht.«

»Aber mit welchen Juden denn?«, wollte der Leitner wissen. »Gibt doch gar keine bei uns hier.«

»Bei uns nicht. Aber es macht ja nicht jeder nur zu Freinhausen Geschäfte.« Er funkelte in die Runde, wobei sein Blick für einen Moment am Hardt hängen blieb.

»Meinst du vielleicht in Schrobenhausen?«

»Schrobenhausen, Ingolstadt, München …«, bestätigte der Stockacher.

»Mei. München. Ich war ja schon drei Jahr nimmer dort«, erklärte der alte Thannhauser.

»Du nicht, Thannhauser. Andere schon. Und wenn einer heut nicht dort ist, ist er es vielleicht morgen.«

»Und was macht uns das dann, wenn wir mit einem Juden Geschäfte machen?«, wollte der Kellerer wissen.

Der Stockacher sah ihn mit eisigem Blick an. »Kannst von Glück sagen, dass wir hier unter uns sind«, erwiderte er mit leiser, drohender Stimme. Dann fragte er seine Parteigenossen: »Sind wir uns einig, dass ein Freinhausener mit Juden nix zu schaffen hat?«

»Freilich«, »Passt schon«, »Völlig«, stimmten die Männer zu. Nur Korbinian blieb stumm und starrte den Stockacher über den Tisch hinweg an – und dieser starrte zurück, wobei Resi hätte schwören können, dass ein gefährliches Lächeln auf seinem Gesicht lag.

***

»Was war denn das heut mit dem Stockacher?«, fragte Resi Korbinian später, als sie endlich in ihrer Kammer zusammenfanden.

»Auf die Knie zwingen will er mich«, knurrte Korbinian düster.

»Auf die Knie? Dich? Warum das?«

»Weil er mir mein Geschäft neidet.«

»Der Stockacher? Aber der is doch viel größer als wir.«

»Es reicht ihm halt nicht.« Korbinian schlüpfte aus seiner Hose und zog sich das Hemd über den Kopf. Ein schneidiger Kerl war er, immer noch. Er stellte sich an die Waschschüssel und machte seine Katzenwäsche. Eigentlich hätten sie längst ein richtiges Badezimmer haben müssen, aber andere Dinge waren ihm nun einmal wichtiger.

Resi betrachtete ihn lächelnd. Sie konnte seinen Zorn an der Art erkennen, wie er sich bewegte. Aber sie kannte eben auch seine andere Seite, seine leidenschaftliche, und wäre sie nicht so unendlich müde gewesen, dann hätte sie versucht, ihn ein wenig anzustacheln. »Der kann dir doch eh nicht das Wasser reichen«, sagte sie, um ihn ein wenig zu besänftigen.

»Das ist wurscht, Resi«, erwiderte Korbinian düster und drehte sich zu ihr um. »Es reicht, dass er mehr Einfluss hat.«

»Hat er den denn?«

»Er ist der Parteivorsitzende von Freinhausen.«

»Aber hier hat doch die Partei gar nix zum sagen.« Resi rückte zur Seite, um ihm zu signalisieren, dass er sich zu ihr ins Bett legen sollte.

»Die Partei hat immer was zu sagen. Und zwar zu allem«, erklärte Korbinian. »Ganz gleich, was es is.«

»Und du meinst, das ganze Thema hat er nur angeschnitten, weil er dir schaden möchte?«

»Freilich. Um nix anderes ging es.«

»Machen wir denn Geschäfte mit Juden?«

»Mei. Was weiß ich«, antwortete Korbinian ausweichend und stieg in sein eigenes Bett. »Wir machen mit so vielen Leuten Geschäfte. Da kann immer ein Jude dabei sein.«

Resi spürte, dass er nur die halbe Wahrheit sagte. Offenbar war es ganz sicher so, dass er mit Juden Geschäfte machte. »Aber wenn ein Jude was kauft oder verkauft, dann is das doch auch nicht anders, als wenn ein ... ein Arier was kauft oder verkauft«, sagte sie.

»O mei, Resi.« Ihr Mann seufzte müde und drehte das Licht aus. »Schlaf lieber.«

Was ihr nicht gelang. Schon bald hörte Resi ihren Mann schnarchen. Das war eines seiner ganz großen Talente, dass er immer schlafen konnte, egal wie groß der Ärger war, in dem er steckte. Sie selbst hingegen wälzte sich manche Nacht im Bett und sorgte sich bis in die frühen Morgenstunden, weil sie nicht wusste, wie sie die viele Arbeit bewältigen sollte, weil sie bangte, dass ihr Mann heil von seinen Fahrten zurückkam – oder weil sie sich fragte, was noch alles auf sie zukommen würde. Es waren nicht nur schwierige Zeiten – da hatte sie schon weitaus härtere erlebt –, es waren böse Zeiten.

Resi betete nicht oft, aber manchmal tat sie es doch. Dann blickte sie auf das kleine Kruzifix, das in der Kammer hing, und flüsterte leise ein Vaterunser. So auch in dieser

Nacht, in der sie sich fragte, wohin all die Fröhlichkeit ihrer Kindheit und Jugend verschwunden waren und wie es sein konnte, dass sie eine so angesehene Frau war – Bäuerin, Wirtin und Ladenbesitzerin, Ehefrau eines Fuhrunternehmers, Herrin über fast ein Dutzend Arbeiter auf ihrem Hof – und doch voller Ängste und Nöte.

21.

Der Leinthaler Hof in Freimann war ein altes Anwesen, das bis vor wenigen Jahren noch landwirtschaftlich genutzt worden war. Ein schöner Bau auch, größer als einst der Geistbeckhof zu Deimhausen oder gar der Hardt'sche Hof in Freinhausen. Nun war er unterteilt worden in etliche Wohnungen, von denen einige einen schönen Garten hatten – auch die der Familie Reitz.

Obwohl sie schon hochschwanger war und einen mächtigen Bauch vor sich hertrug, ließ Wally es sich nicht nehmen, zu säen oder Unkraut zu rupfen. Sie liebte dieses Fleckchen Erde, auf das ihr Michael einen kleinen Schuppen gebaut hatte, der vorn als Hühnerstall diente und hinten als Verschlag für Schaufeln, Rechen, Eimer, Gießkanne und Werkzeuge. Es erinnerte sie an den Klostergarten in Indersdorf – und tatsächlich hatte sie dort auch alles gelernt, was sie jetzt hier nutzen würde: das Wissen um die Zeit, zu pflanzen und zu ernten, wenn es um Salat oder Gurken ging, um Tomaten oder Radieschen, die Frage, wie sie den Garten vor Schnecken und Ungeziefer schützte, wie sie die Sonne nutzte, wann sie zu gießen und zu schneiden hatte … Jeden Tag, wenn sie in den Garten hinunterkam, dankte sie den Schwestern Arkadia und Chantal, die ihr damals so vieles beigebracht hatten. Und sie dankte dem Herrgott, dass er ihr und ihrem Mich zu guter Letzt doch endlich eine eigene Wohnung gewährt hatte. Jetzt durfte auch das Kindlein kommen. Allerdings würde es noch ein paar Wochen dauern, bis der Termin für die Geburt war. Und sosehr sie Angst davor hatte, so sehr freute sie sich auch darauf. Mit einem eigenen Kind würde ihr Glück vollkommen sein!

Michael war in der letzten Zeit sehr oft für zwei oder drei Tage als Heizer auf der Lok unterwegs. Das hatte ihm sein Vorarbeiter abgenötigt, vermutlich auch als Gegenleistung dafür, dass er ihm zu der Wohnung verholfen hatte. Aber Wally und ihr Michael hatten so lange getrennt leben müssen, dass sie damit zurechtkamen. Und jedes Mal, wenn Mich wieder heimkam, hatte er eine Kleinigkeit dabei – entweder ein Geschenk für Wally oder etwas für die gemeinsame Wohnung.

Von seiner letzten Fahrt in die Schweiz hatte er ihr Schokolade mitgebracht, die gute, die es so nur dort gab, und Wally genoss seither jeden Abend ein kleines Stückchen, das sie sich auf der Zunge zergehen ließ, um länger etwas von diesem Genuss zu haben. Von der letzten Fahrt nach Coburg hatte er ein paar Teller aus einem wunderschönen Geschirrservice mitgebracht, viel zu kostbar, um in einen einfachen Arbeiterhaushalt zu gehören: elegantestes weißes Porzellan mit dunkelblauem Rand und einer goldenen Verzierung. »Der Hartmut hat mir zugesagt, dass er mir noch ein paar Stücke aufhebt, wenn wieder was anfällt. So können wir unser Service nach und nach vervollständigen«, erklärte Michael freudig.

»Geh, Mich, wofür sollen denn wir so ein feines Geschirr hernehmen?«

»Fürs Essen?«, schlug Michael vor und lachte.

»Das is viel zu teuer.«

»Für dich is mir nix zu teuer«, erklärte er und legte seinen Arm um ihre Hüften.

»Wir hätten eher was für den Alltag gebraucht, nicht so was Hochelegantes.«

»Das findet sich schon noch. Jedenfalls haben wir jetzt dann das passende Geschirr, wenn der Herr Reichsbahnpräsident kommt oder der Herr Reichsfeldmarschall oder gar der Herr Hardt aus Freinhausen. Dann stellen wir unser hochelegantes Geschirr auf den Tisch und geben sauber an.«

Und so kam mit der Zeit ein gutes Stück zum andern, während Wally an den einsamen Abenden in ihrem Wohnzimmer saß und Tischdecken bestickte, dem Volksempfänger lauschte, den Michael ebenfalls kürzlich angeschafft hatte, und ihrem Glück kaum trauen konnte.

***

In diesen späten Schwangerschaftswochen war es für Wally zunehmend beschwerlich, auch noch arbeiten zu gehen, zumal die Arbeit als Zugehfrau anstrengend war. Zum Glück nahmen die Herrschaften meistens Rücksicht auf ihren Zustand und übertrieben es nicht. Zum Bügeln setzte sie sich hin, Staubwischen und auch die Wäsche gingen ganz gut, nur die Böden, die quälten sie schon sehr, und beim Fensterputzen hatte sie Angst, sie könnte das Gleichgewicht verlieren.

Die Stelle bei einem Direktor der Bayerischen Motorenwerke, die sie erst Anfang März angenommen hatte, hatte sie inzwischen schon wieder gekündigt. Der feine Herr hatte sie sogar die Kohlen aus dem Keller hinauftragen lassen in den vierten Stock seines Wohnhauses. Als er ihr aufgetragen hatte, auch noch die Holzscheite kleiner zu hacken, die er neben der Kohlenschütte gestapelt hatte, hatte Wally ihren Kittel ausgezogen und um den noch offenen Lohn gebeten.

»Recht hast du gehabt!«, hatte Michael an dem Abend festgestellt. »Deine Gesundheit und die von unserem Kind is wichtiger als das Brennholz für den Herrn Direktor. Hoffentlich hackt er sich einen Finger ab, dieser Unmensch.«

»Mich! Sag nicht so was. Das gehört sich nicht.«

»Dass man eine hochschwangere Frau den Kohlenkübel aus dem Keller heraufschleppen lässt, gehört sich erst recht nicht.«

Sehr geschickt war ihr Ehemann im Haushalt allerdings auch nicht, und das, obwohl er so lange allein gelebt hatte. Er hatte seine Sachen immer zum Waschen weggegeben und hatte nicht viel putzen müssen als Zimmerherr. Nur in einem Punkt staunte Wally immer wieder: Kochen konnte er, der Michael!

An seinen freien Tagen stellte er sich gern an den Herd und bereitete ein paar schöne Koteletts zu, kochte Sauerkraut dazu und Erdäpfelpüree, in das er ein wenig Muskat rieb, oder er briet zwei oder drei Tauben, die er selbst im Garten fing, indem er sie mit ein paar Brotkrumen unter eine Kiste lockte, die er mit einem Stecken aufgestellt hatte, den er dann wegzog, sodass die Tiere in der Falle saßen. Manchmal studierte er Wallys Indersdorfer Rezeptbuch und stellte dann fest, dass er Verbesserungsvorschläge hatte oder dass manches davon ausgesprochen raffiniert war. Gelegentlich auch ließ er sich von ihr etwas zeigen, und zuweilen diskutierten sie, ob die Rühreier vor dem Braten verkleppert, die Kartoffeln vor dem Kochen geschält oder für die Reiberdatschi grob oder fein gerieben werden mussten. Dabei fiel Wally immer wieder auf, dass ihr Mich einen sehr eigenen Kopf hatte. Ihn interessierte nicht, wie etwas »gehörte«, sondern er wollte stets herausfinden, wie etwas besser war.

***

Drei Zimmer hatten sie im Leinthaler Hof, eigentlich viel zu viel: eine Küche, zwei Schlaf- und ein Wohnzimmer. Und die Toilette war zwar auf dem Hausflur, aber gleich neben der Wohnungstür, sodass sie nicht durchs ganze Haus laufen mussten, wenn jemand aufs Klo wollte. Und sie hatten den Garten. Wallys Glück war perfekt.

Ganz in der Nähe ihrer Wohnung begann der Englische Garten. Der riesige Park reichte bis in die Innenstadt, war allerdings an dem Ende, an dem die Leinthaler Straße lag, urwüchsiger und wilder als auf der Höhe von Schwabing, und gerade das liebte Wally ganz besonders. An ihren freien Tagen gingen sie und ihr Mann dort spazieren, und manchmal kehrten sie auch beim Aumeister ein, einem Biergarten, der hier schon seit zweihundert Jahren existierte, teilten sich ein Bier und aßen mitgebrachten Radi und Käse oder Speck mit Brot, ab und zu auch eine Brezen, dass es fast war, als wären sie im Urlaub.

Eines Nachmittags blieb ein Herr im Anzug neben ihrem Tisch stehen und lupfte den Hut. »Habe die Ehre, Herr Reitz«, sagte er.

»Ach, der Herr Kempf, grüß Gott! Mögen Sie sich ein bisserl hersetzen zu uns?«

»Wenn die gnädige Frau nix dagegen hat«, erwiderte der Mann mit Blick auf Wally.

»Nein, nein, bittschön, setzen Sie sich gern her«, versicherte ihm Wally und nickte ihm freundlich zu. »Wenn's Ihnen nix ausmacht, dass ich keine gnädige Frau bin.«

»Meine Frau, Walburga Reitz«, stellte Michael sie ihm vor. »Und Herr Erwin Kempf, ein …« Er schien kurz nach dem passenden Wort zu suchen.

»Kaufmann«, half ihm der Gast und legte seinen Homburger neben sich auf den Tisch. »Kaufmann und ehemaliger Kollege.«

Das Kaufmannsdasein schien Herrn Kempf nicht geschadet zu haben. Er hatte unverkennbar einen Anzug aus bestem Garn an, und auch sein Hut stammte nicht vom Hertie oder vom Oberpollinger, sondern aus dem Hutladen.

»Ich möcht gar nicht lang stören«, erklärte Herr Kempf und wandte sich an Michael. »Es gäb nur gerade so eine schöne Gelegenheit, von der wollt ich Ihnen erzählen, Herr Reitz.«

»Also was Geschäftliches«, entgegnete Michael zögernd und blickte zu Wally, als wäre es ihm nicht sehr recht, solche Angelegenheiten vor ihr zu besprechen.

»Ein Posten Schnitzereien«, sagte der Kaufmann.

»Schnitzereien?«

»Sehr kunstvoll! Ganz was Besonderes!«, versicherte ihm Herr Kempf.

»Aber was meinen Sie denn mit Schnitzereien? Kruzifixe?«

»Auch, ja. Und Madonnenfiguren, Heilige, ein Tabernakel …«

»Kirchenschmuck?« Michael rückte etwas ab von seinem Geschäftspartner. »Und woher kommen die Sachen?«, fragte er skeptisch.

Wally hielt die Luft an. Dass Kirchenschmuck aus Gotteshäusern gestohlen wurde, kam immer wieder vor, vor allem auf dem Land. Kaum eine abgelegene Kapelle, die nicht schon geplündert worden wäre.

»Alles völlig legal, lieber Herr Reitz«, beeilte sich der Kaufmann zu erklären. »Die Sachen stammen aus einer aufgelassenen Kirche in Böhmen.« Er legte sich die Hand auf die Brust, als wäre es undenkbar, dass er sich mit Diebesgut beschäftigen könnte.

»Böhmen. So«, bemerkte Michael. »Is aber weit weg.«

»Ach, wissen Sie, Herr Reitz, so was sollte man nicht auf dem erstbesten Markt anbieten. Das erzielt in der Stadt ganz andere Preise!«

»Und da bin ausgerechnet ich Ihnen eingefallen?«

»Weil Sie doch so viele Kontakte haben!«

»Also für so was müsst man doch eher einen Antiquitätenhändler finden, meinen Sie nicht?«

Herr Kempf winkte ab. »Gehn Sie, Herr Reitz, Sie wissen doch, wie einen die Herrschaften über den Tisch ziehen! Und es sind ja doch lauter Juden.« Er zwinkerte Wally zu, als wollte er sagen: Da verstehen wir uns, nicht wahr?

Michael schwieg einen Moment. Dann antwortete er: »Ich denk drüber nach.«

»Aber denken Sie nicht zu lange nach! So eine Gelegenheit is schnell weg!«

»Verstehe. Ja, dann, dankeschön, dass Sie an mich gedacht haben, Herr Kempf. Ich komm morgen gleich bei Ihnen vorbei.«

»Wunderbar!«, erwiderte der Kaufmann und stand auf. »Gnädige Frau … Herr Reitz …« Er machte einen kleinen Diener, griff nach seinem Hut und spazierte im nächsten Moment mit einer Selbstgefälligkeit davon, dass Wally am liebsten gelacht hätte.

Allerdings war ihr nicht zum Lachen zumute. »Das machst du aber nicht, gell?«, sagte sie, als der Mann außer Hörweite war.

Michael lachte und nahm einen Schluck vom Bier. »Was denkst denn du? Ich bin doch nicht blöd, sein gestohlenes Zeug zu verkaufen. Da muss er einen anderen Deppen finden.«

Erleichtert atmete Wally auf und legte ihre Hand auf seine. »Was du für Leut kennst …«, sagte sie. Es sollte amüsiert klingen, aber dann klang es doch eher beunruhigt, und einmal mehr fragte Wally sich, was für Geschäfte ihr Mann neben seiner Arbeit bei der Bahn betrieb, dass er immerzu mit den schönsten Überraschungen aufwarten konnte, dass es wirkte, als gäbe es nichts, was er nicht besorgen könnte, und als hätte er überall seine Finger im Spiel.

***

An einem Abend im April, an dem Michael erst spät von der Arbeit heimgekommen war und sie dann endlich beieinander im Bett lagen, schnitt Wally das Thema an, das ihr nun zunehmend auf dem Herzen lastete.

»Mich …«

»Hm?«, erwiderte Michael und küsste sie zärtlich auf die Nasenspitze.

»Ich hab Angst.«

»Angst?« Er richtete sich auf und betrachtete ihr Gesicht im Mondschein. »Wegen dem Kind, gell?«

»Mhm. Es is halt mein erstes.«

»Haben aber schon ein paar Frauen vor dir ein Kind gekriegt«, gab er zu bedenken.

»Ich weiß. Trotzdem.«

Sanft streichelte er ihr übers Haar. »Versteh dich schon«, sagte er leise. »Aber ich kann nicht viel tun, oder?«

»Du könntest bei mir bleiben.« Denn das war es, was sie immerzu umtrieb: Wenn Michael wieder für ein paar Tage mit der Bahn unterwegs war, würde sie womöglich ausgerechnet bei der Geburt ganz allein sein.

»Mei, wenn man wüsst, wann's so weit ist«, sagte er. »Aber ich kann nicht gut wochenlang einen Dienstplan verlangen, der mich daheimlässt.«

»Ich weiß, Mich«, erwiderte Wally. »Das hab ich mir schon selbst überlegt. Das geht freilich nicht. Aber vielleicht …« Sie zögerte.

»Vielleicht?«

»Vielleicht sollt ich nach Deimhausen gehen, weißt du, zu meiner Schwester.«

Michael nickte nachdenklich. »Zur Zenzi, gell? Vielleicht

is das gar keine schlechte Idee. Würdest mir natürlich narrisch fehlen.«

»Du mir schon auch, Mich«, versicherte ihm Wally. »Aber das tust du ja immer, wenn du so lang mit der Bahn weg bist.«

Ihr Mann lachte leise. »Du mir schon auch«, flüsterte er, und dann küsste er sie etwas heftiger.

22.

Natürlich bedeutete es zusätzliche Arbeit für ihre älteste Schwester, dass Wally jetzt nach Deimhausen kam und auf dem Hof kaum mithelfen konnte, außer in der Küche, aber Zenzi freute sich auch, sie bei sich zu haben.

»Jetzt bin ich gespannt, wer zuerst niederkommt, du oder die Paula«, sagte sie, als sie am Nachmittag des vierten Tages ihres Besuchs für ein paar Minuten in der Stube zusammensaßen.

»So«, erwiderte Wally. »Vergleichst du mich jetzt schon mit einer trächtigen Sau?« Denn die Paula war die größte Sau im Stall, und sie erwartete ihren dritten Wurf.

»Ach was«, winkte Zenzi ab. »Aber sie müsst auch jeden Tag so weit sein. Am Ende müssen wir uns noch gleichzeitig um euch beide kümmern.«

»Ehrlich gesagt wünsch ich mir manchmal, ich wär eine Kuh oder eine Sau. Da geht alles immer so schnell und so einfach«, meinte Wally.

»Na ja«, erwiderte die Schwester. »Auch nicht immer.«

»Aber meistens.«

»Weißt du noch, wie wir die Erna entbunden haben?«

»Da haben sie geschaut, die Eltern.«

Lächelnd dachten die beiden an ihre Jugend- und Kindheitsjahre zurück. Es war ein hartes und einfaches Leben gewesen auf dem Geistbeckhof, aber für sie damals auch ein schönes. Für Zenzi, die Hackerbäuerin, hatte sich nicht so viel verändert. Immer noch war das Leben auf dem Bauernhof von Arbeit und Entbehrung geprägt. Gewiss, es hatten neue Methoden Einzug gehalten, es gab überall elektrische Maschinen, Traktoren, neuartige Pflüge, größeres Gerät, sodass mehr Arbeit von weniger Menschen erledigt werden konnte, aber Freizeit, so wie in der Großstadt für Wally, gab es für Zenzi halt nicht.

»Denkst du öfter an unsere Eltern?«, fragte Wally und nahm einen Schluck von dem Kaffee, den ihre Schwester gemacht hatte.

»Jeden Tag, Wally. Jeden Tag. Es tut mir so leid, dass ich die Mama so selten seh.«

»Ja. Wer weiß, wie lang sie noch da ist.«

»Sag das nicht. Es geht ihr doch gut.«

»Na ja. Bis auf die Augen anscheinend schon«, stimmte Wally ihr zu, obwohl sie sich nicht sicher war, ob die alte Geistbeckin wirklich so robust war, wie sie selbst immer behauptete.

»Ich dank dir schön, dass ich die Zeit bei euch sein darf«, erklärte sie.

»Geh, freilich! Ich freu mich doch, dass du ausgerechnet zu mir kommen bist! Hättest auch zur Resi gehen können.«

»O mei, die Resi«, erwiderte Wally. »Die ist erstens selbert schwanger. Und zweitens hat sie so viel Arbeit, dass sie nicht weiß, wo ihr der Kopf steht.« Zenzi seufzte. »Weil der Hardt auch so ein Hansdampf in allen Gassen is. Da fragt man sich, was ihm als Nächstes einfallen wird.«

»Meinst du, das geht noch weiter? Selbst wenn sie dann zwei Kinder haben?«

»Wundern würd's mich nicht.«

In dem Moment wurde die Tür aufgestoßen. Eine der Mägde streckte den Kopf herein. »Die Paula is so weit!«, rief sie und verschwand sogleich wieder.

Eilig liefen Zenzi und Wally in den Stall, wo die Sau in einer Lache von Fruchtwasser lag und ein ganz eigentümliches Quieken von sich gab. Die Magd kniete bereits wieder bei ihr und knetete behutsam ihren mächtigen Bauch, während einer der Knechte den Kopf des Tiers ruhig hielt.

Zenzi beugte sich ebenfalls hinunter und stellte fest: »Das Erste is schon fast da.«

Wally spürte, wie ihr ein bisschen übel wurde. Aber sie behielt ihre Fassung und fragte, ob sie etwas helfen könne.

»Lass nur, Wally«, entgegnete die Hackerbäuerin. »Die Paula is so erfahren, die bringt ihre Ferkel auch allein auf die Welt.«

Und in der Tat ging es so schnell und scheinbar so mühelos, dass Wally die Sau beneidete. Lediglich beim letzten Ferkel verdrehte das Muttertier die Augen und zitterte heftig, bis auch Kind Nummer acht endlich das Licht der Welt erblickt hatte. Dann grunzte die Sau zufrieden und scheuchte mit einer heftigen Kopfbewegung den Knecht, der sie gehalten hatte, zur Seite, während Zenzi und ihre Magd die Kleinen bei der Mutter anlegten und aufpassten, dass keines unter den Bauch der Sau geriet.

Wally verließ unterdessen den Stall, um ein bisschen frische Luft zu schnappen. Draußen neben dem Misthaufen war es nicht besser, aber als sie den Hof verließ und ein paar

Schritte in Richtung Wald ging, war der Duft der Bäume eine umso größere Wohltat. Sie liebte den harzigen Geruch der Fichten und die Frische von Moos und jungem Grün. An dem kleinen Weiher, der einst ihren Eltern gehört hatte, hielt sie inne und setzte sich auf einen Findling, der dort seit Menschengedenken lag. Mit ihrem Jugendfreund Ludwig hatte sie manches Mal hier gesessen. Was er heute wohl machte? Wo er lebte? Ob er überhaupt noch lebte?

Nachdem sie den Ludwig verloren hatte, hätte sie nicht gedacht, jemals wieder einem Mann zu begegnen, den sie so lieben würde. Und doch war es geschehen. Dankbar dachte sie an Michael, der jetzt gerade irgendwo zwischen Braunschweig und Berlin unterwegs war. Vielleicht auch zwischen Hannover und Lübeck. So oft hatte er ihr schon die Strecken erklärt, auf denen er eingesetzt wurde, aber genau merken konnte sie sich die einfach nicht.

Mühsam stand sie auf und schlenderte wieder hinüber zum Hackerbauerhof, stieg in ihre Kammer und legte sich ein bisschen hin. Bald hieß es wieder hinuntergehen in die Küche und beim Zubereiten des Abendessens helfen.

Doch nach wenigen Augenblicken war sie eingenickt und fiel in einen unruhigen Schlaf, in dem sie von einem schrecklichen Traum geplagt wurde. Michaels Zug raste auf einen Abgrund zu, während sie selbst von Schmerzen gepeinigt wurde. Ein riesiges Kind drängte aus ihrem Leib, viel zu groß für ein Neugeborenes, und gleichzeitig stürzte Michaels Zug in ein finsteres Loch und direkt auf sie herab.

Stöhnend und schweißgebadet schreckte sie hoch.

Und dann setzten die Wehen ein.

***

Peter stieg auf seinen Traktor und fuhr hinüber nach Hohenwart, um die Hebamme zu holen. Die Frauen machten Wally das Bett frisch und bereiteten alles vor. Zenzi setzte sich zu ihr und hielt ihre Hand. Die große Schwester war so erfahren als Mutter, dass sie genau wusste, wie Wally sich fühlte. »Brauchst keine Angst zu haben«, sagte sie. »Du bist jung und gesund. Und stark bist du auch. Musst es bloß geschehen lassen.«

Wally nickte tapfer und ächzte leise.

Zenzi strich ihr über den Bauch, gerade so, wie es Stunden zuvor die Magd bei der Sau im Stall getan hatte. »Hast du deinen Rosenkranz da?«

»In meiner Tasche.« Wally deutete auf ihr Gepäck.

Augenblicke später drückte ihr Zenzi den Rosenkranz in die Hand. »Halt ihn nur gut fest. Der hat unserer Mama geholfen, und dir wird er auch helfen.«

Die Wehen kamen schon bald recht kurz hintereinander. Es war so schmerzhaft, dass sie sich wünschte, sie hätte ohnmächtig werden können. Immer wieder blickte Wally bang zur Tür, ob denn die Hebamme endlich käme. Aber es dauerte. Mit jeder Wehe schien jede einzelne Faser ihres Körpers zu schreien, und sie selbst schrie auch, wie sie irgendwann feststellte. Sie klammerte sich an ihre Schwester wie eine Ertrinkende an einen Rettungsreifen, und dann war auf einmal die Hebamme da, erteilte ein paar Anweisungen, hieß die Magd, einen kleinen Krug Bier für die Gebärende holen, sprach mit solcher Ruhe und Gelassenheit, dass Wally ebenfalls ruhiger wurde.

In den kurzen Phasen zwischen den Wehen nahm sie ein paar Schluck Bier, staunte, wie durstig sie war und dass sie in der Situation überhaupt trinken konnte, und ließ sich schließlich von der Hebamme anweisen zu pressen. Und weiter zu pressen. Und zu atmen.

»Nicht das Schnaufen vergessen, Wally«, sagte die Frau, die sie eigentlich gar nicht kannte, sie aber trotzdem duzte. »Immer schön weiterschnaufen. So. Und jetzt wieder pressen.«

Auf einmal ging es ganz schnell. Als wäre sie unter Wasser gewesen und im letzten Moment endlich an die Luft gekommen, fühlte Wally sich befreit vom Druck und vom Schmerz. Die Hand, mit der sie den Rosenkranz gehalten hatte, entkrampfte sich, der Schweiß lief ihr herunter, und sie war so erschöpft, dass sie am liebsten eingeschlafen wäre. Bis sie ein Geräusch hörte. Einen Schrei. Winzig klein und wunderschön. Die Stimme ihres ersten Kindes. Und dann weinte sie vor Glück.

»So, Frau Reitz«, sagte die Hebamme, jetzt wieder per Sie. »Dann gratuliere ich zu einem strammen Stammhalter. Einen richtig schönen Buben haben Sie da auf die Welt gebracht.«

***

Michael hörte die frohe Kunde, als er am Abend über Fernsprecher im Pfarrhaus anrief, wo es eines der ersten Telefone in Deimhausen gab. Da er am nächsten Tag ohnehin nach München zurückkommen und dann für drei Tage freihaben würde, kündigte er sich für den übernächsten Tag an.

Der Hackerbauer entbot sich, den Schwager aus Reichertshofen abzuholen. Auf dem Hof herrschte allgemeine Freude über die Geburt.

»Wie wirst du ihn denn nennen?«, fragte Zenzi, als sie sich zu ihrer Schwester setzte, die in der Kammer den Kleinen an die Brust gelegt hatte.

»Wir haben uns überlegt, dass er Walther heißen soll.«

»Walther«, wiederholte Zenzi. »So hat aber überhaupt keiner von unseren Großvätern geheißen.« Es war ein alter Brauch, die Söhne nach Vätern, Groß- oder Urgroßvätern zu benennen, so wie die Mädchen nach ihren Großmüttern.

»Doch. Der Vater vom Mich hat so g'heißen.«

»Freilich. Daran hab ich jetzt gar nicht gedacht. Schorsch wär aber auch schön gewesen.«

Die beiden Frauen mussten an den Geistbeckbauern denken, ihren Vater, der durch seinen frühen Tod keines seiner Enkelkinder mehr erlebt hatte. »So wird dann unser zweiter Bub heißen«, erklärte Wally, »also, wenn uns der Herrgott noch einen schenkt.«

Zenzi nickte. »Recht habt ihr.« Sie streichelte dem Neugeborenen zärtlich über den Kopf. »So ein schönes Kind bist du«, flüsterte sie ihm zu. »Sollst hundert Jahre alt werden.«

»Jetzt muss er erst einmal gesund groß werden, Zenzi.«

»Da mach ich mir keine Sorgen. Hat ja dich als Mama.«

Als die große Schwester aufstand, um sich wieder nach unten in die Küche zu begeben, meinte Wally zu sehen, wie sie sich verstohlen eine Träne aus dem Augenwinkel wischte.

***

Es dauerte dann noch bis zum frühen Abend des nächsten Tages, bis Michael endlich eintraf. Zenzi hatte gerade zum Abendessen gerufen, als ihr Mann auf den Hof fuhr, auf dem Kutschbock neben sich den Schwager. »Mich!«, rief sie. »Schön, dass du da bist! Komm her und lass dich drücken.«

Der frischgebackene Vater umarmte die Hackerbäuerin und ließ sich dann von einem Spalier von Knechten und Mägden beglückwünschen, ehe er ins Haus kam, wo in der Stube unterm Kruzifix seine Frau saß, das Kind im Arm und den Blick voll Stolz und Dankbarkeit.

»Wie gemalt«, befand Michael, »und zwar vom Dürer persönlich.« Aber dann bekam er keinen Ton mehr heraus, sondern fiel Wally nur unendlich glücklich um den Hals, ehe er sich auf das Kindlein stürzte und es mit Küssen bedeckte.

»Aber nicht auffressen, gell?«, spöttelte der Hackerbauer mit einem Lächeln und wurde dafür von seiner Frau in die Seite gestoßen.

»Die Gefahr besteht«, erwiderte Michael, ohne den Blick von dem Säugling zu wenden, den ihm Wally in den Arm gelegt hatte und den er nun so ungelenk hielt, als wäre es ein Gelege roher Eier, das er balancieren müsste.

»Wenn du magst, kann ich nachher mit dir zum Pfarrer gehen«, bot ihm Peter Horch an.

»Das is nett, Schwager«, erwiderte Michael. »Aber vielleicht möcht lieber die Wally …«

»Gehts nur, ihr zwei«, erklärte die. »Ihr machts das schon alles richtig.«

So zogen die beiden Männer nach dem Abendbrot los, um mit dem Pfarrer die Taufe zu besprechen, während sich Wally mit ihrem Kleinen noch ein wenig in den Garten ihrer Schwester setzte, wohin der Kirchturm einen Rest der schräg stehenden Sonne warf. Leise sang sie ihm das alte Lieblingslied ihrer Mutter vor:

»Üb immer Treu und Redlichkeit
Bis an dein kühles Grab.
Und weiche keinen Finger breit
Von Gottes Wegen ab.«

Sie selbst war noch ein ganz junges Mädchen gewesen, als sie es zum ersten Mal gehört hatte. Und nun saß sie hier und war selbst Mutter – spät genug eigentlich. Aber dennoch schien ihr mit einem Mal die eigene Kindheit erst jetzt vorüber, da sie ihrerseits einem Kind das Leben geschenkt hatte.

»Dann wird die Sichel und der Pflug
In deiner Hand so leicht.
Dann singest du beim Wasserkrug,
Als wär dir Wein gereicht.«

Ein schönes Leben würde er haben, ihr Walther, das wusste Wally ganz sicher. Ein langes und glückliches Leben. Und sie würde tun, was immer sie konnte, damit es so war.

***

Am folgenden Sonntag, das Kindlein war nun drei Tage alt, fand in der Dorfkirche zu Deimhausen die feierliche Taufe im Anschluss an die heilige Messe statt. Nicht nur die Deimhausener waren ausnahmslos erschienen, auch etliche Verwandtschaft aus Freinhausen hatte sich dazugesellt, allen voran das Ehepaar Hardt mit seinem eigenen Buben und natürlich die alte Geistbeckin, die glücklich war, ihre drei Töchter wieder einmal vereint zu sehen. »Gäb Gott, der Steff wär auch noch da«, sagte sie zu Zenzi.

»Geh, Mama, weißt doch, wie er allerweil beschäftigt ist.«

Die alte Frau nickte. Niemand wusste ja, dass sie jeden Abend darum betete, ihren Sohn noch einmal sehen zu dürfen, bevor der Herrgott sie abbefahl. Und war er dann tatsächlich einmal nach Freinhausen gekommen, so betete sie am Tag seiner Abreise erneut darum.

Der Pfarrer las eine fröhliche Messe. An diesem Tag sollte in der kleinen Pfarrkirche St. Pantaleon der Heilige Geist die Gläubigen an ihre christliche Pflicht zur Nächstenliebe erinnern. Konnte es dafür einen besseren Anlass geben als die Aufnahme eines Säuglings in den Kreis der Christenheit?

Mit heiligem Ernst und vollem Herzen stand Zenzi am Taufbecken, das Bübchen auf dem Arm, und lauschte den Worten des Geistlichen.

»Wir haben uns heute hier versammelt, um dieses Kind, den Sohn des Reitz Michael und seiner Frau Walburga, die wir alle seit vielen Jahren kennen und schätzen, in die große Familie der Gläubigen aufzunehmen. Kreszentia Horch, du hast dieses Kind zu uns gebracht, um ihm das heilige

Sakrament der Taufe zukommen zu lassen. Willst du ihm Vorbild und Stütze sein im christlichen Glauben? Willst du ihm auf dem rechten Weg helfen und es stützen?«

»Jawohl, Hochwürden, das will ich gern tun«, erwiderte Zenzi ruhig und gefasst.

»So sag uns, mit welchem Namen dieses Kind in die Gemeinschaft des Glaubens eintreten soll.«

»Walther soll er heißen, der Bub.«

Der Pfarrer nickte und gab Zenzi ein Zeichen, das Kind nun übers Taufbecken zu halten, diesen wunderschönen, grün bemalten Stein mit den goldenen Verzierungen, der sonst eine geschnitzte hölzerne Haube trug, auf welcher der Heiland selbst bei der Taufe durch den heiligen Johannes dargestellt war. Nun aber lag das geweihte Wasser still und geheimnisvoll vor den Augen der Gemeinde.

Zenzi hielt den Buben über das spiegelnde Rund, und Pfarrer Kohler goss ein paar Tropfen aus einem silbernen Gefäß über seine Stirn, während Wallys Hand Michaels Hand suchte und buchstäblich alle einen Atemzug lang innehielten, von der Heiligkeit des Augenblicks verzaubert.

»So taufe ich dich im Namen des Vaters, des Sohnes und des Heiligen Geistes auf den Namen Walther. Möge dein Leben ein Leben in Gott sein. Mögen all deine Wege gesegnet sein und all deine Taten gottgefällig. In nomine patris …«

Die Gemeinde bekreuzigte sich.

»… et filii et spiritus sancti.«

Und wie aus einem Munde sprachen sie: »Amen.«

Erst jetzt schien sich der Täufling der Prozedur bewusst zu werden, denn unvermittelt fing er mit seinem winzigen Stimmchen aus Leibeskräften an zu schreien, sodass die ganze Gemeinde in Heiterkeit ausbrach und sich freute, dass den Reitzens ein so strammer, aufgewecker Bursche zuteilgeworden war.

Mit guten Wünschen und manchem Scherz auf den Lippen schoben sich die Deimhausenerinnen und Deimhausener sowie die Verwandtschaft aus dem Nachbarort an der kleinen Familie vorbei nach draußen, wo dann doch fast alle vor dem Kirchenportal wieder stehen blieben, um sich noch ein wenig zu unterhalten.

»Beim nächsten Mal möcht aber ich der Taufpate sein«, erklärte Korbinian Hardt, als er auf die glücklichen Eltern zutrat.

»Hörst du, Wally?«, wandte sich Michael an seine Frau. »Da müssen wir uns schicken, dass der Korbinian zu seinem Recht kommt.«

»Das wird er schon noch früh genug«, erwiderte Wally und lachte. Sie wandte sich an ihre Schwester Resi. »Außerdem denk ich, dass dann vielleicht eher du Patin sein müsstest. Jetzt, da für unser Erstes die Zenzi dran war.«

»Ja, wenn du das zweite auch wieder bei uns hier draußen kriegst, dann bin ich gern dabei«, erklärte Resi und zwinkerte ihrem Mann zu. »Du musst noch ein bisserl warten.«

Daraufhin seufzte er theatralisch, ehe er rief: »Aber jetzt kommt ihr natürlich alle mit zu uns. Wir haben extra einen Tisch freigelassen in der Wirtschaft. Mich? Wally? Zenzi?« Er nickte allen zu. »Drei Leute können wir im Wagen mitnehmen.«

»Du nimmst die frischgebackenen Eltern mit Kind«, bestimmte Peter Horch, »und wir fahren dann hinterher.«

Und so setzte sich der Tross Richtung Freinhausen in Bewegung. Fröhlich und lachend genoss das Ehepaar Reitz mit seinen Gästen einen strahlenden, glücklichen Tag. Und niemand ahnte, wie zerbrechlich dieses Glück war und wie dunkel die Wolken, die schon bald am Horizont aufziehen würden.

23.

Während Michael wieder in die Stadt zurückmusste, um zu arbeiten, blieb Wally noch bis in den Juni hinein bei ihrer Schwester in Deimhausen, ehe auch sie nach München zurückkehrte.

Sosehr sie die Zeit mit dem kleinen Walther auf dem Lande genossen hatte, so schwierig wurde es nun, mit dem Kindlein in der Großstadt wieder zu arbeiten. An manchen Tagen konnte Wally den Kleinen bei Schillers lassen, einer kinderreichen Nachbarsfamilie, in der die Mutter Hausfrau war und selbst erst kürzlich ihr Jüngstes bekommen hatte.

Allerdings war Frau Schiller nicht bereit, für Walther auch als Amme zu fungieren, schließlich hatte sie zwei eigene Kinder, die sie noch stillte. Deshalb kam es an manchen Tagen vor, dass Wally, wenn sie einen Vormittag oder einen Nachmittag bei ihren Herrschaften gearbeitet hatte, heimkam und schon vor dem Haus hörte, wie ihr Bub aus Leibeskräften schrie.

Traudl Schiller schlug dann die Hände über dem Kopf zusammen, wenn sie die Mutter des Kindes sah, und seufzte: »Endlich!« Einige Zeit ließ sich Walther wohl mit dem in Milch getauchten Zipfel einer Windel ruhigstellen – und Wally hatte an so manchem Tag den Verdacht, dass die Nachbarin das Tuch nicht in Milch, sondern in Bier tunkte –, aber irgendwann war ein leerer Magen nun einmal ein leerer Magen.

Entsprechend heftig wurde Wally vom schlechten Gewissen geplagt, doch die paar Mark, die sie jeden Monat nach Hause brachte, waren nun einmal wichtig. Mich verdiente als Eisenbahner nicht sonderlich viel – und seine kleinen Geschäfte, die er nebenbei abwickelte, brachten meist kein Geld, sondern nur wertvolle Dinge, die sie behielten, tauschten oder auch verschenkten.

So hatte Mich Zenzi bei seinem Besuch nach Walthers Geburt gar ein Charivari für ihren Peter mitgebracht. Natürlich hätte man solche kostbaren Sachen auch verkaufen können. Aber um nichts auf der Welt hätte Wally auf den Anblick der Eheleute Horch verzichten mögen, als Michael die Kette am Abend seiner Ankunft auf den Tisch in der Stube gelegt hatte. Sie war sich sicher, dass keiner von beiden, weder Zenzi noch ihr Mann, jemals ein so wertvolles Geschenk bekommen hatte, und sie war einmal mehr froh und dankbar gewesen, einen so großzügigen Ehemann zu haben.

***

Der Sommer schritt voran und brachte neue Sorgen, denn wo Wally auch hinhörte, wurde über Rüstung, Allianzen, Grenzverletzungen und dergleichen gesprochen, als wollte die ganze Welt einen Krieg herbeireden, und dass Michael immer häufiger nicht auf Personen-, sondern auf Güterzügen eingesetzt wurde, vergrößerte ihre Ängste bloß noch. Bauteile nach Pommern sollten da verfrachtet werden oder

Stahlgüter nach Posen. Sie selbst hatte auf dem Verladebahnhof gesehen, wie ganze Panzer nach Norden verschickt wurden.

Anfang September war es dann so weit. »Seit heute wird zurückgeschossen«, hieß es aus dem Volksempfänger, der in keinem Haushalt mehr fehlen durfte. Das übertrugen sie wieder und wieder. Hitlers Stimme belferte durch die Stuben, und immerzu wurde von den Polen berichtet und wie sie das Reich bis aufs Blut gereizt hätten, bis der Führer beschlossen habe, dass ab jetzt zurückgeschossen werde. Aber so, wie Hitler das Land aufgerüstet hatte, glaubte Wally schon eher, dass der »Führer« endlich seinen Krieg hatte haben wollen.

Es dauerte nicht lange, da stand auch schon ein Vorarbeiter in der Tür und beorderte Michael zum Personalleiter. Überall auf dem Rangierbahnhof herrschte Hektik. Die Leitstelle war voll von Bahnarbeitern, die auf ihre Einteilung warteten. Innerhalb von Sekunden rief der Mann am Dienstplan ihre Namen auf, darunter auch Michaels.

Zwei Tage später erklärten die Franzosen und die Engländer Deutschland den Krieg, und nun bangte Wally daheim in München umso mehr. Es wäre ja nicht das erste Mal, dass es Krieg mit den Franzosen gab, und beim letzten Mal war dieser Krieg für die Deutschen böse ausgegangen. So viele Männer in Deimhausen und Freinhausen hatten ihr Leben gelassen und lagen, oft ohne ein eigenes Grabkreuz, fern der Heimat auf fremden Feldern. Und selbst wer nicht fiel, dem konnte es schrecklich ergehen. Sie musste an die vielen Kriegsversehrten denken, an den Hunger, die Arbeitslosigkeit und die Armut nach dem letzten Krieg. – Und natürlich an Jean, den Kriegsgefangenen, der seinerzeit auf dem Geistbeckhof hatte arbeiten müssen. Ein guter Mann war er gewesen, zum Freund war er geworden, dieser »Erzfeind«.

Wally nahm ihre Mundharmonika, die sie einst von ihm geschenkt bekommen hatte, und spielte leise für den kleinen Walther darauf. Der Bub mochte es, wenn sie musizierte. Dann war er still und blickte sie mit großen Augen an. »Ich weiß nicht, was soll es bedeuten« spielte sie für ihn, bis sie von ihrer Angst überwältigt wurde und von der Trauer um alle, die in sinnlosen Kriegen geblieben waren oder jetzt bleiben würden.

***

Quasi über Nacht stellte sich bei Kriegsausbruch auch heraus, dass es mit dem Einkaufen im Laden nicht mehr war wie früher. Auf einmal wurde nach Bezugsmarken gefragt. Es gab bald eine Reichsbrotmarke, eine Reichsfleischmarke, eine Reichsfettkarte, eine Reichsmilchkarte und sogar Reichskarten für Marmelade und Zucker. Auf einmal achtete jeder im Geschäft darauf, dass sich nur niemand mehr in den Korb legen ließ, als ihm offiziell zustand. Zugleich herrschte eine Atmosphäre, wie Wally sie zuletzt bei den Olympischen Spielen bemerkt hatte, eine Art aufgeregte Erwartungshaltung.

»Die polnische Armee pfeift schon aus dem letzten Loch«, wusste der Kramer Zumtobel zu verkünden, der, seiner patriotischen Pflicht entsprechend, die Hakenkreuzfahne nach draußen gehängt hatte.

»Ja mei, das hätten sie sich schon vorher überlegen können, ob man sich mit dem Deutschen Reich gut stellt oder nicht«, erklärte Frau Kellermeier, deren Garten neben dem Reitz'schen lag.

»Das weiß ich nicht, ob die das so wollten«, gab Wally, die hinter ihr stand, zu bedenken.

»Gewollt werden sie das sicher nicht haben«, sagte der Kramer lachend. »Aber verdient hat er es sich, der Pollack, dass er jetzt in seine Schranken gewiesen wird.«

»Gell?«, stimmte Frau Hausner zu, die ebenfalls in der Schlange stand.

»Sie, die Marken reichen fei hinten und vorn nicht«, bemerkte Frau Röckel, als es ans Bezahlen ging. »Wie soll man denn da seine Familie satt kriegen?«

Zumtobel musterte seine Kundin scharf. »Im Krieg muss ein Volk zusammenrücken«, erklärte er in schneidendem Ton. »Wenn unsere tapferen Männer an der Front ihr Leben riskieren, dann gehört es sich nicht, dass wir uns daheim um ein Stück Leberwurst streiten oder darum, dass wir ja genug Butter aufs Brot bekommen.«

»Schon gut«, murmelte Frau Röckel und zählte ihm die Münzen auf die Theke.

Vor dem Laden traf Wally sie wieder. »Sie haben aber schon recht«, sagte sie mit Blick auf die flatternden Hakenkreuzfahnen. »Weil wenn die Soldaten an der Front kämpfen, dann werden die auch erwarten, dass ihre Kinder daheim wenigstens nicht hungern müssen.«

»Schschsch«, machte die Nachbarin. »Lassen Sie solche Sprüche bloß niemanden hören.«

»Aber wenn's doch wahr ist.«

»Ach, Frau Reitz, das wissen Sie doch, dass in diesen Zeiten nix gefährlicher is, als wenn man die Wahrheit sagt. Ich könnt mir selber eine runterhauen, dass ich das da drin gesagt hab.«

»Wird Sie schon keiner anzeigen deswegen.«

Frau Röckel zuckte die Achseln. »Vielleicht nicht. Aber wenn doch, dann weiß ich nicht, was ich machen soll. Sie wissen ja selbst, dass's meinem Mann nicht gutgeht. Der könnt doch gar nicht allein leben.«

Gemeinsam gingen die Frauen zurück zum Leinthaler Hof, der in der milden Septembersonne lag, als herrschte auf der Welt tiefster Frieden. Etliche Fenster waren mit Blumen geschmückt, auch die von Röckels. »Herrlich«, befand Wally, um auf etwas Schönes zu sprechen zu kommen. »Sie haben wirklich ein Gespür für Blumen.«

»Mögen Sie vielleicht ein paar Alpenveilchen?«, fragte Frau Röckel. »Ich weiß gar nicht mehr, wohin damit.«

»Ja, also, wenn Sie das so sagen … Ich hab aber nicht viel Zeit, weil mein Walther allein ist.«

Wenig später stellte Wally einen Topf mit hellvioletten Alpenveilchen auf die Fensterbank in der Küche. Tausendmal am Tag ging ihr Blick durch dieses Fenster. Denn von hier aus sah sie den Weg, auf dem ihr Michael stets von der Arbeit nach Hause kam. Und selbst an Tagen, an denen sie wusste, dass er nicht kommen würde, weil er als Heizer auf der Lok eingesetzt wurde und weit weg in einer der Eisenbahnerbaracken schlafen würde, die auf seiner Strecke lagen, konnte sie doch nicht anders, als immer wieder in die Richtung zu sehen. Nun schmückte ein hübsches kleines Stöckchen diesen Ausblick und machte ihr das Warten leichter. Zugleich plagte sie die Sorge, sein Einsatz auf der Lok könnte in Kriegszeiten gefährlich werden.

Friedlich lag die Straße vor ihr. Auf dem kleinen Hang gegenüber, wo die Kinder im Winter mit ihren Schlitten rutschten, blühte der Klatschmohn. Nur selten kam ein Auto vorbei. Und die Menschen, die vorübergingen, grüßten einander. Ein schöner, sonniger Septembertag war das in München. Und in Polen starben die Leute.

***

An manchen Tagen, wenn sie Walther nicht für ein Zehnerl bei Schillers lassen konnte, während sie arbeitete, nahm Wally nicht das Fahrrad, sondern die Trambahn am Nordfriedhof vorbei und durch die Leopoldstraße und den Buben in ihrem größten Korb mit. Zwar sahen es die Herrschaften nicht gern, wenn Wally mitten unter der Arbeit alles stehen und liegen ließ, um den Kleinen zu stillen, aber da sie erst recht nicht gern sein Geschrei mit anhörten, gaben sie sich meistens murrend damit zufrieden.

Nur Frau Blumberg hatte einen Narren an dem Buben gefressen. Sie störte sich nicht nur nicht daran, dass Wally ihn mitbrachte, sondern ermutigte sie sogar dazu. »Ein so ein liebes Bürscherl ist Ihnen da gelungen, Walburga. Den würd ich am liebsten behalten«, sagte sie gern.

»Das glaub ich gleich, Frau Blumberg«, erwiderte Wally. »Aber ich geb ihn nicht her.«

»Das tät ich auch nicht an Ihrer Stelle.« Die feine Dame seufzte. Graue Strähnen durchzogen seit einiger Zeit ihr

Haar. Auch war sie schmal geworden. Aber immer noch war sie von makelloser Haltung und ließ sich nicht anmerken, wie hart ihr das Leben mitgespielt hatte. Kein Kind zu bekommen und dann auch noch den Ehemann an die grausame Nazibande zu verlieren …

Auch wenn sie nie darüber sprachen, merkte Wally doch an vielen Kleinigkeiten, dass Frau Blumberg nicht ihrem Mann nachtäglich insgeheim Vorwürfe wegen seines Selbstmords machte, sondern genau wusste, dass die wahren Schuldigen diese Herren in ihren braunen Uniformen waren. Das Arbeitszimmer von Richard Blumberg sah noch genauso aus wie an seinem letzten Tag. In seinem Schlafzimmer hatte die Witwe ein Foto von ihm in einem silbernen Rahmen neben sein Bett gestellt. Und obwohl sie selbst keine Jüdin war, hatte sie den Talmud, in dem ihr Mann trotz seiner christlichen Konfession immer gelesen hatte, auf ein kleines Tischchen im Salon gelegt, als wollte sie sagen: Die ewigen Wahrheiten werden diese Zeit überdauern.

Und dann spielte Frau Blumberg mit Walther, trug ihn auf dem Arm durch die Wohnung, die sie selbst nur selten verließ, setzte ihn auf ihren Schoß und sang ihm leise ein paar Lieder vor, sodass Wally ganz beschwingt war bei der Arbeit – zumindest, solange sie nicht den Blick aus dem Fenster warf. Denn anders als im dörflichen, friedlichen Freimann, wo sie ihre eigene Wohnung hatte, herrschte hier nicht einfach rege Betriebsamkeit, sondern es waren immerzu Uniformierte und Bewaffnete unterwegs, Militärfahrzeuge kreuzten den Isartorplatz in allen Richtungen, Soldaten wurden auf Lastwagen stadtauswärts transportiert, und man konnte gar nicht anders, als ständig daran zu denken, dass Krieg herrschte.

***

»Weißt du«, flüsterte Wally eines Abends, als sie neben ihrem Mann im Bett lag, »die Frau Blumberg is schon eine tapfere Frau.«

»Hm«, machte Michael müde.

»Und sie hat unseren Buben richtig gern.«

»Dann ist sie jedenfalls eine gescheite Frau.«

»Vor allem ist sie eine arme Frau«, murmelte Wally. »Hat ihren Mann verloren. So tragisch.«

»Hm.«

»Mich? Ich hab Angst.«

»Vor der Frau Blumberg?«

»Geh, Schmarrn. Um dich natürlich!« Wally richtete sich auf und blickte ihn ernst an. »Was, wenn sie dich auch einziehen?«

»Als Soldat?«

»Freilich. Warum nicht?«

Michael streichelte ihr zärtlich übers Haar. »Also, ich hab jetzt grad vielleicht nicht die einfachste Arbeit, aber eines ist gut an ihr: Sie werden mich nicht an die Front schicken. Weil es nämlich gar keine Front gibt ohne Nachschub, und den Nachschub bringt die Bahn. Wir transportieren jeden Tag tausende Soldaten in den Krieg. Und Panzer. Und Kanonen und was weiß ich noch alles. Eisenbahner sind kriegswichtig, die schickt man nicht an die Front, verstehst du?«

Wally atmete tief durch. »Da hast du recht«, sagte sie. »So hab ich mir das noch gar nicht überlegt. Da bin ich froh.«

Michael nickte. »Ich auch«, sagte er und küsste sie sanft.

Was er ihr nicht sagte, war, dass es auch auf der Bahn alles andere als ungefährlich war. Denn die Bahnstrecken waren ständig unter Beobachtung des Feindes, und sie waren bevorzugte Ziele für Angriffe und Sabotage. Über kurz oder lang würde es nicht ausbleiben, dass die ersten Züge in die Luft flogen oder beschossen wurden. Am verwundbarsten waren dabei die Loks. Und dort war er zum Dienst eingeteilt.

***

Die Geburt von Resis zweitem Kind war leicht gewesen, fast zu leicht, um wahr zu sein. Innerhalb einer Stunde war sie von einem gesunden Mädchen entbunden worden.

Korbinian hatte sich das Kind angesehen, zufrieden genickt, seiner Frau einen flüchtigen Kuss auf die Wange gegeben und war wieder zum Parteistammtisch verschwunden, der wie immer an einem langen Tisch auf dem Tanzboden stattfand. Inzwischen war beinahe so etwas wie das Dorfparlament daraus geworden. Die eigentlich übliche Gemeindeversammlung, die immer dann abgehalten worden war, wenn es wichtige Dinge zu besprechen gab, fand jedenfalls schon lange nicht mehr statt. Was zu beschließen war, machten die Nazis untereinander aus. Allen voran führte der Stockacher das Wort, was Korbinian zwar wurmte, doch wenn der Großbauer und Großnazi dann im

Wirtshaus genauso wie im Laden unten anschreiben ließ, erinnerte der Hardt ihn niemals an die Begleichung seiner Schulden. »Besser, wenn er bei uns in der Kreid'n steht«, hatte Korbinian seiner Frau mehr als einmal erklärt. Resi aber war sich da nicht so sicher. Sie hatte lieber Schuldner, denen sie trauen konnte, und einem so glühenden Nazi konnte sie nun einmal nicht vertrauen, auch wenn ihr Mann selbst ebenfalls in der Partei war und auch gern schneidige Sprüche von sich gab.

Was den Namen des Kindes anging, hatte sich Resi mit Korbinian rasch geeinigt: Hanna würde die Kleine heißen, und wenn alles gutging, würde sie am übernächsten Sonntag getauft werden.

Resi wäre es schneller lieber gewesen. Das Mädchen war zwar kräftig und gesund, aber man konnte nie wissen … Es konnte immer ein Unglück geschehen. Wenn die Kleine dann nicht in den Himmel kam, das hätte sich Resi niemals verziehen. Aber Taufpate, so war es beschlossen, sollte ihr Bruder Steff sein, und der konnte nicht früher aus München kommen.

Die alte Geistbeckin war ganz vernarrt in das neue Kindlein, vielleicht, weil sie selbst Mutter dreier Töchter war. Für sie war es, wie sie bei jeder Gelegenheit zu betonen wusste, »das schönste Mädl von ganz Freinhausen«.

Resi war froh, dass sich die Großmutter so innig um ihr Kind kümmerte. So konnte sie nicht nur ihre Arbeit schon nach zwei Tagen wieder erledigen, sondern fand sogar ab und zu ein bisschen Zeit, sich zu erholen. Dann ging sie in die Kirche hinüber und setzte sich ein wenig in eine Bank – nicht um zu beten, sondern einfach, um ihre Ruhe zu haben. Denn mit der Religion hatte Resi es so wenig wie mit den Nazis. Im Grunde hatte sie es noch nie leiden mögen, wenn ihr jemand sagte, was sie zu denken hatte, und je mehr das um sich griff, umso weniger konnte sie es ausstehen.

Zugleich war sie dankbar für die Kirche, die bereits seit vielen Generationen stand und noch viele Generationen stehen mochte, die stets einen Raum des Friedens bot, egal, ob draußen in der Welt Krieg herrschte oder nicht. Ja, ganz gleich wie fromm einer war, die Kirche bot schon einen gewissen Trost im Leben, ganz einfach, weil sie verlässlich war. Und das wusste Resi zu schätzen, auch wenn der werte Herr Pfarrer, den ihnen die Diözese beschert hatte, ein fader Mensch war, bei dem einem die Füße einschliefen, wenn er predigte. Kein Wunder, dachte sie, dass so viele nach Steinerskirchen hinüberfuhren an einem ganz gewöhnlichen Sonntag. Dort waren die Gottesdienste einfach um ein Vielfaches erhebender.

Seufzend stand sie auf, um wieder zu ihrem Laden zu gehen. Eine Kerze für die kleine Hanna zündete sie freilich trotzdem an. Denn auch wenn man nicht wissen konnte, ob es etwas nützte, so konnte man doch ganz sicher wissen, dass es nicht schadete. Allerdings nahm sie keine der Opferkerzen, für die sie ein Zehnerl hätte zahlen müssen, sondern eine, die sie aus dem Laden mitgebracht hatte. Die kosteten sie nur ein Fünferl. Und aufs Geld schauen, das hatte Resi von ihrem Mann gelernt.

Sie sah sich noch einmal im Kirchenraum um, bemerkte, dass an mehreren Stellen Gläubige Blumen gestiftet hatten. Natürlich, fiel ihr ein, die Ersten waren eingezogen worden, auch von hier und aus den umliegenden Dörfern. Der Krieg musste gefüttert werden, und er wurde gefüttert mit Menschen. Wer daheim geblieben war, bangte um diejenigen, die hatten fortgehen müssen.

Resi bekreuzigte sich, knickste ganz automatisch und ging wieder hinüber zum Schmiewirt, wo die alte Geistbeckin solange im Geschäft gestanden hatte. »Bin wieder da«, sagte sie, als sie durch die Tür trat.

»Dein Mann hat dich schon gesucht.«

»Irgendwas Bestimmtes?«

»Da musst du ihn schon selbst fragen.«

»Und die Kleine?«

»Schläft wie ein Engel.«

Hanna lag in einer kleinen Wiege hinter der Ladentheke. Am Abend würde einer der Knechte das Bettchen wieder nach oben in ihre Kammer tragen.

»Dank dir schön, Mama.«

»Ach, ich hab ja gar nix tun müssen.«

Alt war sie geworden, die Mutter. So viel hatte sie schon mitgemacht, so vieles durchgestanden. Und jetzt musste sie erleben, dass es noch einmal Krieg gab, dass gewiss auch aus Deimhausen und Freinhausen junge Männer fallen würden und Familien um ihre Liebsten trauerten. Aber alles, was sie beschäftigte, war dieses winzige Mädchen, das in der Wiege lag und schlief.

Resi beugte sich nieder und strich sanft über das kleine Köpfchen. »Bist so klein«, flüsterte sie. »Aber so ein großer Trost.«

VII.
Schwarzer Flieder

Hallertau 1940

24.

Obwohl es bereits spät im Frühjahr war, waren die Nächte kalt. Es hatte sogar noch einmal richtig Frost gegeben, und über der Paar hing der Nebel und wollte nicht aufsteigen. Schon den ganzen Morgen fror Resi, da half es auch nichts, dass sie zuerst in der Küche und dann im Laden gearbeitet hatte, ihr wurde einfach nicht warm.

Inzwischen hatte der Lederer aus Pörnbach die Lieferung gebracht: Kerzen, Paraffin, Stopfgarn, Linsen und alles, was Resi in Pfaffenhofen bestellt hatte. Einschließlich natürlich der Zeitung. »Is auch ein neues Amtsblatt dabei«, erklärte der vierschrötige Mann, den Resi ganz gern mochte, weil er sich nicht so darum scherte, wer jemand war, sondern alle gleich behandelte – und sei es, je nach Laune, gleich schlecht.

»So. Ein Amtsblattl. Das soll ich dann am End noch in unseren Schaukasten hängen?«

»Bestimmt sogar!«

»Gerad so wie die Verdunklungsverordnung vor einem Jahr?« Resi schüttelte den Kopf. »So ein Schmarrn. Das braucht's doch bei uns hier draußen nicht.«

»Weiß man nicht«, erklärte der Lederer. »Wenn einer eine Bombe schmeißt, sind sie bestimmt alle froh, dass verdunkelt ist.«

»Eine Bombe. Auf Freinhausen, geh.« Resi trug die Zeitung und das Amtsblatt nach drinnen, das auf das typische cremefarbene Papier gedruckt war. »Als ob das einer lesen würd«, murmelte sie. Die Frauen interessierten sich für andere Bekanntmachungen – Aufgebote und Traueranzeigen –, die Männer für Sportergebnisse und seit Kriegsausbruch für Siegesmeldungen. Da konnten sie lange beieinanderstehen und räsonnieren, warum der Pole so schnell besiegt worden war und der Norweger und der Holländer, weshalb es eine Selbstverständlichkeit war, dass Brüssel innerhalb kürzester Zeit eingenommen war. Auf einmal sprachen Bauern von Orten wie Abbéville und Moresnet, als hätten sie jemals zuvor davon gehört. Wenn es um Siegesmeldungen ging, kannte die Weltläufigkeit selbst der kleinsten Nazis keine Grenzen.

Da jedes Nichtaushängen öffentlicher Bekanntmachungen aber weder unbemerkt noch unbestraft bleiben würde, nahm Resi die erste und die letzte Doppelseite der Zeitung sowie den Aushang wieder mit nach draußen und sperrte den Schaukasten auf, um die alte Zeitung wegzunehmen und die neue hinzuhängen.

Der Lederer war gerade noch damit beschäftigt, die anderen Waren in den Laden zu tragen, als Resis Ehemann vom Stall herüberkam. »Haben sie wieder eine Bekanntmachung mitgeschickt?«

»Ja.«

»Aber was die da melden, das weiß doch eh jeder.«

»Und wenn nicht, Hardt?«, fragte der Stockacher, der plötzlich vor dem Schmiewirt aufgetaucht war. »Hat hier auf dem Land ja nicht jeder einen Volksempfänger daheim. Aber das interessiert einen wie dich ja nicht.«

»Einen wie mich. Was soll nachher das heißen, Stockacher?«

»Dich interessiert doch bloß dein Geschäft. An der Front kämpfen unsere Soldaten, und der Herr Transporteur und Kramerladenbesitzer schaut, wo er seinen Schnitt machen kann.«

Erschrocken bemerkte Resi, wie ihr Mann rot anlief. Es war nicht gut, sich mit dem Stockacher anzulegen. Der Mann war zu mächtig. Und er wusste seine Macht einzusetzen.

»Das brauch ich mir vom Herrn Großbauern nicht sagen lassen«, erwiderte Korbinian. »Seit Jahr und Tag kaufst du einen jeden auf, der in Bedrängnis geraten ist, und zahlst einen Bruchteil von dem, was die Sachen wert sind.«

»So. Von da weht der Wind«, sagte der Stockacher leise. »Einen Neider hab ich in dir. Dann weiß ich ja jetzt Bescheid.«

Resi gab ihrem Mann ein Zeichen, dass er sich beruhigen solle, und immerhin war Korbinian beherrscht genug, nichts zu erwidern. Stattdessen schüttelte er nur den Kopf und murmelte: »Neider. Dass ich nicht lach.«

»Außerdem wird's höchste Zeit, dass ihr endlich einmal eine anständige Zeitung aushängts.«

»Den Stürmer vielleicht?«, wollte Resi wissen.

»Morgen möcht ich ihn in euerm Kasten sehen.«

Mit diesen Worten stapfte der Stockacher davon, als ginge es darum, das restliche Dorf zu erobern.

Der Hardt spuckte aus und knurrte: »Seinen Stürmer kann er mit aufs Häusl nehmen. Da gehört er nämlich hin.«

***

In den ersten Maitagen war es so eisig gewesen, dass der Flieder, der hinter dem Stall in voller Blüte stand, zur Gänze erfroren war. Und nicht nur der. Kopfschüttelnd ging Resi durch den Obstgarten, vorbei an den Apfel- und Kirschbäumen. Es würde ein karger Obstsommer werden, und sie sorgte sich auch um den Ertrag der Felder. Hardts hatten keine besonders guten Lagen, ihre Ernte war immer etwas kümmerlicher als die der reichen Bauern, auch wenn Korbinian in den letzten Jahren geschickt mit Kunstdünger die Erträge gesteigert hatte. Aber in diesen unsicheren, unruhigen Zeiten eine wirklich schlechte Ernte zu haben, das konnten sie sich eigentlich nicht leisten.

In einiger Entfernung sah Resi die Knechte auf dem Hardt'schen Kartoffelacker. Sie winkte ihnen zu, und die Männer winkten zurück. Es würde noch ein wenig dauern, bis die ersten Sorten aus der Erde geholt werden konnten. Wie sehr beneidete Resi die Spargelbauern, die längst ihre Stangen stachen und damit gute Geschäfte machten. Da hatte sich Korbinian verkalkuliert, als er beschlossen hatte: »Den Schmarrn machen wir nicht mit. Der Spargel ist eine Mode. Der wird so schnell verschwinden, wie er aufgekommen ist. Kein Mensch wird vom Spargel satt, und dass er so teuer verkauft wird, das schreckt die Leut erst recht. Außerdem schmeckt mir ein schöner Erdapfel tausendmal besser als wie so ein fader Spargel.«

Und doch kauften ihn die Leute, sogar jetzt im Krieg! Die Ernte wurde strengstens überwacht. Ließ sich ein Bauer dabei erwischen, wie er etwas unter der Hand abgab, setzte es drakonische Strafen. Außer einem geringen Anteil für den Eigenbedarf musste jedes Pfund Spargel angemeldet werden, so wie jede Sau und jeder Ochse, der geschlachtet wurde, gemeldet werden musste.

»Alles nur, damit die Herren in ihren Amtsstuben von allem und jedem ihren fetten Anteil abkriegen«, hatte Korbinian befunden. Und Resi wusste, dass er recht hatte, auch wenn sie jedes Mal Ängste ausstand, wenn er so sprach.

Kartoffeln hatten sie, die Hardts, Hopfen und Gerste. Genug, dass sich der Hof immer noch halbwegs rentierte. Das meiste Geld kam aber inzwischen durch das Transportunternehmen herein. Es schien, als müsste alles immerzu von einem Ort zum andern gebracht werden. Manchmal fragte sich Resi, was sie eigentlich früher mit all den Sachen gemacht hatten, als noch nicht ständig die Lastwagen über die Straßen rollten. Sie musste zurückdenken an ihre Kindheit, als es noch kaum Automobile gegeben hatte. Und so aus der Ferne betrachtet, schien ihr diese Zeit eine unendlich freundliche, leise und langsame gewesen zu sein.

Resi war zu dem alten Steg über die Paar gelangt, der zu dem Fischerhäusl führte. Zum Glück wussten die Kontrolleure vom Versorgungsamt auch nicht alles. Zum Beispiel hatten sie keine Ahnung, dass die Hardts hier ihre eigene Fischzucht unterhielten. Und die anderen Bauern, von denen ein jeder ebenfalls seine kleinen Geheimnisse hatte, hielten darüber lieber den Mund – schon, um am Sonntag nach der Kirche auch einmal eine schöne Forelle beim Schmiewirt essen zu können und nicht bloß Kartoffelsuppe oder Knochensülze.

Resi liebte diesen Ort, der so verzaubert war wie kein

anderer in ganz Freinhausen. Die Paar schlängelte sich um die kleine Halbinsel mit der Hütte. Ihr hellgrünes Band floss träge dahin und murmelte lieblich, wenn man sich die Zeit nahm und lauschte. Am anderen Ufer waren oft Reiher zu beobachten, Eichhörnchen tummelten sich in den Kronen der dicht stehenden alten Bäume, und Resi sah ihnen lächelnd zu.

Bald würde sie zurückmüssen, um Albert und Hanna zu versorgen. Die Kleine war nun mehr als acht Monate alt – und Wallys Walther gar über ein Jahr! Die Zeit verflog nur so. Und es war eine Zeit der Ungewissheit. Der tiefe Frieden, den Resi in diesen Augenblicken beim Fischerhäusl genoss, war nichts als eine schöne Illusion. In die Sonne blinzelnd, fragte sich Resi, wann sie ihre jüngere Schwester wohl einmal wiedersehen würde.

***

Es kam dann aber nicht Wally, sondern Michael nach Freinhausen, auf dem Fahrrad seiner Frau und schwer bepackt.

»Geh«, rief die alte Geistbeckin. »Wofür brauchen denn wir einen Perserteppich?«

»Jetzt wart einmal ab, Großmutter«, erklärte der Hardt, der Michaels Waren auf einem der Tische in der Gaststube ausgebreitet hatte: neben dem Teppich zwei silberne Kerzenleuchter, einen Pelzmantel, eine Tischuhr sowie ein vollständiges Besteck.

»Das muss nur ein bisserl poliert werden, dann schaut's aus wie aus Neuschwanstein«, sagte Michael und betrachtete stolz seine Fuhre, die er unter größten Anstrengungen von München bis hier heraus transportiert hatte, immerzu auf der Hut vor Kontrollen. Denn die Schattenwirtschaft, die zunehmend Einzug hielt, seit es kaum noch etwas auf dem normalen Weg zu kaufen gab, wurde nach Kräften verfolgt.

»Dann musst dir nur noch einen Monarchen suchen, der dir das abkauft, Mich«, gab die Geistbeckin heraus. »Auf'm Land braucht kein Mensch einen Kronleuchter. Und schon gar keinen Pelzmantel.«

»Is fei ein echter Nerz!«, wusste Michael zu berichten. »Von der Opernsängerin persönlich getragen, wie heißt sie denn jetzt wieder …«

Korbinian lachte. »Brauchst dich nicht anzustrengen, Mich. Das is ganz wurscht, wie die heißt. Kennt hier bei uns eh keiner.« Er strich über den Pelz. »Aber der is schon erste Ware, ganz klar. Was willst denn für den?«

»Geh, Korbinian, du wirst doch nicht so einen Mantel kaufen wollen«, ging Resi dazwischen, die die Sachen zwar bewunderte, aber der Meinung ihrer Mutter zuneigte: Die Bauern hatten keinen Bedarf an teurem Zeug, das zu nichts gut war.

»Einen Zentner Kartoffeln möcht ich dafür«, erklärte Michael.

»Einen halben tät ich dir geben.«

»Mein lieber Schwager, du bist ein gerissener Geschäftsmann, das muss ich dir lassen. Aber der Preis is halt einmal ein Zentner. Sonst bleibt mir nix übrig.«

»Hm. Und wenn ich dir ein Packerl Zigarillos draufleg?«

»Zwanzig Stück?«

»Zehn.«

»Zwanzig«, feilschte Michael.

»Also gut. Das große Packerl. Zwanzig Stück.«

»Korbinian!«, schimpfte Resi. »So ein Schmarrn! Wie kannst du denn nur unsere Sachen für so ein Gelump zum Fenster rausschmeißen?«

»Jetzt reg dich nicht auf, Resi, ich weiß schon, was ich mach.« Ihr Mann betrachtete die Uhr, nahm sie in die Hand und hielt sie sich ans Ohr. »Geht die überhaupt?«

»Auf die Minuten genau«, versicherte ihm Michael. »Du musst sie nur aufziehen.« Er nahm einen Schlüssel aus seiner Hosentasche, klappte den Glasdeckel auf, hinter dem das Ziffernblatt lag, und drehte ihn mehrmals in einer kleinen Öffnung unter den Zeigern. Dann klopfte er leicht ans Gehäuse und schloss den Glasdeckel wieder.

Mucksmäuschenstill war es in der Wirtschaft. Alle lauschten wie gebannt – und tatsächlich tickte das kleine Wunderwerk zuverlässig vor sich hin. »Zwei Zentner Kartoffeln«, sagte Michael. »Und eine Flasche Rum.«

Der Hardt lachte laut. »Träum weiter«, sagte er und winkte ab. »Da krieg ich ja ein halbes Auto dafür.«

»Nur dass du mit einem halben Auto nicht viel anfangen kannst.«

Der Hardt bedeutete seinem Schwager, mit ihm nach draußen zu kommen. So unterschiedlich die beiden Männer waren, sie liebten das Geschäftemachen, hatten Spaß am Verhandeln und konnten einander genau einschätzen. Und das schaffte eine Form von Vertrauen unter ihnen, die Resi hoffen ließ, dass sie sich nicht mit ihren Unternehmungen gegenseitig unglücklich machten.

***

Am Abend saßen sie alle in der Wirtschaft zusammen. Ein paar Gäste gab es auch, sodass gute Stimmung herrschte. Dass die Deutschen mittlerweile auch die Franzosen überrannt hatten und demnächst mit keinerlei Gegenwehr mehr würden rechnen müssten, wurde von allen begrüßt – auch von Michael, obgleich aus ganz anderen Gründen. Zwar graute ihm vor dem Gedanken, wie die Nazis Land um Land unterwarfen und sich die ganze Welt zum Feind machten, aber wo nicht mehr gekämpft wurde, wurde auch nicht mehr gestorben. Und das war in jedem Fall eine gute Nachricht.

Der Stockacher, der ebenfalls anwesend war, konnte sich dagegen gar nicht genügend über die feigen »Welschen« auslassen, über »die Genugtuung, die dem deutschen Volke endlich widerfahren« sei und dergleichen mehr.

Irgendwann beteiligte sich Michael nicht mehr an dem Gespräch, sondern holte eines seiner Zigarillopäckchen hervor, um sich einen Zigarillo anzustecken.

»Magst noch ein Bier, Mich?«, fragte Resi, die sich neben ihn gesetzt hatte.

»Nachher. Ihr habts ein starkes Bier da herunten. Da muss einer, der schon so lang in München lebt, aufpassen.«

Der Hardt lächelte wissend. Die Städter verstanden sich nicht aufs Brauen, auch wenn sie seit jeher ein großes Gewese darum machten, wie gut das Münchner Bier angeblich war.

»Wie geht's denn meiner Schwester?«, wollte Resi wissen.

»Mei, die Wally. Du glaubst gar nicht, wie gern die mitgekommen wär.«

»Doch. Das glaub ich wohl«, erwiderte Resi. »Und ich hätt sie auch so gern gesehen.«

»Mir kannst du noch einen Krug bringen, Wirtin«, herrschte der Stockacher sie an und blickte missmutig drein, wahrscheinlich, weil es ihn zwickte, dass sie ihn nicht zuerst gefragt hatte.

»Gern …« Der Vorname blieb ihr im Hals stecken. Inzwischen ließ sich der Stockacher seine Macht und seinen Einfluss dermaßen heraushängen, dass sie sich gar nicht mehr traute, ganz normal mit ihm umzugehen. Aber was er eigentlich war – außer ein reicher Bauer –, das wusste sie so recht gar nicht. Deshalb nahm sie seinen Krug und trug ihn zur Theke, um ihm noch ein Bier zu zapfen.

Michael schien ein feines Gespür dafür zu haben, wenn irgendeine Art Unheil in der Luft hing. Er griff noch einmal zu den Zigarillos und hielt dem Stockacher die Packung hin. »Möchten S' auch einen, Herr Nachbar?«, fragte er leutselig.

»Einen Judenzigarillo?«, fragte der Stockacher und musterte den Gast mit schmalen Augen. »Ganz gewiss nicht.«

Der Hardt lachte. »Geh, Stockacher«, sagte er, um einen lockeren Ton bemüht. »Das is ein Zigarillo wie jeder andere auch.«

»Und stammt doch von einem Juden. Verkaufst du die gar in deinem Laden drüben?« Der Bauer nickte in Richtung Eingang, wo es auch ins Geschäft ging.

»Bin schon froh, wenn ich überhaupt welche herkrieg«, erklärte Korbinian. »Du machst dir keinen Begriff, wie schwierig das is, wenn man Zigaretten und Zigarren kaufen will. Legal«, betonte er, um dem Stockacher den Wind aus den Segeln zu nehmen.

»Soso«, erwiderte der nur. »Musst es selbst wissen, Hardt, was du tust und was du besser lässt.« Und leise fügte er hinzu: »Wirst schon sehen, wohin dich das noch bringt.«

25.

Es geschah selten, dass Wallys Bruder Steff zu Besuch in der Leinthaler Straße auftauchte. Umso mehr freute Wally sich, wenn sie ihn wieder einmal zu Gesicht bekam. Steff war ein großer und stolzer Mann, dem man ansah, dass er gut aß und vielleicht manchmal auch ein bisschen zu viel trank. Er hatte in München sein Glück als Metzger gemacht, zuletzt mit einem eigenen Laden in der feinen Nymphenburger Straße, den er aber im vorigen Jahr verkauft hatte, um sich einem neuen Geschäft zuzuwenden: Nun kaufte er, zusammen mit seinen Partnern, Tierhäute von den Schlachtern auf – nicht nur in der Stadt, sondern auch im weiten Umkreis von München bis hinaus nach Tölz –, die dann von Fleischresten gereinigt und weiterverkauft wurden. So war er zum Lieferanten für die Lederwarenbranche geworden und produzierte in seiner eigenen Fabrik auch noch Hundefutter, das aus den besagten Fleischresten hergestellt wurde, indem man sie trocknete und zu gleich großen Würfeln presste.

»Schön habts es da heraußen«, stellte Steff mit Blick auf die hübsch hergerichtete Wohnung fest. »Alles sehr manierlich.«

Wally lächelte angesichts dieses Lobes, zumal es auch ihren Stickkünsten galt: Auf jedem Tisch, auf jeder Fläche lag ein kleines handbesticktes Deckchen. »Freut mich, dass dir's gefällt, Steff. Magst einen Kaffee?«

»Hast gar einen echten?«

»Bohnenkaffee, freilich.«

»Da schau her. Der Herr Gemahl muss ja bei der Eisenbahn ordentlich verdienen, dass er sich was anderes als den Muckefuck leisten kann.«

»Mei, einen Malzkaffee trink ich fei schon, wenn ich allein bin. Aber wenn ich Besuch hab …« Freudig griff Wally zu der Dose, in der sie ein wenig gemahlenen Bohnenkaffee aufbewahrte. »Aber du musst nicht glauben, dass die Eisenbahner viel verdienen.« Sie senkte die Stimme, als könnte ihnen jemand zuhören. »Er hat halt Beziehungen, der Mich.«

»Sag bloß. Schwarzmarkt?«

»Schschsch. Nein. Er is nur gut im … Tauschen.«

Steff nickte vielsagend. »Das erklärt, wie ihr zu so schönem Porzellan gekommen seid.«

»Und ihr? Geht's euch gut?«

»Die Anna is wieder schwanger«, erklärte der Bruder. »Jetzt müssen wir halt schauen, ob's noch einmal was wird mit einem Kind.« Denn die Anna hatte zwischenzeitlich auch eines verloren.

»Bestimmt«, sagte Wally. »Zündest eine Kerz an in der Kirch.«

»Das wird helfen«, erwiderte Steff mit einem süffisanten Lächeln, während er zusah, wie sie den Kaffee aufgoss.

Auf der Anrichte lag das Päckchen, das er mitgebracht hatte. »Soll ich's aufmachen? Magst du was essen?«, fragte Wally, die direkt Magenknurren bekam, weil der Speck, den ihr der Bruder geschenkt hatte, so duftete.

»Lass nur, Wally. Das wär ja noch schöner, wenn ich erst was mitbring und dann ess ich's selber auf.«

»Musst es ja nicht gleich ganz aufessen …«

»Is schon recht. Ich trink einen Kaffee, und dann geh ich wieder.«

»Hast du was aus Deimhausen gehört? Oder aus Freinhausen?«, wollte Wally wissen.

»Die Resi hat einmal angerufen«, sagte Steff. »Sie macht sich natürlich Sorgen.«

»Das denk ich mir. Dabei haben wir alle immer geglaubt, der Korbinian wird nicht einzogen.«

»So kriegswichtig war er dann anscheinend doch nicht mit seinem Transportunternehmen.«

»Ich weiß bloß nicht, wie ich die Mama wieder heimbringen soll«, klagte Wally und blickte durchs Küchenfenster hinunter auf ihren kleinen Garten, wo die alte Geistbeckin mit den Kindern in einer windgeschützten Ecke in der Frühlingssonne saß und strickte.

Der Hardt hatte ihre Mutter mitgebracht, als er eine Fuhre nach München unternommen hatte. »Und wenn ich das nächste Mal komm, nehm ich sie wieder mit«, hatte er gesagt. Es war nicht das erste Mal gewesen, und Wally war froh und dankbar, denn solange ihre Mutter auf die Kinder aufpasste, konnte sie selbst arbeiten gehen und ein wenig Geld verdienen.

Aber nun war der Hardt einberufen worden, von jetzt auf gleich, für den Afrikafeldzug, und hatte keine Möglichkeit gefunden, sich freizukaufen. Er würde wohl länger nicht mehr nach München kommen, und die Geistbeckin saß bei ihrer Tochter in Freimann fest und vermisste die

Heimat über alles. Sie war das Leben in der Stadt nicht gewöhnt und kannte in München keinen Menschen. Die Kinder waren zu klein, als dass sie sich mit ihnen hätte unterhalten können, und so brachte sie ihre Tage still und strickend zu und hoffte einfach, dass sie irgendwann irgendwie wieder nach Freinhausen zurückkehren könnte.

»Ich fahr demnächst einmal runter«, erklärte Steff. »Dann nehm ich die Mama mit. Ich seh ja, dass sie Heimweh hat.«

»Mei, Steff, das wär eine große Erleichterung – obwohl ich sie schon sehr vermissen werd. Ich weiß ja sonst gar nicht, wie ich nebenher arbeiten soll. Den Kleinen könnt ich ja noch mitnehmen. Aber der Walther is schon zu groß, auf den muss man aufpassen, dass er nix anstellt.« Sie reichte ihrem Bruder ein Haferl Kaffee.

»Is eh schnell gegangen mit dem Zweiten.«

»Und is so ein liebes Kind«, bestätigte Wally. »Der Schorsch macht mir kein bisserl Sorgen. Lacht viel und schläft und trinkt gut.«

»Kein bisserl Sorgen, soso«, entgegnete Steff lachend. »Dann kommt er wahrscheinlich nach dir.«

Nachdenklich blickte Wally nach draußen. Es hörte nicht auf mit dem Krieg. In der ganzen Welt wurden schon Schlachten geschlagen und wurde gestorben. Und sie saß hier in der Küche, trank Bohnenkaffee und schaute auf ihre zwei Kinder, als wäre die Welt in allerbester Ordnung. »Nur der Mich fehlt mir sehr«, sagte sie seufzend.

»Freilich. Und Sorgen machen wirst du dir auch seinetwegen.«

»Und wie. Überall werden die Züge beschossen. Vor

allem im Norden. Da kommen die Engländer hin mit ihren Flugzeugen.«

»Wart's nur ab, bald kommen sie auch bis zu uns runter.«

»Hör auf. Das möcht ich gar nicht hören.«

»Wirst noch viel nicht hören wollen«, sagte Steff düster. Er musste es wissen, schließlich war er in der Partei und hörte sicher viel mehr als andere.

»Meinst du nicht, dass du was für den Korbinian tun kannst?«, fragte Wally, die sich jetzt daran erinnerte.

»Dass er wieder heimkommt?« Steff schüttelte den Kopf. »So was kann vielleicht der Generalfeldmarschall ...« Er sprach es mit einem gewissen Spott aus, wie so viele, die sich über Göring lustig machten, weil der den Kragen nicht vollkriegen und gar nicht genug hochtrabende Titel sammeln konnte. »Aber so ein kleiner Parteigenosse wie ich ... Eher schicken sie mich auch noch an die Front, wenn ich keine Ruh geb.«

Wally schlug sich die Hand vor den Mund. »Dann sag lieber nix, Steff. Es reicht, dass einer aus der Familie in den Krieg musste.«

Steff lächelte seine jüngste Schwester milde an. »O mei, Wally, du bist schon ein Engel. Einer aus der Familie. Dabei wird's bestimmt nicht bleiben.«

***

Steff holte die alte Geistbeckin an dem Tag ab, an dem endlich auch Michael wieder einmal nach Hause kommen durfte. Sie waren kaum abgefahren, als Wallys Ehemann, fröhlich pfeifend, den Weg herunterkam, den Rucksack über der Schulter, der einmal mehr verdächtig schwer wirkte. Als er sie am Fenster stehen und ihm zuwinken sah, stieß er einen Juchzer aus, dass Wally den Finger auf die Lippen legte. Sie lief ihm die Treppe hinunter entgegen und traf ihn an der Haustür, wo er sie in die Arme nahm und so heftig küsste, dass ihr fast die Luft wegblieb. »Geh, Mich, doch nicht in aller Öffentlichkeit«, sagte sie leise und zog ihn nach drinnen.

»Darf ein jeder wissen, dass ich mein Weib lieb hab«, erwiderte er und lachte, als er sie hochhob und beherzt die Treppe hinauftrug in den ersten Stock, wo ihre Wohnung lag. »Jetzt mach ich mich ein bisserl frisch«, sagte er, »und dann …«

»Und dann gibt's erst einmal Abendessen. Unser Walthi hat auch schon Hunger, und Schorschi muss ich stillen«, fiel ihm Wally ins Wort, weil sie schon wusste, wonach ihm immer zuallererst der Sinn stand, wenn er nach längerer Abwesenheit nach Hause kam.

»Hm. Das hab jetzt ich mir ganz anders vorgestellt.«

»Das glaub ich gleich«, entgegnete Wally und drohte ihm scherzhaft mit der Hand. Dann sah sie ihm zu, wie er seinen Rucksack vorsichtig in die Ecke stellte und darin herumwühlte. »Hast du wieder einen Haufen Zeug mitbracht?«

»Vor allem was ganz was Schönes für unsern Großen.«

»Für den Walthi? Zeig her.«

»Das is eine handgeschnitzte Flöte aus dem Erzgebirg. Sind wir ja mehrmals durchgefahren, diese Woche.«

Staunend nahm Wally das kleine Kunstwerk in die Hand. Es war einerseits nur ein grober Zweig mit Rinde. Andererseits aber hatte dieser Zweig ein fein geschnitztes Mundstück und ein wunderhübsches kleines Vögelchen am anderen Ende, das so auf dem Zweig saß, als würde es die Töne singen. Neugierig versuchte Wally, ein paar Töne darauf zu musizieren. Vorn an der Flöte gab es eine kleine Kugel, an der man ein Stäbchen herausziehen und auch wieder hineinschieben konnte. So ließen sich hohe und tiefe Töne erzeugen. Einfach war es nicht, aber faszinierend. »Da wird er sich aber freuen, der Walthi.«

»Is wahrscheinlich gleich hin«, sagte Michael bedauernd. Der Bub war ja gerade mal zwei Jahre alt. Hineinblasen konnte er freilich, aber das Prinzip verstehen …

»Wo du nur immer die Sachen herkriegst.«

»Gell? Und für dich hab ich auch was.« Michael hielt ihr ein Tuch hin, in das etwas eingeschlagen war. Als Wally es öffnete, hielt sie die bemalte Miniaturbüste eines Engelchens in der Hand, mit einer kleinen Öffnung an der Rückseite, sodass man es aufhängen konnte. »Das häng ich unserm Schorschi übers Betterl«, sagte Wally mit freudig leuchtenden Augen.

»Dem Schorschi? Ich hab g'meint, dass es für dich is.«

»Geh, das is doch ganz gleich. Wenn's für den Kleinen is, freu ich mich doch genauso drüber.«

»Ja dann …«, sagte Michael und hielt ihr noch ein Schächtelchen hin.

Darin fand Wally eine elegante Brosche mit dunkelblauem Stein. »Mei, Mich, was bringst denn du für Sachen daher …«, flüsterte sie. »Soll die für mich sein?«

»Na ja, weißt du, an mir tät's deppert ausschauen, denk ich.«

Wally ging nicht auf seine Spöttelei ein, sondern schlang die Arme um ihn und seufzte: »Aber das größte Geschenk is, dass du wieder da bist.«

***

Es gab Fleischpflanzerl mit Kartoffelsalat. Beides hatte Wally schon vorbereitet, damit ihr Mann nicht lange warten musste auf sein Essen, wenn er endlich daheim war. Genau genommen hatte sie die Pflanzerl zusammen mit ihrer Mutter gemacht, wie damals in Deimhausen, als sie noch ein junges Mädchen gewesen war. Und so, wie die Mutter sie damals in den Kräutergarten vor der Küche geschickt hatte, um Petersilie zu holen, hatte sie nun ihre Mutter in den kleinen Garten vor dem Haus geschickt, wo sie selbst die verschiedensten Kräuter angepflanzt hatte.

»Gibt keine besseren«, stellte Michael mit einem zufriedenen Gesichtsausdruck fest. »Und von Fleischpflanzerln versteh ich was.«

»Morgen mach ich dir deine geliebten Wollwürste mit Linsen«, sagte Wally. »Du bist doch noch da, morgen?«

»Drei Tage bin ich da. Dann muss ich wieder auf den Zug.«

»Immer auf den Zug«, stellte Wally bedrückt fest. »Kannst du denn gar nicht mehr am Bahnhof arbeiten? Die brauchen doch trotzdem Rangierer!«

»Freilich brauchen sie die. Aber auf der Lok krieg ich Zuschläge, die ich als Rangierer nicht krieg.«

»Dafür is's gefährlich!«

»Es is längst überall gefährlich, Wally«, erklärte Michael,

»seit die Engländer ihre Luftangriffe auf deutsche Städte fliegen.« Er schüttelte den Kopf, als könnte er es förmlich vor sich sehen.

»Ach, Mich«, erwiderte Wally, »bis zu uns runter kommen doch die Engländer gar nicht.«

»Noch nicht, Wally. Noch nicht. Aber bald.«

»Um Gottes willen.« Unwillkürlich blickte Wally zu ihren Kindern, zu Walther, der auf dem Boden krabbelte und ein Stück Brot mit sich herumzog, und zu Schorsch, der in der Wiege lag und mit seinen winzigen Händchen in der Luft herumfuchtelte, als wollte er Fliegen fangen. »Ich tät trotzdem lieber auf den Zuschlag verzichten. Wenn du hier bist, kannst du dich doch viel leichter in Sicherheit bringen. In den Bunker gehen. Oder in einen Keller.«

Michael nickte. »Ja. Das mag schon sein. Aber wenn ich hier bin, werd ich eher eingezogen.«

»Eingezogen? Aber du bist doch kriegswichtig!« Wer hätte das gedacht, dass sie sich einmal freuen würde, dass ihr Mann »kriegswichtig« war. Und doch war es genau das, was ihn bisher vor dem Krieg gerettet hatte.

»Die Arbeiter vor Ort sind es weniger als die Kollegen auf der Lok.« Michael blickte düster vor sich hin. »Wenn die nimmer fahren, dann bleibt der Krieg stehen.«

Eine Weile schwiegen sie beide, dann hob Michael seinen Älteren vom Boden auf und setzte ihn sich auf den Schoß. »Gell, Walthi, das wär was, wenn der Krieg einfach stehen bleiben tät.«

***

Doch der Krieg blieb nicht stehen. Und auch die Züge rollten immer weiter. Zunächst war Michael hauptsächlich in Richtung Norden und Westen eingesetzt worden. Jetzt ging es immer häufiger nach Osten, nach Böhmen und ins besetzte Polen. Und wenn er nach Hause kam, dann wollte er nicht reden, sondern suchte immerzu nur Wallys Nähe und spielte mit den Kindern. Es war, als müsste er Leben auftanken in den kostbaren Tagen bei der Familie.

Wally ging es nicht anders. Wann immer sie konnte, musste sie arbeiten. Da half es ihr, dass Frau Röckel aus dem Erdgeschoss ganz verrückt nach den beiden Buben war. So konnte Wally sie halbtageweise in die Obhut der Nachbarin geben und zu Herrn von Koch, den Ganserers oder dem »Professor« fahren und dort für zwei Mark putzen oder Wäsche waschen.

Nur Frau Blumberg schien es nach wie vor nichts auszumachen, wenn sie die Kinder mitbrachte. Bei ihr sollte sie vor allem kochen und backen – am liebsten die Dinge, die Herr Blumberg einst geliebt hatte, allen voran den Schokoladenkuchen mit Kartoffelmehl. Allerdings wurde es zunehmend schwierig, die Zutaten zu bekommen.

Eier brachte Wally von den eigenen Hühnern mit. Schokolade konnte sie manchmal auch beisteuern, weil Michael sich immer wieder welche von seiner Schwester aus der Schweiz schicken ließ. Es fiel ihr schwer, dafür angemessenes Geld zu verlangen, doch umsonst hergeben konnte sie diese Kostbarkeit erst recht nicht, zumal es nicht die einfache Blockschokolade war, die für den Kuchen völlig ausgereicht hätte, sondern hochfeine Tafelschokolade. Andererseits liebte auch Michael diesen Kuchen, und wenn sie ihn für Frau Blumberg buk, brachte sie am Abend den halben Kuchen mit nach Hause.

»Sag das bloß keinem Menschen, dass das ein Judenkuchen is«, schärfte Michael ihr ein. Er erinnerte sich zu gut daran, wie die Liebhold-Zigarillos seinem Schwager Korbinian zum Verhängnis geworden waren. Wahrscheinlich hätte dieser Stockacher ihn selbst auch noch hingehängt, wenn er gewusst hätte, woher er genau stammte und wo er zu finden war.

»Ein Judenkuchen. So ein Schmarrn«, sagte Wally und fuhr ihm zärtlich mit den Fingern durchs Haar.

»Heutzutag is alles ein Schmarrn.« Er küsste sie auf die Nasenspitze.

In dem Moment fing der kleine Schorsch in seiner Wiege an zu plärren. »Mei, Bub, jetzt doch nicht!«, schimpfte Michael sanftmütig und stand auf, um den Schreihals zu holen. »Geh her, kleiner Mann, darfst dich zu uns legen.« Liebevoll legte er den kleinen Burschen ins elterliche Bett und sah zu, wie Wally ihre Brust entblößte, um sie ihm zu geben.

»Musst nicht so herschauen«, schalt sie ihn.

»Ab und zu muss der Mensch auch einmal was Schönes sehen«, erwiderte Michael und schlüpfte wieder zu ihr unter die Decke, sodass das Kindlein eng zwischen ihnen lag. »Und was Schönes spüren.«

So lagen sie dicht beieinander und lauschten auf die Geräusche der Nacht: die Vögel, die draußen zu hören waren, die Autos, die ab und zu in der Nähe vorbeifuhren, die Stimmen anderer Hausbewohner, die durchs offene Fenster hereindrangen, und alle paar Minuten ein Zug, der über die Weichen polterte. Weichen, die Michael an Tagen stellte, an denen er in der Stadt arbeitete und nicht als Heizer auf der Lok.

»Weißt du, dass du ein ganz besonderer Mensch bist?«, fragte Michael leise und suchte Wallys Blick.

»Ich? Geh, ich bin doch nur ein einfaches Frauenzimmer.«

»Im Gegenteil. Was du alles kannst und was du alles machst!« Er streckte die Hand aus und strich ihr übers Haar. »Jetzt hast du auch noch zwei Kinder auf die Welt gebracht, so kurz hintereinander. Die meiste Zeit musst du sie allein aufziehen, weil sich dein Mann in der Weltgeschichte herumtreibt. Hältst die Wohnung schön und den Garten dazu … Und wenn ich einmal heimkomm, dann …« Den Rest ließ er unausgesprochen.

Wally lachte leise. »Und du bist ein ganz Gerissener«, flüsterte sie zurück, weil sie merkte, dass ihr kleiner Schorschi dabei war einzuschlafen. »So eine Geschicht erzählen – und am Ende willst du ja doch nur das eine.«

»Ach«, sagte Michael voller Unschuld. »Das eine. Oder das andere. Und dann vielleicht noch …«

»Jetzt hörst aber auf!«, schimpfte Wally und riss den Kleinen noch einmal aus seinem leichten Schlummer. »So was sagt man nicht!«

»Was sagt man nicht?«, wollte Michael wissen.

»Du weißt es schon.« Sie löste ihre Brust von den Lippen des Buben und rückte ihn ein bisschen zur Seite. Dann kletterte sie über ihn und rutschte ganz nah an ihren Mann heran. »Und jetzt ist genug geredet.«

26.

Korbinian hatte den Wagen in den Stadel gestellt, ehe er im Februar 1941 hatte Abschied nehmen müssen, neben das Motorrad. »Lass ihn auf jeden Fall drin stehen«, hatte er Resi eingeschärft.

»Ich kann doch eh nicht fahren, Korbinian.«

»Das is wurscht. Früher oder später kommt einer und will den Wagen haben.«

»Früher oder später? Mach mir keine Angst. Du kommst doch hoffentlich bald wieder.«

Darauf hatte er nicht geantwortet. Stattdessen hatte er noch einmal überprüft, ob alle Türen abgeschlossen waren, hatte genickt und seiner Frau die Schlüssel gegeben. Es war ein DKW F5, ein schönes Auto mit der Zusatzbezeichnung »Reichsklasse«. Aber inzwischen hörte Resi all diese hochtrabenden Begriffe nicht mehr gern. Das Reich konnte ihr gestohlen bleiben, wenn es ihr ihren Mann nahm.

Dass Korbinian in den Krieg würde ziehen müssen, damit hatte sie zu keinem Zeitpunkt gerechnet. Er war ein wichtiger Mann in Freinhausen. Er war seit langem in der Partei. Er hätte die Mittel gehabt, sich unter der Hand freizukaufen, und doch hatte man ihn eingezogen. Der Beamte in Pfaffenhofen, bei dem er versucht hatte, durch eine gar nicht so kleine Aufmerksamkeit dem Kriegsdienst zu entgehen, hatte ihm sogar noch ein Verfahren wegen Beamtenbestechung angedroht. In dem Augenblick war ihrem Mann klar geworden, dass er nicht zufällig einen Einberufungsbescheid bekommen hatte, sondern dass dahinter Interessen steckten. Und er wusste auch, wessen Interessen. »Auf den Stockacher gib acht«, hatte er Resi gewarnt. »Wenn ich weg bin, wird er alles dransetzen, dass er unsern Hof kriegt.«

»Aber, Korbinian, wie soll er denn unsern Hof kriegen?« Resi hätte sich gern eingeredet, dass so etwas völlig unvorstellbar war. In Wahrheit aber traute sie dem Stockacher alles zu. Sogar, dass er Mittel und Wege fand, sich das Hardt'sche Anwesen samt Wirtschaft unter den Nagel zu reißen.

»Daran arbeitet der Hund schon lang«, hatte Korbinian erwidert. »Aber so leicht zwingt er mich nicht in die Knie.« Es klang, als hätte er noch einige Trümpfe gegen den missgünstigen Konkurrenten in der Hinterhand.

Noch einmal schritten sie gemeinsam den ganzen Hof ab, sahen in der Wirtschaft nach dem Rechten und vorn im Laden. Korbinian hatte ein Register gemacht, ein »Inventar«, wie er es nannte, vielleicht auch, um sicherzugehen, dass sich niemand am Lager vergriff, während er abwesend war. Und er hatte dieses Inventar offen hingelegt, als er sich mit einigen Worten von den Mägden verabschiedete. Von den Knechten war nur noch Karl auf dem Hof, dem nun einmal drei Finger fehlten. Die anderen waren alle ebenfalls eingezogen worden, einer nach dem anderen – da hätten sie es schon ahnen können, dass dem Bauern selbst auch der Gang in den Krieg bevorstand.

»Also gut«, hatte Korbinian gesagt. »Reden wir nicht lange drum herum: Keiner weiß, wie lange der Krieg dauert. Und keiner weiß, wer zurückkommt und wer im Feld bleibt. Ich bin einberufen worden, ab morgen bin ich weg. Also zähl ich auf euch, dass ihr den Hof und die Wirtschaft gut führt, solange ich nicht da bin.« Er blickte in die Runde, bis sein Blick an Resi hängen blieb. »Und passt mir auf mein Weib und auf meine Kinder auf.«

»Das machen wir schon, Bauer«, sagte Karl in die beklommene Stille hinein. »Es wird nicht leicht sein ohne dich. Aber du brauchst dir keine Sorgen machen um daheim. Wenn du wiederkommst, wird alles in seiner Ordnung sein.«

»Das hast du gut gesagt, Karl. Dank dir schön«, hatte Korbinian erwidert. Und Resi hatte nicht nur Respekt, sondern so etwas wie Verbundenheit mit dem Knecht empfunden.

Und jetzt war Korbinian schon über ein halbes Jahr weg, und Resi war mit den Kindern allein. Mit zugeschnürtem Hals stand sie vor dem Wagen in der Garage und betrachtete ihn. So stolz war Korbinian auf diesen feschen DKW gewesen. Es war erst fünf Jahre alt, das Automobil, und wenig gefahren. Einen Urlaub hatte er ihr damit versprochen. »Fahren wir in die Berge!«, hatte er vorgeschlagen.

Aber an Urlaub war nicht zu denken. Wenn in diesen Tagen jemand von Urlaub sprach, dann meinte er »Fronturlaub«. Resi hätte jede Reise in die Berge oder sonst wohin mit Freuden getauscht gegen einen Heimaturlaub, den ihr Mann bekam. Alle Urlaube ihres ganzen Lebens hätte sie getauscht – wobei sie noch nie einen gehabt hatte und niemand wusste, ob sie jemals das Glück haben würde, mit ihrem Mann zu verreisen.

Ein Stück die Straße hinunter stand eine kleine Kapelle, in der sie eine Kerze für Korbinian anzündete. Noch nie in ihrem Leben hatte sie sich einsam gefühlt, aber jetzt verspürte sie geradezu Schmerzen vor lauter Einsamkeit, obwohl sie nicht allein war, sondern umgeben von Menschen. Aber jetzt war sie es, auf die es ankam. Alles hing allein an ihr. Sie musste die Entscheidungen treffen, musste alles am Laufen halten. Sie stand für den Schmiewirt und für den Hardthof, für den Laden und sogar für das Fuhrunternehmen, auch wenn nur noch der Karl gelegentlich einen Transport übernehmen konnte – und der durfte nicht kontrolliert werden, weil er eigentlich gar keine Fahrerlaubnis hatte.

Dankbar erinnerte sich Resi an seine Worte, dass ihr Mann beruhigt sein möge, wenn er heimkomme, werde alles in bester Ordnung sein. Auch wenn es grausam war, Resi war dankbar, dass Karl seine Finger verloren hatte. Das bewahrte ihn vor dem Krieg. Und Resi bewahrte es davor, ganz ohne einen Mann den Hof führen zu müssen.

***

Es war an einem Mittwoch Anfang November, dass sie im Laden stand und kummervoll den viel zu kleinen Bestand an Kerzen betrachtete, gerade jetzt, da es auf Weihnachten zuging, als der Stockacher zur Tür hereinkam. »Heil Hitler, Frau Hardt«, grüßte er.

»Herr Stockacher«, erwiderte Resi und biss sich auf die

Zunge. Den »Deutschen Gruß« würde sie ihm nicht entbieten, obwohl sie durchaus schon bei der einen oder anderen Gelegenheit die rechte Hand hochgereckt hatte. Aber im Fall des Großbauern ging es um mehr als das übliche Benehmen. Es ging um Überzeugungen. »Was darf's denn sein?«

»Haben Sie was von Ihrem Mann gehört?«

»Schon länger nicht«, erwiderte Resi schmallippig.

»Is gewiss nicht einfach auf so einem Hof. Ohne Mann, mein ich.«

»Was kann ich denn für Sie tun, Herr Stockacher?«

Er schien sie gar nicht zu hören, sondern sprach, als würde er einfach laut denken: »So viel Arbeit. Schwere Arbeit. Und nur Weibsbilder und ein Krüppel als Knecht. Da könnt man sich schon Sorgen machen ...« Er fixierte sie. »Was machen Sie denn, wenn Ihr Mann nicht zurückkommt?«

Mit einer so dreisten Frage hatte Resi nicht gerechnet. Tränen schossen ihr in die Augen. Rasch wandte sie sich ab und gab vor, Waren umräumen zu müssen.

»Dabei könnt man es so leicht haben, gell? Einen Haufen Geld könnt man haben und keine Arbeit.«

»Herr Stockacher ...«, setzte Resi an, doch der Bauer ließ sich nicht beirren.

»Einen reellen Preis«, erklärte er, »das tät ich Ihnen bieten. Bar auf die Hand. Das alte Austragshäusl könnten Sie von mir aus sogar behalten. Und die illegale Fischzucht unten an der Paar, wenn's sein müsst.« Er schenkte ihr ein falsches Lächeln. »Man is ja kein Unmensch«, stellte er fest und griff nach einem Päckchen Brühwürfel.

»Das macht fünfzig Pfennig«, erklärte Resi, ohne auf seine vorherigen Bemerkungen einzugehen.

»Schreiben Sie's mir an, Frau Hardt.« Die Brühwürfel verschwanden in der Tasche seines Lodenjankers. »Und überlegen Sie's sich. Denn wenn er nämlich tatsächlich nicht zurückkommt, der Herr Gemahl, dann garantier ich Ihnen keinen besonders entgegenkommenden Preis. Dann müssen Sie zu dem Preis verkaufen, der geboten wird.« Er lupfte kurz seinen Hut, dann war er verschwunden.

Keuchend hielt Resi sich an der Ladentheke fest. Dass ein Mensch so unverschämt sprechen und handeln könnte, hätte sie sich nie gedacht. Jetzt verstand sie, wie der Stockacher so groß hatte werden können. Ein Scheusal war er, ein gewissenloses. Aber den Hardthof, den würde er nicht bekommen, niemals! Ihr Korbinian würde wiederkommen, da war sie ganz sicher. Aber selbst wenn er nicht zurückkäme, würde Resi dieses Anwesen und die Wirtschaft nie aufgeben.

***

Am Samstag vor dem zweiten Advent kam Feldpost beim Schmiewirt an. »Frau Hardt!«, rief Anna. »Frau Hardt! Post!«

Resi wäre fast die Treppe hinuntergefallen, als sie vom Tanzboden nach unten lief, so aufgeregt war sie. Natürlich gab es auf einem so großen Anwesen ab und zu Post. Aber sie wartete nicht nur schon so lange auf einen Brief von Korbinian, sie hatte letzte Nacht sogar geträumt, dass er ihr schrieb.

Hastig riss sie den Umschlag auf und las, während sich der Postbote in der Gaststube einen Krug Bier einschenken ließ:

Liebe Resi!
Wer hätt gedacht, dass ich einmal bis nach Nordafrika kommen würde. Hier ist es schon sehr anders als bei uns daheim. Ich denk oft an Dich und die Kinder, und an Weihnachten … lass Dich überraschen. Nicht, dass ich Urlaub hätt, aber man weiß ja nie, gell?
Gib auf Dich acht und küss mir die Kinder.
Gruß
Korbinian

Er war halt nicht der große Romantiker, ihr Korbinian. Und dann wurden diese Feldpostbriefe auch gelesen. Da war ja klar, dass einer nicht sein ganzes Herz ausschüttete, sondern lieber ein bisserl zurückhaltend blieb in dem, was er schrieb. Dennoch durchströmte Resi ein so warmes, tiefes Gefühl, als hätte ihr Mann sie in den Arm genommen und innig geküsst. Endlich ein Lebenszeichen. Und es ging ihm gut! An Weihnachten … was er damit wohl meinte?

***

Noch nie war im Advent das Gasthaus so schlecht besucht gewesen. Die Leute hatten kein Geld und auch keinen Sinn dafür, außer Haus zu essen. Lediglich ein paar von den Bauern trafen sich gelegentlich zum Kartenspielen. Dann tranken sie ein oder zwei Bier an einem langen Abend, während Resi an der Theke stand und hoffte, dass sie bald heimgehen würden, damit sie die Wirtschaft zusperren konnte. Der Parteistammtisch war umgezogen zum Schlosswirt, und sie hatte keinen Zweifel, dass auch dahinter der Stockacher steckte. Auch wenn Resi die Nazis nicht gern bei sich gesehen hatte, der Umsatz fehlte. Und er fehlte bitterlich in dieser Zeit, in der aus dem Transportgeschäft nichts mehr hereinkam und auch der Kramerladen immer schlechter ging, weil es vieles nicht mehr zu kaufen gab und die Lieferanten das wenige, das sie bieten konnten, lieber bei den besser zahlenden größeren Kunden in der Stadt ablieferten.

Manchmal setzte Resi sich zu den Männern und ratschte ein wenig mit ihnen, hörte ihnen zu, manchmal spielte sie sogar mit, allerdings nicht beim Schafkopf, sondern bloß beim Watten.

»Hat der Krontaler heut gar keine Zeit?«, fragte sie, als sie ihren Stapel Karten aufnahm.

»Hast es noch gar nicht gehört? Sein Sohn is gefallen. In Russland.«

»Um Gottes willen«, sagte Resi betroffen. »Der Herbert? War so ein fescher Bursch! Eine Schand is das.«

»Ja mei«, erwiderte der Hölzl. »Werden noch mehr fallen. So is es halt im Krieg.«

»Russland«, murmelte Resi. Was um alles in der Welt hatten die Deutschen in Russland zu suchen? Ein miserables Blatt hatte ihr der Hölzl gegeben. »Mit Stalin haben wir doch einen Nichtangriffspakt gehabt, oder?«

»Hardtin«, klärte sie der Huber Anton auf. »Das spielt keine Rolle. Dabei ging's nur um Polen.«

»Als hätten wir nicht schon Krieg genug«, sagte Resi und warf einen Zweier raus.

»Ja mei«, erwiderte der Kellerer und klatschte seinerseits eine Karte auf den Haufen.

»Auf dass er bald vorbei ist«, schlug der Hölzl vor, der merkte, dass die Wirtin dabei war, Dinge zu sagen, die ihr womöglich noch leidtun könnten.

»Das is ein weiser Trinkspruch«, meinte Karl, der ebenfalls mitspielte, und hob seinen Krug.

So stießen sie alle an, und jeder für sich hatte seine ganz persönlichen Gründe, weshalb er sich ein baldiges Ende des Krieges wünschte.

***

»Darfst nicht so reden, Bäuerin«, gab Karl später zu bedenken, als er mit Resi allein in der Wirtschaft war. »Das is gefährlich. Nicht nur für dich!«

Resi seufzte. »Ich weiß schon. Aber die Bauern, die heut Abend da waren, von denen is ja keiner ein ganz scharfer Nazi.«

»Das mag schon sein. Aber braucht bloß einmal einer eine Bemerkung machen und es gar nicht bös meinen«, hielt der Knecht dagegen, »dann steht der Stockacher bereit und hängt dich hin. Sind schon welche für weniger ins KZ kommen.«

»Geh, sag nicht solche Sachen, Karl. Da krieg ich direkt eine Gänsehaut.« Denn tatsächlich hatte es sich schon seit langem herumgesprochen, dass immer wieder Menschen nach Dachau oder anderswohin gebracht wurden und lange nicht mehr auftauchten – oder auch gar nicht mehr wieder. Und wenn sie zurückkehrten, dann waren sie nicht mehr dieselben. Es grauste Resi vor dem Gedanken, was dort mit den Menschen geschah. »Ach, Karl. Ich weiß nicht, wo das alles hinführen soll«, sagte sie und schlang ihre Arme um sich, den verlorenen Blick auf den guten alten treuen Knecht gerichtet. Gottlob war er ihr erhalten geblieben.

»Das weiß kein Mensch, Frau Hardt. Resi.« Er trat auf sie zu und nahm sie in den Arm.

Resi ließ es geschehen. »Ich weiß, Karl«, flüsterte sie und lehnte sich fest an ihn, während sie leise weinte und den Griff seiner starken Arme genoss, der so tröstlich war, dass sie sich wünschte, er würde sie einfach immerfort so festhalten.

Dann aber zog sie die Nase hoch, nickte und löste sich von ihm. »Dank dir schön, Karl. Bist ein guter Mensch.«

»Du auch, Bäuerin. Der Hardt kann glücklich sein, dass er so eine Frau gekriegt hat.« Er lächelte sie an. »Aber das weiß er selber.«

***

Am 20. Dezember stand er vor der Tür, das heißt: Eigentlich stand er vor dem Schaufenster des Kramerladens und lugte neugierig herein.

Als Resi ihn erblickte, brach sie in Tränen aus. Er trug die graue Wehrmachtsuniform mit der Kappe, unter der das kurzgeschorene Haar verborgen war, über der Schulter seinen Tornister – und er trug einen dicken weißen Verband am Arm.

»Korbinian!«, schrie Resi, während sie sich die Schürze herunterriss und nach draußen lief. »Korbinian!« Sie fiel ihm um den Hals, dass er beinahe rücklings zu Boden gestürzt wäre – und sie mit ihm.

»Hoppla«, rief er und schlang den freien Arm um sie. »Kennen wir uns, gnädige Frau?«

»O mei, Korbinian, ich bin ja so froh, dass du da bist.« Resi schluchzte und wischte sich mit dem Handrücken über Augen und Nase. »Was is denn mit deinem Arm passiert?«

»Es is nicht schlimm«, erwiderte der Hardt beruhigend und nickte zum Wirtshaus hin. »Gehen wir rein?«

»Freilich. Komm!« Resi wollte ihm den Rucksack abnehmen, aber er hielt ihn fest. »Das passt schon.«

Von drinnen kamen ihnen Anna und Evi entgegen, die Resis Schrei gehört hatten. Auch die Geistbeckin kam aus ihrer Kammer herunter, wo sie sich ein wenig ausgeruht hatte. »Dem Himmel sei Dank!«, rief sie aus. »Gottlob bist du wieder daheim, Bub.« Noch nie hatte sie ihn so genannt. Aber in diesem Augenblick kam es ihr vor, als hätte sie ihren eigenen Sohn wiedergewonnen, und sie schloss ihn in die Arme, dass selbst der Hardt, der sich sonst nicht oft großen Gefühlen hingab, ganz gerührt war.

»So!«, sagte er schließlich, um den Empfang nicht zu sentimental werden zu lassen. »Gehts wieder an die Arbeit, Leut. Es gibt gewiss genug zu tun. Und heut auf d'Nacht setzen wir uns alle ein bisserl zusammen. Haben wir was Schönes zu essen da, Resi?«

Resi winkte Karl zu sich. »Bitte, fahr schnell rüber zum Bogenrieder nach Pörnbach. Aber geh nicht in den Laden, sondern zur Magda und sag ihr, dass der Kobinian zurück is und wir ein paar schöne Würscht bräuchten. Ich komm dann morgen zum Zahlen bei ihr vorbei.«

Dass mit »Zahlen« in solchen Fällen Tauschen gemeint war, wussten sie alle. Denn für Geld gab es keine zusätzlichen Würste. Aber es gab sie natürlich für die wichtigen Nazis – und für diejenigen, die etwas Begehrtes zu tauschen hatten. So wie Resi mit ihrem Kramerladen.

»Ein Bad wär mir jetzt recht«, meinte Korbinian.

»Freilich. Ich lass die Marie eins herrichten.« Resi lief schnell hinüber zum Stall, wo die Magd sich um die Hühner kümmerte, und trug ihr auf, Wasser zu kochen, damit der Heimgekehrte sich in die Wanne legen konnte, einen großen Zuber aus Zink, der in der Waschküche stand und nur selten zum Baden genutzt wurde. Resi konnte sich kaum erinnern, dass ihr Mann einmal ein solches Bad genommen hatte – wenn nicht gerade Winter war, war er lieber kurz in die Paar gesprungen und ein paar Züge geschwommen.

»Darfst du jetzt hierbleiben?«, wollte sie wissen, als sie wieder bei Korbinian war, der sich inzwischen aus dem Laden einen Stumpen geholt hatte und nun genüsslich rauchte.

»Schön wär's, Resi. Aber am sechsundzwanzigsten muss ich mich zurückmelden.«

»Am sechsundzwanzigsten? Da is doch noch Weihnachten!«

»Glaub nicht, dass der Krieg an Weihnachten eine Pause macht. Da wird genauso geschossen wie an allen anderen Tagen.«

»Mei, is das grausam.«

»Vor allem für unsere Soldaten.«

»Na ja, für die andern is das doch auch furchtbar«, gab Resi zu bedenken. »Und wie is das passiert?« Sie deutete auf seinen Arm.

»Der Feind hat auf mich geschossen. Einen halben Meter weiter links, dann hättest du mich nicht mehr wiedergesehen«, sagte er, und es klang, als hätte er es schon oft so erzählt.

»So ein Glück, dass er dich verfehlt hat. Also fast.«

»Ja«, bestätigte ihr Mann, »ein Glück«, und er blickte in eine unbestimmte Ferne, als könnte er dort jene Szene erkennen, die ihm die Verletzung eingetragen hatte.

»Wird aber wieder gut, der Arm?«

»Glaub schon, Resi. Doch, doch.« Er nahm einen Zug von seiner Zigarre und hing noch einen Moment seinen Gedanken hinterher, ehe er sagte: »Und jetzt musst du mir berichten, was bei euch in der Zwischenzeit alles passiert is.«

27.

Tatsächlich hatte Michael trotz des Krieges über die Weihnachtstage 1941 freibekommen. So konnte die Familie Reitz das schönste Fest gemeinsam in ihrer eigenen Wohnung feiern. Sogar einen kleinen Christbaum hatte Wallys Mann aufgetrieben – wobei sie ihn im Verdacht hatte, ihn heimlich in den nahen Isarauen geschlagen zu haben. Das war mehr als gefährlich, es hätte ihn ins Gefängnis bringen können. Aber jetzt stand die Fichte auf dem Tischchen mit den blau bemalten Kacheln, über das Wally eine weihnachtlich bestickte Decke gebreitet hatte, und darunter lagen ein paar Geschenke, eingewickelt in Packpapier, weil bunt bedrucktes Papier nirgends erhältlich gewesen war.

Wally hatte ihrem Mann neue Handschuhe gestrickt, die Sorte, die er besonders gern mochte, weil er mit ihnen gut arbeiten konnte: Halbhandschuhe, die die Kuppen freiließen. Dazu eine warme Mütze und einen Schal, alles passend und in Dunkelblau, sodass es elegant aussah. Denn das war ihrem Michael stets wichtig. »Ein Arbeiter mag harte und einfache Arbeit erledigen«, sagte er gern, »aber er muss jederzeit eine würdige Gestalt abgeben. Und wenn einer den Blaumann auszieht, zieht er besser den Anzug an, weil er nämlich kein Knecht ist, sondern ein Herr.«

Auch wenn seine Frau sich insgeheim immer ein wenig

darüber lustig machte, dass er solch einen Stolz hatte, war sie doch froh, dass er es so sah und auf seine Würde achtete, innerlich und äußerlich. Denn auch seine Haltung gegenüber den Nazis hatte sich nicht geändert. Er war lediglich still geworden und trug seine Überzeugungen nicht mehr offen vor sich her, um sich und seine Familie zu schützen.

»Wunderschön«, sagte er und schenkte ihr einen Kuss. »Wenn ich's mir hätt aussuchen sollen, dann hätt ich mir genau die Farbe ausgesucht. Und dass du an die freien Finger gedacht hast … Dank dir schön, mein Herzerl.« Er beugte sich zu ihr und küsste sie zärtlich. »Und jetzt du«, sagte er und reichte ihr sein Geschenk. »Vorsichtig.«

Es war ein Kästchen, vielleicht zehn oder zwölf Zentimeter lang, sechs oder sieben Zentimeter breit und nicht sehr hoch. Vorsichtig wickelte Wally es aus. Eine Porzellanschatulle!

»Mei, is die schön!«, flüsterte Wally voll Bewunderung. Ein liebliches Blumendekor in zartesten Farben zierte das kleine Meisterwerk, und als Wally den leicht geschwungenen Deckel hochhob, entdeckte sie darin ein seidenes Tüchlein – und in dem Tüchlein ein Paar Perlenohrringe. »Mich!«, rief sie. »Das is doch viel zu viel!«

»Für dich is mir nix zu viel«, erwiderte ihr Mann und drückte sie an sich.

»Aber können wir uns das überhaupt leisten?«

»Wenn man immer so fragt, dann kommt man zu nix.« Er lächelte geheimnisvoll. »Außerdem sind manche Sachen billiger, als man denkt, wenn man weiß, wie man sie kriegt und wo.«

Da war er wieder, dieser Schalk, den sie so an ihm liebte

und fürchtete. »Und wem hast du dafür einen Sack Kartoffeln geben müssen?«, fragte sie, halb amüsiert, halb empört.

»Zucker«, erwiderte Michael. »Vier Pfund. Und ein Stück Speck.«

»Vier Pfund Zucker?«, rief Wally, die wusste, wie schwer es inzwischen war, überhaupt an Zucker zu gelangen. »Wie kommst denn du zu vier Pfund Zucker?«

»Mit einem Sack Kartoffeln natürlich«, sagte Michael lachend und legte ihr einen Finger auf die Lippen. »Und den Speck war mir der Zimmerer noch schuldig für was anderes. Aber jetzt reden wir nimmer davon.«

Auch die Buben bekamen Geschenke. Walther einen Schlitten und Schorsch einen polierten Holzring, an dem ein paar Schellen angebracht waren und den er begeistert mit sich durch die Wohnung zerrte, als er von Zimmer zu Zimmer krabbelte, sich zwischendurch an den Möbeln hochzog und überall dafür sorgte, dass man alles vor ihm in Sicherheit bringen musste.

»Zum Schlittenfahren is der Walthi aber noch ein bisserl klein«, gab Wally zu bedenken.

»Das machen wir miteinander, mein Schatzerl. Um allein zu fahren, muss er noch zwei oder drei Jahre warten.«

Nach der Bescherung gab es ein schönes Abendessen. Michael hatte für ein paar Würste und frisches Brot gesorgt, und Wally hatte Plätzchen gebacken: die schwarzweißen, die ihr Mann so liebte, Vanillekipferl, Spitzbuben, ja, selbst ein paar Nussmakronen, weil sie eine Menge Haselnüsse gepflückt hatte, als sie im Herbst mit den Buben im Englischen Garten spazieren gegangen war.

Walther aß mit so großem Appetit, dass Wally ihn bremsen musste. Michael lachte und genoss den Abend in vollen Zügen. Er hatte sogar einen Fränkischen besorgt, eine »Abtsleite« vom Würzburger Juliusspital, und Wally musste daran denken, wie er ihr schon bei einem ihrer ersten Zusammentreffen gesagt hatte, dass er lieber ein bisschen weniger kaufe, dafür aber gern das Beste.

Wäre nicht in der Welt draußen Krieg gewesen, so wäre Wallys kleine Welt im Leinthaler Hof zu München-Freimann der Himmel auf Erden gewesen.

Als es Zeit für die Mette war, öffneten sie die Fenster, um den Glocken zu lauschen. Mit den kleinen Buben würden sie an diesem Tag nicht in die Kirche gehen. Aber den heiligen Klang wollten sie nicht missen. Und so saßen sie zusammen in ihrer Wohnung, ein wenig beschwingt vom Wein, dankbar für alles Gute, das sie aneinander hatten, und hielten sich an den Händen, bis die Glocken der nahen Kirche St. Nikolaus verstummten. Dann stand Wally auf und schloss die Fenster wieder, nicht ohne noch eine kleine Weile stehen zu bleiben und in die Heilige Nacht hinauszuschauen, auf die verschneiten Gärten vor dem Haus und das milde Licht der Laternen, ehe sie sich umwandte und sagte: »Danke, Mich. Dank dir für alles.«

»Ich muss dankschön sagen, Wally«, erwiderte Michael. Er stand auf und trat zu ihr. »Wenn ich unterwegs bin, wenn ich auf der Lok bin, dann denk ich von der ersten bis zur letzten Minute nur daran, wie schön es sein wird, wenn ich wieder daheim bin. Und wenn ich dann da bin, dann kann ich's immer gar nicht glauben, dass es wirklich so schön is. Eigentlich noch schöner. Und das hast alles du gemacht.«

Sosehr sie sich über die Schatulle und über die wunderschönen Ohrringe gefreut hatte – das größte Geschenk, das Michael ihr in dieser Christnacht gemacht hatte, waren diese Worte. Und Wally wusste, dass sie sie ihr Leben lang nicht vergessen würde, was auch immer noch kommen mochte.

***

Auf dem Land hatten sich die Menschen in ihre Häuser zurückgezogen. Es hatte kräftig geschneit in der Gegend um Hohenwart. Wäre nicht der erste Weihnachtstag gewesen, hätte man außer den Kindern, die im Schnee spielten, wohl kaum einen Menschen draußen gesehen. Doch so zogen die Bäuerinnen und Bauern in einer langen Prozession von Deimhausen nach Steinerskirchen. Die heilige Mette hatten sie in ihrer Dorfkirche gefeiert, den Weihnachtsgottesdienst würden sie in der alten Wallfahrtskirche begehen. So hatten sie es schon immer gehalten – genau wie die Bauern in den anderen Gemeinden ringsum, sofern sie nicht zum Gottesdienst nach Hohenwart fuhren.

Da über Nacht wieder einiges an Schnee gefallen war, hatten die Männer die Straße noch nicht geräumt, weshalb man die Strecke zu Fuß auf sich nahm. Aber inzwischen strahlte die Sonne von einem klaren, eisigen Himmel herab, und das Weiß ringsumher glitzerte, dass einem die Augen wehtaten und das Herz aufging.

Auch wenn sie es in den letzten Jahren immer wieder in den Knochen spürte, machte es Zenzi nichts aus, durch den tiefen Schnee zu stapfen. Sie hielt sich am Arm ihres Mannes fest. Von Zeit zu Zeit blickte sie zu ihm. Obgleich sich zunehmend weiße Strähnen in seinen Bart schlichen, war er immer noch ein kräftiges Mannsbild, und mit dem Alter wurde aus seiner ernsten Art eine immer würdigere Ausstrahlung. Mochte sie auch manchmal hadern, dass das Leben mit den Jahren beschwerlicher wurde, freute sie sich doch immer wieder, dass sie an Peters Seite alt werden durfte.

Die Kinder liefen weit voraus, nur die Jüngste, Kathl, saß auf dem Schlitten, den Peter mit der anderen Hand hinter sich herzog. Zenzi dachte lange nach, ob sie selbst als Kind jemals von ihrem Vater auf dem Schlitten gezogen worden war, aber sie konnte sich an nichts dergleichen erinnern. Wohl hatten sie einen Schlitten gehabt, aber den hatte so gut wie immer nur ihr Bruder Steff genommen. Und dass der Papa jemals mit den Kindern unterwegs gewesen wäre … Jedenfalls nicht mir ihr.

Vor der Kirche standen viele Leute, die einander fröhlich begrüßten und frohe Weihnachten wünschten. Die meisten kannte Zenzi natürlich. Von Schwaig, von Freinhausen und von Starkertshofen waren die Menschen gekommen, um an der Messe teilzunehmen.

»Wir gehen besser rein«, sagte Peter. »Sonst is gleich alles besetzt.«

Tatsächlich war die Kirche fast voll. Eine Bank aber war von den Hardts besetzt, die würden für ihre Deimhausener Verwandtschaft schon etwas zusammenrutschen.

»Mei, Korbinian!« Peter schien kaum an sich halten zu können. »Ich freu mich, dass ich dich seh. Hab's schon gehört, das mit deinem Arm. Geht aber alles gut?«

»Es wird schon, Peter. Frohe Weihnachten.«

Zenzi setzte sich neben Resi und drückte ihre Hand ganz fest. »So ein Glück, dass er da is, gell? Kann er jetzt bleiben?«

Resi schüttelte bekümmert den Kopf. »Er hat nur sechs Tage hier. Vorher war er im Lazarett, und der Weg hat ja auch Zeit gebraucht.«

»Geh. Muss er gar wieder an die Front?«, fragte Zenzi ungläubig.

Resi nickte und schluckte.

»Die Mama is nicht dabei?«, fragte Zenzi, um das Thema zu wechseln.

»Is ja nicht geräumt gewesen, heut früh. Und der Weg is ihr zu weit, wo sie doch nimmer so gut laufen kann.«

»Ja. Weiß schon. Dann müssen wir für die Mama fleißig mitbeten.«

Resi lächelte wehmütig. »Ja. Das tun wir.«

In dem Moment ertönte von oben die Orgel, und die Letzten, die noch draußen standen, drängten herein. Der Chor setzte ein, und Zenzi atmete tief durch. Sie liebte die Kirche, sowohl die drüben in Deimhausen als auch die hiesige, liebte die Gottesdienste. Es waren die Stunden, in denen niemand etwas von ihr wollte. In denen sie sich ganz dem Ritual hingeben konnte und von Musik und vertrauten Gebeten getragen wurde. Es waren friedliche Stunden, in denen die Sorgen und Nöte des Alltags draußen blieben, die Arbeit fern war, in denen sie den lieben Gott ganz nah fühlte. So wie in dieser Messe, auf deren Worte sie kaum achtete.

Stattdessen ließ sie ihren Blick schweifen über die Schönheit der Kirche, den feierlich geschmückten Baum, lauschte den Stimmen, dem Gesang und der Orgel, die noch ein bisschen schöner klang als die von St. Pantaleon, spürte die Wärme der Menschen um sie her, ihr Beben, ihre Kraft. Wenn sie so in der Kirche saß, dann war sie ganz eins mit der Welt, auch wenn sie das so nie jemandem gesagt hatte und es sicher auch niemals jemandem sagen würde. Man hätte sie nur belächelt. Dabei war sie gar keine Frömmlerin. Auf dem Hof, da konnte sie schon auch anpacken und fluchen, wenn es sein musste. Aber wenn sie betete, dann war sie bei sich. Und in der Kirche, da war sie bei Gott.

Mit einem gewaltigen, inbrünstigen »Amen« beendete der Chor sein letztes Lied. Überall räusperten sich die Gläubigen, rutschten auf den Bänken herum, scharrten mit den Füßen, klaubten ihre Hüte und Handtaschen zusammen und standen nach und nach auf. Das »Gehet hin in Frieden« war längst gesprochen. Im Einklang mit der Gemeinde hatten die Schwestern erwidert: »Dank sei Gott dem Herrn.« Und nun stupste Resi ihre ältere Schwester an, damit sie auch aufstehen konnte.

Abermals versammelten sich die Besucher des Gottesdienstes auf dem Kirchplatz. Manche hatten sich schon lange nicht mehr gesehen und mussten nun alle Neuigkeiten austauschen. Manch einer schien sehr gedrückter Stimmung. Es waren Zeiten, in denen es weitaus mehr schlechte Nachrichten gab als gute. Der Schrecken ging um in der Gemeinde: Etliche Knechte und manche Söhne waren gefallen. Einige waren verwundet worden, so wie der Hardt, der allerdings als Einziger sichtbar versehrt in der Kirche erschienen war.

»So, der Held aus Nordafrika«, grüßte der Stockacher, der plötzlich neben ihnen aufgetaucht war.

»Frohe Weihnachten, Stockacher«, erwiderte Korbinian, ohne auf die seltsam spöttische Bemerkung einzugehen.

»Ja, gell?«, sagte der Großbauer. »So ein Glück, dass der Feind gerade rechtzeitig zum Fest geschossen hat. Und dass er auch noch getroffen hat!«

»Was willst du denn damit sagen?«, ging Peter Horch dazwischen, ohne darauf zu achten, dass Zenzi ihn ein wenig wegzuziehen versuchte.

»Nix, Hackerbauer. Rein gar nix. Ich stell nur fest, dass unser Held ausgerechnet an Weihnachten zur Genesung von der Front heimgeschickt worden is.«

»Es werden jeden Tag Kameraden verwundet«, sagte der Hardt trocken. »Und erschossen. Oder von Granaten zerrissen. Während andere schön daheimsitzen und die Nachbarn für sich kämpfen lassen.«

»Korbinian …«, flüsterte Resi. »Lass's …«

»Und ausgerechnet bei unserem geschätzten Kameraden Hardt haben sie nur den Arm getroffen. Und dann auch noch den linken … Das is ja wie ein Weihnachtsgeschenk vom Feind, oder?«

»Wir wissen nicht, was du damit sagen willst, Stockacher«, erklärte Zenzis Mann. »Aber es is Weihnachten. Da sollten wir alle nicht übern Krieg reden, sondern heimgehen zu unseren Familien. Wir jedenfalls packen es jetzt und wünschen euch allen ein gesegnetes Fest.«

»Dir auch, Peter«, sagte Resi dankbar. »Euch allen.«

»Ja«, stimmte Korbinian zu. »Frohe Weihnachten. Grüßts mir die Deimhausener.«

Den Stockacher beachtete niemand mehr. Vielmehr ließen sie den Großbauern stehen, ohne noch ein weiteres Wort mit ihm zu wechseln, und machten sich auf den Heimweg.

***

Für Resi war die Stimmung an diesem strahlenden Weihnachtstag getrübt. Die Andeutungen, die der Stockacher gemacht hatte, gingen ihr durch den Kopf. Es war ganz offensichtlich, was er hatte sagen wollen: Der Hardt hätte die Verletzung nicht zufällig beigefügt bekommen. Aber wie sollte das gehen? Der Feind schoss gewiss nicht auf Bestellung, und schon gar nicht nur so, dass die Verletzung zwar zu schwer war, um weiterzukämpfen, aber sicher nicht lebensgefährlich.

Zurück auf dem Hof, ging sie in ihre Kammer und suchte den Brief heraus, den Korbinian ihr geschickt hatte, und las: *Wer hätt gedacht, dass ich einmal bis nach Nordafrika kommen würde. Hier ist es schon sehr anders als bei uns daheim. Ich denk oft an Dich und die Kinder, und an Weihnachten … lass Dich überraschen. Nicht, dass ich Urlaub hätt, aber man weiß ja nie, gell?*

»Da bist du!«, rief der Hardt, als er sie wenig später auf ihrem Bett sitzend fand. »Die Evi sucht dich schon überall, weil ihr die Soß' nicht gerät.«

»Mhm«, machte Resi nur.

»Kommst du in die Küche?«

»Nein, Korbinian, jetzt kommst du einmal her«, bestimmte Resi und deutete auf sein Bett.

Überrascht, von seiner Frau herumkommandiert zu werden, setzte sich der Bauer ihr gegenüber. »Was is los? Is dir eine Laus über die Leber gelaufen? Wurmt dich der Stockacher?«

»Da liegst du vielleicht gar nicht so falsch«, erklärte Resi und hielt ihm den Brief hin.

»Und? Hast du dich nicht gefreut, dass ich dir schreib?«

»Doch. Erst schon.«

»Was soll das heißen? So lass dir halt nicht alles so aus der Nas'n ziehen!«

»An Weihnachten, hast du geschrieben, und ich soll mich überraschen lassen.«

»Ja, freilich! War das etwa keine Überraschung?«

»Für mich schon«, sagte Resi leise. »Aber für dich? War's für dich eine?«

Korbinian schwieg.

»Wenn sie dich erwischen, weißt du, was passiert.«

»Erwischen? Meinst du am Ende, ich hätt mir selbst in den Arm geschossen?«

»Der Stockacher glaubt's. Und wenn ich mir deinen Brief durchlese ... Als du den geschrieben hast, da warst du noch gar nicht verletzt, stimmt's?«

Korbinian nickte. »Stimmt. Das war ich nicht.«

»Aber du hast es schon gewusst, dass du verletzt sein wirst. Und dass sie dich dann vielleicht heimschicken zu Weihnachten.«

Er zuckte die Achseln. »Ich hab's drauf angelegt. Stimmt.«

»Also hast du dich doch selber angeschossen?«

»Hab ich nicht, Himmelherrgott! Der Feind hat auf mich geschossen.«

»Auf Bestellung?«

»Auf Bestellung, ja«, bestätigte der Hardt und blickte düster drein. »Und glaub bloß nicht, dass da kein Mut dazugehört. Ich war auf Posten. Stockfinster war's. Der Feind nur ein paar Meter von uns weg. Eine Scheißangst haben wir alle gehabt. Aber das war mir wurscht. Ich hab meine Zigarette hochgehalten. Mit der Linken, verstehst du? Da braucht man bloß ein paar Sekunden zu warten, dann kracht's. Sie sehn die Glut und wissen, dass da einer mit der Zigarette steht. War aber bloß mein Arm.« Er schüttelte sich. »Hätt schlimmer ausgehen können. Wenn sie das Gelenk getroffen oder einen Knochen zerschossen hätten. Da hab ich Glück gehabt. Glatter Durchschuss. Sauweh getan hat's trotzdem.«

»Du hast dich absichtlich verwunden lassen?«

»Wer so einen Schuss abkriegt, der kommt für einige Zeit weg von der Front. Mit Glück sogar heim! Verstehst du? Nein, das kannst du nicht verstehen. Bist ja nie an der Front gewesen.«

Aber Resi verstand. Sie wusste, dass er Angst gehabt hatte. Vor dem Weiterkämpfen hatte er noch viel größere Angst gehabt als vor einer ernsthaften Verletzung. Er hatte der Hölle entgehen wollen, wenigstens für kurze Zeit, und nun saß er hier und musste sich vor seiner Frau rechtfertigen.

Resi stand auf und trat zu ihm. Sie nahm seinen Kopf in die Hände und drückte ihn fest gegen ihren Bauch. Und zum ersten Mal erlebte sie, dass ihr Mann, der starke, mächtige Hardt, der Bauer, Transportunternehmer, Ladenbesitzer, der Schmiewirt, dass dieser Mann weinte.

***

Nach der Messe in der Freimanner Pfarrkirche St. Nikolaus ging Michael noch ein wenig mit den Buben spazieren, während Wally das Mittagessen vorbereitete. Michael hatte einen schönen fetten Karpfen besorgt, zu dem sie Deimhausener Kartoffeln essen würden, die er von seinem letzten Besuch bei Zenzi mitgebracht hatte. Vielleicht hätte sie auch eines der Hühner schlachten können, die sie im Stall hielten. Aber im Frühjahr würden sie froh sein, wenn sie wieder regelmäßig eigene Eier hatten, denn auch die waren inzwischen schwer zu kriegen, taugten aber jederzeit zum Tauschen. Außerdem waren die Hühner zu alt, sie hätten gebraten nicht mehr viel getaugt.

Im Keller hatten sie Holz und Kohle zum Heizen und für den Herd. Wally würde sich noch ein paar Stücke holen. Dankbar dachte sie daran, dass die Heizer einen Teil ihres Lohns in Form von Kohle bekamen. Das war im Grunde der Anfang all dieser heimlichen Geschäfte, die ihr Mann nebenher betrieb: Mit ein paar Kilo Steinkohle ließ sich leicht etwas Wertvolles ertauschen, das dann wieder für etwas anderes gut war. Und jedes Mal gelang es ihm, ein wenig für sich und seine Familie abzuzweigen. Dabei bestand seine besondere Fähigkeit wohl darin, so viele Menschen zu kennen und immer genau zu wissen, wer was dringend brauchte – manchmal, ohne dass es die Betreffenden selbst bis dahin geahnt hätten.

Während sie den Herd anheizte, summte Wally Weihnachtslieder. Für später hatte sie schon ein bisschen Glühwein vorbereitet. Gern hätte sie Weihnachtspunsch mit

Orangen gemacht, aber die waren ja in diesen Zeiten nicht zu bekommen, jedenfalls nicht für Normalsterbliche. Aber das Viertel Wein, das sie seit längerem im Keller aufgehoben hatte, mit einem Viertel Wasser, reichlich Zucker, Zimt, Nelken und ein wenig Kardamom aufgekocht, würde einen köstlichen Trank ergeben.

Zum Essen würden sie aber erst einmal den restlichen Fränkischen trinken, den Michael mitgebracht hatte. Bis morgen hatte sie ihren Mann noch bei sich zu Hause, bis morgen wollte sie es ihm so schön machen wie nur irgend möglich.

Durch das Küchenfenster sah sie, wie er mit den Buben den kleinen Hügel gegenüber dem Haus auf dem Schlitten hinunterfuhr. Walthi saß vorn, Michael hinten, und den kleinen Schorschi hatten sie vorsichtig zwischen sich genommen. Es war ein Bild reinsten Friedens.

Zwischendurch kam einmal der Kramer Obermeier des Weges und sprach Michael an. Kurz erschrak Wally, denn zwischen dem strammen Nazi Obermeier und Michael stand es nicht zum Besten. Aber offenbar gab es nicht mehr als einen kurzen Gruß zu wechseln, dann ging der Kramer wieder seiner Wege, und wenig später kam Michael mit den beiden Kleinen herein, alle drei durchgefroren und rotwangig – und vor allem hungrig.

Wally machte ihnen erst einmal einen Kakao, etwas ganz Besonderes in diesen Zeiten, um sie ordentlich aufzuwärmen, dann schickte sie sie noch für eine Weile ins Wohnzimmer, bis das Weihnachtsessen fertig war.

Es wurde ein glücklicher Weihnachtstag, dem ein langer Weihnachtsabend folgte, der dem Begriff vom Fest der

Liebe alle Ehre machte, ehe Michael am nächsten Morgen früh wieder wegmusste, um für weitere sechs Tage auf die Reise zu gehen.

***

Es war der Silvestermorgen, als Resi im Laden die Einnahmen der letzten Tage zählte. Ihrem Mann war es wichtig zu wissen, wie viel sie im zurückliegenden Jahr insgesamt verdient hatten. Eines wusste sie freilich schon: Wirklich viel war es nicht.

Vor dem Haus hielt ein Benz. Zu Resis Überraschung stieg Doktor Paulus aus, der Arzt, der gelegentlich von Pörnbach herüberkam, wenn im Ort jemand krank war. Und auf der Fahrerseite erschien der Stockacher, wie immer in Uniform. Diesmal aber setzte er sogar seine Kappe auf, als befände er sich in einem offiziellen Einsatz als Ortsgruppenleiter der NSDAP. Wenige Augenblicke später standen sie beide im Laden.

»Wo ist dein Mann?«, fragte Stockacher, ohne sie auch nur zu grüßen.

»Der Korbinian ist nicht da«, erwiderte Resi und blickte verständnislos von einem zum andern. »Is was passiert? Grüß Gott, Herr Doktor.«

»Grüß Gott«, erwiderte Doktor Paulus, nahm seinen Hut ab und fügte hinzu: »Also: Sieg Heil!«

»Noch nicht«, erklärte der Stockacher mit eisiger Miene. »Aber das wird sich ändern.« Er reckte sein Doppelkinn, sodass er fast aussah wie Göring persönlich. »Uns ist zu Ohren gekommen, dass der hier ansässige Korbinian Hardt sich selbst eine Wunde zugefügt hat, um dem Frontdienst zu entgehen. Der Herr Doktor ist dabei, um die Wunde zu untersuchen. Und falls er feststellen sollte, dass dieses Gerücht der Wahrheit entspricht, dann wird der Herr Gemahl unverzüglich von den zuständigen Ortskräften an das nächste Militärgericht überstellt!«

Dass der Großbauer überhaupt solche Sprüche beherrschte, verblüffte Resi so sehr, dass sie alle Vorsicht vergaß. »Wer sagt denn so was von meinem Korbinian?«, wollte sie wissen.

»Das geht dich gar nix an, Hardtin«, bellte der Stockacher. »Wenn einer eine Straftat anzeigt, dann folgt er nur seiner vaterländischen Pflicht.«

»Das hast du dir selbst überlegt, gell?«, erwiderte Resi, die das Spiel plötzlich durchschaute. »Deswegen hast du nach der Messe in Steinerskirchen so dahergeredet. Und jetzt willst du ihn hinhängen, meinen Mann, weil du glaubst, du kannst dir seinen Besitz untern Nagel reißen! Aber ...« Sie brachte sogar ein Lächeln zustande. »Aber jetzt hast du dich getäuscht, Stockacher. Zu spät bist du gekommen. Der Korbinian is nämlich schon wieder bei seiner Einheit und auf dem Weg an die Front. Ich glaub nicht, dass sie ihn dir zurückschicken, damit sich der Herr Doktor die Wunde anschaun kann.«

Das stimmte freilich nicht ganz. Genau genommen war Korbinian erst auf dem Weg nach Ingolstadt, wo er sich zum Dienst zurückzumelden hatte. Wie es dann für ihn weiterging, wusste noch niemand. Aber das würde sie dem Stockacher nicht auf die Nase binden.

»Da hat er sich ja wieder einmal schön aus der Affäre zogen, dein Mann«, knurrte der Stockacher. Offenbar war er fest davon ausgegangen, dass sein Parteigenosse über Silvester und Neujahr noch zu Hause bleiben würde. Ohne ein weiteres Wort drehte er sich um und marschierte wieder zur Tür hinaus und zu seinem Wagen.

»Nix für ungut, Frau Hardt«, beeilte sich der Arzt noch zu sagen. »Es ist halt so: Wenn solch eine Untersuchung angeordnet wird, gell, dann muss sie auch durchgeführt werden. Nicht, dass Sie denken …«

»Ich denk nix, Herr Doktor«, erwiderte Resi, ohne so zu tun, als nähme sie seine Entschuldigung an. »Einen schönen Tag noch und Sieg Heil, gell?«

»Sieg Heil, jawohl«, murmelte der Arzt, setzte seinen Hut wieder auf und folgte dem Stockacher nach draußen.

VIII.
Nebelgründe

Hallertau 1943

28.

Es war ein Tag, an dem es scheinbar gar nicht hell werden wollte. Über der Paar lag dichter Nebel, der den ganzen Vormittag über nicht aufstieg. Die alte Geistbeckin war die Nacht hindurch von bösen Träumen gequält worden und kam nicht mehr aus ihrer Kammer, sondern betete immerzu ihren Rosenkranz.

Als Resi ihr etwas zu essen brachte, rührte sie es nicht an. Nur am Kräutertee nippte sie ein paarmal, sodass Resi sich keine Sorgen machte und nach unten ging, um zumindest den Laden aufzuschließen, auch wenn kaum noch jemand zum Einkaufen kam. Die Geschäfte liefen schlechter, je schlechter der Krieg lief. Aber das alles machte Resi nichts aus. Denn vor ein paar Tagen war ein Brief von Korbinian eingetroffen, Feldpost. Endlich würde er nach Hause kommen. Man hatte ihm Fronturlaub bewilligt, nachdem er mehrere Wochen lang immer wieder in schweren Gefechten eingesetzt worden war.

Wann genau er auftauchen würde, ließ sich natürlich trotzdem nicht sagen, und die Reise war auch jetzt weit: An die Ostfront hatten sie ihn geschickt. Bang saß sie jeden Abend am Volksempfänger und lauschte den Nachrichten, die zwar jedes Mal von den Erfolgen der tapferen deutschen Landser berichteten, aber dennoch seltsamerweise keinen weiteren Vormarsch der Wehrmacht verkündeten. Einmal hatte Korbinian ihr geschrieben, und es war zwischen den Zeilen zu lesen gewesen, dass es ein grausamer Kampf war. Ein Kamerad war neben ihm in der Nacht erfroren. Wie konnte so etwas passieren? Seit Jahren sammelte das Winterhilfswerk dafür, dass die Soldaten warme Kleidung hatten. Und dann erfror einer einfach so?

Resi hatte das ganze Haus putzen lassen. Sie hatte den Laden picobello hergerichtet und die paar Sachen, die sie noch zu verkaufen hatte, bestens präsentiert – alles, damit ihr Mann stolz war, wenn er nach Hause kam. Damit Korbinian nicht auch noch Sorge haben musste, dass daheim alles den Bach runterging, während er »für Führer und Vaterland« kämpfte – auch wenn sie diesen Führer und sein »Tausendjähriges Reich« täglich verfluchte, weil er ihren Mann jeden Tag in höchste Gefahr brachte. Aber sie hatte es ja noch gut, längst gab es mehr als ein Dutzend Gefallene am Ort. Und der Zimmer Otto war blind heimgekehrt.

Die Kinder trugen jetzt jeden Tag die besten Sachen, weil ja jeden Augenblick der Vater hereinkommen konnte. Und jeden Tag machten sie sie schmutzig, und Resi musste über Nacht waschen und dann auch gleich bügeln, damit Albert nächstentags wieder rausgeputzt war und Hanna ebenfalls. Aber wirklich Augen machen würde Korbinian, wenn er den kleinen Helmut sah! Seinen jüngsten Sohn nämlich hatte er noch gar nicht kennengelernt. Zwar hatte Resi ihm an die Front geschrieben. Aber Korbinian war in seinem Brief mit keinem Wort darauf eingegangen, sodass Resi gar nicht wusste, ob er ihre Briefe überhaupt erhalten hatte. Bald zwei Jahre war er jetzt weg, weil sich die Herren in

Berlin in ihre dummen Schädel gesetzt hatten, dass sie unbedingt die Weltherrschaft erringen mussten.

Seufzend blickte Resi nach draußen in die dichte Suppe, die über dem Ort lag, und hoffte sehnsüchtig, dass möglichst bald ein Auto des Weges käme, aus dem ihr Korbinian stieg. Doch bis Mittag kam nur der Briefträger vorbei, der lediglich Post von einem der Lieferanten hatte, und auch der Nachmittag kroch ereignislos dahin.

Irgendwann trat Resi vor die Tür ihres Gasthauses und setzte sich ein wenig auf die Bank neben dem Eingang. Aber die klamme Novemberkälte drang ihr durch Mark und Bein. Also stand sie bald auf, um wieder nach drinnen zu gehen, als doch endlich ein paar Scheinwerfer durch den Nebel zu erkennen waren. Kurz darauf blieb ein Wagen vor ihr stehen. Resi spürte, wie ihr Herz einen Sprung tat, und ging auf das Automobil zu. Dann erkannte sie, dass es der verhasste Benz des Stockacher war. Sie wandte sich ab, weil sie nicht mit ihm reden wollte, doch er war schneller.

»Frau Hardt«, sagte er. Und an dem Ton, in dem er es sagte, und daran, dass er sie mit ihrem Familiennamen ansprach und sie siezte, merkte sie, dass etwas anders war als sonst. »Auf ein Wort.«

Sie blickte ihn an, musterte seine makellose Uniform, stellte fest, dass er seine Kappe abgenommen hatte und unter dem Arm trug – und in der anderen Hand ein Papier. Einen Brief, den er ihr hinhielt. »Es tut mir leid«, sagte er, und Resi meinte, der Boden täte sich unter ihr auf. »Ich komme in meiner Eigenschaft als Ortsgruppenleiter der Partei.« Er räusperte sich.

Nein. Das konnte nicht sein. Das durfte nicht sein. Resi

griff hinter sich, um sich an der Bank festzuhalten, doch sie griff ins Leere und stolperte gegen die Hauswand.

»Bedauerlicherweise muss ich Ihnen mitteilen, dass Ihr Mann, der Gefreite Korbinian Hardt, im Zuge des sowjetischen Vorstoßes auf Kiew am 3.11.43 gefallen ist. Führer und Vaterland werden ihm ewig für sein Opfer dankbar sein und fortan auch für seine Ehre kämpfen.«

***

Resi hörte nichts. Nicht die salbungsvollen Worte des Pfarrers, nicht die aufrichtigen Beileidsbekundungen vieler Gemeindemitglieder, und schon gar nicht die unaufrichtigen manchen Parteimitglieds. Erst als der Stockacher auf dem kleinen Platz vor der Kirche zu ihr trat und allen Ernstes die Hacken zusammenschlug und militärisch nickte, kam sie urplötzlich zu sich.

»Im Namen der Partei und auch in meinem Namen spreche ich Ihnen …«, sagte er, aber dann verstummte er. Die Ohrfeige, die ihm Resi gegeben hatte, hatte ihn völlig unvorbereitet getroffen. Einen Moment stand er da, als müsste er überlegen, seine Pistole zu ziehen und die Frau zu erschießen. Dann wandte er sich wortlos ab und marschierte davon.

»Komm«, sagte Wally und hakte sie unter. »Wir gehen besser heim.«

Resi nickte und ließ sich mitziehen.

Zenzi kam mit der alten Mutter am Arm hinterher, gefolgt vom Gesinde. Waren ja nicht mehr viele. Zwei Mägde waren noch übrig und der gute alte Karl, dessen Miene so tiefe Trauer ausdrückte, als wäre ihm der beste Freund gestorben – vielleicht, weil er wusste, dass dieser Verlust das Ende des Hardt'schen Anwesens bedeuten konnte.

***

Es war ein karges Trauermahl. Ein Leichenschmaus konnte es ohne Begräbnis ohnehin nicht sein. Unter anderen Umständen wäre die ganze Dorfgemeinschaft da gewesen, man hätte sich gemeinsam des Verstorbenen erinnert, hätte Geschichten über ihn erzählt – und da hätte es vieles über den Hardt Korbinian zu erzählen gegeben! –, sich gegenseitig getröstet. Man hätte kräftig gegessen und getrunken, ein jeder hätte ein paar Worte mit der Witwe gewechselt, und mancher hätte für den Verzehr mehr gezahlt als schuldig, um die Trauernde zumindest auf diese Weise ein wenig zu unterstützen. Aber solche Trauerfeiern gab es kaum noch. Die Männer starben zuhauf an der Front, während daheim die Hoffnung starb.

»Karl, bringst du für alle ein Bier?«, fragte Wally, die in dieser Situation das Kommando übernommen hatte. Die Mägde Anna und Evi schickte sie in die Küche, damit sie das Essen bereiteten. Resi hatte bestimmt, dass es nur eine Brotzeit zu geben habe. Keiner sollte an diesem Tag viel Arbeit haben, alle sollten sie an Korbinian denken.

»Hab keinen Mann kennengelernt, der mutiger gewesen wär als der Hardt«, sagte Karl, als er sich an die lange Tafel setzte, die sie am Vorabend noch zusammengeschoben hatten. Die drei Geistbeckschwestern waren da. Zenzis Mann war auch mitgekommen, dazu Korbinians Schwester Anna, die mit dem Steff verheiratet war, und die zwei Mägde und der Knecht. – Den Steff hatten sie jüngst doch noch eingezogen, da hatte ihn auch seine Parteimitgliedschaft nicht geschützt, aber alle waren froh, dass man ihn nur ins besetzte Frankreich geschickt hatte, wo es einigermaßen ruhig war.

Resi nickte. »Manchmal wär mir lieber gewesen, der Korbinian hätte ein bisserl weniger Wagemut an den Tag gelegt.«

»Was machst du denn jetzt mit dem Hof?«, erkundigte sich Zenzis Mann.

»Ich weiß es nicht, Peter«, erwiderte Resi. »Wahrscheinlich sollt ich ihn verkaufen.«

»Schwierig«, erwiderte ihr Schwager. »Is ja nix dafür zu bekommen zurzeit. Und ob du überhaupt einen Käufer findest …«

»Der Stockacher würde gleich zuschlagen«, gab Karl zu bedenken.

»Solang ich nicht unter der Erde bin, kriegt der dieses Anwesen nicht«, erklärte Resi, woraufhin ausgerechnet die alte Geistbeckin ihren Krug hob und sagte: »Darauf stoßen wir an.«

»Wenn wir dir irgendwie helfen können, Resi …«, sagte Zenzi, nachdem alle getrunken hatten.

»Dank dir schön, Zenzi. Aber ihr habt es gewiss schwer genug.«

Was stimmte. Alle wussten, dass die letzten zwei Ernten des Hackerbauerhofs grausam schlecht gewesen waren. Alle Knechte waren eingezogen worden. Einen Kriegsgefangenen hatte man ihnen geschickt, der aber schon nach ein paar Tagen unter den Pflug geraten war, sich schwer verletzt hatte und jetzt nicht mehr arbeiten konnte. Der Hackerbauer hatte bestimmt, dass man ihn in einer eigenen Kammer unterbrachte und pflegte, weil man sich schon ausrechnen konnte, was passierte, wenn man es meldete.

»Trotzdem. Wir müssen zusammenstehen.«

»Ich bleib auch noch ein paar Tag«, sagte Wally und legte den Arm um ihre Schwester. »Die Kinder sind bei der Frau Röckel, meiner Nachbarin. Die hat uns der Herrgott geschickt.«

»Der Herrgott«, flüsterte Resi bitter. »Was der alles macht.«

»Das alles hat jedenfalls nicht der Herrgott gemacht«, erklärte die alte Geistbeckin. »Das hat sich der Gefreite aus Österreich einfallen lassen.«

Alle nickten, wohl wissend, dass längst nicht jeder schon immer so gedacht hatte. Aber je länger der Krieg dauerte und je mehr Opfer er forderte, umso gescheiter wurden die Menschen. Nur trauten sie sich nichts zu sagen und erst recht nichts zu machen. Denn allein schon der Gedanke war gefährlich, die Tat aber mit Sicherheit tödlich.

***

Als Wally einige Tage später von Karl nach Reichertshofen zum Zug gefahren wurde, ließ sie ihre Schwester gebrochen zurück. Resi fehlte seit der Todesnachricht jeder Antrieb und aller Lebensmut. Man schien ihr geradezu beim Altern zuschauen zu können.

Es flossen reichlich Tränen, als Karl mit dem DKW aus dem Stadel losfuhr, und so gern Wally mit dem Automobil unterwegs war, so sehr quälte sie dieser Abschied, quälte es sie, die Schwester nicht weiter unterstützen zu können.

»Pass bittschön gut auf sie auf, Karl«, sagte sie zu dem Knecht. Und nach einem schrecklichen Augenblick: »Du bleibst doch auf dem Hardthof?«

»Freilich, Frau Reitz«, erwiderte Karl. »Ich gehör doch längst zu dem Hof wie die Apfelbäume und das Fischerhäusl.«

Ja. So war das wohl, wenn einer so lange auf einem Hof arbeitete. »Es stimmt, Karl. Ich kann mir den Hof auch nicht ohne dich vorstellen.«

Und dann dachte sie wieder an Resis Trauer über den Verlust ihres Mannes. Ausgerechnet der Hardt hatte sterben müssen. Dieser Mann war ja quasi die Kraft selbst gewesen. Und jetzt lag er irgendwo im eisigen Boden der Ukraine. Eine Schande war das.

Die Fahrt führte sie vorbei an der Abzweigung nach Deimhausen, und als sie hinüberblickte auf das kleine Dorf, das ihr Geburtsort war, meinte Wally, sich selbst als junges Mädchen dort stehen zu sehen und den Auffacher Ludwig dazu, den sie seinerzeit so bewundert hatte, und zum ersten Mal wurde ihr bewusst, wie unglaublich schnell so ein Leben verging. So viele aus der Zeit damals waren nicht mehr da. Wally konnte die Gesichter dieser Burschen, die im Krieg geblieben waren, alle noch vor sich sehen! Sie hörte noch ihre Stimmen, wenn sie im Unterricht störten, wenn sie sich draußen rauften, wenn sie gemeinsam mit allen anderen Kindern des Orts auf der Eisbahn unterhalb des Kirchbergs rutschten. Wenn sie mit ihren falschen Tönen den Chor aus dem Gleichklang brachten oder sich gegenseitig mit großen Sprüchen zu übertrumpfen suchten. Wie schön waren diese Zeiten gewesen. Wie harmlos in all ihrer Kargheit und Entbehrung. Denn keiner von ihnen war ja reich geboren worden, und alle hatten sie schon als Kinder mit anpacken müssen. Und doch: Wie schön waren diese Zeiten gewesen. Ob die Kinder dieser Zeit auch einmal auf ihre frühen Jahre zurückblicken und das von sich selbst würden behaupten können?

»Sie sind recht schweigsam heut, Frau Reitz.«

»Bittschön, Karl, du kannst mich immer noch Wally nennen«, erwiderte sie. Schließlich kannten sie sich so lange, und früher war sie von allen geduzt worden.

»Gern. Aber stimmen tut's trotzdem. Dass du nachdenklich bist, gell?«

»Ja freilich, Karl. Es sind halt schwere Zeiten.«

»Und werden auch nicht leichter.«

So fuhren sie schweigsam bis Reichertshofen, wo tatsächlich der Zug schon wartete. »Dank dir schön, Karl. Pass auf dich auf. Du bist jetzt die wichtigste Stütze für Resi.«

»Ich weiß schon, Wally. Und ich werd tun, was ich kann, dass alles irgendwie weitergeht.«

»Das weiß ich.« Sie drückte seine Hände. Dann nahm sie ihre Tasche und eilte zum Waggon.

Als sie sich hingesetzt hatte und nach draußen blickte, entdeckte sie voll Rührung, dass der Knecht noch dastand und wartete. Erst als der Zug abgefahren war, verließ er den Bahnsteig.

Und dann war Wally wieder auf dem Weg nach München. Voll Vorfreude auf ihre Kinder und auf Michael, der nächstentags auch wieder daheim sein würde, und voll Sorge, was die Zukunft noch bringen würde.

29.

Es war ein elender Winter 1944/45, auf den ein elender Frühling folgte. Auf Wallys flehentliche Bitten hin, seine kleinen Schiebereien und den ewigen Tauschhandel einzustellen, hatte sich Michael tatsächlich zunehmend aus diesen Geschäften zurückgezogen – sicher auch, weil es immer gefährlicher wurde. Längst kam man nicht mehr durch, indem man den Schinken, statt ihn dem vorgesehenen Abnehmer zu liefern, den korrupten Nazibeamten überließ. Und natürlich hatte sich längst herumgesprochen, dass der Kollege Reitz erstaunlich oft erstaunlich Heißbegehrtes zu besorgen verstand. Entsprechend genau sahen ihm die Bahnaufseher auf die Finger. Ja, es war besser, wenn er stillhielt – auch wenn das bedeutete, dass die vielen kleinen Annehmlichkeiten, die er sonst herbeigezaubert hatte, für die kleine Familie Reitz nicht mehr zur Verfügung standen.

Aber Wally genoss auch ohne Wein und Gänseterrine jede Minute, die ihr Michael bei ihr und den Buben zu Hause war. So sehr, dass sie nicht überrascht war, als sie an einem stürmischen Tag im März 1945 feststellte, dass sie erneut schwanger war.

»Und das jetzt«, murmelte sie ratlos, nachdem sie sich zum zweiten Mal hinter dem Hühnerstall erbrochen hatte.

Es war schwer genug, zwei Kinder gut durchzubringen in diesen Zeiten. Aber drei …

»Is's wieder so weit?«, fragte die Nachbarin aus dem Dachgeschoss, die ihr schon lange die größere Wohnung neidete.

»Is vielleicht nur ein Magenkatarrh, Frau Fischer.«

»Ja freilich. Und immer in der Früh, gell?«

Offenbar hatte die Frau sie schon gestern beobachtet. Wally nickte ihr zu und beeilte sich, wieder ins Haus zu kommen. Es war zu kalt, um draußen zu bleiben. Außerdem hatte sie den Herd angeheizt, und die beiden Buben waren allein in der Wohnung. Höchste Eisenbahn, sie wieder im Blick zu haben.

Sie kam gerade rechtzeitig, um den kleinen Schorschi, der auf alles und jedes neugierig war, davon abzuhalten, den Topf herunterzuziehen, der auf dem Herd stand. »Himmelherrgott, Kind!«, rief sie. »So gib doch acht!« Sie riss ihn weg vom Herd und schimpfte ihn noch ein wenig länger aus, bis dem Kleinen die Augen überliefen und sie ihn ganz fest an sich presste und drückte und sich schämte, weil sie so aus der Haut gefahren war. Der Bub konnte schließlich nichts dafür; er tat ja bloß, was kleine Kinder eben taten, wenn man nicht auf sie aufpasste. Und dass sie schon wieder schwanger war und dass dieser elendige Krieg kein Ende nahm und dass es nichts Gescheites mehr zu kaufen gab und man bei jedem Wort, das man sagte, aufpassen musste, dass sie einen nicht gleich am Strick aufhängten, dafür konnte er erst recht nichts.

»Bist ein ganz Lieber«, flüsterte sie ihm in den strohblonden Haarschopf. »Die Mama hat's nicht so gemeint.« Und sie streichelte ihn lange, bis er scheinbar ganz vergessen hatte, was passiert war, und stattdessen anfing zu pfeifen. Das heißt, pfeifen konnte er freilich noch nicht mit seinen drei Jahren. Aber er tat so, weil er es Walthi nachmachte, der es im Winter endlich vom Vater gelernt hatte.

Da musste sie lachen und schüttelte den Kopf. »Ihr seid mir so eine Männerwirtschaft«, sagte sie und mochte es kaum glauben. Aber wirklich: In jedem ihrer beiden Buben erkannte sie ihren Mann aufs Haar. Nur bei der Frage, ob sie den Blondschopf auch noch von ihm hatten oder doch von ihr, darüber konnte sie sich mit Michael wunderbar streiten. Denn strohblond waren sie beide in ihrer Kindheit gewesen – und nun waren es die Reitzbuben.

***

Immer öfter flogen jetzt die Alliierten ihre Bombenangriffe auf München. Dabei war es keineswegs so, dass die Freimanner halbwegs sicher gewesen wären, weil das Viertel am Stadtrand lag. Das Gegenteil war der Fall. Natürlich wussten die Engländer und Amerikaner, dass es dort einen wichtigen Güterbahnhof gab, der für die Versorgung der Wehrmacht eine bedeutende Rolle spielte, so wie über dem ganzen Münchner Norden viel Industrie angesiedelt war, die die Kriegsmaschinerie in Gang hielt.

Entsprechend häufig kamen die Fliegerverbände über den Norden hereingeflogen und warfen ihre tödliche Fracht ab, dass die Erde bebte und die Wände wackelten. Dass es besonders in der Nacht schwere Bombardements gab, führte dazu, dass nicht nur Wally oft vor Angst und Sorge kaum einschlafen konnte. Jederzeit konnte der Fliegeralarm ertönen, dieses elende, markdurchdringende Heulen der Sirenen, das einem vom ersten Augenblick an Gänsehaut machte.

Zwei Kinder hatte sie, bald drei, und jedes war so klein, so unschuldig, so harmlos. Aber die Bomben machten keinen Unterschied. Sie zerfetzten, was in der Nähe war, gleich ob es ein Soldat war oder ein Zivilist, ein Nazi oder ein aufrechter Mensch, der sich all die Jahre durchgekämpft hatte, ein Erwachsener oder ein kleines Kind.

So lag Wally in jenen Nächten oft lange wach, und dann kam der nächste Fliegeralarm und riss sie aus den Gedanken. »Walthi!«, rief sie und schüttelte den Buben. »Aufwachen.« Sie hatte sie alle beide in ihr Bett geholt. So ging es jetzt schnell damit, sie anzuziehen und zum Bunker zu bringen. Es waren nur hundert Meter, vielleicht ein paar mehr, aber jedes Mal wieder staunte sie, wie kurz die Zeit zwischen dem Aufheulen der Sirenen und den ersten Detonationen war. Wurden die Flieger später entdeckt als noch vor ein paar Monaten? Flogen sie jetzt schneller? Oder fühlte es sich nur so an? »Wir müssen in den Luftschutzbunker. Schorschi? Wach auf. Wir müssen los.«

»Schorschi schlafen«, murmelte der Kleine.

»Gleich darfst du wieder schlafen.« So sehr hätte sie sich gewünscht, dass das unter dem Bombenhagel möglich gewesen wäre. Aber die Wahrheit war, dass im Bunker nur zwei Arten von Kindern waren: die einen, die aus Leibeskräften brüllten, und die anderen, die sich mit weit aufgerissenen Augen und starr vor Angst an ihre Mütter klammerten. Und Wally hätte nicht zu sagen vermocht, welche

Sorte ihr mehr leidtat. Nein, diese Kinder würden später einmal nicht zurückblicken, so wie sie, und ihre Kindheit als glücklich bezeichnen. Falls sie denn überhaupt überlebten.

Sie hatte die Buben in frisch gewaschenen Hosen zu Bett geschickt. Das half, wenn es schnell gehen sollte. Auch Hemden hatten sie schon an, sodass sie nur noch in ihre Jacken schlüpfen und ihre Mützen aufsetzen mussten. Neben der Tür standen stets zwei gepackte Taschen mit dem Nötigsten, die sie mitnehmen würde. Falls das Haus nach dem Angriff nicht mehr stünde, hätte Wally so wenigstens das Geld gerettet, Wechselkleidung für jeden, die Dokumente, das bisschen Schmuck, das sie besaß – und den Rosenkranz, den ihre Mutter ihr einst geschenkt hatte.

Finster war es draußen, weil alles verdunkelt war, finster, eisig und glatt. Vor dem Gartenzaun schlitterte Wally und wäre beinahe gestürzt. Die Buben hatte sie angewiesen, sich an der Hand zu halten und vor ihr herzulaufen. Aber natürlich schlugen sie die falsche Richtung ein.

»Walthi, da lang!«, rief sie und dirigierte die beiden auf den richtigen Weg. Erschrocken stellte sie fest, dass nur noch wenige Menschen unterwegs waren. Offenbar hatten sich die meisten längst in den schützenden Bunker geflüchtet oder sich für den Keller entschieden. Letzteres aber hatte Michael ihr verboten. »Wenn sie Brandbomben werfen, bricht das Haus zusammen, und ihr müsst unten im Keller ersticken«, hatte er sie gewarnt und ihr von den völlig zerstörten Städten überall im Reich erzählt, den Verheerungen durch britische und amerikanische Luftangriffe. »Ich hab letztens auf einen Zug nach Hamburg müssen.

Das kannst du dir gar nicht vorstellen, wie es da ausschaut. Die wollen uns ganz und gar vernichten. Alles, nicht nur die Häuser, sondern auch alle Menschen.«

Diese Vorstellung war so grauenhaft, dass Wally vor Entsetzen kaum mehr Ruhe hatte finden können. »Schickt's euch, Kinder!«, keuchte sie und trieb die beiden Buben an, damit sie noch rechtzeitig zum Bunker kamen. Längst hörte man den Bomberverband. Der ganze Himmel schien zu dröhnen. Es war ein tiefes, rhythmisches Geräusch, das sich einem in den Brustkorb bohrte, dass einem das Herz hätte stehen bleiben mögen. Flakscheinwerfer durchschnitten den Himmel. Irgendwo ratterte das erste Geschütz los. Am Eingang zum Bunker stand ein Soldat, der die Schutzsuchenden anbellte: »Rein mit euch, gleich wird zugemacht! Schneller, schneller! Rein mit euch!«

Nassgeschwitzt und zitternd gelangten Wally und ihre Buben dort an und suchten sich einen Platz im Gedränge der hoffenden und bangenden Menschen. Eisig war es im Bunker. Der Dunst von Angst und Panik hing in der Luft. »Hierher!«, rief jemand. »Frau Reitz!« Im schwachen Licht der Funzeln erkannte Wally Frau Röckel, die mit der kleinen Tochter, die sie im letzten Frühjahr bekommen hatte, auf dem Boden saß und ihr zuwinkte.

Erleichtert, neben einem vertrauten Gesicht gelandet zu sein, zwängte Wally sich mit den Buben zu ihr. »Frau Röckel! Gott sei Dank sind Sie auch da.« Sie blickte sich um. »Und Ihr Mann?« Denn Herr Röckel war wegen verschiedener Leiden nicht zum Kriegsdienst eingezogen worden.

»Zivilschutz«, erklärte die Nachbarin. »Er muss bei der Verdunklung helfen.«

Statt einer Erwiderung griff Wally nach ihrer Hand und drückte sie. Nun waren also ihrer beider Männer draußen, beide nicht mit der Waffe in der Hand, aber beide den Angriffen aus der Luft ausgesetzt, Herr Röckel ganz in der Nähe, Michael irgendwo auf seinem Zug. Natürlich hoffte Wally, dass er nicht unter Beschuss kam. Aber die Eisenbahnstrecken, die Züge und ganz besonders die Loks waren bevorzugte Ziele der Alliierten. Längst gab es mehr tote Kollegen als lebende unter den Heizern.

Die Nachbarin schien noch etwas sagen zu wollen, doch dann donnerten die ersten Einschläge. Der Verband musste jetzt über ihnen angelangt sein. Es ging sehr schnell: Auf einmal entlud sich ein Albtraum über Freimann, in dem man nicht mehr unterscheiden konnte zwischen den einzelnen Explosionen. Nur wenn in unmittelbarer Nähe des Bunkers eine Bombe niederging, war es anders. Dann ging ein Aufschrei durch die Menschen, die sonst meist nur leise vor sich hin wimmerten oder jammerten, beteten und weinten. Von der Decke fiel Staub – aber die mächtigen Mauern des Bunkers hielten. Sie hielten sogar, als es einen unmittelbaren Treffer gab.

»Der hat uns erwischt«, keuchte ein alter Mann, der neben Wally saß. Die aber mochte gar nicht darüber nachdenken, sondern hatte nur die Köpfe ihrer beiden Buben gepackt und drückte sie links und rechts an sich, ganz fest, dass sie ihren warmen Leib spürten und sich wenigstens ein kleines bisschen geschützt fühlen mochten, während sie selbst immerzu »Alles wird gut. Es is bald vorbei« flüsterte. »Bald is's vorbei.«

Doch natürlich wusste sie, dass die Minuten eines solchen Bombenangriffs sich wie Jahre anfühlten, jede einzelne Minute wie eine Ewigkeit wirkte. Und immerzu fragte man sich, ob dieses finstere Loch, in dem all die gequälten Menschen zusammengepfercht waren, das Letzte war, was man im Leben zu sehen bekam.

***

Der Leinthaler Hof stand noch. Auch die meisten anderen Wohngebäude hatten keinen Treffer abbekommen. Offenbar hatten die Engländer gut gezielt, denn es war ganz klar, dass das bevorzugte Ziel der nahe Rangierbahnhof gewesen war. Ausnahmsweise war Wally froh, dass Michael an diesem Tag nicht hier Dienst hatte. Wenn nichts Unerwartetes geschah, würde er morgen wieder nach Hause kommen. Aber wann geschah in diesen Monaten, in denen der Krieg endgültig tief in dem Land angekommen war, das ihn begonnen hatte, schon nichts Unerwartetes?

Wally steckte die Buben ins Bett, legte sich dazu und wartete, dass sie schliefen. Die ersten Male, wenn Fliegeralarm gewesen war, hatten sie noch geweint. Das taten sie jetzt nicht mehr. Aber viel schlimmer als ihre Tränen waren ihre Blicke: Selbst der Kleinere starrte mit großen Augen ins Leere, als sähe er dort das Böse schlechthin.

»Morgen kommt der Papa heim«, sagte sie leise und streichelte ihnen übers Haar. »Wenn alles gutgeht, kommt morgen der Papa heim.« Sie wusste nicht, ob sie damit vor allem die Kinder tröstete oder sich selbst.

Sie hatte bemerkt, dass sie eine leichte Blutung gehabt hatte. Hoffentlich war dem Ungeborenen nichts passiert.

Es hätte sie freilich nicht gewundert. Unter solchen Umständen war jede Schwangerschaft in Gefahr. Sie legte die Hände flach auf ihren Bauch und flüsterte: »Bist noch da? Geht's dir noch gut?« Als könnte das Kind unter ihrem Herzen sie hören, sie verstehen, ihr antworten. »Der Herrgott wird's schon richten«, beschloss sie. Dann stand sie auf, löschte die kleine Lampe, die sie für die Buben noch hatte brennen lassen, und trat ans Fenster. Jetzt, da es in der Wohnung ganz dunkel war, konnte sie die Vorhänge aufziehen und hinausschauen.

In verschiedenen Richtungen hing ein heller Schein über der Stadt, vor allem zum Zentrum hin. Was wirkte wie eine vage Morgenröte, waren in Wirklichkeit zahllose Häuser, die in Flammen standen. Wally musste an die Benediktiner denken, die sie einst so freundlich aufgenommen hatten an ihren ersten Tagen in der Stadt, an die Peterskirche, wo sie ihrem Mann zum ersten Mal begegnet war, an das Haus von Doktor Boselli, an Frau Blumberg …

***

Bis in die Morgenstunden saß sie am Fenster und betete für die Menschen dort im Feuer. Gerade, als sie aufstehen und für die Buben einen Kamillentee machen wollte aus den selbstgepflückten und getrockneten Blüten, die hinterm Haus wuchsen, entdeckte sie eine Gestalt den Weg entlangkommen. Fast hätte sie ihn nicht erkannt: Es war Michael, der mit hängenden Schultern und humpelnd daherkam.

Hastig warf sie sich ihren Mantel über und lief ihm entgegen. »Mich!«

»Wally! Gott sei Dank, dass's dir gutgeht!«

»Was is mit dir?«

»Ach nix, Schatzerl«, sagte er, während er die Arme um sie legte und sie so fest drückte, dass ihr fast die Luft wegblieb.

»Du humpelst.«

Er lachte bitter. »Hab mir nur den Fuß verstaucht, als ich vom Zug gesprungen bin. Kannst dir gar nicht vorstellen, wie froh ich darum bin.«

»Seid ihr angegriffen worden?«

Er nickte und blickte in die Ferne mit einem Blick, wie ihn die Buben letzte Nacht gehabt hatten. Wally erschauderte. »Es war nur eine einzige Maschine«, erklärte er. »Eine nur. Aber die hat uns so unter Feuer genommen, dass's am Schluss den Kessel zerrissen hat.«

»Und du warst auf der Lok?«

»Ich hab's vorausgeahnt«, sagte er. »Oder vielleicht hab ich mir auch bloß ausgerechnet, wo die Einschläge kommen werden. Jedenfalls bin ich gesprungen. Im allerletzten Moment.«

»So ein Glück, Mich«, schluchzte Wally. »So ein Glück.« Jetzt war sie es, die ihn drückte, dass er kaum noch Luft bekam.

»Und die Buben?«

»Schlafen noch.«

Er nickte. »Hab's schon gehört, dass's heut Nacht schlimm gewesen sein muss.«

»Fürchterlich war's, Mich«, bestätigte Wally und versuchte vergeblich, nicht in Tränen auszubrechen. »Fürchterlich. Es hat gar nimmer aufgehört.«

Michael legte den Arm um ihre Schultern, und so gingen sie zum Haus und in die Wohnung, wo er sich, ohne sich auszuziehen oder sich auch nur das Gesicht zu waschen, zu Walther und Schorschi ins Bett legte und im nächsten Moment eingeschlafen war.

Als er wieder aufwachte und in die Küche hinüberging, saßen Wally und die Buben am Tisch und blickten ihn erwartungsvoll an.

»Papa!«, rief Schorschi und rannte zu ihm.

»Habt ihr gerade frühstücken wollen?«

»Nein, Papa. Wir haben doch auf dich gewartet.«

»Mei, ihr seid aber die liebsten Kinder, die man sich vorstellen kann!«, sagte Michael stolz. Dann zwinkerte er seiner Frau zu und meinte: »So möchte ich mich aber nicht zu euch setzen. Ich wasch mich schnell, und dann komm ich auch.«

Wenige Augenblicke später, er wollte sich gerade zu seiner Familie gesellen, klopfte es an der Tür, und er ging hin, um sie zu öffnen. »Frau Röckel!«

»Ach, Herr Reitz! Da bin ich froh, dass Sie gesund heimgekommen sind«, erklärte die Nachbarin. »Ich wollt auch nicht stören, sondern nur schnell das für Ihre Frau abgeben.« Sie drückte Michael ein kleines Päckchen in die Hand.

»Was is denn das?«

»Ein Kräutertee. Der hat mir sehr geholfen. Und da hab ich gedacht, wo's eh schon so schwer is zurzeit … wegen den anderen Umständen, mein ich …« Sie lächelte ihm freundlich zu, nickte und war schon im Begriff, wieder zu gehen.

»Ah so!«, erwiderte Michael. »Freilich. Vergelt's Gott, Frau Röckel!«

Mit einem überraschten Lächeln auf den Lippen trat er in die Küche.

»Wer war's denn?«

»Die Frau Röckel. Sie hat mir das hier für dich geben. *Wegen den anderen Umständen …*«

»Aha? Ja, dann weißt du's jetzt auch.« Wally lächelte ihn recht geheimnisvoll an.

Da wusste Michael, dass er noch ein drittes Mal Vater werden würde. Völlig perplex ließ er sich auf den Küchenstuhl fallen. »Bist du sicher?«, fragte er schließlich.

»Freust du dich am Ende gar nicht?«

»Doch. Schon. Aber wir haben doch kaum …«

»Na ja, wenn du hier warst, dann sind wir nicht grad fromm gewesen«, gab Wally zu bedenken.

»Nicht grad fromm«, wiederholte Michael und gluckste. »Nicht grad fromm …« Nach all der Angst und all dem Elend in den letzten Tagen, Wochen und Monaten, da es so wenig zu lachen gegeben hatte, brach sich eine Freude in ihm Bahn, dass er über Wallys Bemerkung vor Lachen beinahe vom Stuhl gefallen wäre.

Nur die Buben waren völlig unbeeindruckt. »Wenn der Papa nix essen mag, krieg ich dann seine Portion?«, wollte Walther wissen.

»Nein, Walthi«, sagte Wally. »Lachen macht doch so hungrig. Der Papa braucht jetzt auch was.«

»Deswegen sind wir immer so hungrig!«, rief der Bub. »Weil der Schorschi und ich immer so viel lachen. Und der Seppi und der Hannes auch.«

Da wurde Michael auf einmal wieder ganz ernst und erklärte: »Dem Himmel sei Dank, dass die Kinder immer noch lachen können.« Er seufzte. »Und wenn's einigermaßen gut ausgeht, dann gibt's im nächsten Jahr auch noch ein bisserl mehr zu lachen.« Er wandte sich an Wally. »Aber bis dahin müsst ihr weg.«

»Weg?«

»Aufs Land. So geht es nicht mehr weiter hier. Ich telefonier heut noch mit deiner Schwester, dass ihr kommt.«

»Mit der Resi?«

»Freilich. Die braucht eh Hilfe. Und mit den ganzen Luftangriffen jetzt ... Ich lass doch nicht zu, dass mir die Amis meine drei Kinder totschießen.«

30.

Nicht nur München war Ziel von Bombenangriffen. Auch Ingolstadt und Pfaffenhofen wurden angeflogen. Nicht so oft, aber mindestens so verheerend. Alle Industrieanlagen wurden in Schutt und Asche gelegt, Menschen starben, ganze Straßenzüge brannten nieder. Mit den neuen Maschinen, die höher fliegen konnten, und angesichts des immer geringeren Widerstands, den die Städte aufzubringen vermochten, flogen die Bomber in den letzten Monaten des Kriegs mitunter sogar tagsüber. Man konnte sie von Freinhausen aus sehen, wenn sie in unfassbar großen Geschwadern von Norden her einschwebten. Und selbst Stunden später stand der Himmel über den Städten noch in Flammen, und der grausige Schein war bis in die tiefste Hallertau zu sehen.

»Wird denn das gar nimmer enden?«, fragte Wally mit erstickter Stimme, als sie an einem dieser Abende neben ihrer Schwester hinterm Haus stand, von wo aus man gen München sehen konnte.

»Irgendwann wird alles hin sein, dann werden sie sich ihre Bomben schon sparen.«

»Und bis dahin …«

»Bis dahin müssen wir zusehen, dass wir überleben.«

»Ich mach mir solche Sorgen um Michael.«

Resi nickte. Wer hätte das besser verstehen können als sie. Sie wusste, wie sehr Wally darunter litt, ihren Mann kaum noch zu sehen – und sie wusste, was es hieß, den eigenen Mann nie mehr zu sehen. Und doch war sie dankbar, dass die jüngere Schwester da war. Wally hatte sie aus ihrer Niedergeschlagenheit gerissen. Die Buben waren aufgeweckt und frech und verstanden sich gut mit Resis Kindern, jedenfalls meistens. Und Wally verstand es, mit anzupacken. An den meisten Tagen war es in Wahrheit die jüngere Schwester, die dafür sorgte, dass nicht alles stillstand auf dem Hardt'schen Anwesen. Außerdem hatte sie die alte Geistbeckin aus ihrer Lethargie geholt. Denn die betagte Mutter kam kaum noch aus der Kammer und betete tagein, tagaus nur noch ihre Rosenkränze.

»Die einzige Genugtuung is, dass sie jetzt doch noch den Jüngeren von den Stockachersöhnen eingezogen haben«, sagte Resi.

»Den Willy? Mei, schrecklich«, erwiderte ihre Schwester.

»Freilich, für den Buben is es schrecklich. Aber dem Alten geschieht's recht«, gab Resi zu bedenken, wobei sie sich durchaus bewusst war, wie ungerecht solche Gedanken waren. Was konnte der Sohn schon dafür, dass sein Vater so ein verdorbener Mensch war. »Gehen wir wieder nach drinnen?«

Wally nickte. Es war noch kalt in dieser letzten Märznacht. Selbst die Hühner hatten noch nicht begonnen, wieder regelmäßig zu legen. Voll Bedauern dachte sie daran, dass sie keine eigenen Hühner mehr haben würden, wenn sie wieder nach München zurückkehrten. Ihr Mann war nicht ständig da, um die Tiere zu füttern. Also hatte er beschlossen, sie zu verkaufen. Immerhin würde er etwas Wertvolles dafür bekommen, denn Hühner konnte in diesen Tagen jeder gebrauchen. Man hatte sogar schon von Leuten gehört, die sie in der Wohnung hielten, weil sie keinen Garten hatten.

Die Menschen auf dem Land hatten kaum eine Vorstellung von den Zuständen, die in der Stadt herrschten. Sie dachten, sie lebten in Not, weil die Ernten miserabel waren, weil es an Arbeitskräften fehlte, an Saatgut, an Treibstoff für die Landmaschinen. Aber der große Unterschied war ein ganz anderer: Sie mussten keinen Hunger leiden. Jeder von ihnen produzierte auch im schlechtesten Jahr viel mehr Lebensmittel, als er selbst brauchte. Und was überschüssig war, ließ sich für gutes Geld absetzen – wenn man es geschickt anstellte.

***

Im Haus erwartete sie Karl, der mit düsterer Miene an einem der leeren Tische im Schankraum saß. Nur noch selten kam jemand, um ein Bier zu trinken, noch seltener ein Gast für eine ganze Mahlzeit. Man schien den Schmiewirt längst vergessen zu haben.

»Was is los, Karl?«, fragte Resi, die ein gutes Gespür für den langjährigen Knecht hatte.

»Weißt du, Bäuerin«, erwiderte er. »Manchmal versteh ich die Welt nicht.«

Resi lachte freudlos. »Davon kann ich ein Lied singen.« Aber der Knecht schien etwas loswerden zu wollen. »Was is passiert? Hat's einen Freund von dir erwischt? Oder Verwandtschaft?«

»Wie? Ach so, nein, nein, das nicht. Es is nur …« Er suchte nach Worten. »Die Wirtschaft. Also der Schmiewirt. Und die Landwirtschaft, beides …«

»Jetzt red halt!«, forderte Resi ihn ungeduldig auf. Der Knecht war ja auch sonst nicht auf den Mund gefallen.

»Wenn ich dir das alles abkaufen tät …«

»Du? Abkaufen?« Jetzt war es an Resi, Worte zu suchen. »Und womit, bittschön?«

»Nur einmal hypothetisch, verstehst du?«

»Hypothetisch.« Resi schüttelte den Kopf. Korbinian hatte diesen Begriff manchmal benutzt.

»Also angenommen …«

»Hab dich schon verstanden. Aber erstens is der Hof nicht zu verkaufen, und zweitens: Woher solltest du denn so viel Geld haben?«

»Wie viel wär's denn?«

»Zu viel.« Resi drehte sich um und stampfte die Treppe hinauf, um nach ihrer Mutter zu sehen, während Wally unschlüssig in der Gaststube stehen blieb.

»Da steckt jemand anderer dahinter, stimmt's?«, sagte sie und blickte den Knecht durchdringend an. So lange kannte sie Karl schon. Und sie wusste, dass er ein durch und durch anständiger Kerl war. Sie konnte ihm ansehen, dass ihm etwas auf der Seele lastete. »Wer will dir das Geld geben? Der Stockacher?«

Karl sank noch etwas weiter in sich zusammen, nickte und griff nach seinem Bierkrug.

»Er schickt dich vor – und dann?«

»Mei, Wally. Er leiht mir das Geld. Und ich muss es mit Zinsen zurückzahlen«, erklärte Karl. »Schau dir doch den Hof an. Er geht zugrunde, wenn man nix macht.«

»Und du meinst, du kannst ihn retten.«

»Ich kann's versuchen.«

Wally trat hinter die Theke und machte ein wenig sauber. »Und du glaubst, der Stockacher leiht dir so viel Geld für das bisserl Zinsen?«

Der Knecht blickte auf und schüttelte den Kopf. »Nein, das glaub ich nicht. Ich glaub, dass er hofft, dass ich ihm die Zinsen nicht zurückzahlen kann, und dann kommt er endlich doch noch an den Hof. Aber vielleicht haut's ja auch hin, vielleicht kann ich genug erwirtschaften!«

»Und dann wärst du selber Bauer.« Wally nickte sinnierend vor sich hin. »Kann dich gut verstehen, Karl. Ich weiß, wie's is als Knecht. Oder als Magd. Ein Leben lang. Und anschaffen tun immer die andern. Was glaubst du, wie's für mich war in der Stadt als Dienstmagd, als Haushälterin und dann als Zugehfrau?«

»Stimmt«, gab Karl zu. »Bist doch auch eine von uns. Obwohl du einmal als Bauerntochter geboren worden bist.« Er stand auf und trat zu ihr. »Was tätst du an meiner Stelle? Wenn du einmal im Leben die Gelegenheit hättest, nimmer Knecht zu sein – oder halt Dienstmagd. Sondern auf der andern Seite stehen könntest?«

Er war ein eindrucksvoller Mann. Immer noch. Wie schwer es für ihn sein musste, niemals eine eigene Familie zu haben, auch das konnte Wally sich gut vorstellen, denn lange Zeit hatte sie selbst gedacht, dass ihr dieses Glück nie zuteilwerden würde.

»Mei, Karl«, sagte sie. »Was ich tun würd? Ich weiß es nicht. Aber eins weiß ich genau: Ich tät mit der Resi reden.«

***

Völlig unerwartet tauchte anderntags Michael auf dem Hof auf. Wally konnte ihr Glück kaum fassen, als er plötzlich vor ihr im Laden stand. Nicht, dass es noch viel zu kaufen gegeben hätte, aber sie öffneten dennoch jeden Tag, schon um zu zeigen, dass es die Hardt'sche Wirtschaft noch gab. »Mich!«

»Wally!« Er fiel ihr um den Hals. »Ich kann nicht lang bleiben. Wo sind die Buben?«

»Draußen auf der Wiese.« Wally deutete hinters Haus, wo die Kinder begonnen hatten, an dem kleinen Bach zur Paar hin einen Staudamm zu bauen.

»Dann schau ich gleich nach ihnen. Geht's euch gut?«

Wally zuckte die Achseln. »Mei, was soll ich da sagen. Der Stockacher hat sich was Schlaues überlegt, um an den Hof zu kommen.«

»Der Verbrecher? Ich hoff, die Resi verkauft ned?«

»Er hat dem Karl angeboten, dass er ihm das Geld dafür leiht.«

Michael pfiff durch die Zähne. »Schlauer Zug. Und spielt er mit, der Karl?«

Wally schüttelte den Kopf. »Kennst ihn doch. Ein Bär von einem Mann. Aber das Herz am rechten Fleck.«

»Da bin froh für die Resi. Obwohl ich nicht weiß, wie sie weiterwirtschaften will.«

»Das weiß im Moment keiner. Schau dich doch um. Es is

kaum noch einer da, der die Felder bestellt. Die Maschinen stehen still. Geld hat auch keiner. Es is eine elende Zeit.«

»Aber es gibt schon was zu essen für mich, oder?«, fragte Michael mit einem schiefen Grinsen.

»Für dich wird's immer was geben, du Schlawiner«, erwiderte Wally und lachte. »Geh und sag Servus zu den Kindern, dann mach ich dir inzwischen ein paar schöne Rühreier und Bratkartoffeln. Magst schon, oder?«

»Fragen sind das ...« Michael küsste seine Frau und ging hinaus. Sie blickte ihm hinterher, stolz und dankbar. Ja, er hinkte immer noch ein wenig, aber er war gesund – und er war hier!

***

Die nächsten zwei Tage hatte Michael in Pörnbach und in Hohenwart zu tun, wo er ein paar Geschäftspartner traf, an die er schon früher Ölgemälde und Silberschmuck losgeworden war. Wie auch immer er es anstellte – als er sich fertig machte, um wieder nach München zurückzufahren, hatte er zwei schwere Koffer mit Speckseiten und Obstler bei sich.

»Pass bloß auf dich auf«, flehte ihn Wally an. Es waren schon Männer für weit weniger umgebracht worden.

»Mach dir keine Sorgen. Ich weiß schon, was ich tu.« Er hatte eine ganz merkwürdige Ausstrahlung dieses Mal.

»Was is?«, fragte Wally ihn, als er sie lange ansah.

»Einen Monat noch. Länger wird das nicht mehr dauern.«

»Der Krieg?«

Er nickte ernst. »Einen Monat.«

»Dein Wort in Gottes Ohr.«

»Wirst an mich denken, wenn du es hörst.«

»Hauptsach, du bleibst die letzten Wochen auch noch gesund und passt auf dich auf.«

»Freilich. Und du …« Er legte die Hand auf ihren Bauch. »Du passt auf euch auf.«

Dann stieg er zu Karl in den Wagen und fuhr mit ihm davon in Richtung Reichertshofen.

31.

Es dauerte genau vier Wochen, dann klopfte es frühmorgens an der Tür.

Resi blickte durch das Schaufenster ihres Kramerladens nach draußen, weil ihr der Lärm um diese Uhrzeit nicht geheuer war. Draußen standen mehrere Uniformierte. Den Lederer glaubte sie zu erkennen und auch den Stockacher, ausgerechnet. »Heda!«, rief einer. »Aufmachen!«

Voller böser Vorahnungen raffte Resi den Hausmantel enger um sich und öffnete die Tür einen Spaltbreit. »Was is los? Was wollt ihr von uns?« Sie fürchtete, die Nazis könnten Karl holen, weil er dem Stockacher nicht bei seinem Plan geholfen hatte, den Hardthof einzuheimsen.

»Zeigt eure Waffen her!«, bellte der Stockacher.

»Was denn für Waffen?«, fragte Resi und hielt die Tür fest, damit die Männer nicht einfach so hereinkamen.

»Habt ihr etwa keine Jagd gehabt?«

»Eine Jagd. Mei, das is lang her …«

»Rückt die Waffen raus! Und der Karl, wo is der?«

»Der schläft noch. Was soll denn …«

»Is was passiert, Bäuerin?«, fragte der Knecht, der auf einmal hinter ihr aufgetaucht war. »Kann ich was tun?«

»Raus mit dir und bringt ein Gewehr mit!«, herrschte ihn der Stockacher an.

»Wofür denn das?«, wollte Karl wissen.

»Es is Zeit, dass wir einen Volkssturm organisieren. Über Freinhausen kommt der Ami nicht hinaus!«

»Einen Volkssturm? Ja spinnt ihr jetzt ganz?«, rief Resi. »Glaubt ihr im Ernst, die Amis lassen sich von einem Haufen Bauern aufhalten?« Längst wusste man, dass die Amerikaner schon vor Ingolstadt standen, vielleicht auch bei Pfaffenhofen.

»Karl Hübner«, sagte der Stockacher mit drohender Stimme, »du hast die Wahl: Entweder du kämpfst für Führer und Vaterland, oder du wirst hier und jetzt standrechtlich erschossen.«

Der Knecht hob die Hände und erwiderte: »Schon recht, Stockacher. Ich hol das Gewehr.«

»Gut. Weiter!«, bellte der Ortsgruppenleiter und winkte seinem Trupp, mit ihm zum nächsten Hof zu ziehen. Resi aber drehte sich um und blickte in erschrockene Gesichter: Ihre Schwester, ihre Mutter und die Mägde standen in der Gaststube und waren Zeugen dieses gespenstischen Vorfalls geworden.

»Wir müssen ihn verstecken«, sagte Wally, die als Erste die Sprache wiederfand.

»Wen?«

»Den Karl! Es kann höchstens noch einen Tag oder zwei dauern, dann sind die Amis sowieso da. Wenn wir ihn solange verstecken, dann muss er nicht kämpfen. Und er kann auch nicht erschossen werden.«

»Recht hast du«, sagte Resi. »Und die alten Büchsen schmeißen wir gleich in die Paar. Da werden sie nie mehr wiedergefunden.«

»Die kann er dann gleich mitnehmen, der Karl.«

»Mitnehmen?«

»Zum Fischerhäusl!«

***

Am selben Nachmittag waren die Amis da, ohne dass ein Schuss gefallen wäre. Von Pörnbach her rollten die Panzer ins Dorf, und die Freihausener standen an der Straße und winkten mit weißen Taschentüchern. So wenig Angst hatten die GIs, dass sie sogar in offenen Wagen und oben auf ihren Panzern saßen, die Maschinenpistolen lässig aufgestellt. Manche winkten den Leuten fröhlich zu, als hätten sie nicht vor ein paar Tagen noch einen mörderischen Kampf gegen die Deutschen geführt – gegen die Männer und Väter dieser Frauen und Kinder.

»Die hab ich mir ganz anders vorg'stellt«, sagte Anna. Die Magd war als Letzte herausgekommen und hatte sich zu Resi und Wally gesellt.

»Stimmt schon«, erwiderte Resi. »Die schauen längst nicht so gefährlich aus wie die unseren.«

»Das hab ich jetzt gar nicht gemeint. Aber da sind ja ganz schwarze Menschen dabei.«

In der Tat waren diese Männer vermutlich die ersten Schwarzen, die jemals nach Freinhausen gekommen waren. Einer von ihnen saß in einem Jeep, der vorausfuhr, ein anderer auf einem der beiden Panzer.

Ein Stück die Straße runter entdeckte Wally einen Mann in Zivil, der seinen Hut heftig schwenkte und »Vivat!« rief. »Vivat! Hoch!«

Ob das die Amerikaner verstanden? Was Wally aber verstand, war, dass sich die Zeiten geändert hatten. Der Wind wehte aus einer anderen Richtung! Und die Fähnchen hatten sich neu ausgerichtet. Der Mann in Zivil war niemand anderer als der Stockacher, der zum ersten Mal seit Jahren seine Naziuniform im Schrank gelassen oder auch gleich verbrannt hatte, als er hatte feststellen müssen, dass sein »Tausendjähriges Reich« endgültig untergegangen war, auch hier in der tiefsten Hallertau, und dass sein Volkssturm allenfalls auf dem Friedhof enden würde.

Unvermittelt blieb die Kolonne stehen, und ein paar der GIs sprangen von ihren Wagen. Erschrocken stolperten die Umstehenden einige Schritte zurück.

»Anyone speaking English?«, fragte einer, der den Abzeichen nach einen höheren Rang haben musste. Angesichts der ratlosen Mienen der Freinhausener trat ein anderer neben ihn und erklärte: »Euer Land ist befreit. Die deutsche Armee ist besiegt. Wir wollen keine Kämpfe mehr.« Weil er offenbar erkannte, dass er in Resi die Herrin des Hauses vor sich hatte, das durch das Schild über dem Eingang als Wirtshaus erkennbar war, wandte er sich an sie: »Gibt es im Ort noch bewaffnete Verbände?«

Resi, die den Stockacher aus der Ferne ebenfalls entdeckt hatte, blickte kurz zu ihm hin. »Nein«, sagte sie. »Ich weiß davon nix.«

»Sind im Haus noch weitere Personen?«

»Wir sind alle hier draußen auf der Straße«, erwiderte Resi. »Die Männer sind ja alle im Krieg … geblieben.« Sie senkte den Blick.

»Verstehe«, sagte der Soldat.

»Do they have something to eat?«, wollte der Kommandant wissen.

»Haben Sie etwas zu essen im Haus?«, fragte der Übersetzer.

Wally trat vor. »Es is nicht mehr viel da«, sagte sie. »Aber wenn Sie mögen, sind Sie eingeladen auf ein Bier.«

»She said they'd like to invite us for a beer!«, rief der Übersetzer nach hinten, woraufhin der Kommandant zwei GIs bedeutete, vorzugehen und das Gebäude in Augenschein zu nehmen, während zwei andere die Tür beiderseits sicherten – offenbar auf der Hut vor Hinterhalten.

Kurz darauf kamen die beiden Soldaten wieder heraus und reckten die Daumen hoch. Der Kommandant nickte der Wirtin und Wally zu und sagte: »Thank you.«

Dann betraten – bis auf ein paar Männer, die den Konvoi sicherten – die GIs die Wirtschaft, und zum ersten Mal seit längerem klackten die Krüge, und es erklang ein Wort in der Gaststube, das man in Freinhausen noch nie gehört hatte: »Cheers!«

***

Dass die großen Buben am selben Abend »Amerikaner« spielten, war sowohl für Resi als auch für Wally vielleicht die größte Überraschung. Nach all der Angst und all den Sorgen saßen sie an diesem Abend mit den Mägden und mit Karl zusammen in der Stube und staunten über Albert und Walther, denen der kleine Schorschi hinterherlief, weil er auch ein »Amikaner« sein wollte.

»Ich bin ja so froh, dass der Spuk vorbei is.« Die alte

Geistbeckin seufzte und griff nach der Hand des Knechts, der neben ihr saß. »Und gottlob is dir nicht ganz am Ende noch was passiert.«

»Dem Himmel sei Dank«, erwiderte Karl. »Und deinen Töchtern.« Er nickte Resi zu und erhob seinen Krug auf ihr Wohl. »Hast weiß Gott genug durchgemacht, Bäuerin«, sagte er. »Ab jetzt soll alles gut werden. Auf unsere Wirtin!«

Die anderen hoben ebenfalls die Krüge, doch hielten sie mitten in der Bewegung inne, denn in der Tür stand ein alter Bekannter. »So! Kaum is der Feind im Land, schwingst du schon wieder große Sprüche, Knecht!«, knurrte der Stockacher und musterte die ganze Gesellschaft. »Schön sitzt ihr hier beinander, ihr Helden.«

Die alte Geistbeckin aber stand auf und erwiderte mit aller Verachtung, derer sie fähig war: »Es is vorbei, Stockacher. Du und deine Mörderbande, ihr habt lang genug euer Unwesen getrieben. Du warst der größte Nazi im Ort. Jetzt wird sich zeigen, was dir das bringt. Vielleicht ja ein paar Jahr Zuchthaus. Verdient hättest du's. Und jetzt …« Sie hob die Hand und deutete auf die Tür. »Raus mit dir. Du hast hier Hausverbot, und zwar auf Lebenszeit.«

Einen Augenblick lang herrschte Stille. Dann holte der Stockacher Luft, um etwas zu erwidern, doch es schienen ihm die Worte zu fehlen, sodass er schließlich auf dem Absatz kehrtmachte und den Schmiewirt verließ. Er schlug die Tür so heftig zu, dass die Butzenscheiben klirrten.

»Dank dir schön, Mama«, flüsterte Wally und legte den

Arm um ihre alte Mutter. »Das hast du wunderbar richtig gesagt.«

Resi nickte, und Karl erklärte: »Pfeilgrad das, was ich denk, Frau Geistbeck. Pfeilgrad. Nur dass ich es nie so hätt sagen können.«

***

Am Morgen des 1. Mai bat Wally den Knecht, sie und die Buben nach Reichertshofen zu fahren. Sie hoffte, dass ein Zug nach München gehen würde. Resi bedauerte sehr, dass die Schwester sie verließ, aber sie konnte verstehen, dass Wally es jetzt eilig hatte, wieder zu ihrem Mann und in ihre eigene Wohnung zu kommen. Michael hatte noch am Abend des 30. April angerufen und mitgeteilt, dass die Amerikaner auch München eingenommen hätten und der Leinthaler Hof noch stehe, woraufhin Wally ihrer Tränen kaum noch Herr geworden war.

Dass auf dem Hardt'schen Hof wegen des Fuhrunternehmens noch Sprit vorhanden war, entpuppte sich als doppelt nützlich, denn natürlich ging kein Zug in Reichtertshofen und auch sonst nirgends. Deshalb zögerte der Knecht nicht lange, sondern fuhr direkt weiter bis nach München. Mehrere Kontrollen passierten sie auf dem Weg, doch die Amis waren offenbar entschlossen, sich von ihrer besten Seite zu zeigen, und gewiss waren auch die beiden Buben hilfreich, die mit ihren Blondschöpfen und den neugierigen Augen manchem ein Lachen entlockten.

So gelangten sie gegen Mittag in Freimann an und mussten zwar als Erstes feststellen, dass ihr schöner Garten verwüstet und der Schuppen aufgebrochen und geplündert war, aber das Haus stand noch, und sogar die Wohnung war verschlossen, alles unversehrt.

Jetzt musste bloß noch Michael wohlbehalten nach Hause kommen. Ein wenig wunderte Wally sich, dass er offenbar bei der Arbeit war, obwohl doch ohnehin keine Züge fuhren. Aber zumindest musste sie keine Angst mehr um sein Leben haben.

Dass sie ein paar Pfund Kartoffeln, gelbe Rüben, zwei Scheffel Hafer, etwas Reis und einige andere Lebensmittel aus Freinhausen mitgebracht hatte, erwies sich jetzt als großes Glück, denn es stellte sich schnell heraus, dass es nirgendwo etwas Essbares zu ergattern gab. Der Sternbäck an der Kreuzung vorn hatte nächstentags schon in aller Frühe ein Schild an der Tür hängen: »Alles aus!« Der Kramer hatte die Fenster seines Ladens mit Zeitung zugehängt und öffnete erst gar nicht. Ein Bauer mit einem Leiterwagen stand gegen Mittag auf der Straße unten und rief: »Kartoffeln! Kartoffeln!« Im Nu war er umringt von Menschen, die sich geradezu darum prügelten, ihm die verschrumpelten Knollen abzukaufen.

Jetzt erst fiel Wally auf, wie mager alle geworden waren. Abgehärmt sahen die Menschen aus, als litten sie schon längere Zeit Hunger. Es war bereits im Herbst schwer gewesen, an anständige Lebensmittel zu kommen. Aber offenbar hatte sich die Not in den letzten Monaten dramatisch verschärft.

Und dann, endlich, tauchte Michael auf. Nachdem sie vergeblich unterwegs gewesen war, um Brot oder Milch zu erstehen, kehrte Wally, die Buben an beiden Händen, zurück zum Leinthaler Hof und fand ihn vor der Wohnungstür stehen. »Mich?«

»Wally!« Er drehte sich zu ihr um. »Wally! Ihr seid da!«

»Mich! Wie schaust denn du aus?«, rief Wally erschüttert. Denn ihr Mann war ein Schatten seiner selbst. Auch er war abgezehrt und von oben bis unten verrußt, sodass seine Augäpfel und seine Zähne geradezu blendeten, so weiß schienen sie.

»Ich … ich hab mich gar nicht getraut zu klopfen«, sagte er und räusperte sich. »Weiß ja, wie ich daherkomm …« Kurz hielt er sich am Türrahmen fest.

»Jetzt komm nach drinnen, schnell«, sagte Wally und sperrte auf. Sie schubste die Kinder in die Wohnung und griff dann nach dem Arm ihres Mannes.

Er schluchzte kurz auf. »Du hast mir so gefehlt«, krächzte er. »Alle habt ihr mir so gefehlt.« Dann ließ er sich auf die Knie fallen und umarmte sie heftig, während er seinen Kopf gegen ihren Bauch drückte. »Ich … ich hab gemeint, es hört nie auf.«

Es dauerte eine kleine Ewigkeit, bis sie sich wieder so weit gefasst hatten, dass auch sie in die Wohnung gehen konnten, beobachtet von ihren kleinen Söhnen, die sie mit großen Augen verständnislos und ein wenig verängstigt anstarrten. Doch dann schöpfte Wally wieder Kraft. »So«, sagte sie, »der Papa muss jetzt schnellstens baden, weil er sich beim Spielen so dreckig gemacht hat, gell? Und ihr zwei geht in euer Zimmer und seid schön brav, bis ich was zum Essen für uns gemacht hab.«

Und so geschah es. Wally kochte eine Kartoffelsuppe und schnitt jedem eine Scheibe von dem Brot ab, das sie aus

Freinhausen mitgebracht hatte. Im verwüsteten Garten hatte sie noch eine Zwiebel ausgegraben, Salz und Pfeffer hatte sie im Küchenschrank gehabt. Mehr brauchte man nicht, um eine gute Suppe zu machen – nicht, wenn man Hunger hatte.

Endlich kam Michael an den Tisch, und einmal mehr staunte Wally, was für einen eleganten Mann sie abbekommen hatte. Er mochte nur als Heizer und Rangierer arbeiten. Aber wenn er sich hergerichtet und etwas Anständiges angezogen hatte, dann gab es weit und breit keinen besser aussehenden Menschen als ihn. »Die letzten Tage, das kannst du dir gar nicht vorstellen. Erst die Nazis. Und dann die Amis.«

»Die Amis?«

»Freilich. Die haben zwar alles zerbombt, aber jetzt bräuchten sie natürlich trotzdem eine funktionierende Eisenbahn. Deswegen haben wir auch Arbeit. Die lassen einen gar nicht mehr gehn.« Er rieb sich übers Gesicht. »Wir arbeiten Tag und Nacht, dass wieder ein paar Züge fahren können. Aber es fehlt halt hinten und vorne. Erst gibt's keine Lok, dann finden wir eine, die hat aber einen Treffer abkriegt und muss erst wieder hergerichtet werden. Und dann …« Er lachte. »Dann fehlen die Kohlen, damit die saudumme Maschine endlich läuft!«

Walther, der stumm zugehört hatte, hatte nur ein Interesse: »Musst du wieder wegfahren, Papa?«

»Nein, Walthi«, sagte Michael. »Vorerst kann gar kein Zug fahren. Da muss ich dableiben, ob ich will oder nicht.«

»Willst aber schon, gell?«

»Freilich will ich.« Michael zog den Buben auf seinen

Schoß. »Und weißt du was? Wenn wieder ein Zug fährt …« Er machte eine bedeutungsvolle Pause und blickte seinen Sohn geheimnisvoll an. »… dann darfst du einmal mit mir mitfahren auf der Lok.«

***

Dieses Versprechen wirkte auf Walther wie eine Verheißung. Wann immer er nach draußen zum Spielen ging, bettelte er, dass er auf der Brache neben den Gleisen spielen dürfe, auf denen früher oder später der Papa vorbeikommen würde – auf der Lok oder als Gleisarbeiter. Wally konnte es ihm nicht gut verwehren, zumal es überall gefährlich war. Es gab für Kinder keinen guten Platz mehr zum Spielen. Ehe die Buben in den Englischen Garten liefen und dort womöglich auf einen Blindgänger stießen, war es ihr lieber, sie waren auf dem Bahngelände, wo anscheinend schon alles geräumt war und wo zumindest Michael ab und zu bei ihnen vorbeischauen konnte.

Sie selbst bemühte sich, irgendwo wieder eine Anstellung zu finden, doch zwei der Familien, bei denen sie noch im letzten Jahr geputzt und gekocht hatte, waren ausgebombt, und das Haus der Blumbergs am Isartorplatz stand zwar noch, aber Wally traf die Witwe nicht an und musste ihr schließlich einen Brief schreiben.

Immerhin hatte der Kiosk vor dem stolzen Anwesen bereits wieder geöffnet – nur dass er jetzt ein sehr einfach zusammengezimmerter Kasten war. Das schöne dunkelgrüne Häuschen, das einst hier gestanden hatte, war in den letzten Kriegstagen dem Feuer zum Opfer gefallen, als vom niedergebrannten Nachbarhaus ein paar lodernde Balken daraufgestürzt waren. »Herr Rösch! Sie leben!«

»Das Fräulein Geistbeck! HabedieEhre!«

»Frau Reitz«, verbesserte Wally lachend. »Und gottlob immer noch Frau und nicht Witwe.«

»Stimmt. Frau Reitz«, erinnerte sich der Kioskbesitzer. »Alles wohlauf?«

Wally seufzte. »Im Vergleich zu anderen hat's bei uns wenig erwischt. Gott sei Dank. Und bei Ihnen?«

»Mei«, sagte der Mann, und erst jetzt fiel Wally auf, wie alt er geworden war. »Ich bin ja alleinstehend. Meine Schwester lebt in Rosenheim. Das haben sie zwar auch schlimm bombardiert, aber wenn man ein bisserl außerhalb der Stadt lebt, dann war's nicht so schlimm.«

»Verstehe.« Wally blickte auf seinen kleinen Stand. »Aber Zeitung gibt's noch keine …«, stellte sie fest.

»Nein. Das wird noch dauern. Bis dahin verkauf ich alte Bücher, die ich hab auftreiben können, damit die Leut überhaupt was zum Lesen haben, und alte Illustrierte.« Er beugte sich vor und flüsterte: »Und Zigaretten.« Dabei deutete er unter die Verkaufstheke, die aus einem simplen Brett bestand. »Also, falls Sie einmal jemanden wissen, der welche sucht.« Er zwinkerte ihr zu, und Wally schenkte ihm ein Lächeln. »Dann weiß ich jetzt Bescheid«, sagte sie.

Die meisten Bücher waren arg mitgenommen, was beim Zustand der meisten Häuser, aus denen sie offensichtlich stammten, nicht überraschte. Den einen oder anderen Roman kannte Wally, viel war es freilich nicht. Und dann entdeckte sie auf einmal ein Buch, das sie vor Jahren unendlich fasziniert hatte: ›Via Mala‹ von John Knittel. »Den würd ich gern haben«, sagte sie. »Was kostet denn der?«

»Der Knittel, gell? Ich war so gespannt auf die Verfilmung. Aber die haben sie ja dann nicht mehr ins Kino gebracht …« Er verstummte einen Augenblick, bis er sich wieder gefasst hatte. »Wissen Sie was, Frau Reitz, den schenk ich Ihnen. Weil ich mich freu, dass wir uns gesund wiedergesehen haben!«

Im ersten Moment war Wally beschämt, aber dann entsann sie sich, dass sie für Frau Blumberg ein paar Brocken Kohle mitgebracht hatte, die Michael »organisiert« hatte. Sie nahm zwei größere Stücke heraus und reichte sie ihm. »Das ist wirklich sehr nett von Ihnen, Herr Rösch. Dann schenk ich Ihnen dafür die Kohlen. Die kann ich entbehren.«

»Mei, Sie sind ja ein Engel!«, rief der Kioskbesitzer. »Sie glauben gar nicht, wie durchgefroren unsereins am Abend is. Wenn man so den ganzen Tag auf der Straße steht … Vergelt's Gott!«

»Ihnen auch, Herr Rösch. Und passen Sie auf sich auf!«

***

Zum Glück hatte Wally ihr Fahrrad noch. Röckels hatten es in den Keller hinuntergetragen und dort sicher aufbewahrt. Jetzt war Wally froh, dass sie nicht den weiten Weg bis hinaus nach Freimann zu Fuß antreten musste. Denn natürlich ging die Elektrische längst nicht mehr. Die Gleise waren zerstört, die Oberleitungen ebenso, auf den Straßen türmte sich der Schutt der Mietshäuser, und Strom gab es ohnehin kaum einmal.

Selbst das Fahrradfahren war eine Herausforderung, weil die Straßen in so erbärmlichem Zustand waren. Aber hinter dem Nordfriedhof konnte Wally in den Englischen Garten einbiegen und durch den Park nach Hause radeln. Und das fühlte sich teilweise so an, als wäre nie etwas geschehen, als hätte es keinen Krieg und keine Bombenangriffe gegeben.

Wally blieb an einem kleinen Weiher stehen, zu dem sie schon oft mit Michael und den Kindern spaziert war. Dieser Ort war ihre Lieblingsstelle im ganzen weiten Englischen Garten. Die Blätter der riesigen alten Bäume reichten übers Wasser und ließen ein wunderschönes Farbenspiel darauf entstehen. Es gab dort einen Unterstand, der einem riesigen Regenschirm glich und deshalb »Barablui« genannt wurde, das sollte Französisch sein. Um den Pfahl, über dem das Dach thronte, war eine Bank gezimmert, auf die Wally sich niederließ, um ein paar Seiten ihres Lieblingsbuchs zu lesen. »Via Mala«, die böse Straße. Als sie wieder aufblickte, stellte sie erschrocken fest, dass sie die Zeit vergessen hatte und es schon spät war. Hastig steckte sie ihr Buch weg und schwang sich wieder aufs Fahrrad, strampelte heftig und war keine zehn Minuten später daheim.

»Bin wieder da!«, rief Wally, als sie die Wohnung betrat. Doch weder Michael noch die Kinder waren zu Hause.

Sie fand die Buben bei den Gleisen, wo sie »Eisenbahn« spielten. Ein durchlöchertes altes Ölfass war die Lokomotive, die unterschiedlichsten zusammengeklaubten Trümmer bildeten die Waggons, Steinbrocken waren die Kohlen, und der kleine Schorschi »heizte« fleißig, indem er die Steine in das Fass warf, während ihn Walther anwies und immerzu neue Reiseziele angab. »Und jetzt fahren wir nach Berlin!«, rief er. »Is gar nimmer weit! Aber wir brauchen noch fünf Kohlen!«

Schorschi zählte eifrig die Steine in die Tonne, da gab sein großer Bruder schon wieder einen neuen Befehl aus: »Halt! Umdrehen! Wir fahren wieder nach Freinhausen! Die Amerikaner brauchen uns dort.«

»Amikaner!«, stimmte Schorsch zu und bekräftigte: »Die Amikaner in Freinhausen!«

Wally beobachtete die beiden eine Weile und lächelte dankbar. Wie grausam und kaputt die Welt auch sein mochte, Kinder fanden immer einen Weg, sich ihr Leben schönzumalen. Sie legte die Hand auf ihren Bauch. Es würde nicht mehr allzu lang dauern mit ihrem dritten. Und sie hoffte, dass auch dieses Kind so fröhlich und aufgeweckt sein würde wie die beiden ersten.

***

Die Suche nach einer neuen Arbeitsstelle war ein hoffnungsloses Unterfangen. Die wenigen Stellen, die es bei den Amerikanern gab, waren längst besetzt, und die alten Dienstherren konnten sich keine Haushälterin mehr leisten. Doch schon bald stellte sich heraus, dass die Tage ohnehin vom steten Kampf um etwas zu essen geprägt waren – entweder, weil man stundenlang anstehen musste, um einen Laib Brot zu ergattern, oder weil der Vormittag damit verging, Brennnesseln für eine Suppe zu rupfen, Sauerampfer zu sammeln, wilde Beeren zu pflücken und dergleichen mehr.

In den Isarauen gab es auch einen kleinen Tümpel, in dem man Schleien angeln konnte. Dorthin nahm Michael seinen Älteren manchmal mit, wenn er früh genug nach Hause kam. Sie hatten eine Angel im Gestrüpp versteckt, die sie vor Ort gebastelt hatten, damit sie nicht schon auf dem Hinweg als Schwarzangler erkannt werden konnten.

Wally bemühte sich, den Garten wieder in Ordnung zu bringen und das ein oder andere Gewächs anzupflanzen, auf dass es vielleicht im nächsten oder übernächsten Jahr wieder Früchte gab. Eifrig half ihr der kleine Schorschi beim Graben und Säen, wobei er oft genug gerade das wieder ausgrub, was Wally kurz zuvor eingesetzt hatte.

Das Wertvollste, was sie besaßen, waren zwei Hühner, die ihnen Steff aus Deimhausen von Zenzi mitgebracht hatte. Jeden Abend legte Michael eine eiserne Falle vor den Hühnerstall – nicht nur, um dem Fuchs an den Kragen zu kommen, falls der sich die Tiere schnappen wollte, sondern auch, falls sich sonst jemand dem Stall näherte. Denn zu viele hatten in diesen Tagen zu wenig – und auch zu wenig Anstand, um den Mitmenschen nicht noch das Nötigste zu stehlen.

Nach getaner Arbeit im Garten sah Wally auf die Uhr. Beinahe vier. Mit Glück konnte Michael bald Feierabend machen, er war ja schon seit sieben bei den Gleisarbeiten eingeteilt. »Bestimmt kommt der Papa bald heim«, sagte sie, als sie bemerkte, dass Walther immer wieder den Weg entlangschaute, auf dem sein Vater täglich nach Hause kam.

»Dürfen wir schon hin und dort spielen? Dann können wir gleich mit dem Papa zurückkommen.«

Wally nickte. »Freilich. Lauft nur«, sagte sie und blickte den Kindern hinterher, die sich in Richtung Stellwerk trollten. Sie setzte sich auf die kleine Bank, die Michael gezimmert hatte – eigentlich nur ein Brett, das über zwei Holzblöcken lag –, um sich ein wenig auszuruhen. Es waren harte und beschwerliche Zeiten, vor allem, wenn man einen solchen Bauch vor sich hertrug und zugleich selten etwas in den Magen bekam. Sie betrachtete ihre Hände: Dünn waren ihre Finger geworden, ihr Handgelenk wirkte knochig.

Vom Werksgelände her war ein dumpfer Knall zu hören, eine Explosion! Wally schreckte hoch und hastete den Buben hinterher. Ob sie schon dort waren? Immer noch wurden auf dem Areal Blindgänger gefunden, obwohl es anfangs geheißen hatte, es wäre längst alles geräumt. Aber das hatten sie den Arbeitern wahrscheinlich nur gesagt, damit sie nicht rebellierten.

Wally bekam kaum Luft, ihre Brust war wie zugeschnürt. Die Kinder waren weit und breit nicht zu sehen. »Walthi?«, rief sie. »Schorschi!«

Doch sie bekam keine Antwort. Also lief sie bis hinüber zum Stellwerk, wo sie sie endlich, ein gutes Stück entfernt, doch entdeckte. Völlig unbekümmert schlugen sie mit zwei Stöcken auf ein Blech ein und freuten sich offenbar, dass sie kräftig Lärm damit machten, auch wenn das freilich hier, wo immerfort Lärm herrschte, keinen Menschen beeindruckte oder gar störte. »Walthi!«

»Mama! Da, schau, der Papa!« Er deutete auf eine Lok, von der eben ein Güterwagen abgekoppelt wurde. »Papa!«

Michael stand auf den Stufen des Triebwagens, blickte nur kurz auf, winkte seinen Buben zu und konzentrierte sich dann wieder auf das Manöver. Es rumste kräftig, als sich die Kupplungen ineinander verkeilten. Mit einem Sprung war er neben der Lok und lief nach hinten, um die Ketten überzulegen und die Anschlüsse zu sichern. Dann winkte er Walther noch einmal zu. »Walthi! Komm her zu mir!«

Der Bub ließ sich nicht zweimal bitten, sondern sprang über die Gleise zu der Lokomotive und flog seinem Vater förmlich in den Arm. Augenblicke später stand der Erstgeborene der Familie Reitz oben auf den Stufen und blickte herunter, als wäre er der König der Welt.

»Ich auch!«, rief der kleinere der Buben und schlug zur Bekräftigung mit seinem Stock auf das Blech, dass es nur so schepperte. Da stieg Michael über Gleise und Schotter zu ihm und schnappte ihn sich, um ihn neben seinen Bruder auf die Lok zu stellen. Schließlich kletterte er hinterher und zeigte ihnen alles ganz genau. Jeder Hebel, jede Anzeige, jeder Regler wurde erklärt, und die Buben durften sogar einmal in den Ofen schauen, in dem die Kohlen brannten! Das beeindruckte auch den kleinen Schorschi. Am meisten aber beeindruckte ihn, wie weit oben man auf so einer Lok war und dass sie jetzt bestimmt gleich losfahren würden.

»Und ich?«, rief Wally, die unbemerkt an die Lok getreten war. »Nehmt ihr mich nicht mit?«

»Wally! Magst du auch raufkommen?« Michael stellte sich auf die obere Stufe und streckte seine Hand nach ihr aus.

»Nein, danke. Ich wollt bloß nach den Kindern schauen.«

Schorschi steckte seinen strohblonden Wuschelkopf hervor. »Mama! Wir fahren jetzt nach Amerika!«

»Ich glaub's gleich«, erwiderte Wally und lachte. »Bringt mir was Schönes zum Anziehen mit. Oder was Gutes zum Essen!«

»Freilich, Mama! Einen Kaugummi!«

Nie zuvor hatte sie ihren kleinen Sohn so stolz gesehen. Sie wusste, er würde noch lange davon sprechen. Wahrscheinlich würde er von nun an Lokomotivführer werden wollen, wie so viele Buben. Solange kein Krieg herrschte, war das vielleicht sogar ein guter Beruf. Aber jetzt … Sie ächzte.

»Is alles in Ordnung?«

»Alles gut, Mich.« Sie presste sich die Hände auf den Leib.

»Das Kind?«

Wally nickte.

Und so fiel die Reise mit der Lokomotive nach Amerika doch aus, und stattdessen kümmerten sich alle um die Ankunft eines ganz besonderen Gastes: des dritten Kindes, dem Wally das Leben schenken durfte. Und wieder war es ein Bub.

32.

Der Winter kam früh in jenem Jahr. Anders als viele andere Familien in der Stadt und im ganzen Land hatten die Eisenbahner kaum zu frieren, weil sie wenigstens Kohle hatten. Und weil sich Michael wie eh und je aufs Handeln verstand, hatte er stets ein bisschen mehr davon, als die Familie unbedingt brauchte, sodass er schon bald wieder recht gut für Frau und Kinder sorgen konnte.

An jedem freien Tag fuhr er jetzt hinaus nach Freinhausen, um den Bauern Kartoffeln abzuschwatzen, die er in diesen bitteren Monaten gegen Kostbarkeiten eintauschen konnte. Mal war es ein Ölgemälde, das ihn in der feinen Maximilianstraße einen halben Zentner beste Sorte »gekostet« hatte, mal ein Persianermantel, den er für ein paar Gläser eingemachtes Gemüse erlöste. Was Wally für die eigene Küche brauchte, wusste er jedes Mal beiseitezubringen, sodass bald beides vorhanden war: genug zu essen und Luxus, wie er in der Eisenbahnersiedlung eigentlich nicht zu erwarten war.

Gewiss, die schönen Bilder, das Porzellan, der Schmuck und die Pelz- und Lederwaren waren nur als Zahlungsmittel für andere Gelegenheiten gedacht und vor allem als Sicherheit, weil man gehört hatte, es würde irgendwann anderes Geld geben, und weil es für Geld – zumindest für das alte – ohnehin kaum etwas zu kaufen gab. Aber hier und da blieb dann doch ein Bild an den eigenen Wänden hängen, und niemand fragte sich mehr, ob es dort wieder würde abgenommen werden müssen.

Wallys liebstes Gemälde stellte eine Ernteszene dar, in der winzig kleine Menschen vor der Kulisse eines drohenden Unwetters Heu auf einen riesigen Wagen häuften. Es erinnerte sie sehr an ihr Heimatdorf. Michael dagegen liebte eine Berchtesgadener Gebirgslandschaft »vom Wex«, einem nach Auskunft des Galeristen hochangesehenen Maler. So saß er manchen Abend davor und betrachtete dieses Bild, als blickte er tatsächlich hinüber in die Berge.

Trotz der Not, die in der Stadt herrschte, hatten sie in dieser schweren Zeit ihr kleines Glück wiedergefunden. Dazu trug auch der aufgeweckte Bub bei, dem sie den Namen Franz gegeben hatten und dem der Schalk schon aus den Augen sprang, ehe er allein sitzen konnte.

Dass es früh dunkel wurde, sorgte Wally allerdings. Ihre Großen blieben oft zu lange draußen, sodass sie sie kräftig ausschimpfen musste, wenn sie endlich auftauchten und es bereits stockfinster war. Eines Tages hörte sie sie beide schon im Treppenhaus heulen. Erschrocken stürzte sie hinaus. Schorschi hing auf Walthers Rücken, der ihn die Treppe hochschleppte.

»Um Gottes willen, was is denn passiert?«, rief sie und nahm dem völlig entkräfteten großen Buben den kleinen Bruder ab. »Fehlt dir was? Hast du dich verletzt?«

Schorschi schniefte und wischte sich mit dem Handrücken die Nase. »Nein, Mama.«

»Ja, was is denn dann los? Warum hat dich denn der Walthi heimtragen müssen?«

Er schniefte noch einmal und heulte dann etwas völlig Unverständliches, woraufhin Wally den Größeren der beiden fragte. Der blickte verlegen zur Seite und deutete auf Schorschis Fuß.

Wally setzte den Kleinen ab und starrte ihn verständnislos an. »Was is mit deinem Schuh?«

Trotz der Eiseskälte draußen stand der Bub mit nur einem Schuh vor ihr, den anderen Fuß strumpfsockig – und da lugte auch noch der Zeh heraus.

»Verloren«, murmelte Schorschi und schniefte zur Bekräftigung noch einmal.

»Verloren? Geh, das merkt man doch. Und noch dazu bei der Kälte. Wie kann man denn einen Schuh so verlieren, dass er ganz weg is?«

Es stellte sich heraus, dass die Buben am Eisbach gespielt hatten. Schorschi hatte sich aufs Geländer gesetzt, die Füße über dem Wasser baumeln lassen, und da war es passiert. Der Schuh war ihm vom Fuß gerutscht, ins Wasser gefallen und davongeschwommen.

Es war eine der sehr wenigen Gelegenheiten, bei denen sich die Buben eine Watschn einfingen, alle beide. »Nicht für den Schuh«, sagte Wally. »Sondern weil ihr so einen Schmarrn macht! Setz dich ja nie wieder auf ein Geländer überm Wasser, verstanden?«

Schorschi, der seine Mutter seit den Nächten im Bunker nicht mehr so erschüttert gesehen hatte, nickte nur und versprach es ihr hoch und heilig. Walther indes erklärte: »Ich hab's ihm eh gesagt.«

Wally aber wusste, dass die Buben nur die halbe Schuld traf. In diesen Zeiten nämlich waren Schuhe nicht so aufzutreiben, wie man es wollte, und Schorschis waren eben viel zu groß gewesen. Und so gewaltig ihr Ärger darüber war, dass sie so unvernünftig gewesen waren, so leid tat er ihr, dass er mit viel zu großen Schuhen herumlaufen musste. Deshalb nahm sie ihn, kaum war ihr die Hand ausgerutscht, schon in den Arm, drückte ihn heftig – und Walthi gleich mit.

***

Jeden Sonntag fing Michael mit den Buben Vögel im Garten. Wie früher schon stellten sie eine große Kiste auf, die er selbst gebaut hatte: ein paar dünne Latten mit einem feinen Drahtgeflecht außen herum. Mit einem Stock, an dem sie einen Bindfaden befestigt hatten, hielten sie die Kiste auf einer Seite in der Luft. Dann bröselten sie etwas Brot darunter und legten sich auf die Lauer. Es dauerte nicht lange, bis die ersten Vögel auftauchten. Waren es Meisen oder Spatzen, durften Walther und Schorschi sie verscheuchen. Waren es aber Tauben, so rissen sie an dem Bindfaden, die Kiste klappte zu, und die Tiere waren gefangen. Dann stimmten die Buben ein Siegesgeheul an, Wally hörte sie von oben und blickte aus der Küche herunter – und am Abend gab es gebratene Täubchen.

Allerdings grauste es Schorschi jedes Mal davor, die Vögel umzubringen. Der Vater und der große Bruder erledigten das, indem sie mit Stöcken durch das Drahtgitter stocherten, bis sich die Tiere nicht mehr rühren konnten. Dann erst machten sie auf, und der Vater schnitt dem Vogel den Kopf ab. Den Braten mochte der Schorschi trotzdem, da war das elendige Ende der armen Tiere schnell vergessen.

Einmal tauchte – nach langer Zeit, in der sie sich nicht für ihren Bruder und seine Familie interessiert hatte – Michaels Schwester Adelheid auf, ließ sich zwei Tassen von dem Bohnenkaffee machen, den Michael aus einer seiner geheimen Quellen aufgetan hatte, und blieb gleich auch noch zum Abendessen, um sich ebenfalls ein Täubchen braten zu lassen.

»Ihr habt es wirklich nett hier draußen«, stellte sie ein ums andere Mal fest, und es klang Neid wie auch eine gewisse Geringschätzung durch. »Hier draußen« bedeutete ja nichts anderes, als dass man in einer solchen Gegend natürlich eigentlich nicht wohnte, aber der hübsche Haushalt, in dem es sogar »einen Wex« gab, beeindruckte sie angesichts der Armut, die überall herrschte, dann doch. »Bist schon ein rechtes Schlitzohr, Bruderherz«, sagte sie. »Pass bloß auf, dass sie dich nicht erwischen.«

»Ich tu nix Unrechtes«, erwiderte Michael und bot ihr tatsächlich auch noch eine Zigarette an, weil er wusste, dass Adelheid bisweilen rauchte. Sie ließ sich nicht bitten, sondern genoss den Glimmstängel so sehr, dass sie sogar die Augen schloss, wenn sie daran zog.

»Und was macht ihr jetzt?«, fragte Michael. Adelheids Wohnhaus, in dem sie auch ihren kleinen Antiquitätenladen gehabt hatte, war ausgebombt worden.

»Is nicht mehr viel zu retten gewesen«, erklärte die Schwester. »Und das bisserl kann zurzeit auch keiner brauchen.«

»Wieso? Is doch alles kaputt«, warf Wally ein. »Die Leut brauchen doch Möbel.«

»Möbel, ja«, schnaubte Adele. »Aber keine Antiquitäten.« Sie nickte zu dem Gemälde über dem Diwan. »Was hast du dafür gezahlt? Fünf Pfund Kartoffeln?«

»Zehn«, erwiderte Michael ungerührt.

»Mei, schlimm. Früher hat man ein paar Tausend Mark dafür gekriegt.«

»Nur dass man die nicht essen kann, Adele«, erwiderte Michael ernst. »Und an zehn Pfund Kartoffeln musst du halt auch erst einmal kommen.«

So ging der Abend hin mit Betrachtungen über die Zeit. Adelheid ließ sich verwöhnen, und es war offensichtlich, dass sie nicht sehr oft so gut und so reichlich zu essen bekam. Zuletzt begleitete Michael sie noch ein gutes Stück den langen Weg bis zur Ludwigsvorstadt, sodass sich Wally schon Sorgen machte, weil es schneite und ein kräftiger Wind durch die Straßen und Ruinen zog.

»Hat's halt auch nicht leicht, die Adele«, flüsterte er, als er spät endlich zu Wally unter die Decke schlüpfte. »Der Mann is im Krieg geblieben, das Geschäft is hin, und wohnen können wird sie auch nimmer lange in dem Haus. Sie sagt, das werden sie bald abreißen.«

»Aber trotzdem müsste sie nicht so neidisch sein«, erwiderte Wally.

»Also, ich tät mich auch beneiden«, sagte Michael grinsend, und als Wally ihn fragend ansah, fügte er hinzu: »Um die schöne Wohnung, um die Kinder, darum, dass's uns doch noch vergleichsweise gutgeht ...« Er machte eine bedeutsame Pause. »Und um dieses Prachtweib!«

Wally schubste ihn ein wenig zur Seite. »Prachtweib. Wie das klingt. Als ob ich eine Matrone wär. Bloß weil ich grad ein bisserl einen Busen hab …«

»Is's wahr? Das is mir gar nicht aufgefallen«, flüsterte Michael und streckte seine Hand nach ihr aus. »Lass einmal fühlen …«

Bald schwiegen sie und balgten sich nur noch zärtlich, ehe sie sich liebten. Und so arg die Zeiten waren, so glücklich war Wally und so dankbar für ihr Leben.

***

Der nächste Sonntag empfing sie mit einer dichten weißen Schneedecke. Aufgeregt standen Schorsch und Walther am Fenster und konnten es kaum erwarten, nach draußen zu kommen. »Gell, Papa, heut fahren wir Schlitten!«, rief Walther ein ums andere Mal. Er wusste, dass er endlich allein den kleinen Hügel würde hinuntersausen dürfen, auf dem er bisher nur mit seinem Vater und dem kleineren Bruder gefahren war.

»Hab's dir versprochen, Walthi«, erwiderte Michael und lachte. Wie sehr ihn die beiden Lausbuben an ihn selbst erinnerten. »Aber erst gibt's noch Frühstück.«

Natürlich war Walther als Erster fertig und stand auch schon fertig angezogen an der Tür, als sein Vater noch das Geschirr zur Spüle trug, während Schorschi sich mit seinen Stiefeln abmühte.

»Dürfen wir schon vorlaufen?«

»In Gottes Namen, ja. Aber passt auf, gell?«

Den Schlitten hatten sie in die Wohnung genommen, damit ihn niemand stehlen konnte, denn er war ein gutes Transportmittel und deshalb in diesen Zeiten mehr als wertvoll.

Schorschi wollte seinem großen Bruder schon hinterher, da hielt ihn Wally zurück. »Du musst noch deine Mütze aufsetzen! Und Handschuhe hast du auch keine an.«

Aus dem Treppenhaus hörte man den Schlitten auf den Stufen scheppern, weil Walther ihn kaum allein tragen konnte, und Wally hatte schon Angst, er könnte stolpern und hinunterstürzen. Doch dann hörte sie die Haustür. Sie gab Schorschi noch einen Kuss, machte den letzten Knopf seines Mantels zu und schickte ihn hinterher. Dann ging sie zurück in die Küche, um den Abwasch zu machen. Vom Fenster aus würde sie den Buben und Michael zusehen können, wie sie den Hügel hinunterrutschten. »Schick dich, Mich!«, rief sie ihrem Mann zu. »Dass die zwei nicht so lange allein unten sind.«

»Bin schon unterwegs!«, rief Michael zurück.

Der kleine Schorschi war jetzt auch draußen. Wally sah ihn, wie er neben dem Gartenzaun auftauchte. Sie sah Walther, wie er mit dem Schlitten hinter sich zur Straße lief. Und sie sah das Auto, das von der anderen Seite her in die Leinthaler Straße einbog, bremste und über die schneeglatte Fahrbahn schlitterte.

Da wusste sie, dass ihr schönes Leben zerstört war.

***

»So viel Leid und so viel Gefahr hat dieser liebe Bub überlebt«, sagte der Pfarrer, als er am offenen Grab eine Rede für Walther Reitz hielt, den das Schicksal mit nur sechs Jahren aus dem Leben gerissen hatte. Selbst dem Geistlichen fiel es schwer, gefasst zu bleiben, das war ihm deutlich anzumerken. »Und nun musste er durch einen Unfall sterben. Wir alle können uns vorstellen, wie schwer das die Familie trifft, die alles getan hat, um den Buben heil durch Krieg und Not zu bringen. Machen wir uns aber bewusst und nehmen wir es als Trost, dass er in einem ganz und gar glücklichen Moment starb. Als ihn der Herr zu sich holte, da war der kleine Walther frei und fröhlich. Er musste nicht leiden, es ging ganz schnell. Seine letzten Gedanken waren heitere Gedanken. So passt dieser Tod zu diesem Menschen. Denn wen ich auch gefragt habe, jeder hat mir erzählt, dass der kleine Walthi ein heiteres Kind war, ein aufgeweckter, freundlicher Bub. So überantworten wir Dir, o Herr, das Beste, was wir Dir geben können: ein unschuldiges Kind aus unserer Mitte, einen jungen Menschen, frei von Arg und schlechten Gedanken, eine reine Seele. Nimm unseren Bruder Walther auf in Dein Himmelreich und schenke ihm das ewige Leben. Amen.«

»Amen«, murmelte die kleine Gemeinde, die sich ums Grab versammelt hatte. Nur Wally brachte es nicht über sich, so wie sie, seit es geschehen war, kein Wort mehr sprechen konnte, ohne in Tränen auszubrechen.

Und dann stimmte die Trauergesellschaft Brahms' Wiegenlied an:

»Guten Abend, gut' Nacht,
mit Rosen bedacht,
mit Näglein besteckt,

schlupf unter die Deck':
Morgen früh, wenn Gott will,
wirst du wieder geweckt.

Guten Abend, gut' Nacht,
von Englein bewacht,
die zeigen im Traum
dir Christkindleins Baum.
Schlaf nun selig und süß,
schau im Traum 's Paradies.«

Keiner unter den Anwesenden sang schöner und inbrünstiger als Herr Röckel, der Nachbar, der später, nachdem alle eine Handvoll Erde ins Grab hinuntergeworfen hatten, auch als Erster zu den Eltern trat und kondolierte. »Ich hab ihn so gerngehabt, den Buben«, sagte er, und dabei brach ihm die Stimme. »Fast, als wenn er mein eigener gewesen wär. Herr Reitz. Frau Reitz.« Er beugte sich zum jüngeren Bruder hinunter. »Schorschi«, sagte er. »Jetzt musst du gut auf deine Eltern aufpassen, gell?«

Schorschi nickte tapfer. Ihn verstörte es, dass die Erwachsenen weinten. Aber am meisten störte ihn, dass der Walthi nicht dabei war.

***

Es war der schwärzeste Winter und das traurigste Weihnachtsfest. Selbst der kleine Franzi konnte die Familie Reitz nicht aus ihren düsteren Gedanken reißen. An manchen Tagen gelang es Wally kaum, aus dem Bett aufzustehen. Mitunter war es allein der Wunsch, ans Grab zu gehen und ihren Jungen zu besuchen, der sie antrieb, nicht lethargisch im Sessel zu sitzen und ins Leere zu starren. Wie sehr sie ihn geliebt hatte, erkannte sie erst jetzt, da es ihr schier das Herz zerriss.

Michael bemühte sich nach Kräften, sie aus ihrer Trübsal zu zerren. Mal brachte er ein paar frühe Zweige mit nach Hause, mal übte er mit Schorschi ein Lied, das sie ihr dann vorsangen. Und doch dauerte es. Es dauerte weit über den Winter, bis die unendliche Last der Trauer, die Wally niedergedrückt hatte, langsam etwas nachließ.

An Ostern überwand sie sich zum ersten Mal wieder, in die Kirche zu gehen. Im Mai gelang es ihr, wieder Zärtlichkeiten mit ihrem Mann auszutauschen, den sie die ganze Zeit über zurückgewiesen hatte, und als es Sommer wurde, begannen sich endlich die schönen Erinnerungen und die Dankbarkeit, dass sie dieses wundervolle Kind hatte haben dürfen, über das Grauen des Unfalls und den Schmerz des Verlustes zu schieben.

An manchen Tagen fühlte sie sogar wieder eine gewisse Leichtigkeit, wenn sie mit Michael, Schorschi und Franzi durch den Englischen Garten spazierte, wenn sie an dem kleinen Bach beim Aumeister die Füße ins Wasser hängten, wenn Michael für die Buben pfeifend Vögel imitierte. Dann hakte sie sich bei ihm ein und versuchte, im Gleichschritt mit ihm zu gehen, dankbar, weil er ihr die zurückliegenden Monate leichter zu machen versucht hatte, dass er nachsichtig mit ihr gewesen war und dass er nie aufgegeben hatte. Natürlich wusste sie, wie wichtig es für die beiden Buben war, dass nicht alles in Scherben ging und dass nicht alle immerzu nur an Walther dachten. Und doch ... Michael war stark, er war ihr Fels in der Brandung gewesen.

»Danke, Mich!«, sagte sie schließlich und drückte seinen Arm.

Er legte seine Hand auf die ihre und erwiderte: »Wir haben es alle nicht leicht gehabt. Wer könnt denn besser verstehen, wie's dir ergangen ist, als ich?« Er hielt an und blickte ihr tief in die Augen. »Aber ich hab gemerkt, dass du wieder zurück bist, mein Schatzerl. Und glaub mir, ich dank dem Herrgott jeden Tag dafür.«

»Papa! Ein Kuckuck!«, rief Schorschi, der fleißig überlegt hatte, welche Vögel ihm wohl noch einfallen mochten.

»Das is der leichteste von allen!«, rief Michael zurück und pfiff für den Buben die Melodie eines Kuckucks.

So liefen sie eine lange Strecke durch den riesigen Park. Die Blumenwiesen blühten, die Insekten summten, und immer wieder begegneten sie an diesem sonnigen Sonntag Nachbarn, die es ihnen gleichtaten, sodass die Herren die Hüte lupften und die Damen einander freundlich zunickten, und Wally hatte das Gefühl, als würden sie von vielen mit besonderem Wohlwollen betrachtet. Es war eben das Schicksal der Familie Reitz doch etlichen recht zu Herzen gegangen.

***

Michael hatte sich in den Monaten der Trauer in seine Arbeit gestürzt. Die Verwaltung war rücksichtsvoll genug gewesen, ihn nicht auf der Lok einzusetzen, denn die Züge fuhren ja seit einiger Zeit wieder, sondern vor Ort arbeiten zu lassen. Aber oft ging er früher aus dem Haus als nötig und kehrte später wieder heim. Gewiss hatte das auch mit den vielen Geschäften zu tun, die er wieder abwickelte. Es waren Zeiten, in denen so gut wie jeder versuchte, irgendetwas »schwarz« zu ergattern. Denn legal gab es fast nichts zu kaufen, und die Qualität dieses Wenigen war miserabel.

Manchmal erschrak Wally, wenn sie entdeckte, dass die Kohlenvorräte im Keller wieder zugenommen hatten. »Du nimmst aber nicht mehr mit, als du zugeteilt kriegst?«, fragte sie ihren Mann mehr als einmal.

»Ich pass schon auf, Schatzerl«, erwiderte er dann vage.

»Du sollst nix stehlen!«

»Geh, stehlen. Das is doch kein Stehlen.« Er nahm einen Schluck von seinem Bier, das ihm Wally stolz zum Abendessen hingestellt hatte, da im nahen »Freimanner Eck« jetzt wieder ein anständiges Bier ausgeschenkt wurde.

»Wenn's dir nicht zusteht, is es Stehlen!«, beharrte Wally.

»Wally, gestohlen haben die Nazis. Dass die heut auch noch Lebensmittelmarken kriegen, dass die überhaupt was zum Essen kriegen, obwohl sie an der ganzen Not schuld sind, das ist Diebstahl. Erst haben sie uns unsere Freiheit gestohlen, dann haben sie alles ruiniert. Den Kindern haben sie ihre Kindheit gestohlen. Und jetzt kriegt so ein Nazi genau die gleiche Ration wie einer, der anständig geblieben ist. Findest du das richtig?«

»Nein. Natürlich nicht. Aber …« Er hatte ja recht. Und es stimmte ohnehin, dass in diesen Zeiten jeder sich selbst der Nächste war. Außerdem, das wusste sie ja, tat er das alles nur für seine Familie. »Aber Hauptsache, du passt auf dich auf, Mich.«

***

Wally hatte jetzt Näharbeiten angenommen, mit denen sie von zu Hause aus etwas dazuverdienen konnte. Seit ihr Michael eine Nähmaschine mitgebracht hatte, eine alte Singer, schwarz mit goldenen Verzierungen, die auf einem eigens dafür konstruierten Tisch stand, unter dem ein Pedal und ein Schwungrad eingebaut waren, konnte sie Arbeiten übernehmen, die per Hand viel zu lange gedauert hätten. Und sie tat diese Arbeit gern. Mal waren es Vorhänge für ein Gasthaus, das wiedereröffnet werden sollte, mal bekam sie einen Herrenanzug, der dem Besitzer viel zu weit geworden war. Manchmal kam auch Frau Röckel hoch, um etwas für ihre kleine Tochter zu nähen, weil Kleidung so wenig zu bekommen war wie irgendetwas sonst. Aus alten Vorhängen nähten die Frauen Kleider, aus einem Wehrmachtsmantel zwei warme Jacken für die Kinder – dem Erfindungsgeist waren keine Grenzen gesetzt, solange es nur etwas gab, woraus man in der Not etwas Neues nähen konnte.

Wally liebte dieses Beisammensein mit der Nachbarin. Sie hatten sich schon immer gemocht, und seit Herr Röckel so herzergreifend am Grab des kleinen Walthi gesungen hatte, war sie der Nachbarsfamilie unendlich zugetan. Außerdem erwies sich die kleine Annelies als ein freundliches, fröhliches Mädchen. Gescheit war sie erkennbar auch. Wally staunte immer wieder über ihren Wortschatz, der vermutlich daher kam, dass ihr Vater ihr immerzu von den großen Opern erzählte, die er abends gern hörte. Wagner vor allem: »Der Ring des Nibelungen« oder »Tannhäuser«. Da war es kein Wunder, wenn die Kleine beim Fangenspielen laut »Hojotoho!« und »Hülfe! Hülfe!« rufend durch die Wohnung lief.

Manchmal, wenn Wally Arbeit außer Haus gefunden hatte, blieb Frau Röckel auch bei Reitzens in der Wohnung, nähte und passte dabei auf die Kinder auf. Schorschi hatte Spaß daran, auch mal mit einem Mädchen zu spielen, und bewunderte Annelies mit ihren Kleidchen und der Schleife im Haar sehr. Vielleicht würde er sie eines Tages heiraten!

So ging der Sommer dahin, und die Tage wurden wieder kürzer. Mit der Dunkelheit aber kam auch die Traurigkeit zurück. Wenn die Dämmerung einsetzte und der Nebel vom Englischen Garten herüberkroch, quälte sich Wally oft mit Gedanken an Walther. Manchmal war es ihr so arg, dass der Bub da unten in seinem kühlen Grab lag und zu Staub zerfiel, dass sie nur stumm in die über die Stadt sinkende Nacht starren konnte. Als im späten Oktober eines Abends ein paar Schneeflocken vor dem Fenster tanzten, brach sie in Tränen aus und sperrte sich im Schlafzimmer ein, bis Michael endlich heimkam, die Buben versorgte und bei ihr anklopfte: »Wally! Was is denn bloß los?«

Beschämt, dass sie nur an sich gedacht hatte, öffnete sie die Schlafzimmertür. »Es tut mir leid«, sagte sie. »Es is nur … jetzt is's bald ein Jahr.«

»Ich weiß, mein Schatzerl. Ich denk auch dauernd dran. Aber nach dem ersten Jahr kommt ein zweites und ein drittes und immer so fort. Und wir werden uns dran gewöhnen. Weil wir müssen, verstehst du? Für die zwei, die wir noch haben!«

Wally nickte. »Ich weiß, Mich. Aber manchmal …«

Michael nahm sie in die Arme. »Geht mir doch ganz genauso.«

***

An Allerheiligen gingen sie mit den Buben auf den Friedhof und brachten Walther ein paar Blumen. Sie zündeten eine Kerze auf seinem Grab an, die wahrscheinlich schon bald gestohlen werden würde, beteten ein Vaterunser, und Michael sang mit Schorschi »Guten Abend, gute Nacht«. Die erste Strophe konnte Wally sogar mitsingen, bei der zweiten versagte ihr die Stimme. Und dann gingen sie wieder nach Hause, den ganzen Weg durch den Englischen Garten, am Aumeister vorbei und über den Bach, in dem Schorschi im letzten Jahr seinen Schuh verloren hatte.

Ausgeschimpft hatte Wally ihn – und jetzt war sie so froh, dass sie ihn hatte, dass nicht viel Schlimmeres passiert war. Wäre er damals ins Wasser gefallen und nicht bloß sein Schuh, dann wäre er jetzt ebenso tot wie Walther.

»Mich! Servus!«, rief der Bauriedl Toni, der ihnen auf dem Weg entgegenkam. Auch Bauriedl war ein Stellwerksarbeiter und mit Michael gut bekannt. »Auf Gleis 14 haben sie uns ein paar schöne Wagen abgestellt. Benzin«, erklärte der Kollege mit bedeutungsvoller Stimme.

»Oha. Bis wann werden die umgeschlagen?«

»Sollen von Landsberg aus abgeholt werden. Da is aber gestern das provisorische Gleiswerk auseinandergegangen.«

Michael wiegte den Kopf. »Das werden sie vor dem Wochenende nicht mehr geflickt kriegen.«

»Da sagst du was, Mich. Also stehen die Waggons bis Montag früh dort.«

»Zum Beispiel auch am Sonntagabend, oder?«

»Bestimmt!«

»So was«, meinte Michael lächelnd. »Da kann man nur hoffen, dass gut drauf aufgepasst wird. Nicht, dass irgendwer daherkommt, sagen wir einmal am Sonntag auf die Nacht um elf …«

»Oder um zwölf …«

»Also um zwölf. Und bedient sich da, obwohl ihm das Benzin gar nicht gehört …«

»Ja, das wär schlimm«, stimmte der Bauriedl zu. »Na ja, man wird sehen.«

Michael lupfte noch einmal kurz seinen Hut, dann trennten sich die Wege der Reitzens und des Kollegen Bauriedl. Wally aber hatte ein ungutes Gefühl bei dem Gespräch. Nur dass sie nicht die Kraft aufbrachte, Michael zu fragen.

***

Erst am Abend des nächsten Tages, als die Buben schon schliefen, kam sie darauf zurück. »Der Bauriedl gestern …«, sagte sie. »Was hat denn der gemeint?«

»Wegen dem Waggon, meinst du?«

»Warum hat er dir das denn erzählt?«

»Mei. Man redet halt so.«

»Aber das war ja nicht nebenher, sondern er hat dich direkt drauf angesprochen.«

Michael tat, als müsste er sich sehr darauf konzentrieren, mit seinem Messer die Scharte in dem Rahmen eines Gemäldes auszubessern, das er die Tage aus der Brienner Straße mitgebracht hatte. »Man redet halt«, murmelte er.

»Mich, schau mich an!«

Er blickte auf.

»Was habt ihr vor?«

»Nix, Wally«, sagte er und fügte leise hinzu: »Nix, was dich sorgen müsste.«

»Wollt ihr am Ende den Waggon stehlen?«

Michaels Augenbrauen wanderten in die Höhe, dann begann sein Oberkörper zu zucken. Schließlich brach er in lautes Lachen aus. »Den Wagen? Geh, Wally! Einen ganzen Waggon stehlen? Wie soll denn das gehen?« Er schüttelte amüsiert den Kopf. »Also ehrlich«, erklärte er schließlich und legte die Hand aufs Herz. »Wir stehlen den Waggon nicht.«

»Dann möcht ich wissen, was ihr vorhabt!«, beharrte sie.

Michael stand auf und legte die Arme um sie. »Das möchtest du nicht wissen, Wally, glaub's mir.«

***

Die nächsten zwei Tage beobachtete Wally ihren Mann sehr genau, und sie bemerkte wohl, dass er sich auch beobachtet vorkam. Und als Michael am Sonntagabend »noch auf eine Runde Schafkopf mit den Kollegen« ging, da wusste sie genau, dass er sich wohl mit den Kollegen traf, aber keiner von ihnen Schafkopf im Sinn hatte.

Als Michael gegen zehn Uhr noch nicht zurück war, beschloss sie, ihm sehr ernst ins Gewissen zu reden. Um elf Uhr machte sie ein Donnerwetter daraus, das sie ihm bescheren würde, wenn er endlich heimkam. Dann fiel ihr wieder ein, dass der Bauriedl von »zwölf« geredet hatte. Konnte es wirklich sein, dass die Männer noch um Mitternacht etwas ausheckten? Vieles fand in diesen Zeiten im Verborgenen statt …

Sie hatte das Fenster geöffnet, um zu hören, falls draußen etwas vorfiel. Vielleicht auch nur, um Michaels Pfeifen zu vernehmen, wenn er endlich heimkam.

Aber er kam nicht. Irgendwo schlug eine Standuhr Mitternacht. Von da an schien die Zeit nur noch im Schneckentempo zu vergehen. Es dauerte endlos, bis dieselbe Uhr die erste volle Stunde des Montags kündete. Und es dauerte noch viel länger, bis es zwei war. Inzwischen wurde Wally, obwohl sie über dem Nachthemd schon ihren wärmsten Mantel trug, ihrer Gänsehaut nicht mehr Herr. Sie saß am geöffneten Fenster und starrte in die Nacht hinaus, wo nur ein paar wenige Laternen ihr müdes Licht spendeten. Freimann lag beinahe völlig im Dunkeln, und von Michael war nichts zu sehen und nichts zu hören.

So spät war er noch nie nach Hause gekommen. Irgendwann hielt es Wally nicht mehr auf dem Stuhl, und sie lief unruhig in der Küche auf und ab. Immer wieder ging sie hinüber zu den Kindern und warf einen Blick in ihr Zimmer. Immer wieder fand sie sie selig schlafend und war für einen Augenblick beruhigt. Doch schon nach kürzester Zeit nahm sie ihre Wanderung wieder auf.

Und dann schlug die Uhr irgendwann fünf – und Wally wusste, dass Michael nicht mehr nach Hause kommen würde. Er würde nicht diese Nacht kommen und nicht nächste. Nie mehr würde er kommen. Denn es war etwas

Schreckliches passiert. Etwas Unsägliches. Etwas, was sie nie verwinden würde.

***

Als es am Morgen gegen sieben Uhr an der Wohnungstür klopfte, hatte Wally sich längst angezogen. In ihrem schwarzen Kleid, das sie zu Walthers Begräbnis getragen hatte, öffnete sie die Tür. Davor standen zwei Herren, von denen sie in einem einen Vorgesetzten von Michael erkannte. »Frau Reitz ...«, sagte er und stockte.

»Tot?«, fragte sie, mühsam um Haltung ringend.

Der Mann nickte. »Leblos auf den Gleisen aufgefunden«, murmelte er. Worte, die er offenbar auswendig gelernt hatte.

»Wie?«

Er seufzte, während sein Kollege nur den Kopf gesenkt und den Blick auf den Boden geheftet hielt.

»Das würden wir gern nicht ... also hier ... im Treppenhaus ...« Er entdeckte den kleinen Schorschi hinter seiner Mutter. »Oder vor den Kindern ...«

Wally nickte. »Kann ich zu ihm?«

»Natürlich. Allerdings muss der Amtsarzt noch ... Also, es fehlt noch die abschließende Untersuchung.«

»Ein Unfall?« Wenn er nur nicht umgebracht worden war!

»Ein Unfall, ja«, bestätigte der Mann, und Wally fühlte fast so etwas wie Erleichterung. Ihr Michael war ein so friedfertiger Mensch gewesen. Wenn er gewaltsam zu Tode gekommen wäre, sie hätte es nicht ausgehalten. Aber sie hielt es auch so nicht aus. Ein Schluchzen entrang sich ihrer Kehle. Schließlich sagte sie mit erstickter Stimme: »Ich komm dann rüber. Ins Büro.«

»Danke, Frau Reitz.« Die Herren nickten ihr mit sehr mitfühlenden Mienen zu, setzten ihre Hüte auf, die sie die ganze Zeit in der Hand gehalten hatten, und gingen.

Wally wandte sich zu den Kindern um. »Schorschi? Der Papa hat verreisen müssen«, sagte sie und kniete sich zu ihrem Großen.

Der Bub blickte sie mit großen Augen an. »Und wann kommt er wieder?«, fragte er.

So gern hätte Wally ihm etwas Tröstliches geantwortet. Aber sie fand keine Worte. Der Tod war eine Reise ohne Wiederkehr. »Ich weiß nicht, wann wir ihn wiedersehen«, sagte sie schließlich. Und sie musste an Walther denken, der vor einem Jahr gestorben war. Sinnlos. Plötzlich. Grausam. Nun hatte der Schorschi, dieser liebe Bub, auch noch seinen Vater verloren.

»Is er zum Walthi?«, fragte Schorschi hellsichtig und mit tiefem Ernst.

»Ja, Schorschi«, erwiderte Wally und ließ ihren Tränen freien Lauf. »Er is zum Walthi.«

»Dann darfst du aber ned weinen, Mama«, sagte ihr Sohn. »Der Walthi möcht den Papa auch einmal bei sich haben.«

»Da hast du recht, Schorschi. So is's. Dann … dann wünschen wir ihnen, dass sie ganz viel Freud miteinander haben, gell?«

Schorschi nickte und streichelte seiner Mutter über die nasse Wange. »Bestimmt haben sie eine Gaudi«, erklärte er. »Und ich hab Hunger.«

***

So leutselig Michael auch gewesen sein mochte, war er nicht eigentlich gesellig gewesen. Niemals hätte Wally damit gerechnet, dass so viele Menschen zu seinem Begräbnis kämen. Doch die Aussegnungshalle des Nordfriedhofs war voll. Zahlreiche Kollegen hatten sich eingefunden, auch Leute, die Wally gar nicht kannte, waren da. Resi hatte sich von Karl nach München fahren lassen. Aus Deimhausen waren sowohl Zenzi als auch ihr Mann da und ihr Sohn Georg. Michaels Schwestern waren gekommen, alle drei – sogar Berta war aus der Schweiz angereist. Sie saß neben Wally und ihren Buben rechts, während Adelheid und Greta links von Wally Platz genommen hatten.

Wally kam sich vor, als wäre sie selbst gar nicht wirklich da. Alles, was sie sah, erblickte sie wie durch eine gläserne Wand. Unwirklich war ihr, was hier geschah. Natürlich wusste sie, dass geschehen war, was nun einmal geschehen war. Und doch wirkte es, als stammte es aus einem anderen Leben.

Aber das tat es ja auch, denn ihr Leben war nicht mehr dasselbe. Eigentlich war es gar kein Leben mehr, nur noch ein Existieren, ein Auf-der-Erde-zurück-geblieben-Sein. Hinterbliebene waren sie. Und genauso fühlte es sich an.

Tränen hatte sie längst keine mehr. Sie hatte keine einzige Träne mehr geweint, seit die Herren am Morgen nach dem Unfall vor ihrer Tür aufgetaucht waren. Die Trauer aber war so stark, dass ihr buchstäblich jede Bewegung wehtat, dass sie jedes einzelne Wort, das sie sprach, suchen und ganz bewusst formulieren musste, weil sie es sonst nicht über die Lippen gebracht hätte.

Sie wusste selbst, dass es so nicht bleiben durfte. Aber sie wusste nicht, wie sie es hätte überwinden können. Die Buben brauchten sie. Sie brauchten eine starke Mutter, eine Mutter, die ihnen Kraft und Zuversicht gab. Doch es war keine Kraft mehr übrig – und Zuversicht, Vertrauen auf das Morgen, hatte sie schon gar nicht mehr. So hoffnungsvoll war ihr Leben gewesen. Und dann hatte das Schicksal ihr erst ihren ältesten Sohn entrissen und jetzt ihren Mann. Und als Nächstes? Wer wusste schon, ob der Herrgott nicht noch mehr grausame Schläge für sie vorgesehen hatte?

Wieder und wieder fragte sie sich, womit sie das verdient hatte. So viele schlimme Dinge waren in den zurückliegenden Jahren geschehen, in der Nazizeit und im Krieg. Sie mochte vielleicht nicht zu den paar Helden gehört haben, die sich dagegen aufgelehnt hatten. Aber sie hatte niemandem etwas zuleide getan – und der Michael auch nicht! Und jetzt lebten die Menschenschinder und Kriegstreiber schön bei ihren Familien – und ihr Michael war tot.

Es war eine sehr kurze Zeremonie. Der Pfarrer hatte Michael kaum gekannt, die Zeit drängte außerdem, weil auch in den letzten Tagen wieder viel zu viele Menschen gestorben waren. Da mussten sie sich beeilen auf dem Friedhof.

Auf einem Wagen, der mit einem beinahe bodenlangen schwarzen Tuch abgehängt war, wurde der Sarg hinausgerollt in den trüben Tag. Vier Kollegen hatten sich bereit erklärt, ihn zu begleiten, und gingen gesetzten Schrittes nebenher, während Wally mit den beiden Buben und die Schwestern des Verstorbenen ihm folgten. Die restliche

Trauergemeinde bildete einen langen Zug, der sich quer über den Friedhof bis fast zu der alten Backsteinmauer hinüberbewegte.

»Was is denn eigentlich genau passiert?«, fragte Adelheid, die zu Wally getreten war.

Doch die hörte nicht hin. Das würde sie ihr nicht sagen. Auch später nicht. Den Mann derart unschön und unnötig zu verlieren schmerzte am allermeisten. Voll Grauen erinnerte sie sich an die Unterredung in der Eisenbahnverwaltung:

»Frau Reitz? Mein Beileid. Bitte setzen Sie sich.« Der Personalchef hatte auf den Stuhl gegenüber seinem Schreibtisch gewiesen, und Wally hatte sich ganz automatisch hingesetzt. Dann hatte er ausgiebig geseufzt, während er sich selbst niedergelassen hatte. »Das ist jetzt gewiss keine leichte Angelegenheit«, hatte er erklärt und sich geräuspert. »Weder für Sie noch für mich, wenn Sie verstehen.«

Wally hatte nicht verstanden, aber sie sagte nichts. Dass es für sie nicht leicht war, lag schließlich auf der Hand. Aber für ihn? Nun, natürlich waren traurige Botschaften niemals leicht zu überbringen.

»Also«, fuhr er dann umständlich fort: »Es geht um die Frage, wie wir mit … der Angelegenheit umgehen. Sie wissen, wie's passiert ist?«

Wally hatte den Kopf geschüttelt.

»Verstehe. Hm. Also, Ihr Mann … bei aller Wertschätzung, eigentlich, gell … Ihr Mann hat an einer … an einem Diebstahl mitgewirkt. Wir gehen davon aus, dass er nicht allein war. Aber ob er der Kopf der Bande war oder …«

»Bande?«

»Wie gesagt, wir wissen nichts Genaueres. Noch nicht, jedenfalls.« Er hatte Wally mit ehrlichem Bedauern, aber auch forschend ins Gesicht geblickt. Wie viel sie wirklich wusste? Ob sie eingeweiht gewesen war? Dann hatte er sich nochmals geräuspert und ausgeführt: »Der Diebstahl von Benzin, also von Treibstoff aller Art, ist ein schweres Vergehen. Ein Verbrechen. Wer dabei erwischt wird, wird mit Zuchthaus bestraft. Da kommt einer nicht mit einer Geldstrafe davon, gell? Aber trotzdem ... Hm, trotzdem ist es natürlich tragisch, wenn so was tödlich endet.«

»Es war der Waggon? Sie wollten Benzin abzapfen?«

Der Personalchef hatte genickt. »Ob wirklich was abgezapft wurde und wie viel, das müssen wir noch klären. Aber offenbar hat Ihr Mann eine schwere Vergiftung erlitten. Benzol, wissen S'? Wenn da einer zu tief einatmet, dann ... Na ja, jedenfalls als er gefunden worden ist, war's schon zu spät. Wahrscheinlich hätte man ihn auch so nicht retten können.« Wieder dieser forschende Blick. »Sie haben Kinder, gell?«

»Zwei«, hatte Wally erwidert. »Zwei sind mir geblieben.«

»Ja, ich hab's schon gehört. Der Älteste. Letztes Jahr. Schlimm.« Er war kein Unmensch gewesen, der Personalchef. Aber er hatte auch nichts verharmlost. »So ein Vorfall ... den Diebstahl, mein ich ... der führt eigentlich dazu, dass keine Rente ausgezahlt wird. Aber in Anbetracht der Umstände ... dass Sie als Witwe jetzt allein für zwei kleine Buben sorgen müssen, mein ich ... möcht ich das Thema gern intern erledigen.«

»Intern?«

»Ohne die Polizei. Wir würden die Sache mit dem Diebstahl nicht weiter verfolgen.«

Und so war es geschehen. Niemand würde erfahren, was passiert war. Zumindest die Schande würde Wally und den Buben erspart bleiben.

***

»Tot aufgefunden«, sagte Adelheid und schüttelte den Kopf. »Das ist doch keine Todesursache. Unser Mich war kerngesund! Ich kann mich gar nicht erinnern, dass er überhaupt jemals krank war. Du, Greta?«

»Es muss ein Unfall gewesen sein«, stimmte die älteste Schwester des Verstorbenen zu. Sie war zusammen mit Adelheid noch mitgegangen zu Wally nach Hause, während Berta sich gleich wieder zum Zug verabschiedet hatte, um in die Schweiz zurückzufahren – in der zerstörten Stadt hielt sie nichts. »Aber dann muss man doch was erfahren, wie das zugegangen ist. Ob wer Schuld hat …«

»Selber hat er Schuld gehabt«, erklärte Wally bitter. »Das haben Sie mir klar gesagt.«

»Ja«, meinte Adelheid. »Das sagen sie immer. Aber …«

»Es ist gleich, Adele!«, unterbrach Wally sie. »Er wird mir nimmer lebendig, ob er selber schuld war oder nicht.«

Resi, der sie zumindest andeutungsweise erzählt hatte, dass es nicht einfach ein Unfall gewesen war, sondern dass Michael sich an etwas beteiligt hatte, was schiefgegangen war, ließ nicht erkennen, dass sie ein klein wenig mehr wusste, sondern bot an: »Noch jemand einen Tee?« Sie hatte bei Wally am Vortag, nachdem sie aus Freinhausen eingetroffen war, noch einen einfachen Rührkuchen gebacken, damit etwas im Haus war, falls es noch Gäste gab. Ein ordentlicher Leichenschmaus, wie man ihn vielleicht auf dem Land gehabt hätte, fiel aus – und angesichts der Umstände hätte ihn auch niemand erwartet.

»Aber eine schöne Beisetzung war das«, stellte Greta fest und hielt ihr ihre Tasse hin.

»Und so viele Leute«, sagte Resi.

»Was machst du dann jetzt?«, fragte Adelheid, an Wally gewandt.

Die zuckte nur die Achseln. Wenn sie es denn nur gewusst hätte. Aber im Moment wusste sie nicht einmal, ob sie in der Wohnung würde bleiben dürfen. Schließlich waren es Werksunterkünfte für Eisenbahner – und ein Eisenbahner lebte hier nicht mehr, nur noch seine Witwe mit zwei Halbwaisen.

Hoffnungslos war alles. Wally hatte kein regelmäßiges eigenes Einkommen, niemand würde sie mit den Kindern unterstützen, weil weder von Michaels noch von ihrer Seite Großeltern da waren, die auf die beiden Buben hätten aufpassen können, und die Witwenrente, die sie zu erwarten hatte, würde sehr gering ausfallen, denn Michael war viel zu früh gestorben.

Ein Zittern lief durch ihren Körper. Sie spürte, wie Resi ihr die Hand auf die Schulter legte und sacht drückte. Natürlich, die Schwester war selbst Witwe, sie ahnte zumindest, wie es ihr ging.

»Jetzt hast du freilich viel zu viele Sachen«, bemerkte Adelheid weiter und ließ den Blick durch die Wohnung schweifen. »Du weißt ja gar nix damit anzufangen. Zeig einmal die Anzüge vom Mich her!«

»Die Anzüge?«

»Wirst sie nicht selber tragen, oder? Und einen Neuen hast du hoffentlich auch nicht?«

Allein der Gedanke, sie könnte schon einen anderen Mann haben, traf Wally wie ein Dolchstoß ins Herz. »Nein«, murmelte sie und ging, um der Schwester Michaels Anzüge zu zeigen. Drei hatte er gehabt: einen dunklen aus gutem Tuch für den Sonntag, einen helleren, leichten für den Sommer – und den Anzug, den er zur Hochzeit getragen hatte. Der hatte längst Aufnäher auf den Ellbogen. Und die Hose hatte Wally ein bisschen enger gemacht, weil auch Mich in den Kriegsjahren schmaler geworden war.

»Sind doch noch pfenniggut«, befand Adelheid. »Die gibst du mir einfach mit. Der Hans is zwar ein bisserl fester als der Mich. Aber das lässt sich mit ein paar Stichen hier und dort schon in die rechte Form bringen.« Dabei schien ihr etwas einzufallen: »Schuhe!«, sagte sie. »Die kann ja von euch auch keiner tragen!«

Wenig später hatte sie auch die Schuhe des Verstorbenen in einem leeren Kartoffelsack verstaut. »Weißt du, was wir auch sehr gut gebrauchen könnten: Bettwäsche! Und ein paar Tischdecken, gell?«

Greta fand, dass der Wex bestens in ihr Wohnzimmer passen würde. Und ob eine Witwe Schmuck brauchte, überlegte sie laut. Doch sei es, dass Wally endlich einen inneren Widerstand spürte, sei es, dass sie nicht mehr aufnahmefähig war, sie reagierte nicht auf die letzten Ansinnen der beiden Schwestern und grüßte kaum, als diese, schwer bepackt, die Wohnung verließen.

***

»Bist du narrisch?«, zischte Resi, als sie ihnen vom Küchenfenster aus hinterherblickte. »Wie kannst du ihnen denn die ganzen guten Sachen geben?«

»Aber, Resi …«

»Nix ›aber, Resi‹! Ihr habt doch eh nix! Ihr müsst doch schauen, wie ihr über die Runden kommt! Und da gibst du denen eine ganze Wagenladung voll wunderbarer Sachen mit. Tischdecken, Bettwäsche, zwei Vasen, deinen Pelzmantel!« Sie schüttelte ungläubig den Kopf. »Wie kannst du nur so dumm sein?« Und leise murmelte sie in Richtung der beiden Frauen, die eben um die nächste Ecke verschwanden: »Und wie kann man nur so gemein sein.«

Seufzend ließ sich Resi neben ihre Schwester auf den Stuhl sinken und legte ihr den Arm um die Schultern. »Weißt du was? Ich glaub, du kannst nicht allein sein. Du bist zu gut.« Sie nahm ihre Hand. »Warum kommst du nicht zu mir?«

Wally blickte auf. Dann schüttelte sie den Kopf. »Ich muss arbeiten, Resi«, sagte sie. »Ich kann jetzt nicht Urlaub machen.«

»Von Urlaub hab ich auch gar nicht geredet. Ich möchte, dass du zu uns ziehst.«

»Nach Freinhausen?«

»Genau. Zu mir und zur Mama. Ich bin allein, du bist allein, wir wissen beide nicht, wie wir die ganze Arbeit schaffen sollen. Und nebenher auf die Kinder aufpassen? Das kannst du in der Stadt sowieso nicht. Aber bei uns draußen, da erledigt sich das von ganz allein. Da hat immer jemand ein Auge auf die Buben.«

Wally überlegte eine Weile, ehe sie antwortete: »Aber was soll ich denn da, Resi? Ich gehör nicht dazu. Es ist dein Hof und deine Wirtschaft. Und eine Magd … eine Magd möcht ich auch nicht sein.«

»Eine Magd«, erwiderte Resi und klang gekränkt. »Glaubst du, ich möcht eine billige Arbeitskraft?« Sie stand auf und räumte den Tisch ab. Ein paar Minuten sagte niemand etwas, während sie abspülte. Dann wandte sie sich um und blickte ihre Schwester ernst an. »Der Hof«, sagte sie, »und die Wirtschaft haben dem Korbinian gehört. Und wenn du nach Freinhausen kommst, dann wird das unser Hof sein und unsere Wirtschaft. Dann gibt's wieder einen Geistbeckhof, verstehst du?«

»Einen Geistbeckhof«, murmelte Wally verwundert. Ja, das wäre eine seltsame Fügung.

IX.
Herbstleuchten

Hallertau 1948

33.

Zu Helmuts Einschulung hatte die alte Geistbeckin Resis Jüngstem eine fesche Jacke gestrickt, grau mit grünen Bündchen und Zopfmuster auf der Vorder- und Rückseite. Stolz trug der Bub sie, während er neben Schorschi her zum Schulhaus ging. Wally und Resi folgten den beiden in einigem Abstand. Denn vor allem Schorschi wollte nicht gebracht werden, er war schließlich schon groß und nun in der zweiten Klasse!

Auf dem Weg kamen sie an der Kirche vorbei und am Gottesacker, wo Resi für ihren Korbinian eine Plakette am alten Familiengrab der Hardts hatte anbringen lassen. Wo immer er begraben worden war – hier war seine Heimat gewesen, und hier sollte es einen Ort geben, an dem seiner gedacht werden konnte. Außerdem stand sein Name auf der Tafel, die zur Erinnerung an die Kriegstoten neben der Kirchenpforte angebracht worden war. Und jedes Mal, wenn Resi an diesem Ort vorüberging, spürte sie ein Ziehen im Herzen, so sehr war sie ihrem verstorbenen Mann immer noch verbunden.

»Groß sind sie geworden, gell?‹, sagte Wally und nickte zu den Buben, die sich noch einmal umdrehten und hastig winkten, ehe sie im Schulhaus verschwanden.

»Da sagst du was«, erwiderte Resi.

»Gehen wir noch ein wenig spazieren?«

Resi nickte. »Es is noch früh. Bis die Ersten in den Laden kommen, haben wir noch zwei Stunden Zeit.« Ganz automatisch nahmen sie den Weg zum Wald und dann in Richtung Hohenwart. Wenig später waren sie schon ganz nah bei Deimhausen. »Wenn ich hierherkomm, dann schlägt mein Herz heut noch schneller.«

»Meines auch, Resi«, erwiderte Wally, »auch wenn's nur ein kleines Stückl von Freinhausen weg is. Schauen wir bei Zenzi vorbei?«

»Lass uns lieber in die Kirch gehen. Die Zenzi hat immer was zu tun, die kann uns vielleicht gerade gar nicht gebrauchen.«

Also traten sie in das Gotteshaus und setzten sich auf eine der Bänke, auf der sie als Kinder mit den Eltern gesessen hatten, wenn sie nicht oben im Chor gesungen hatten.

»Unser Vater hat viel falsch gemacht«, sagte Resi nach einer Weile.

»Ich weiß. Es war einfach alles zu viel.«

Resi nickte bedächtig. »Der Hof, die Wirtschaft, die Post …«

»Du denkst an den Korbinian, gell?«

»Der war da ja ganz ähnlich. Hat mich zurückgelassen mit drei Kindern, dem Hof, dem Transportunternehmen, dem Laden und dem Gasthaus. Hätt ich dich nicht dagehabt, seit jetzt bald zwei Jahren, hätt ich nicht gewusst, wie ich das alles schaffen sollt.«

»Aber die Transportfirma hast du ja eh nur noch auf dem Papier. Du hast ja gar keine Fahrer. Außer dem Karl. Und der darf eigentlich gar nicht.«

»Wir könnten die Wagen verkaufen, oder? Jetzt bekommt man doch vielleicht endlich wieder was dafür, seit der Währungsreform.«

Wally nickte. »Da magst du recht haben.«

»Und den Hof«, dachte Resi laut weiter, »den könnten wir für eine Weile entbehren. Vielleicht ein Dutzend Jahre. Bis unsere Buben groß sind und ihn übernehmen können.«

»Aber wer sollte den wollen, wenn's nicht einmal mehr Knechte gibt?«, erwiderte Wally, während sie sich der Reihe nach die Heiligenstatuen ansah, die ringsum zwischen den hohen Fenstern angebracht waren. »Die Männer sind doch alle im Krieg geblieben.«

»Zum Glück nicht alle«, sagte Resi. »Der Karl, der wär ein guter Bauer geworden. Und dann hätten wir nur noch die Gastwirtschaft und den Laden, um die wir uns kümmern müssten.«

Die nächsten Minuten saßen die Schwestern wieder schweigend beisammen. Über ihnen schlug die Kirchturmuhr.

»Denkst du auch, was ich denk?«, fragte Resi schließlich.

»Es is dein Hof, Resi.«

»Es is unser Hof, Wally!«

Wally nickte. Dann straffte sie sich und sagte: »Dann gehen wir jetzt besser wieder rüber nach Freinhausen und sagen's ihm.«

»Ein Vaterunser noch, Wally.«

Und sie beteten gemeinsam ein Vaterunser und dankten dem Herrgott, dass er ihnen diese Last von den Schultern genommen hatte.

***

»Den Hof?«, fragte Karl ungläubig. Er blickte von der einen Geistbeckschwester zur anderen. »Aber wovon soll ich denn die Pacht zahlen?«

»Brauchst ihn nicht zu pachten, Karl. Du übernimmst ihn einfach, bis unsere Buben groß sind, und gibst uns gern was von deiner Ernte ab, wenn's geht. Aber ansonsten bist du uns nichts schuldig.«

»Ihr könnt mir doch den Hof nicht einfach so überlassen!«, erwiderte der Knecht ungläubig und fuhr sich mit den Händen über die Bartstoppeln, als wollte er prüfen, ob er träumte oder ob das hier gerade wirklich geschah.

»Du weißt, es steht nicht gut um die Landwirtschaft, und es ist uns alles zu viel«, erklärte Resi. »Aber wenn du dich um sie kümmerst, weil's ja zu deinem eigenen Nutzen ist, für ein Dutzend Jahre, dann ist allen geholfen. Du hast ein gutes Auskommen und bist dein eigener Herr, wir können den Hof für unsere Buben erhalten. Und zugleich können wir uns um die Wirtschaft kümmern und unser Geld mit dem Laden verdienen, wo's doch jetzt endlich wieder Waren gibt.«

»Das Fuhrunternehmen gibt's freilich auch noch«, gab Karl zu bedenken.

»Das betreib ich nimmer weiter«, erklärte Resi entschieden. »Die Wagen werden verkauft. Für neue D-Mark. Und von dem Geld werden wir alles Nötige anschaffen, für unser Gasthaus und unseren Kramerladen.«

»Ihr habt euch das alles genau überlegt«, meinte der Knecht und musterte die Schwestern.

»Es ist ganz einfach«, sagte Wally. »Wir können alles weiterführen und damit untergehen. Oder wir machen eine oder zwei Sachen, und die machen wir gescheit.«

Der Knecht stand auf und ging ein paar Schritte in der Gaststube auf und ab. Dann blieb er vor den Schwestern stehen. »Und wir machen einen Vertrag?«

»Freilich, Karl«, sagte Resi. »Schwarz auf weiß, wie sich's gehört. Wir behalten das Haus. Über den Stadel verfügst du. Und auf Kirchweih kannst du deine eigene Landwirtschaft haben.«

Da fiel Wally etwas ein. »Eine Sach täten wir aber behalten!«

»Aha? Und zwar?«

»Das Fischerhäusl. Das bleibt bei uns.«

»Das Fischerhäusl?«, fragte Resi erstaunt. Daran hatte sie nicht gedacht.

»Erstens lieb ich das Fischerhäusl«, erklärte Wally. »Und zweitens brauchen wir die Fische für unsere Wirtschaft.«

»Also, Karl, du hast es gehört. Bist du einverstanden?« Resi stand ebenfalls auf und hielt ihm die Hand hin.

»Ob ich einverstanden bin? Mei, Hardtin, was soll ich sagen. Mir hat im Leben noch keiner was geschenkt. Ich weiß gar nicht, wie ich damit umgehen soll.«

»Zünde eine Kerze in der Kirche an«, schlug Resi vor und lachte. »Weißt du, ich könnt mir keinen besseren Bauern für den Hof vorstellen als dich.«

»Und der Stockacher wird schwarz werden vor Zorn«, bemerkte Wally mit einem feinen Lächeln, woraufhin der Knecht kurz stutzte und dann in lautes Gelächter ausbrach.

»Also dann, Bauer.« Noch einmal hielt Resi ihm die Hand hin.

»Also dann, Wirtin«, erwiderte Karl und schlug ein.

Auch mit Wally wurde das Geschäft per Handschlag besiegelt, und dann verkündete Resi: »Morgen fahren wir nach Reichertshofen und erledigen das Gerichtliche.«

***

Als das Motorrad mit dem Sozius vor dem Amtsgericht vorfuhr, sorgte es für einiges Aufsehen. Zwei Frauen hatte man solchermaßen unterwegs noch selten gesehen. Hinter ihnen fuhr in einem Lieferwagen mit der Aufschrift »Hardt & Söhne« ein Mann, dem der Anzug, den er trug, seltsam fremd zu sein schien und ebenso der Hut.

»Ich hätt doch lieber meine Lederhosen angezogen«, bemerkte Karl, als er neben die Schwestern trat.

»Steht dir ausgezeichnet, der Anzug«, befand Wally, während sie aus dem Beiwagen kletterte. Dass Resi Motorradfahren gelernt hatte, war eine Überraschung gewesen. Korbinian hatte es ihr beigebracht, ehe er einzogen worden war. Und Resi, die zwar das Fahren im Sozius nicht auszuhalten vermochte, hatte Gefallen daran gefunden, am Lenker zu sitzen.

»Außerdem bist du ja heut nicht nur als Bauer, sondern auch als Geschäftsmann unterwegs«, stellte Resi fest, denn Karl hatte sich bereit erklärt, nach dem Gerichtstermin gleich nach Augsburg weiterzufahren, um den ersten der drei Transportwagen für gutes Geld zu verkaufen.

***

Als die drei sich vor dem Gerichtsgebäude eine Stunde später voneinander verabschiedeten, war alles in die Wege geleitet, dass aus dem Knecht Karl Hübner schon bald der Bauer Karl Hübner würde. Stolz und dankbar umarmte er die beiden Schwestern und gelobte: »Werd euch ewig dankbar sein.«

Dann machte er sich auf den Weg, und Resi und Wally fuhren ihrerseits wieder zurück nach Freinhausen.

Die Schwestern hatten entschieden, sowohl die Gastwirtschaft als auch den Laden für einige Tage geschlossen zu halten, um in der Zeit überall Ordnung zu schaffen und alles schön herzurichten. Neben den Waren für den Laden und natürlich den Küchenvorräten, um schon bald wieder für größere Gesellschaften kochen zu können, galt es, vor allem Bier vom Toerring in Pörnbach zu kaufen, auch den Weinkeller aufzufüllen und ein paar Flaschen Schnaps zu besorgen. Denn das war es, was sie beschlossen hatten: Wenn einer aus dem Ort oder aus der Umgebung eine Feier veranstaltete, dann sollte er sie beim Schmiewirt ausrichten! Noch war es nicht so weit, noch hatten die Leute nichts zu feiern. Aber das würde sich mit Gottes Hilfe irgendwann ändern. Außerdem würde man sonntags wie unter der Woche beim Schmiewirt einfach und gut essen, sein Bier trinken und in gemütlicher Atmosphäre einmal eine Pause einlegen können. Nicht mehr. Aber auch nicht weniger. Und dass immer wieder auch die Amerikaner beim Schmiewirt einkehrten, weil Resis Gastfreundschaft sich bei den Stationierten herumgesprochen hatte, würde auch weiterhelfen.

Die Fahrt im Sozius war für Wally, als würde der Wind die trüben Gedanken aus ihrem Kopf fegen. Zwangsläufig erinnerte sie sich an die Fahrt im Cabriolet mit dem Braumeister zum Tegernsee und von dort nach München. Was war alles geschehen seither! So grausame Verluste hatte sie erlitten. Aber trotz allem musste sie sich eingestehen, dass sie auch viel gewonnen hatte: Sie war immer noch Mutter zweier wunderbarer Buben. Und sie musste sich nicht mehr von irgendwelchen Herrschaften herumkommandieren lassen. Sie hatte ihre Arbeit. Sie hatte einen Platz auf der Welt, wo sie hingehörte. Nach Monaten tiefster Trauer war sie sogar dahin gekommen zu erkennen, dass sie noch etwas anderes sehr Kostbares hatte, was ihr Leben bereicherte: schöne Erinnerungen. Denn auch wenn ihre Zeit mit Michael kaum begonnen hatte, als der Krieg ausbrach und endete, kaum dass er vorüber war, so hatte sie verstanden, welch großes Geschenk es gewesen war, dass der Herrgott ihr ausgerechnet für die schwersten, für die finstersten Jahre einen Schutzengel zur Seite gestellt hatte: Michael.

Es war ihr alter Schullehrer gewesen, der ihr die Augen geöffnet hatte. Sie hatte ihn in Deimhausen besucht und ihm ein paar Rohrnudeln gebracht. Alt war er geworden, der Herr Laubinger. Aber so hellsichtig wie eh und je. Er hatte ihrem Schicksal gelauscht, hatte nachgefragt, hatte lange nachgedacht und dann gesagt: »Den Schmerz kann ich gut verstehen, Walburga. Aber ich verstehe nicht, warum du die Dankbarkeit vergessen hast.«

Ja, Dankbarkeit, die war angebracht. Für den Schorschi und für den Franzi, aber auch für den Walthi selig und ihren Mann.

Und für die Schwestern, die ihr durch die schwerste Zeit geholfen hatten, obwohl sie es selbst nicht leicht hatten.

Erst als sie das alles erkannt hatte, hatte sie wieder zu leben begonnen. Seither aber freute sie sich jeden Tag, wenn sie aufstand. Darauf, dass sie ihre Buben hatte. Darauf, dass sie eine Aufgabe hatte. Darauf, dass ihre alte Mutter noch lebte. Sie freute sich über jedes Lachen und jeden Scherz, den sie hörte. Über die Sonne, die durchs Fenster schien. Über die Lieder, die sie mit den Kindern sang. Über alles Gute, das ihr widerfuhr. Sie dankte Gott – und sie dankte Michael, dem sie jeden Abend in ihren Gebeten aus ihrem Leben erzählte.

***

Die nächsten Tage standen im Zeichen harter Arbeit. Von frühmorgens bis spätabends putzten die Frauen das Gasthaus, schmückten es mit kleinen bunten Wimpeln, die sie aus alten Kleidern nähten, und mit Blumen. Sie bereiteten die Küche vor, räumten die Tische und Bänke vom Tanzboden vors Haus und stellten sie unter der alten Linde auf, deren Laub in mildem Gold leuchtete. Sie hatten nicht viel Zeit, aber sie hatten genug Zeit, um alles, was sie sich vorgenommen hatten, ins Werk zu setzen.

Am ersten Samstag im Oktober war es dann so weit: Der kleine Laden öffnete endlich wieder. Die Schwestern hatten ein paar Steigen Obst nach draußen gestellt und dazu zwei Dutzend Gläser Marmelade, die Wally an den vorangegangenen Abenden eingekocht hatte: Quitten, Brombeeren,

Hagebutten – alles, was die Buben und Hanna in ihrem Auftrag tagelang eifrig gesammelt hatten.

Im Fenster hing ein Schild »Neueröffnung!«, und über der Tür hatte Karl ein Hufeisen angebracht, und zwar auf beiden Seiten: eines drinnen, eines draußen, sodass jeder, der unter dieser Tür hindurchging, Glück mit hereinbrachte, aber auch Glück mitnahm, wenn er wieder ging.

Wie erwartet, kamen viele Frauen aus dem Dorf, um zu schauen, was es bei der Hardt Resi zu kaufen gab, und als sich für die Ersten von ihnen herausstellte, dass der kleine Laden voll war mit Waren, die eine jede von ihnen dringend brauchte, ging die Kunde wie ein Lauffeuer durch den Ort, und es kamen immer noch mehr Leute.

Jeder Kundin aber gab Resi zum Abschied noch ein Gutti mit und den Hinweis: »Morgen, an Erntedank, wird die Wirtschaft wiedereröffnet, gell? Ein jeder Gast hat ein Bier frei.«

Die Hölzl Paula lachte. »Da kannst du meinen Alois gleich mit einrechnen«, sagte sie, während sie ein Einmachglas vom Stapel nahm und musterte »Wallys Bester?«

»Unser Senf«, erklärte Resi. »Hausgemacht.«

»Da schau her. Ja, den probier ich gleich einmal aus. Hab heut früh tatsächlich ein paar Wollwürscht beim Bogenrieder drüben gekriegt.«

»Das passt gut«, erklärte Wally. »Zu Weißwürsten natürlich noch besser.«

Staunend musterte die danebenstehende Stockacherin die beiden Ladenbesitzerinnen. »Euch scheint's grad gut zu gehen, ha?«, sagte sie. Aber dann wollte sie sich nicht lumpen lassen und fragte nach den Zigarillos.

»Möchtest du deinem Mann was Feines mitbringen?«, erwiderte Resi und griff nach dem Zigarrenkistchen. »Ein paar Judenzigarillos vielleicht?« Denn es waren Leibhold, und sie erinnerte sich noch daran, als wäre es gestern gewesen, wie der Stockacher ihrem Korbinian vorgehalten hatte, dass er diese Ware in seinem Laden verkaufte.

»Ich überleg's mir«, antwortete die Stockacherin schmallippig, zahlte und verließ so schnell den Laden, dass sie fast über ihre eigenen Füße gestolpert wäre.

»Gut, dass der Karl die Hufeisen aufgehängt hat«, sagte die alte Geistbeckin, die draußen auf der Bank gesessen hatte, und lachte, als sie ins Haus trat. »Sonst wär sie wahrscheinlich der Länge nach auf die Straße gefallen.«

***

Es war Abend, als Wally endlich den Laden zusperrte. Mehrmals hatte Resi gesagt, so ein Geschäft hätten sie noch nie gemacht. Das glaubte sie wohl, wenn man bedachte, dass praktisch der ganze Ort da gewesen war und eingekauft hatte. Die Menschen waren ausgehungert nach buchstäblich allem. Es fehlte an jedem Ende.

Entsprechend erschlagen war Wally, als sie noch ein wenig auf die Wiese hinterm Hof hinausging Richtung Paar. Der Nebel fing sich schon überm Boden, die Frösche lärmten in der Dämmerung. Träge glitt der Fluss in seinen Schleifen. Der Steg war so schmal und gefährlich wie eh und je. Zügig überquerte Wally das Wasser und betrat die kleine Halbinsel, auf der das alte Fischerhäusl stand. Über ihr schillerten die gelben Blätter der hohen Pappeln in der

Sonne, deren letzte Strahlen gerade noch die oberen Kronen erreichten.

Schön war es hier. Ruhig und freundlich, allerdings nicht still. Denn nicht nur die Frösche, auch die Vögel grüßten den Abend. Rechtschaffen müde setzte Wally sich auf die kleine Bank am Häuschen und lehnte den Kopf an die Wand. Hier war sie mit ihrem Mann gewesen, hier hatten sie sich geküsst. Hier war sie restlos glücklich gewesen und hatte alle Sorgen vergessen. Dieses winzige Fleckchen Erde war der schönste Ort auf der Welt für sie. Hierher würde sie immer wieder zurückkehren. Und wann immer sie hier war, würde sie an ihren Mich denken und dankbar sein, dass sie ihn gehabt hatte.

Auch das war ein Grund gewesen, wenn auch ein unausgesprochener, weshalb sie darauf bestanden hatte, dieses Grundstück mit der kleinen Hütte nicht zusammen mit dem Hof herzugeben. Sie wollte, dass es ihr erhalten blieb, so wie sie die Erinnerungen an die Zeit mit Michael für immer bewahren wollte.

Es war schon fast dunkel, als sie endlich aufstand und wieder zurück zum Gasthaus ging. Schön stand es da, stolz. Man sah ihm zwar die Jahre an, aber man merkte auch, dass es gut gepflegt wurde, trotz des Krieges und trotz der Not. Gewiss würde Karl bald nebenan, oder an einer anderen Stelle seines neu gewonnenen Grunds, ein neues Bauernhaus bauen. Noch lebte er mit den Mägden über dem Stadel, wie er es all die Jahre getan hatte. Als Bauer freilich würde er eine angemessene Unterkunft brauchen – und wer wusste schon, ob es nicht irgendwann auch eine Bäuerin geben würde. Ganz bestimmt würde es das.

Der Karl war immer noch ein ansehnlicher Mann, und an Männern herrschte nach den Schreckensjahren großer Mangel. Wenn einer dann auch noch seinen eigenen Hof hatte …

Wally hoffte für ihn, dass er bald sein Glück finden würde. Karl erinnerte sie an Rupp, der einst auf dem Geistbeck'schen Anwesen langjähriger Knecht und der gute Geist des Hofs gewesen war. Wie so viele, war auch Rupp nach der Versteigerung des Geistbeckhofs fortgegangen, und niemand wusste, wohin.

Die Mutter schlief schon, als Wally noch einmal sacht an ihre Tür klopfte und kurz die Nasenspitze hineinsteckte. Auch für die alte Geistbeckin war es ein langer und harter Tag gewesen. Und der morgige würde nicht leichter werden. Erntedank mit Messe, in der auch für Michael, obwohl er kein Freinhauser gewesen war, eine Fürbitte gesprochen werden würde. Dann die Wiedereröffnung der Wirtschaft. Nach der Erfahrung heute mit dem Kramerladen, konnten sie sich ausrechnen, was am morgigen Sonntag los sein würde, wenn Freibier ausgeschenkt wurde. Wally hoffte nur, dass Resis Rechnung aufging: »Wirst es sehen. Sie kommen, weil sie das erste Bier umsonst kriegen. Und dann schmeckt das zweite gleich noch mal so gut. Am Schluss geht keiner unter drei Bier heim. So kriegen wir die Kosten für das Freibier schnell wieder herein, und die Gäste sagen sogar noch Dankschön.«

***

Die Messe war zur Überraschung aller gut besucht. Selbst der Pfarrer, der es gewöhnt war, dass die Freinhauser zu besonderen Anlässen lieber zum Gottesdienst nach Steinerskirchen hinüberfuhren, schien sich zu wundern. Mancher natürlich wunderte sich kein bisschen: Auf ein Freibier eingeladen zu sein war eine feine Sache – da wollte keiner zu spät kommen. Denn dass die Schwestern vom Schmiewirt tatsächlich genug Vorräte für alle hatten, das glaubten die wenigsten. So ließ man die langweilige Predigt des örtlichen Hochwürden über sich ergehen und hing seinen eigenen Gedanken nach. Erst als es an die Fürbitten ging, war jeder bei der Sache. Schließlich hatten sie alle die Gefallenen gekannt. Und wenn sie jetzt zurückblickten, dann fragte sich mancher, der noch vor zwei oder drei Jahren ein glühender Nazi gewesen war, wozu das alles hatte sein müssen.

»Wozu das alles?«, sagte prompt auch der Pfarrer und blickte über seine Gemeinde hin. Er wusste genau, welche seiner Schäfchen die schlimmsten Wölfe gewesen waren und welche gelitten hatten unter der Gewaltherrschaft. Er wusste, wer einen Sohn verloren hatte, einen Bruder, einen Vater … »Wir haben uns heute zum Erntedank vor Gott versammelt. Aber die Ernte ist mager ausgefallen, viele von uns wissen nicht, wie sie übers Jahr kommen sollen. Einige wenige hier sind sicher frei von Schuld. Viele aber müssen sich fragen, warum sie getan haben, was sie getan haben. Oder warum sie nichts unternommen haben, um die schrecklichen Opfer zu verhindern, die wir heute beklagen – die schlechte Ernte, vor allem aber den Verlust vieler braver Männer, die nie mehr in unserer Mitte sein werden.«

Er zählte sie alle auf, die Toten, die der Krieg gefordert hatte. Und auf Wallys Bitte hin bezog er auch Michael ein, dessen Witwe und Kinder ja nun hier lebten und der zwar kein Kriegsopfer, aber doch ein Opfer des Krieges geworden war. »Lasst uns für sie und für alle beten, die in diesen Zeiten allein sind, die trauern, die ohne Hoffnung sind …«

Der Pfarrer nickte zu Wally hin, die sich erhob und nach vorne ans Pult ging: »Für unsere Lieben im Jenseits«, sagte sie und versuchte, das Beben in ihrer Stimme zu beherrschen. Sie sah die Gemeinde vor sich, so viele Frauen und Männer, die ihren Worten lauschten. Ganz hinten neben der Tür stand sogar ein GI, ein amerikanischer Soldat in Uniform, und lauschte ihren Worten: »Heilige Jungfrau Maria, bitte für unsere Männer, für unsere Väter und unsere Brüder, die im Krieg geblieben sind oder durch den Krieg ums Leben gekommen sind …« Sie hätte gerne noch ein paar Worte mehr gesagt, doch ihr versagte die Stimme.

»Heilige Jungfrau Maria, wir bitten dich«, murmelte die Gemeinde.

Es folgte eine Frau, die ihre beiden Söhne an der Ostfront verloren hatte. Danach trat ein alter Bauer vor die Gemeinde und rang sich eine Fürbitte für seine verstorbene Frau ab, die den Winter nach Kriegsende nicht überlebt hatte.

Zu Wallys Überraschung trat auch Resi ans Pult und hielt kurz inne, ehe sie sagte: »Wir bitten für alle Hinterbliebenen, dass sie die Kraft finden, ein gutes Leben zu leben, dass sie ihren Verlust überwinden. Sie sollen ihrer Verstorbenen mit Dankbarkeit gedenken. Wir bitten dich, Herr, dass sie ihren Frieden finden, dass sie …« Sie blickte zu Wally hinüber, »… dass sie sich nicht einsam fühlen. Und dass sie nicht allein bleiben müssen.«

***

Während die Glocken von St. Sebastian über dem Dorf erklangen, strömten die Menschen aus der Kirche – und der größte Teil lief ohne Umweg hinüber zum Schmiewirt, wo die Mägde bereits alles hergerichtet hatten. In ihren Dirndln standen sie da, Evi und Anna, und warteten auf die Gäste. Und es kamen viele! So viele, dass die paar Tische, die unter der immer noch prächtigen Linde vor dem Anwesen standen, schnell restlos besetzt waren. Auch drinnen war schon nach kürzester Zeit kein Platz mehr zu finden. So voll war es beim Schmiewirt noch nie gewesen.

Karl, der nach Kräften geholfen hatte, trug herbei, was noch an Tischen und Stühlen im Haus und in den Gesinderäumen aufzutreiben war. Resi stellte sich an den Tresen und zapfte Bier im Akkord, Wally und die Geistbeckin kümmerten sich um die Küche. Es war viel zu viel Arbeit für die paar Frauen. Aber auch wenn die Gäste länger auf ihr Bier warten mussten als üblich, war die Stimmung großartig. Die Aussicht, ohne die Zeche zahlen zu müssen, bewirtet zu werden, ließ die Gesellschaft so fröhlich sein, wie es schon lange keine Gesellschaft mehr in Freinhausen gewesen war.

Der GI aus der Kirche blieb gegenüber der Wirtschaft mit seinem Jeep stehen und blickte herüber, offenbar erstaunt, wie ausgelassen die Dorfgemeinde feierte. Als Wally aus dem Haus trat, sah sie gerade noch, wie er davonfuhr.

»Da hat er g'schaut, der Ami«, knurrte der Stockacher, der am Tisch neben dem Eingang saß und als Einziger keinen Spaß zu haben schien. »Habts uns doch nicht in die Knie gezwungen.«

»Stockacher«, sagte Wally, als sie mit Bierkrügen in beiden Händen aus dem Haus trat. »Du bist auch eingeladen. Obwohl ich die Resi gut verstehen könnt, wenn sie dich ausgenommen hätt. Aber wenn du hier bist, dann will ich nix hören, kein schlechtes Wort, verstehst du? Über niemanden.«

»Schon recht«, murrte der Bauer und streckte die Hand aus, um ihr einen der Bierkrüge abzunehmen.

»Nein, nein, du kommst gleich dran«, sagte Wally und zog ihre Hände weg. »Die sind für den Tisch vom Herrn Pfarrer.« Und weg war sie, um Hochwürden und seine Tischgesellschaft zu bedienen.

»Stockacher!«, rief Karl, der hinter Wally nach draußen trat. »Du kriegst dein Bier von mir serviert!« Augenblicke später kam er mit zwei vollen Krügen zurück und setzte sich neben den Großbauern. »Wollt doch mit dir anstoßen.«

»So? Gibt's was zum Feiern?«, fragte der Stockacher misstrauisch.

»Freilich«, erwiderte Karl und hob seinen Krug. Der Bauer tat es ihm gleich und lauschte neugierig. »Auf den neuen Bauern am Ort!«, sagte Karl

»Wer kommt neu?«, fragte der alte Thannhauser, der danebensaß.

»Braucht gar nicht zu kommen«, sagte Karl. »Is ja schon da.« Und auf die verständnislosen Mienen der beiden alten

Männer hin stand der ehemalige Knecht auf und rief so laut, dass die Gespräche ringsumher verstummten: »Hört alle her! Ich trink auf Resi und Wally! Und ich sag dankeschön. Dankeschön, dass es noch so viel Anstand auf der Welt gibt.«

»Ho!«, riefen einige, die Krüge wurden erhoben, und so tranken alle auf die beiden Wirtinnen.

Wally aber, die gerade wieder auf dem Weg nach drinnen war, hielt inne, nahm Karl den Bierkrug ab und hob ihn ihrerseits. »Und auf unseren neuen Bauern am Ort trinken wir auch!«, rief sie, drehte sich um, stieß den Krug gegen Stockachers und Thannhausers, erhob ihn dann erneut und erklärte der neugierig lauschenden Runde: »Karl Hübner! Er führt die nächsten zwölf Jahre den Hardthof.«

Nun kannte das Staunen keine Grenzen mehr. Die Leute johlten und stießen auf das Wohl des neuen Bauern an. Nachdem die Schwestern die ganze Gemeinde auf ein Bier eingeladen hatten, stiftete Karl für jeden, der wollte, auf seine Kosten noch einen Schnaps hinterher. Die ersten Essen wurden bestellt, die nächsten Biere geordert. Und zum ersten Mal seit vielen Jahren war es, als gäbe es in ganz Freinhausen nur fröhliche Menschen und nur gute Bekannte und Freunde.

Allein der Stockacher verabschiedete sich nach seinem Freibier und ging unter allerlei spöttischen Bemerkungen der anderen nach Hause, und endlich schien seine Macht im Ort gebrochen, denn zum ersten Mal seit ewigen Zeiten hatte sich etwas Grundlegendes geändert, ohne dass er nach seiner Zustimmung gefragt worden war. Als die alte Geistbeckin kurz aus der Küche auftauchte und neben Wally trat, drückte sie ihre Hand und seufzte. »Weißt, Kind, ich glaub, jetzt … jetzt is es endlich vorbei.«

Und Wally wusste, was sie meinte. Mit diesem Tag war wieder Hoffnung ins Dorf gekommen.

***

Resis Rechnung war aufgegangen: Die Leute hatten sich nicht nur auf ein Bier einladen lassen, sondern – im Rahmen ihrer Möglichkeiten – auch selbst noch kräftig bestellt und damit Geld in die Kasse gebracht. Für die nächste Zeit war das Überleben der alten Gastwirtschaft gesichert.

Das freute auch Steff, als er seine Schwestern nächstentags mit seinem Besuch überraschte. »Da habt ihr euch was Kluges ausgedacht, aber es wird viel Arbeit bleiben«, stellte er halb skeptisch, halb bewundernd fest. Und dann erzählte er, dass sich bei ihm in München jemand nach Wally erkundigt hatte.

»Ein GI. Steht bei mir im Laden und fragt, wo die *Miss Geistbeck* wohnt.«

»Miss Geistbeck? Geh, so ein Schmarrn«, erwiderte Wally. »Ich kenn ja gar keinen Ami. Also persönlich.« Sie musste an die GIs denken, die gelegentlich in die Gaststube kamen, an die ersten Soldaten, die vor über drei Jahren bei Kriegsende durch Freinhausen gefahren waren, an die Posten, die sie und Karl damals auf dem Weg nach München angehalten hatten, an die Bewaffneten, die in Freimann das Eisenbahngelände gesichert hatten. Keinen davon hätte sie namentlich benennen können. »Und was wollt er von mir?«

»Das musst du ihn schon selbst fragen«, erwiderte Steff. »Wenn er auftaucht. Also, *falls* er auftaucht. Hab ihm jedenfalls gesagt, dass du jetzt in Freinhausen wohnst.«

»Hm«, machte Wally ratlos und ging in die Küche, um dem Bruder etwas zu essen zu bereiten, während Resi die alte Geistbeckin im Laden ablöste, damit auch sie ein wenig mit ihrem Sohn zusammensitzen konnte.

Steff hielt sich danach nicht mehr lange auf. Er wollte noch kurz zu Zenzi nach Deimhausen schauen und dann schnell zurück nach München. Er arbeitete wieder als Metzger, da er immer noch keine neue Lizenz für seine Firma hatte, und sein Geschäft schien zu gedeihen, was kein Wunder war, denn die Leute waren süchtig nach Fleisch und Wurst – je schwerer sie dergleichen bekamen, umso mehr. Steff hatte seine Quellen und wusste das Nötige in der heimischen Küche herzustellen. Er gehörte zu den Männern, die sehr bald wieder auf die Füße fallen würden.

Dass er freilich schon wenige Tage später abermals nach Freinhausen herauskommen würde, das ahnten weder er noch die Schwestern. Die alte Geistbeckin ahnte es vielleicht. Aber sie sagte nichts. Erst als sie merkte, dass die Dinge unwiderruflich ihren Lauf nahmen, rief sie nach ihrer Jüngsten.

Wally hätte sie fast nicht gehört, so leise war ihre Stimme. Die alte Frau hatte sich bei der großen Feier zum Erntedank übernommen. Aber eigentlich war sie schon vorher matt gewesen und hatte längere Zeit geklagt, wie schwer es ihr falle, am Morgen auch nur aufzustehen.

»Mama, was is?«, fragte Wally, als sie in der Kammer

stand, in der ihre Mutter angezogen auf dem gemachten Bett lag, den Rosenkranz in den Händen.

»Holst du mir den Pfarrer?«, fragte die Geistbeckin, mühsam schnaufend.

»Den Pfarrer? Wofür brauchst du denn den Pfarrer?« Doch natürlich wusste sie es. Wusste es in dem Augenblick, in dem sie ihre alte Mutter so hatte daliegen sehen.

»Ich möcht noch einmal beichten, Kind.« Ganz ruhig lag sie da, und selbst die Hände, die in den letzten Jahren zunehmend gezittert hatten, waren reglos auf dem Bauch gefaltet, das kleine Kreuz des Rosenkranzes mit den Daumen haltend.

»Ich hol den Arzt, Mama«, erwiderte Wally. »Ich sag dem Karl, dass er schnell nach Hohenwart hinüberfahren soll.«

»Ich brauch keinen Arzt mehr, Kind«, flüsterte die Geistbeckin, die in ihrem Leben kein einziges Mal einen Arzt zu sich gerufen hatte. So würde es auch diesmal sein – nur dass es kein Danach mehr geben würde. »Aber Hochwürden bräucht ich. Sei so gut. Und schick dich.«

Wally hätte viel darum gegeben, so gefasst zu sein wie ihre Mutter, die im Sterben lag. Doch sie musste den Weg zum Pfarrhaus blind vor Tränen nehmen.

Der Pfarrer kam rechtzeitig, um der Bäuerin noch einmal die Beichte abzunehmen und ihr die Letzte Ölung zu erteilen. Doch schon als er sich abwandte, um zu den Schwestern zu treten, die vor der Tür warteten, tat sie ihren letzten Atemzug, befreit von aller Last auf dieser Welt und voll Vertrauen auf ein Wiedersehen mit ihrem Mann, der ihr um so viele Jahre vorangegangen war.

***

Und nun stand die Trauergemeinde auf dem Friedhof von Freinhausen, wo die alte Walburga Geistbeck im Hardt'schen Familiengrab zur letzten Ruhe gebettet wurde.

So viele Jahre, dachte Wally, und nie war ihre Mutter von hier weggekommen. Nie hatte sie eine Zeit gehabt, in der sich jemand für ihr Leben interessiert hätte. Gewiss, es hatte auch im Leben der Geistbeckbäuerin schöne Tage gegeben. Aber die lagen lange zurück.

Wally blickte in die Gesichter der Umstehenden. Zenzi weinte still, aber heftig. Ihr Peter musste sie immer wieder festhalten, weil er offenbar Sorge hatte, dass seine Frau zusammenbrechen würde. Ja, Zenzi war Mutters Lieblingstochter gewesen, so wie sie selbst die Lieblingstochter des Vaters gewesen war. Dafür hatte Resi es bis zum Tod ihres Mannes von ihnen dreien am leichtesten gehabt, am schönsten. Keine von ihnen hatte sich ihr Leben ausgesucht, jede hatte sich in ihr Schicksal fügen müssen. Aber einander zu haben, das hatte jeder von ihnen in diesem Leben Kraft gegeben, so wie ihnen die Mutter Kraft gegeben hatte und immer für sie da gewesen war.

»Sie war eine starke Frau«, sagte eine Stimme neben Wally. Eine Stimme, die sie wie ein Blitzschlag traf. »Und stolz war sie. Aber nie hochmütig. Ich hab sie immer gerngehabt.«

Wally blickte zu dem Mann, der sich neben sie gestellt hatte. Er trug die Uniform eines amerikanischen Soldaten, aber seine Gesichtszüge waren ihr so vertraut, dass sie es kaum glauben konnte. »Bist du's wirklich?«

Er nickte. »Ich hab lang nach dir suchen müssen«, sagte er, und ganz leise fügte er hinzu: »Und dann hätt ich mich fast nicht getraut.«

Es fiel Wally schwer, noch weiter der Grabrede zuzuhören. Im selben Moment ihre Mutter zu beerdigen und den Menschen wiederzutreffen, den sie vor so vielen Jahren so lieb gehabt hatte! Es war das größte Unglück und das größte Glück im selben Augenblick.

Ein Schluchzen entrang sich ihrer Brust. So viele Jahre. Und jetzt stand er als GI neben ihr, so nah, dass ihre Hände sich berührten.

Wally verspürte eine Mischung aus Glück und Trauer, Dankbarkeit und Scham. Sie schämte sich für ihr Glück. Und obwohl sie traurig war über die Zeit, die verloren war, war sie dankbar für die Rückkehr des lieben alten Freundes. Vielleicht würde er wieder gehen. Vielleicht war er ein anderer geworden. Vielleicht war sie nach Michael nicht mehr bereit für eine neue Liebe – oder zumindest noch nicht. Aber dass er gekommen war, dass er sie gesucht und gefunden hatte, allein das gab Wally so viel Trost, dass sie ihre Finger mit seinen verflocht und am Ende des letzten Gebets am offenen Grab ihrer Mutter aus ganzem Herzen mit den Anwesenden antwortete: »Amen.«

***

Als die kleine Trauergemeinde sich verlief, trat Zenzis Mann auf die beiden zu. »Ludwig! Bist du es wirklich?«

»Is lang her, Peter. Ich freu mich, dass dir's gutgeht. Und dir, Zenzi. Mein Beileid natürlich.«

Zenzi blickte den Auffacher Ludwig an, als sähe sie ein Gespenst vor sich. »Amerika?«, sagte sie schließlich leise.

Ludwig nickte. »Erst hab ich nix gefunden, keine Arbeit, kein neues Zuhause. Und als mich die Wally dann hat sitzen lassen …« Er zuckte die Schultern.

»Ich bin gekommen«, erklärte Wally. »Doch du warst schon weg, damals, auf dem Bartelmarkt. Aber ich war auch zu spät. Mein Bus …«

Ludwig lächelte schmerzhaft. »Hat vielleicht alles so kommen müssen«, sagte er. »Die erste Zeit war hart. Die ersten Jahre …«

»Ich weiß«, flüsterte Wally.

»Aber jetzt …«

»Jetzt?«

»Jetzt wär ich wieder da«, sagte der Auffacher Ludwig und lächelte sie an wie damals, als sie beide noch so jung gewesen waren.

»Und bleibst du auch hier?«

»Wenn's nach mir geht …«

Wally lachte unter Tränen. »Eine verrückte Welt ist das!«

Und dann gingen sie hinüber zum Schmiewirt, die drei Geistbeckschwestern voraus, um ihrer Mutter einen würdigen Leichenschmaus zu bereiten und vielleicht auch auf die Zukunft anzustoßen.

WALLYS ORIGINALREZEPTE

Pichelsteiner

***

Schweine- und Kalbfleisch oder Schweine- und Rindfleisch (am besten Rose und Schlegel), gerne auch alles drei zusammen, jeweils in gleichen Mengen, Kartoffeln, gelbe Rüben, Zwiebeln, Petersilie, Porree

Kartoffeln und gelbe Rüben in Scheiben oder Würfel schneiden. Zwiebeln, Petersilie und Porree wiegen (nicht mischen!). Fleisch in Würfel schneiden (nicht mischen!). Butterflöckchen auf den Boden eines gut zu verschließenden Topfes geben. Eine Lage Kartoffeln darauf, dann eine Lage gelbe Rüben, dann eine Lage Fleisch, schließlich die Gewürze und kräftig salzen. Dasselbe wiederholen, so hoch der Topf ist. Zuoberst soll eine Lage Kartoffeln sein. Schließlich Butterflocken darübergeben und einen Schöpfer Wasser hineingießen. Später kann auch Fleischbrühe nachgegossen werden. Den Topf gut verschließen und ca. 2 Stunden kochen lassen. Den Topf nur öffnen, wenn es nötig ist! Zur Verfeinerung kann man Paprika und Muskat auf die Fleischlage geben.

***

Gewürzkuchen

***

125 g Butter, 250 g Zucker, 350 g Weizenmehl, 60 g Kakao, 3–4 Eier, ca. 1/8 l Milch, 1/2 Tl. gemahlener Zimt, 1 Messersp. gemahlene Nelken, 1 Messersp. gemahlener Muskat, Backpulver

Zuerst die Butter schaumig rühren, nach und nach Zucker sowie Eier und Milch sowie die Gewürze hineingeben. Den Kakao mit dem Mehl und dem Backpulver sieben und ebenfalls unterrühren. Stets nur so viel Milch dazugeben, dass der Teig klumpig vom Löffel geht. Schließlich den Teig in eine gut gefettete Springform geben und ca. eine Stunde bei mittlerer Hitze backen. Zuletzt mit Puderzucker überstäuben!

***

DIE GESCHICHTE DER GEISTBECKTÖCHTER

Nachwort der Autorin

›Die Töchter des Geistbeckbauern‹ ist ein Roman. Aber die drei Schwestern gab es tatsächlich, so wie es die Dörfer in der Hallertau alle gab und noch gibt. Die Höfe freilich gibt es nicht mehr alle, denn die Zeit hat vieles mit sich gerissen. Sehr viele Begebenheiten, von denen dieser Roman erzählt, haben wirklich so oder ähnlich stattgefunden.

Der große, stolze Hof des alten Geistbeckbauern existiert nicht mehr, und während ich diese Geschichte niedergeschrieben habe, lief auch die Zeit des Gasthauses ab, das vor Jahrzehnten noch der »Schmiewirt« genannt wurde, wo es einst einen Kramerladen neben dem Eingang gab und einen Schaukasten für die Tageszeitung, auch wenn die sicher nicht jeden Tag neu ausgehängt wurde.

Es gab die Schwestern in der Indersdorfer Haushaltungsschule, den Hautarzt in der Rosenstraße und den feinen jüdischen Privatier am Isartorplatz, der jeden Tag die gelesene Zeitung aufbügeln und zum Wiederverkauf an den Stand zurückbringen ließ. Es gab den französischen Kriegsgefangenen Jean (deutsch ausgesprochen) und die Amerikaner, die die kleine Wally gern in die Vereinigten Staaten mitgenommen hätten. Den Braumeister gab es und die geldgierigen Schwägerinnen. Diese und viele andere Figuren im Roman haben ihre realen Vorbilder. Ob es ein solches Vorbild auch für den Auffacher Ludwig gab, wird vermutlich immer ein Geheimnis bleiben.

Wie sehr die Zeit alles ändert, habe ich beim Erforschen und Niederschreiben dieser Geschichten auch daran erkannt, dass manches, was ich in meiner Kindheit noch gehört habe, kaum noch gesagt wird. Nur wenige sprechen noch vom »Himmivater«, also vom Vater im Himmel, wenn sie den »lieben Gott« meinen. Heute »beeilt« man sich, aber selten hört man, dass sich jemand »schickt«. Die »Gaudi« ist noch sehr gebräuchlich, wenn man vom »Spaß« spricht, und »geodelt« wird in Bayern nach wie vor, wenn auf den Feldern die Gülle ausgebracht wird.

Mir war es wichtig, ein wenig den »Sound« der Zeit einzufangen, auch wenn mich meine gewissenhafte und kritische Lektorin Uta Dahnke stets gemahnt hat, es nicht zu übertreiben. Trotzdem habe ich mir erlaubt, die »Treppe« eine »Stiege« sein zu lassen und den »Pilz« einen »Schwammerl«. Meine Heldinnen und Helden sagen »ned«, wenn sie »nicht« meinen und manchmal sogar »tät«, wo es »würde« heißen müsste. Aber Bayerisch ist halt nicht nur eine Sprache, sondern auch ein Gefühl, das sich mitunter nicht wirklich übersetzen lässt. Deshalb findet sich hier und da ein

»Gell« und sogar ein »Fei« wieder, Wörter, die mit »nicht wahr« oder »übrigens« nur zur Not und dürftig ins Hochdeutsche übertragen wären. Doch es ist eben diese Welt, in der die Figuren dieses Romans leben. Ich bin zuversichtlich, dass das meiste selbsterklärend und deshalb verständlich für die Leserinnen und Leser ist. Wo Sie zweifeln, lauschen Sie einfach auf ihr Gefühl – es wird Ihnen die richtige Bedeutung mitteilen.

Die Reise in die Vergangenheit war für mich eine Entdeckungsreise, nicht nur in die eigene Familiengeschichte, es war auch ein Erkunden des Lebens und Fühlens früherer Generationen. Vor allem die Frauen haben mich dabei interessiert: Die reale Kreszentia Geistbeck starb hochbetagt auf dem Hof, den sie über viele Jahre geführt hatte, hochangesehen und als Mutter und Großmutter zahlreicher Kinder und Enkelkinder. Sie war eine brave Frau, gerade so wie ihre Mutter, die so viel gegeben hat – aber hat sie je etwas für sich in Anspruch genommen? Zenzi hat im Grunde ihr ganzes Leben am Ort verbracht, ein Leben, wie wir es uns heute kaum noch vorstellen können.

Theresia war die lebhafte der drei Schwestern, Bäuerin und Wirtin zu Freinhausen, fleißig, fröhlich und zupackend. Auch sie hat mehreren Kindern das Leben geschenkt, musste zusehen, wie ihr Mann in den Krieg geschickt wurde, hat ein Leben zwischen zu kleiner Landwirtschaft und zu großen Plänen gelebt und es mit ihrem Ehemann sicher nicht immer leicht gehabt.

Walburga hat spät geheiratet und früh ihren Mann verloren. Nach einer glücklichen Kindheit war sie diejenige, die es am schwersten hatte: Sie musste sich als Dienstmagd verdingen, durfte Familienglück praktisch nur während der düsteren Kriegsjahre erleben und musste sich als Witwe mit drei von ursprünglich vier Buben durchschlagen.

An dieser Stelle trennen sich Wahrheit und Dichtung deutlich: Die reale Resi hat ihren Mann nicht im Krieg verloren. Sie hatte auch keinen Platz für Wally und deren Kinder, wenn es nicht gerade zum Kochen im Gasthaus an Ostern oder Kirchweih war. In Wirklichkeit ging Wally nicht zurück in die Heimat, sondern blieb in der Stadt und schlug sich lange Jahre mit harter Arbeit durch. Sie hatte es nie mehr leicht, nachdem ihr Mann so früh ums Leben gekommen war, sondern ließ sich vielfach ausnutzen. War aber trotzdem immer bereit zu helfen. Als ihr Jüngster, dem in der Familie die Rolle des »schwarzen Schafs« zugefallen war, viel zu früh Vater wurde und sich nicht imstande sah, diese Rolle auszufüllen, nahm sie zu guter Letzt auch noch ihr Enkelkind auf und zog es groß.

›Die Töchter des Geistbeckbauern‹ ist deshalb nicht nur eine Familiensaga mit authentischem Hintergrund, sondern auch ein Andenken an drei Frauen, die in schweren Zeiten ihren Weg machen mussten, vor allem aber an Wally Geistbeck, die gewiss nie hinreichend gewürdigt wurde, obwohl sie doch so viel Gutes im Leben getan hat. Wer ihr Grab sucht, wird es nicht mehr finden. Es wurde aufgelöst. Dabei war es wirklich eines ihrer Lieblingslieder, das Lied, dessen letzte Strophen lauten:

Sohn, übe Treu und Redlichkeit
bis an dein kühles Grab,
und weiche keinen Finger breit
von Gottes Wegen ab!
Dann suchen Enkel deine Gruft
und weinen Tränen drauf;
und Sommerblumen, voll von Duft
blühn aus den Tränen auf.

Antonia Brauer, München, am 11. Januar 2022